Trophy
Wife 트로피
와이프

Trophy Wife

트로피 와이프

아은
장편 소설

DAHYANG
ROMANCE
STORY

CONTENTS

프롤로그

달그락, 도하가 정적 속에서 커피 잔을 내려놓는 소리가 유난히 크게 울렸다. 린은 아까부터 부담스러운 존재감을 뿜고 있는 맞은편의 남자를 보는 대신, 푸른색의 문양이 아로새겨진 컵 받침으로 시선을 돌렸다.

"이 자리에 나와 주셔서 감사합니다. 이린 씨…… 맞죠."

"네."

린은 제 이름이 불리자 고개를 끄덕였다. 사실 이 자리에서 린이 할 수 있는 일은 그것뿐이었다. 아버지가 혼수상태에 들어가자마자 회사와 집안을 전부 삼켜 버린 이복 오빠들이 린에게 준 선택지는 그 지옥 같은 집에서 견디며 살든가, 얼굴도 모르는 남자와 결혼을 하든가, 둘 중 하나였으니까.

"듣던 것보다 훨씬 미인이시네요."

모든 게 정해진 수순이었다. 이미 오빠들이 계산기를 두드리고 난 후에, 이 자리가 마련된 것이다.

"아, 네에……."

린은 아까부터 투둑, 테이블을 두드리는 남자의 기다란 손가락만 보고 있었다. 군데군데 굳은살이 보이는 손가락과 남자의 딱딱한 어투는 퍽 어울리지 않는 것 같은데.

"저는 이도하라고 합니다. 올해 서른넷이고, 작은 회사를 경영하고 있습니다."

"네……."

이미 다 알고 있는 내용이지만 린은 다시 고개를 끄덕였다.

"저는 이린이라고 합니다. 스물일곱이고……."

상대방도 이미 알고 있었을 것이다. 린이 이다음에 할 말이 없다는 걸, 그저 정략결혼을 위한 집안의 소모품에 불과한 존재라는 것을.

"아직 배움이 부족해서, 여러모로 배우는 중……입니다."

책을 읽는 듯한 린의 목소리에 도하가 어떤 표정을 지었는지는 모르겠다. 이 자리의 어색함에 차마 얼굴을 볼 수가 없는 린이었다.

"배움이라면, 저도 만만찮게 부족하죠."

"아…… 별말씀을요."

이런 식으로 하면 차일 수도 있겠다. 린은 그게 좋은 건지 나쁜 건지도 몰랐다. 그 지옥 같은 집에서 벗어날 수 있다면 뭐든 할 수 있다 생각했는데, 그 유일한 방법이 모르는 사람과의 결혼이라니.

"하지만 사업을 하면서 점차 배워 나가려고 생각 중입니다. 아, 저는 작은 회사를 하나 경영하고 있는데……."

했던 말을 또 반복하는 도하나, 똑같이 고개를 끄덕이는 린이나.

"……후."

하지만 다음 순간 도하가 내쉰 한숨은 시나리오에 없던 것이다.

"못 해 먹겠네."

린은 제 귀를 의심하며, 그제야 눈을 들어 도하를 봤다. 다소 거칠게 넥타이를 느슨하게 풀고, 그거로도 모자라 소매까지 걷어 올리는 남자는 여태 딱딱한 소리를 해 대던 남자라고는 믿을 수가 없을 정도였다.

"아, 미안합니다."

피식, 웃는 도하의 얼굴이 정말로 낯설었다. 물론, 처음 보는 사람이기도 했지만 이런 종류의 사람은 린의 인생에 없었다.

"이런 건 도무지 내 성질에 안 맞아서."

셔츠의 양쪽 소매를 팔꿈치까지 걷어 올린 도하가 급기야 단정했던 제 머리를 손으로 마구 헝클어트렸다.

"네……?"

그러고 나니, 도하의 본모습이 나왔다. 어딘가 조금 허술한 모습 너머로 확실하게 자기주장을 하는 이목구비도, 뚫어져라 상대를 보는 강렬한 눈빛도.

"자, 이제 필요 없는 건 다 쳐 내 보죠. 우리는 이런 어색한 티타임을 세 번 정도 더 가진 후에 식사를 약 두어 번 하고, 다시 와인이 동반된 식사를 한 번, 또 교외 드라이브와 샴페인이 동반된 식사를 또 한 번 한 후에 이야기를 나눌 필요가 없으니까."

구구절절 옳은 말이지만, 너무 당혹스러운 일이다.

"혹시 이린 씨가 원하시면 그렇게 하겠지만……."

"아, 아뇨."

린의 대답에 도하는 넥타이를 한층 더 느슨하게 풀었다.

"그럼 그 과정들은 건너뛰고 본론부터 말씀드리죠. 난 원래 단도직입적인 사람이라."

"아…… 네……."

여태까지도, 린은 무슨 일이 일어나고 있는지 잘 모르고 있었다. 하지만 도하는 정확히 알았다.

"난 세간에서 좋게 말하기론 자수성가. 당신처럼, 그들이 사는 세상에선 일개 졸부입니다. 물론 이것도 다 알고 여기에 나온 거겠죠."

뭔가 심란하면 제 머리를 헝클어트리는 게 도하의 습관이었다. 특히나 눈앞에서, 아 이런 표현까지 쓰고 싶지는 않았지만 정말이지 사슴 같은 눈망울로 저를 보는 린을 두고 있자니 한층 더 머리가 복잡해졌다.

"이 회사를 더 키우고 싶고, 그러기 위해선 당신과 같은 사람들이 사는 세상에 들어가야 하는데…… 아시다시피 입학은 고사하고 편입도 쉬운 일이 아니더군요."

도하는 순간적으로 이게 뭐 하는 짓인가, 싶은 회의가 들었지만 이제 돌이킬 수는 없다.

"그래서 난 이린 씨가 필요합니다. 날 패스시켜 줄 입장권…… 정확히는, 트로피 와이프가 필요한 거죠."

이 무례한 언사에도 린은 눈을 깜박였을 뿐, 어떤 미동도 보이지 않았다. 과연, 이런 게 상류층 아가씨의 교육인가 싶을 정도로.

"하지만 이린 씨에게도 나쁜 이야기는 아닐 겁니다. 난 사업을 하는 사람이니 당연히 합당한 대가를 치를 생각입니다."

린은 그저 눈을 깜박이기만 했다. 표정에 어떤 의사도 드러내지 않는 채로, 어떤 감정도 읽을 수 없는 채로.

"어떻게……인지 여쭤봐도 될까요."

그제야, 린이 입을 뗐다.

"단순하죠. 당신이 원하는 걸 내가 줍니다."

도하의 눈동자는 유난히 새카맣다.

그리고 씩, 웃는 입술은 의외로 매력적이었다.

"내가 뭘 원하는지 모르잖아요."

"자유, 아닙니까."

그 말이 더 매력적이었고.

"이 자리에 나온 것만 봐도 알 수 있죠. 얼굴도 모르는, 당신들의 세상에선 업신여김당하는 졸부와의 결혼이 지금 생활보다 낫다는 것 정도는."

정곡을 꿰뚫는 도하의 말에 린은 아무런 대답도 하지 못했다.

"내가 자유를 드리죠. 그리고 나중에, 나와 내 회사가 궤도에 오른다면 그땐 떠나도 좋고. 물론…… 이린 씨에겐 손끝 하나 건드리지 않을 겁니다. 필요한 상황이 아니라면."

"네……?"

"명색이 와이프인데 공식 석상에서 어깨에 팔을 두르는 정도는 허락해 주셔야 하는데."

"그 정도는 괜찮지만……."

11

이미 도하의 페이스에 말려들었다는 것도 인지하지 못한 린이 말끝을 흐리자 도하가 생전 처음 보는 웃음을 지었다.

"그럼, 되어 주는 겁니까."

"……뭘요?"

"내 트로피 와이프."

이 기분 나쁜 단어와는 달리, 린은 도하의 웃음이 너무 해사해서 또 할 말을 잃었다.

"왜……."

"당신은 좋은 여자예요. 좋은 가문에서 태어나, 좋은 가르침을 받고, 좋은 여자로 자랐죠. 내 인생의 트로피로는 과분한 여자라고 생각합니다."

린은 입을 꾹 다물었다. 잘 모르겠다. 자유라는 단어와, 지금 눈앞에서 웃어 주는 남자의 눈동자, 둘 중 무엇에 더 끌렸던지는.

"그러니, 이린 씨."

하지만 이건 어차피 결정이 된 자리였다.

"나와 결혼해 줘요."

그 말을 조금 더 빨리 들었을 뿐이다.

"……네."

그러니 린의 대답도 다르지 않았다.

"결혼해요, 우리."

그렇게 이린은 이도하의 트로피 와이프가 되기로 했다.

Chapter 01

바래다주겠다는 도하의 제안을 몇 번이나 거절한 린은 집으로 가는 대신 병원으로 발길을 옮겼다. 이 하늘 아래 유일하게 남은 린의 가족이 잠들어 있는 곳이었다.

"저 왔어요."

린은 병상의 머리맡에 앉아서 호흡기에 의지한 채 잠든 아버지를 내려 봤다.

"아빠 막내딸, 린이요."

몇 달 전, 뇌졸중으로 갑작스럽게 쓰러진 아버지는 더 이상 린의 방패막이가 되어 줄 수 없었다. 아버지가 사라진 집안은 린에게 살아 있는 지옥이었고, 매 순간이 경멸의 칼날을 걷는 고난의 연속이었다.

"나요, 결혼하게 될 것 같아요."

린은 집안의 막내였다. 그것도 장남과 띠동갑일 정도이니 말을 다 한 셈이다. 늦게 얻은 막내딸인 린을 아버지인 이현성 회장은 끔찍이 예뻐했지만, 그건 그의 뜻일 뿐이었다.

"죄송해요, 아빠 허락도 없이……. 나, 정말 나쁜 딸이죠."

울지 말아야지, 항상 하는 다짐이 꼭 여기만 오면 흔들린다.

"근데, 나…… 더 이상 그 집에서 버틸 자신이 없어요. 아빠 없이 나 혼자는 안 돼요. 이제 다 큰 어른인데도, 엄마랑 아빠 없이 난 못 하겠어요. 미안해요……."

린이 그 저택에 가게 된 건, 다섯 살 때 엄마가 교통사고로 돌아가신 후였다. 다섯 살의 린은 까맣게 몰랐다. 그저 조금 바쁜 아버지와, 천사 같은 어머니가 있는 평범한 가정인 줄 알았는데.

"그러니까 아빠가 얼른 일어나서, 혼내 주세요."

저택에는 린보다 훌쩍 자라 있는 배다른 형제들과 얼음장 같은 눈길의 어머니가 있었다. 그때부터 깨닫게 됐다. 자신은 존재 자체가 죄악이라는 것을. 그들의 경멸은 당연하다는 것도.

"꼭이에요."

그런 린을 아버지는 보다 큰 사랑으로 감싸 주었다. 그런데 그 아버지가 이렇게 잠든 이후로 린은 지옥에서 살고 있었다. 그래서 이제 그 지옥을 빠져나가려고 한다. 배다른 형제들이 린에게 준 선택지라고는 이 길 하나였다.

"그래도 너무 걱정 마세요. 생각보다 나쁜 사람은 아닌 것 같았어요."

린은 오늘 처음 봤던 결혼 상대자를 떠올렸다. 무난했던 첫인상을 깨 버린 돌발 선언도, 피식 웃던 얼굴도 나쁜 사람 같지는 않았다. 뭣보다 린에게 자유를 준다고 한 사람이니 지금으로선 유일한 희망이기도 했다.

"어쩌면……."

주머니 속의 작은 물건을 움켜쥐던 린이 망설이다 병상 옆의 탁자에 그걸 올려놓았다. 손바닥 위에 달랑 올라갈 만큼 작은 플라스틱 덩어리는 얼룩덜룩한 무늬가 있었는데, 자세히 보면 고양이 모양을 하고 있었다.

'참. 강아지가 좋아요, 고양이가 좋아요?'

헤어지기 직전, 도하가 했던 질문이다. 그런 걸 린에게 물어보는 사람은 처음이었다.

'굳이 따지자면…… 고양이요.'
'그럼 이거 가져요.'

툭, 린이 억지로 쥐게 된 장난감과 도하의 얼굴을 번갈아 보자, 도하는 특유의 시원한 웃음을 지었다.

'굳이 따지자면, 선물입니다.'

그렇게 얼떨결에 받아 버린 선물이 지금 린의 눈앞에 있었다. 툭, 용기를 내서 머리에 달린 버튼을 누르자 빨간 불이 들어오더니 찰칵찰칵하는 소리를 내면서 고양이가 제자리를 빙빙 돌기 시작했다. 야옹, 야옹. 이따금 울음소리를 내는 것도 잊지 않으며 갖가지 동작을 선보이는 작은 고양이의 모습에 린은 풉, 하고 웃음을 터트리고 말았다.

대체 얼마 만에 진짜로 웃어 본 건지, 가슴은 찡한데 입가엔 웃음의 흔적이 남아 버렸다.

"어쩌면, 좋은 사람일지도 몰라요."

린은 여린 목소리에 제 소망을 담아 보았다.

❋　❋　❋

결혼은 놀랄 만큼 일사천리로 진행되었다. 첫 만남 이후로 3일이 됐을 때, 이미 결혼식에 대한 이야기가 오가고 있었다. 린은 새삼 자신이 정말로 결혼을 하게 되나 보다고 생각했다.

"아가씨, 식사 준비가 끝났습니다."

이 집에서 린을 따스하게 대해 주는 사람은 이제 집안일을 도맡은 안양댁뿐이었다.

"고마워요, 여사님."

그런 안양댁을 여사님이라 존칭해 주는 것도 린밖에 없었다. 이 차가운 집안에서 둘은 그들만의 유대 관계를 형성한 셈이었다.

"저, 아가씨."

"네?"

안양댁은 늘 린이 안쓰러웠다. 이 큰 집에서 투정 한 번, 어리광 한 번 제대로 못 부리고 자란 린을 참 가엾은 사람이라고 여겼다.

"오늘은 큰 아가씨도 오셔서, 가족분들이 모두 식사에 참여하신답니다."

"아…… 그래요."

린은 애써 우울한 기색을 감추고 미소 지었다. 수년간 훈련받아 온, 그야말로 아가씨다운 우아한 미소였다.

"언질 고마워요, 여사님."

나선으로 꼬인 층계를 내려가 다이닝 룸에 도착한 린은 속으로만 심호흡을 했다.

아버지가 계실 땐 종종 부엌에 딸린 작은 다이닝 룸에서 식사를 하곤 했었다. 그나마 평범한 가정의 모습을 느끼고 싶다는 아버지의 소회 때문이었다. 하지만 지금 린이 들어가야 하는 곳은 콜로세움같이 차갑고 넓은 곳이었다.

기다란 식탁과, 화려한 장식들이 더욱더 린을 움츠러들게 하는 곳.

"어머, 오늘의 주인공이 왔네."

식전주로 화이트 와인을 들던 이 집안의 장녀, 영화가 린을 보고 웃었다.

"언니, 오셨어요."

"내 집에 내가 온 거야 당연한 일이고, 네가 온 거지. 좀 늦었잖아, 우리 막내."

붉은 립스틱을 바른 영화의 입술이 화사한 미소를 피웠다. 그 옆에는 늘 그렇듯, 영화와 꼭 닮은 이 집의 안주인이 꼭 같은 미소를 짓고 린을 보고 있었다.

"얘는, 막내야 늘 늦는 법이지. 태어나는 것부터 늦은 애니까.

어서 앉으렴. 우린 오르되브르는 건너뛸 예정인데, 넌?"

"아, 저도 그럴게요."

어릴 적부터 린은 늘 상상했었다. 이 장면들에 더빙을 하면 참 좋겠다고. 그러면 얼마나 아름다운 가족이 될까. 우아하고 품위가 넘치는 어머니와 언니, 오빠. 막내인 린을 보고 웃어 주는 그 입매와 다정한 몸짓.

"그보다, 정말 이린이 결혼하는 거야?"

영화는 항상 성까지 붙여 남인 양 린을 불렀다. 그게 아니면 빈정대듯 막내라는 호칭을 사용했다.

"그렇게 됐어."

나이프로 푸아그라를 가르며 답하는 건 이 집의 장남인 영준이었다.

"맞선 한 번 만에?"

모른 체 묻는 영화에게 악의가 있다는 걸 잘 아는 린은 묵묵히 제 몫의 식사를 가르고 잘라서 입에 집어넣었다.

"너무 그러지 마라, 막내가 부끄럽게……. 본래 인연은 한 번에 알아본다잖니."

어머니가 편을 드는 대상은 사실상 당신의 자식들이라는 것도 잘 알고 있었다.

"하긴, 인연은 인연인가 봐. 오빠가 딱 맞는 상대를 골라 줬다면서. 참 훌륭해, 요즘 같은 시대에 자수성가라니."

영화의 말끝에 모녀가 마주 보며 키득거렸다.

"그러게나 말이다."

영준이 식탁 맞은편에서 그녀를 뚫어져라 보았다.

"난 이번에 우리 막내를 다시 봤지 뭐냐."

이다음에 쏟아질 말들을 알기에, 린은 눈이라도 질끈 감고 싶었다.

"단 한 번의 만남으로 그렇게 남자 혼을 쏙 빼놓는 재주가 있을 줄은…… 하긴, 그게 유전이라는 거겠지."

"어머, 오빠는 무슨 말을 그렇게 해요. 우리 막내가 오해해서 상처라도 받으면 어쩌려고 그래."

"언니, 저는 괜찮……."

"아니야, 혹시나 첩질 하면서 자식까지 싸지른 모친의 피를 받았다고 하면 나라도 화가 날 거야. 너는 다르잖아. 우리 집에서 이렇게 훌륭하게 자랐는데 그렇게 말하면 모욕이지."

나이프를 쥔 린의 손에 힘이 들어갔다. 하지만 결코 드러나게 떨어서는 안 될 것이다. 그녀는 그렇게 배우고 자랐다. 이렇게 좋은 집에서 훌륭한 교육을 받고 자랐으니까, 이런 때 우아하게 미소 짓는 법 정도는 질리게 익혔다.

"아, 내가 실언을 했네."

영준이 냅킨으로 입가를 닦으며 다시 린을 보았다. 그녀는 인형 같은 미소를 띠고 있었다.

"혼수도 지참금도 필요 없이, 당장 시집을 오기만 하면 된다는 상대측의 말을 듣자니 나도 모르게 감탄이 나와서 말이지."

린은 자조했다. 내가 뭘 그렇게 잘못했을까. 하긴, 태어난 것부터가 그들 입장에선 잘못이었겠지만.

"이왕 그렇게 된 거, 결혼식은 석 달 후로 잡았다. 이린, 네 생각은?"

"전…… 괜찮아요."

"그렇겠지."

그 말에 조소가 섞인 건, 못 들은 셈 치면 된다. 그들끼리 웃으며 하는 말들도, 비난 섞인 눈초리도, 전부…… 석 달 후면 끝이날 것이다.

"그럼, 우리 이린이…… 이제 곧 출가외인이구나?"

하지만 지금 이 순간은 싱긋, 웃음 짓는 어머니가 무서웠다.

"이따 식사 마치고 차는 엄마 방에서 같이할까? 시집가기 전이니까, 모녀간에 할 말도 많잖니."

이미 준비는 되어 있었다. 아버지가 쓰러지자마자 어머니란 사람이 보낸 변호사와 질긴 면담 끝에 아버지가 그녀의 앞으로 많은 주식과 부동산을 남겼다는 사실을 알게 되었고, 그것을 포기하라는 권유 아닌 강요를 받았다.

"그래 줄 거지, 이린아?"

"……네, 어머니."

린의 그 말에 식탁 곳곳에서 피식, 하는 웃음이 들렸지만 그것도 곧 마지막이라 생각하니 참을 만했다.

그날 밤, 린은 결국 아버지에게서 받은 모든 권리를 포기하는 서류에 지장을 찍었다. 지켜 줄 아버지가 없으면 자신은 기껏 상속해준 재산을 지킬 힘조차 없었다.

"저, 어머니……."

지장을 찍자마자 돌아서는 여자를 향해 린이 망설이다 말하자, 사뭇 냉정한 눈초리가 돌아왔다.

"남들 안 볼 땐 그렇게 부르지 말라니깐?"

"죄송해요. 저……."

"뭐니, 답답하게."

"시집가고 나서도, 아버지 병실에 문안 가도 될까요."

떨리는 린의 심경이 무색하게, 여자는 코웃음을 쳤다.

"네 남편이 도리만 잘하면, 뭐 상관없어."

참, 잊을 뻔했다. 자신은 팔려 가는 것임을. 이 집안에선 필요 없는 물건이니 저쪽에서 괜찮은 가격을 제시할 때 팔아 치우는 것에 불과했다. 아버지가 쓰러진 뒤 영준이 무리하게 확장시킨 사업 때문에 현금이 필요했고, 그 현금은 린을 트로피 와이프로 데려갈 도하가 지불하게 될 터였다.

"물론, 그것도 네 아버지가 의식이 없을 때뿐이지만. 내 말 알아들었니?"

"네……."

아마 린의 결혼식 전까진, 가족끼리 가지는 화목한 식사 자리는 더 이상 없을 것이었다. 그 사실이 린을 버티게 해 주었다.

야옹, 야옹, 야오옹.

침실로 돌아온 린이 톡, 하고 버튼을 누르자 또 고양이 장난감이 제멋대로 움직이기 시작했다. 원을 그리며 돌고, 소리가 나는 쪽을 향해서 돌아보고, 또 앞발을 들어 보인다.

'선물입니다.'

도하의 모습이 떠올랐다. 이걸 손에 쥐여 줄 때, 좋은 향기가 났던 것도 같다. 아…… 그리고 잊고 있었던 사실 한 가지.

'얘랑 놀다가 생각나면, 언제든 전화해도 돼요.'

그날 입었던 코트 주머니엔 도하의 명함이 있었다.

❀　❀　❀

늦은 밤, 셔터를 내린 창고 안에서 두 남자가 분주히 움직였다.

"아, 그래서 내가 강아지가 좋으냐 고양이가 좋으냐 물어봤는데 고양이가 좋다더라고."

도하가 멍키 스패너로 무언가를 조이는 사이, 노인 쪽은 불꽃이 튀는 용접 중이었다.

"……뭐라고?"

겨우 마스크를 벗은 석 영감이 돌아보자, 도하가 큰 소리로 외쳤다.

"아니, 고양이가 좋대!"

"너 좋단 소리는 안 하던?"

"아, 아직 그 정도가 아니라니까!"

끼익, 스패너가 헛돌며 쇳소리가 났다. 더 돌아갈 데도 없는 애꿎은 나사가 도하의 손에서 고통받고 있었다.

"야, 이놈의 자식아. 여자가 만난 지 3일이 넘어도 너 좋단 소리를 안 하면 그건……."

"이 여자는 그런 여자가 아니라니까!"

"하긴, 네놈이 작정하고 사 오는 여잔데."

석 영감은 진즉에 반대했던 혼사니만큼 고운 소리가 나오지 않았다. 네놈이 뭐가 부족해서 여자를 사 와, 그런 잔소리를 퍼부었건만 기어코 도하의 맞선을 진행했다.

"사 오는 게 아니라, 협상이래도."

"그거나 그거나. 거, 팔려 오는 여자나 팔아 치우는 집구석이나 퍽도 제대로 됐겠다."

퉤, 드럼통 너머로 침을 뱉는 석 영감을 보던 도하가 피식 웃었다.

"그럼, 제대로 된 여자가 나 같은 거랑 결혼해 주려고?"

"하긴, 그도 그렇다만."

마뜩잖은 얼굴을 하던 석 영감이 슬쩍 도하의 눈치를 살폈다.

"예쁘냐?"

"아, 그게 중요해?"

"중요하지. 그래서 예쁘냐?"

"……어. 예쁘던데."

그답지 않게 눈을 피하는 도하를 보며 석 영감이 들고 있던 토치를 내던졌다.

"짜식, 결국 예뻐서구만."

"그런 것도 없지 않아 있긴 하지만……. 아냐, 이건 사업이라고!"

"사업인데, 예쁘잖아."

"어, 그건 그렇지만……."

"근데 헤어지고 나서 연락 한 통도 안 온다며. 결혼식도 그쪽 집 안에서 통보한 거고?"

"어……."

또다시, 더 조여지지도 않을 나사가 고통을 받는다.

"그럼 조건도 좋고, 예쁜 여자가 너한테 별로 관심이 없나 보 네."

"그게 아니라, 무슨 사정이……."

"명함도 줬다며."

"줬는데…… 못 봤나 봐. 역시 우리 역작이 너무 임팩트가 강했 나?"

"아이고, 염병."

급기야 용접 도구를 내던진 석 영감이 도하를 보고 혀를 끌끌 찼 다.

"결혼식 날을 받았는데, 여자한테 연락이 없다고?"

"아니……."

"아닌 게 아니라 없잖아. 있어?"

"없는데……."

"이 미친놈아 그러게 왜 여자한테 그런 장난감을 줘, 꽃을 줘야 지!"

"그럼 그걸 진즉 말해 주든가!"

도하의 일갈 이후로 창고 안이 고요해졌다.

"……그러게. 내가 미안하다."

"미안하면 다야?"

하지만 도하의 마음은 이미 복잡해진 후였다.

"……그럼 관심이 아예 없는 거라고?"

"연락이 안 온다며."

"아니, 사정이……."

도하가 말끝을 흐린다. 역시 셀프 방어는 무리가 있나 보다.

"그럼 정말 관심 없는 거야? 그게 말이 돼? 결혼은 하면서 관심은 없다는 게?"

"내가 봤을 땐 그냥 그 결혼 자체가 말이 안 돼."

"아…… 그렇지."

짐짓 납득한 도하가 슬프게 고개를 끄덕인다. 역시 꽃을 줬어야 했나.

"그래도 혹시……."

그 순간, 거짓말처럼 벨소리가 울렸다.

"이거, 영감 거야?"

"아닌데."

"그럼, 내 거야?"

"내 알 바야?"

석 영감의 대답보다 도하가 휴대폰을 향해 튀어 가는 속도가 더 빨랐다.

"네, 이도하입니다!"

번호도 확인하지 않고 받았지만, 수화기 너머의 정적은 어쩐지 그 여자와 닮아서 가슴이 설레었다.

— 여보세요…… 저, 그쪽이랑 결혼하기로 한…… 이린인데요.

"네, 이린 씨."

무슨 말을 해야 할까. 선물이 마음에 들었는지, 아님 꽃을 줬어야 했는지, 다음 달에 잡힌 결혼식 날이 마음에 드는지?

— 저…… 부탁이 있어서요.

도하의 고민이 끝나기도 전에 린이 말을 이었다.

"네, 뭐든지."

— 저…… 이런 말씀이 외람된 건 알지만…….

혹시 파혼을 하려나. 아, 그건 곤란한데. 이 계약 결혼에 이린보다 더 마음에 드는 여자가 나타나지 않을 것만 같아서 도하의 인상이 찌푸려졌다.

— 혹시…….

게다가, 정말 혹시라고 말한다.

"잠시만요."

— 네?

"혹시 파혼하실 거면 제가 심호흡할 시간을 좀 주실래요?"

— 아, 그건 아니에요. 말씀드렸듯이 전 이도하 씨랑 결혼할 생각이거든요.

여린 목소리였지만, 또박또박 제 의사를 전달하는 린 덕분에 도하는 간신히 마음의 안정을 찾을 수 있었다.

"파혼만 아니면 뭐든 괜찮으니 편히 말해 봐요. 부탁을 들어주는 깃도 예비 남편의 의무니까."

수화기 너머로 린의 망설이는 숨소리가 들렸다. 그러고 보니, 만났을 때도 매사에 조심스러운 언행을 가진 린이었다. 상류층 여자는 다 이런 걸까? 도하로서는 처음으로 접촉해 보는 '그들이 사는 세상'에 사는 여자였다.

— 괜찮으시다면…….

말 한마디조차 이렇게 정중하고 조심스러운 린이 도하는 어쩐지 싫지 않았다.

— 우리 결혼을 더 빨리할 수 없을까요.

정말 생각지도 못한 린의 말에 도하는 잠시 할 말을 잃었다. 린은 도하의 당혹감을 읽었는지, 빠르게 덧붙였다.

— 아뇨. 그냥 제 바람일 뿐이고, 무리한 부탁이라는 건 알고 있으니 그냥 작은 실례로 잊어 주세요.

"뭘 잊으란 겁니까?"

— 그러니까…… 방금 제 무례한 요청은 못 들은 걸로 치시고 그냥 작은 실수로 잊어 주셨으면 해요.

도하가 심술맞은 미소를 지었다. 이런 예의 바른 대화는 애초에 도하의 성미에 잘 맞질 않았다.

"싫은데요."

— ……네?

"싫다고요. 왜 뻔히 들은 말을 못 들은 걸로 쳐야 됩니까, 내가."

린은 할 말을 찾는 듯 아무 대답도 하지 않았다. 맞선 자리 때도 느꼈지만, 다소 형식에서 벗어나더라도 논리적으로 옳은 말을 건네면 린은 받아들이는 모양이었다.

"게다가 결혼을 서두르는 건 내가 더 원하는 일이거든요."

부러 다정하게 굴려는 건 아니었다. 어차피 비즈니스가 얽힌 이 결혼이 빨리 성사되면 될수록 도하에게 이득인 것도 사실이니까. 절대로 저 조심스러운 여자의 부담을 덜어 주려 한 말은 아니란 뜻이다.

"오늘은 밤이 늦었으니, 내일 점심은 어때요."

— 뭐……가요?

"우리의 보다 빠른 결혼을 위한 미팅? 뭐, 가벼운 회의 정도로 생각하자고요."

창고를 나서려던 석 영감이 하필 그 타이밍에 도하를 지나치며, 혀를 끌끌 차고 고개를 저었다. 저런 소리나 해 대니 여자한테 인기가 없는 게야. 그런 말이 표정에 고스란히 보여서 도하는 괜한 오기가 치밀었다.

"난, 이린 씨와 결혼하게 돼서 정말로 기쁩니다. 이건 진심이에요."

석 영감 들으라고 말한 것도 없지 않았는데, 정작 말문은 린이 막혔나 보다. 수화기 너머에서 작게 숨을 들이켜는 소리가 들렸다.

"그러니 함께 이야기해 봅시다, 우리가 어떻게 한시라도 빨리 결혼할 수 있을지. ……내일 점심, 괜찮죠?"

— 네? ……네, 좋아요.

린은 데리러 가겠다는 도하의 제안을 거절하지 않았다. 통화를 마치고, 린의 말투를 닮아 정갈한 메시지 속 주소와 시간을 보면서 도하는 조금 묘한 기분이 들었다.

"그 예쁜 여자한테 드디어 전화가 와서 넋 빠졌냐?"

"아니."

석 영감의 딴지에도 도하는 평소처럼 발끈하지 않았다. 오히려 아직도 넋이 나간 듯 허공을 보는 멍한 표정이 우스웠다.

"그럼 왜 비 오는 날 누렁이 같은 표정하고 자빠졌는데."

"아, 그냥…… 나도 정말 결혼을 하나 보다 싶어서."

쯧쯧, 석 영감이 혀를 차고 창고 안으로 들어가고도 한참 동안 밤하늘을 보는 도하의 눈빛은 수많은 감정을 담고 있었다. 정말 우스운 일이었다. 자신이 평생 이해하지 못하는 게 결혼이었고, 그다음이 정략적으로 하는 결혼이었는데, 하필 주인공이 또 자신이 됐으니.

"뭐……."

딱 한 번만 만나 보려고 했다. 서로의 요구가 부합했으니 비즈니스의 하나로 검토했을 뿐이었다.

"좋은 여자일지도."

만약, 그 자리에 린이 아닌 다른 여자가 나왔어도 이 거래가 성사됐을지는 모르겠다. 어쨌든 지금 분명한 건 따로 있었다. 그와 그녀가 결혼을 하게 됐다는 것, 그리고 내일 점심에 만나기로 했다는 것.

"영감님, 꽃은 뭘 사야 되지?"

그제야 정신을 차린 도하가 창고 안으로 들어가며 질문을 던졌다. 넉넉하다고 생각했는데, 의외로 내일 점심까지 시간이 빠듯할 수도 있겠다.

❋　❋　❋

도하는 고민 끝에 차 키를 집어 들었다. 석 영감의 조언대로 가장 평범한 차를 고르느라 벌써 30분이나 허비한 터다.

"이 정도면 되겠지……?"

삐빅, 전조등이 들어오는 차는 이 차고에서 유일하게 하얀색이며, 뚜껑에 장난감 태엽 모양의 장식품이 없고, 그 뚜껑이 열리는 일도 없는, 그야말로 평범한 세단이었다.

❀　❀　❀

같은 시각, 린도 비슷한 고민을 하고 있었다.

"아가씨는 하얀 코트가 어울려요."

"좀 과하지 않을까요?"

"전혀! 일단 아가씨 얼굴엔 퍼(fur) 장식이 어울리니까, 이게 딱인걸요."

안양댁과 한참의 고심 끝에, 린은 간신히 하얀 퍼가 달린 코트를 입었다.

"예뻐요."

거울 앞에서 한 바퀴 도는 린을 안양댁이 따스한 눈초리로 보았다.

"결혼해서, 꼭 행복해지세요."

"네……."

인양댁도 이 결혼의 본질에 대해서 모를 리가 없는데, 린에게는 다정한 위로를 건네주기만 했다.

"아가씨는 좋은 사람이니까, 꼭 행복해질 수 있을 거예요. 이 집을 벗어나면, 자유롭게 사세요."

"고마워요, 여사님."

마치, 주문을 걸어 주는 듯한 안양댁의 말에 린은 미소 지었다.

행복까지는 알 수 없어도, 자유로워질 수는 있을 것 같은 기분이
들었다.

❊　❊　❊

도하가 고심 끝에, 그리고 석 영감의 조언을 동반해 고른 식사
자리는 한정식집이었다. 한옥 마을에 자리한 조용하고 작은 기와
집이지만, 음식 맛이 썩 좋다는 석 영감의 평가가 크게 한몫을 했
다.

"어…… 그러니까."

어색한 정적을 애써 끊으려는 도하의 말조차 어색하기만 했다.
이게 아닌데, 주춤하는 사이 나란히 마주 앉은 상에는 벌써 속속들
이 음식이 나오기 시작했다.

"늦어서 미안합니다. 난 그게 대문인 줄 알았는데……."

아까 린의 집에 데리러 갔을 때의 일이다. 아주 조용한 주택가,
어마어마한 담장들 앞에서 차를 대고 기다렸는데, 알고 보니 그 대
문을 통과해 차로 이동을 해야만 진짜 현관문이 있더란다. 하, 뭐
그런 걸 드라마에서만 봤으니 어떻게 알았겠나.

"아뇨, 괜찮아요."

시행착오를 거쳐 린과 함께 식사 장소로 오는 길은 멀었다. 도하
에겐 그렇게 느껴졌다.

"음식이 입에 맞을지 모르겠네요."

사실 도하는 편의점 라면에도 행복한 인생이라 이런 진수성찬이
설레었지만, 린은 또 모를 일이었다. 정갈한 젓가락질로 이따금 작

은 입을 벌려 음식을 넣고 오물오물 씹을 뿐, 버릴 동작이 하나도 없는 린을 보자니 조금 걱정이 될 수밖에 없었다.

"아, 맛있어요."

게다가 이 분위기도 걱정이었다. 만난 지 30분째, 두 사람은 별다른 대화를 나누지 못하고 있었다.

"특히 청포묵이 재료의 특성을 잘 살려서 좋은 식감을 주네요."

아, 이건 무슨 요리 프로 심사위원인가. 얌전한 얼굴로 차분히 읊는 린의 말을 듣고 있자니 도하는 더더욱 좀이 쑤셨다.

"어제, 전화로 한 말에 대해서 얘기를 나눠야겠죠."

"네."

오물오물, 청포묵을 씹어 넘긴 린이 고개를 끄덕였다. 그러고는 차 한 모금을 들이켰다.

"이도하 씨도 원하시는 일이라니, 이제 기탄없이 말씀드릴게요."

조심스러운 줄만 알았던 린이, 의외로 강하게 나왔다.

"저는 이 결혼이 빨랐으면 좋겠어요. 가능하면 하루라도요."

마지막 단어에 힘주어 말하는 린은 도하가 처음 보는 강한 눈빛을 하고 있었다.

"그럼 이린 씨 이야기를 먼저 들어 볼까요."

도하가 옆에 놓인 팔걸이에 오른팔을 얹으며 느긋하게 린을 바라봤다. 내심 엄청나게 긴장하고 있던 린은 덕분에 조금 마음이 놓였다.

"며칠 동안 이 결혼과 제 처지에 대해서 많은 생각을 했어요. 그러고 나니 이도하 씨에게도 제가 아는 걸 전부 알려 드리고 선택할 기회를 드려야 한다는 걸 알게 됐고요. 저는 모든 걸 솔직하게 말씀드릴 테니, 이도하 씨도 가능한 한 솔직한 답을 주셨으면 해요."

조용조용 가녀린 목소리였지만, 또렷한 발음으로 제 의사를 전달하는 린은 도하의 생각과는 조금 다른 사람 같았다. 그저 마음에 없는 미소를 지으며 고개나 끄덕일 줄 아는 인형이 아니었던 것이다.

"물론 그럴 겁니다. 난 원래 솔직한 걸 좋아하니까."

"그럼…… 저도 정말 거리낌 없이 말씀드릴게요."

후, 짧은 숨을 내쉰 린이 도하를 똑바로 바라봤다. 도하는 문득, 이 여자의 얼굴을 이렇게 똑바로 바라보는 게 처음이라는 걸 떠올렸다. 도하가 여태 받았던 청초한 인상은 그대로였지만, 커다란 눈동자와 오똑한 콧날에선 유약함을 찾아볼 수 없었다.

"제 존재는 집안의 오명이에요. 처치조차 곤란한 짐 덩어리죠. 이도하 씨는 제 태생에 대해 얼마나 알고 계신가요."

"전부 다, 라고 생각합니다. 하지만 이린 씨의 표현에 동의하지는 않고요."

"호적엔 올라 있지만, 전 회장님의 혼외자예요. 그 사실을 대부분의 사람들이 알고 있고요. 아버지의 의식이 없으신 지금, 저는 단 한 푼도 가져갈 수 없어요. 이도하 씨에게 금전적으로 도움이 될 수도 없을 테죠."

린은 자신의 치부를 담담히 말하고 있었지만 내심 긴장한 채로 도하의 반응을 살폈다. 도하는 린의 예상과는 달리 느긋한 미소를 지었다.

"애초에 결혼 상대한테 금전적 도움을 바랄 정도는 아닙니다. 게다가, 이 혼담은 당신의 오빠인 이 전무님과 진행했어요. 필요한 건 이미 모두 다 알고 수락했단 뜻입니다. 당신이 걱정할 필요는 없어요."

"그러면 이 거래가……."

도하가 자세를 고쳐 앉으며 린을 똑바로 주시했다.

"첫날 했던 말을 그대로 반복하죠. 내가 당신이 원하는 걸 줍니다. 그리고 그건 내게 손해가 아니에요. 말했듯이, 난 사업을 하는 사람이니까 손해 보는 거래는 안 해요. 당신은 내 부인이란 자리에 앉아 주기만 하면 돼요. 내가 당신이 사는 세상에 편입할 수 있도록, 그 자리만 지켜 주면 그것만으로도 내겐 큰 힘이 될 겁니다."

마음이 한결 후련해졌는지, 린이 또 작은 숨을 내쉬었다.

"네, 그러니까…… 그때 이도하 씨가 말씀하셨던 트로피 와이프, 말인가요."

"그렇죠."

"하지만 전 금발이 아니고, 이도하 씨도 중년이 아닌걸요."

린이 농조 섞인 목소리로 말했다. 본래 트로피 와이프의 의미는 상당한 자산가인 중년 남성이 외모만을 보고 갈아 치워 대는 젊은 아내를 일컫는 말이다. 마치 골프 트로피처럼, 그의 인생에 장식품이자 자랑거리가 되어 줄 부인.

"그래서 참 다행이죠?"

씩 웃는 도하의 웃음은 언제나 시원했다.

"그 외에 제게 바라는 건 더 없으시고요."

"네, 이미 말했듯이."

"제 도움이 필요 없어지면 떠나도 되고요."

"뭐, 이린 씨가 원한다면요."

그 웃음처럼 시원시원한 답변은 너무 많은 생각으로 복잡한 린에게 가벼운 환기가 되어 주었다.

"그리고 또…… 결혼이긴 하지만, 거래이니까, 저한테는……."

"네?"

"그러니까 명목상 결혼이지 실제로 결혼 생활을 하는 건 아니니까…… 어깨에 팔을 올리는 정도는 괜찮지만……."

어쩐지 눈길을 피하며 말을 빙빙 돌리더라니, 그거였다.

"당신이 원하지 않는 한, 당신 몸에 그런 의미로 손가락 하나도 댈 생각 없습니다. 그건 확실하게 약속드리죠."

"네, 고마워요."

여자에게 이런 일로 고맙다는 말을 듣자 어쩐지 심란해지는 도하였지만, 이 결혼의 본질이 계약이다 보니 어쩔 수 없었다.

"이도하 씨도 혹시 다른 연애 상대가 있다면 만나셔도 괜찮아요."

"……네?"

하지만 이 말은 이해할 수 없었다.

"이건 명목상인 결혼이잖아요. 이도하 씨가 따로 좋아하는 여성분이 있다면 만나셔도 된다고요."

"나더러 바람을 피우라는 겁니까?"

"진짜 결혼이 아니니까 꼭 바람이라고 할 건 없겠죠."

사실 이 말은 린에게서 처음 들은 게 아니었다. 이 혼담을 주선했던 린의 이복 오빠인 영준도 같은 말을 했던 것이다. 그것도 아주 대수롭지 않다는 듯, 너무나 당연한 어투로.

"저기요, 이린 씨."

괜히 답답함과 울화가 치미는 건 왜일까. 도하는 제 머리를 헝클어뜨리며 생각을 정리하려 애썼다.

"그런 일은 없을 겁니다. 적어도 당신과 결혼 생활을 유지하는 동안에는."

"하지만 나중에라도."

"나중에고 지금이고 없다니까!"

버럭, 저도 모르게 언성을 높인 도하의 말에 주위가 고요해졌다. 이 남자는 왜 화를 내는 걸까. 아버지도 오빠도, 린이 아는 주위의 모든 남자들은 그렇게 살기에 당연한 거라 여겼는데.

"미안합니다, 나도 모르게 언성을 높여서. 하지만 앞으로는 그런 말 하지 말아 줘요. 당신한텐 어떤지 몰라도 나한텐 아주 비상식적인 일로 들리거든요."

"네."

"그리고……."

하, 길게 한숨을 내쉰 도하가 제 머리를 다시 헝클다 린을 봤다.

"내가 먼저 정략결혼을 제안한 이상한 놈이긴 해도, 와이프를 두고 바람이나 피울 막돼먹은 놈은 아닙니다. 앞으로도 되고 싶지 않고."

이런 생각을 하는 남자도 있었나. 린은 조금 혼란스러운 마음에 도하를 바라봤다. 그 새카만 눈동자에 거짓이나 가식은 없는 것 같았다. 어차피, 그가 이런 걸로 린을 속일 이유도 없었지만.

"고……마워요."

린의 작은 입술이 들릴락 말락, 진심을 전했다.

"저도 이도하 씨에게 최대한 자랑스러운 트로피가 될 수 있도록 노력할게요."

예쁘고, 어딘지 쓸쓸한 말이었지만 도하는 벌써 이 여자가 마음에 들어오기 시작했다. 그렇지 않다면 결혼식도 올리지 않은 이 낯선 여자가 조금 가엾고, 지켜 주고 싶다는 생각이 들 리 없을 테니.

도하는 조금 신기한 사람 같았다. 적어도 린의 눈에는 그렇게 보였다. 잠시 말없이 허공을 보는가 싶으면 금세 엄청난 말을 쏟아내고, 습관인지 제 머리카락을 마구 헝클어트리다가 툭, 대담한 소리를 던진다.

린이 받았던 몸가짐에 대한 교육과는 아주 거리가 먼 모습이었지만, 그게 싫지만은 않았다. 무엇보다, 그 시원스러운 웃음이 도하와 잘 어울렸다.

"혼수품은 정말로 필요 없습니다. 당신이 머물 손님방은 이미 단장을 끝냈고. 아, 걱정하지 마요. 내 센스로 한 게 아니라 우리 여직원들이 업무 시간의 90%를 당당하게 땡땡이치면서 투표까지 해서 고른 거니까."

"벌써요?"

"뭐가 벌써입니까. 3일이나 지났는데, 당연하죠."

어쩌면 성질이 조금 급한 남자인 것 같기도 했다. 좋게 말하면 추진력이 있달까.

"혹시 마음에 안 들면 바꿔도 돼요. 결혼식은 이린 씨 댁에서 가능한 한 작은 규모로 하고 싶다고 하시던데, 이린 씨도 같은 생각?"

"네."

"음…… 제주도에 내 친구 놈이 하는 작은 호텔이 있는데, 거기라면 결혼식을 더 빨리 당길 수 있을 겁니다. 나머지 사항은 오늘 밤에 전무님을 직접 뵙고 말씀드리죠."

벌써 영준과의 약속도 잡아 놨나 보다. 확실히, 추진력은 빠른 걸로.

"이린 씨는 더 필요한 건 없습니까. 원하는 거라든지."

"네, 없는데요."

얼굴이 예뻐서기도 하지만, 이런 때 책을 읽듯이 나오는 담담한 태도가 린을 더 인형같이 보이게 했다. 도하가 만났던 영준을 떠올렸을 때, 린이 그 저택에서 어떻게 살았을지 반추하게 되는 모습이었다.

"짜고 치는 결혼이지만, 그래도 미래의 남편한테 바라는 점이라든가."

"아직은 없어요."

"난 생겼는데, 하나 들어줄 겁니까."

또 이렇게 아무렇지 않은 표정으로 훅 치고 들어온다. 린이 살짝 긴장하며 고개를 끄덕이자 도하가 씩, 웃는다.

"결혼하면 말을 놨으면 하는데."

"아, 저는…… 이대로도 편해서."

"그럼 이린 씨는 놓고 싶을 때 놔요. 난 결혼하면 놓는 걸로. 어때요?"

그러고 보니 여태 슬쩍슬쩍 반말을 섞어 오던 도하였다. 뭐, 그것도 린에겐 나쁘지 않았기에 고개를 끄덕였다.

그사이 도하의 차는 린의 집 대문을 넘어서 정원을 가로지르고 있었다. 다시, 헤어질 시간이다.

"아, 이게 진짜 대문이라니. 참 나."

"좀…… 넓죠."

"좀은 아니고, 지나치게."

린도 동감했다. 잠시 원예에 취미를 붙인 아버지가 정원을 증축하면서 그야말로 저택이 되어 버린 집은 린에게도 너무 크게 느껴졌다.

"내 집은 훨씬 좁으니까 마음의 준비 해 둬요."

"네."

씩, 다시 도하가 웃었다. 그의 미소는 사람의 마음을 편하게 하는 재주가 있었다. 린이 한결 자연스러운 표정을 지어 보이자 도하가 무언가 생각났다는 듯이 몸을 돌렸다.

"아, 예비 남편한테 바라는 점은 얘랑 생각해 보면 되겠다."

차의 글러브 박스에서 뭔가를 꺼낸 도하가 린의 가방 위에 작은 상자를 올렸다. 린은 솟아오르는 기대감으로 상자를 봤다. 이 남자는 뭐지, 산타도 아니고 왜 매번 이런 걸 주는 걸까.

"물론 언제든 전화해도 돼요."

또 한 번, 도하가 웃었다. 이번에는 희미하게나마 린도 함께 미소를 지었다.

린은 곧바로 자신의 방에 돌아갔다. 코트도 벗기 전에 책상 앞으로 다가가 도하가 준 상자를 꺼내 들었다.

"화분?"

플라스틱 화분엔 흙이 담겨 있는 대신 마찬가지로 플라스틱으로 된 꽃이 심어져 있었다. 몇 번, 길을 지나다 본 적이 있는 종류의 장난감이다. 아마 이렇게 책상 위에 올려 두고 손끝으로 톡 치면 고개를 갸웃거렸던 것 같다.

"넌 무슨 꽃이니."

톡, 린의 손끝에서 고개를 흔들기 시작한 분홍색 꽃엔 귀여운 얼굴이 그려져 있었다. 눈은 나른하게 감고 있는데 뺨에 그려진 홍조가 꽤 쑥스러워 보이는.

"자, 이제 둘이 외롭지 않겠다."

린은 저번에 받았던 고양이 장난감을 찰칵 눌러서 화분 옆에 놓았다. 그럴 리 없겠지만, 서로 반가워서 빙글빙글 갸웃갸웃 움직이는 것 같아 어린애도 아닌데 괜히 미소가 피어오른다.

"앞으로 사이좋게 지내야 해."

누구에게 하는 말일까. 확실한 것 하나는 지금 린의 입가에 핀 미소에 설렘이 조금 묻어난다는 것이었다.

❋　　❋　　❋

그날 밤, 정작 선물을 한 도하는 웃을 기분이 아니었다.

"방금 뭐라고……."

"이 사장 맘대로 하라고."

영준의 손에 들린 유리잔 안에서 짙은 금색의 위스키가 얼음을 감싸고 있었다.

"당장 내일이든 모레든 상관없으니까, 이 사장 맘대로 데려가.

그보다 상장 준비는 잘되어 가나? 뭐, 자회사니까 별 탈은 없겠지만…… 참, 기존 본사도 증자할 때 되지 않았나?"

"일은 착실히 진행되고 있습니다만, 그럼 결혼식 문제는 어떻게 할까요. 보통 신부 측에서 정한다고 하는데 전무님 생각은 어떠신지요."

"알아서 해. 뭐하면 혼인신고만 하든가. 먼저 데려가 살아도 되고. 그보다, 이 사장. 증자하기 전에 확실히 언질은 줘야 해. 이제 처남이잖아? 가족끼리 돕고 살아야지."

호탕한 웃음을 짓는 영준은 도하보다 훨씬 위의 연배였지만 도저히 어른으로는 보이지 않았다.

"언제라도 상관없다는 말씀이신가요."

"그래, 좋은 소식이야 언제든 좋지. 그 전에 미리 나한테 귀띔해 주는 것만 잊지 않으면 돼."

이미 취기가 오른 영준은 뭐가 그리 좋은지 비릿한 웃음을 지으며 아까부터 옆에 앉아 있는 아가씨의 허리에 팔을 더 세게 둘렀다. 이런 사람을 가족이라고 알고 자랐으니, 린의 입에서 아무렇지도 않게 바람을 피우라는 소리가 나왔나 보다. 참, 구역질 나게도.

"이번 주는 어떻습니까."

"나야 좋지! 아주 좋아! 그럼 얼마나 배분해 줄 생각인가? 내친 김에 강 변을 부를까? 기다려 봐, 연락처가……."

"아뇨, 오늘은 좀 바빠서 이만 일어나야 할 것 같습니다."

"그래, 이 사장이 준비할 게 많을 테지."

"네."

이미 자리에서 일어선 도하가 싱긋 웃었다. 차갑고, 아무런 감정이 느껴지지 않는 형식적인 미소였다.

"이번 주 내로 신부를 맞으려면 아무래도 준비할 게 많으니까요."

"……뭐? 그 문제는 알아서 하라고 내가……."

"문제가 아니라 전무님 여동생의 혼사입니다. 제 혼사이기도 하고요."

"이 사람아, 내 앞에서까지 그런 체할 건 없어."

거들먹거리는 영준은 아무리 봐도 린과 닮은 구석이 없었다.

"제가 원래 모든 일에 최선을 다하는 주의라서요."

"참, 사람이 답답하게."

"아무튼, 전무님께서 아량 있게 허락해 주셨으니 이번 주 내로 신부를 데려가겠습니다."

"쯧……."

못마땅한 영준의 얼굴에도 도하의 표정은 흐트러지지 않았다. 어차피 계산기를 두드릴 대로 두드려서 진행한 이 혼사를 영준이 엎을 일은 없을 것이다.

"맘대로 하게나."

그 후로 도하가 판에 박힌 몇 마디를 하고 룸을 나설 때까지 영준은 눈길 한 번을 더 주지 않았다. 쿵, 문이 닫히고 나서야 술잔을 거칠게 테이블 위에 내려놓는 손길에서 불만이 묻어난다.

"끼리끼리라더니, 천박한 것들끼리 아주 잘 어울리네."

하지만 영준의 불만도 나긋한 아가씨의 손길에 금세 녹았다. 어차피 대수롭지 않은 일이었다. 영준은 이 거래로 큰 이득을 볼 것이고, 집 안에서 꼴 보기 싫은 짐도 덤으로 치워 버릴 수 있다. 빠르면 빠를수록 좋은 거지, 뭘.

"그래, 빠르면 빠를수록 좋단 말이지······."

무언가 재미있는 생각을 떠올린 듯, 영준이 음습한 미소와 함께
술을 들이켰다.

❋　❋　❋

짙은 자줏빛의 실크 가운을 걸친 수연은 아름다운 피아노 선율
을 음미했다. 손에는 코냑이 찰랑이는 잔이 들려 있었다. 이 회장
에게 시집온 이후로 술에 적당히 취하지 않고는 잠들 수 없는 외로
운 밤들이 이어져 왔고, 이젠 친구 같을 정도였다.

"엄마, 어떡할 거야?"

길고 외로운 결혼 생활 끝에 얻은 것은 저를 꼭 닮은 딸 영화와
든든한 아들 영준이었다. 수연이 살아가는 이유이자 보람은 오직
제 배를 앓아 낳은 자식 둘뿐이었다.

"엄마가 다 알아서 한다니까."

"강 변이 안심하지 말랬어. 각서를 받으면 뭐 해, 당장 아버지
일어나셔서 엎어 버리면 그만인데!"

영화는 로펌 대표인 제 남편을 아직도 강 변이라 불렀다.

"나도 그까짓 각서 하나로 결판을 볼 수 있다곤 생각 안 한다.
대신 강 변도 그랬잖니, 차곡차곡 이린한테 불리한 증거들을 모아
두면 소송에서 반드시 이길 수 있을 거라고."

상속 전쟁에 대비하는 건 재계의 어느 집이나 마찬가지일 것이
다. 특히나 린처럼 정당한 자식으로 인정받은 혼외자가 있는 경우

에는 더욱 날이 설 수밖에.

"아직 네 아버지가 돌아가신 것도 아니니 상속 집행은 멀었고, 다행히 이미 증여가 된 재산도 아니야. 이린이 뭘 할 수 있겠니, 불쌍해서 귀여워해 주시는 회장님 없이 제까짓 게 뭐라고."

수연이 남은 코냑을 마저 들이켜고 사랑스러운 딸을 향해 미소 지었다.

"걱정 마, 우리 딸. 엄마는 너희 건 단 한 푼도 뺏기지 않을 거야. 고스란히 다 너희한테 줄 거니까 우리 딸은 괜히 속 썩을 필요 없어."

여느 어머니와 똑같이 자애로운 모습이었다. 린에게는 한 번도 보여 주지 않았던 모습으로, 수연은 자식들에게 린을 향한 증오를 부추겨 왔다. 그것이 그녀가 품은 모정이었다.

"안 그래도 방금 영준이가 재밌는 이야기를 해 주지 뭐니."

"왜, 오빠한테 전화 왔었어?"

"응, 혹시 모르니 강 변도 잠깐 오라고 할래? 이 집 사위니까, 여기 있어도 이상하지 않고⋯⋯."

"그이는 변호사니까, 좋은 증인이 되어 줄 수도 있겠네. 하긴, 이래서 내가 변호사랑 결혼했지, 참."

모녀가 똑 닮은 얼굴로 똑같은 미소를 지었다. 아름답고 우아하지만, 어딘가 섬뜩한 붉은빛을 띤 미소였다.

❀　❀　❀

치익, 용접 불꽃이 사그라지기 무섭게 도하가 입을 뗐다.

"영감."

"왜, 또."

급기야 일이 다 끝나지 않았는데도 용접 마스크를 벗더니 한숨을 푸욱 쉬었다. 이래서야 석 영감도 더 일을 할 수가 없다. 뭐, 고용주가 작정을 하고 놀자는데 안 놀면 그것도 도리가 아니지, 암.

"그 여자가 너무 안됐어."

"아이고, 또 염병…… 네놈이 누굴 동정할 처지냐?"

"아, 꼭 처지가 있어야 동정해? 영감도 인간극장 보면서 질질 짜는 주제에!"

석 영감은 꼭 이렇게 도하의 속을 긁곤 했다.

"그렇잖냐. 그놈의 회사가 뭐라고 그런 사람 같지도 않은 것들한테 사람 취급도 못 받으면서 결혼을 해? 자고로 혼인이란 인륜지대사인 게야. 천지신명이 돕고 인연을 점지해 줘서……."

"좀…… 연애 한 번도 안 해 본 영감한테 그딴 걸로 설교 듣고 싶지 않다고!"

"에이, 저런 망할 놈!"

석 영감은 아무리 긁어도 별 반응을 보이지 않는 도하가 더 분통이 터졌다. 그러거나 말거나, 도하는 쭈그려 앉아 용접의 결과물을 살폈다. 그 뒷모습이 흡사 동네 백수 청년 같았다. 그 청년이 중소기업에 불과하던 회사를 상장시키고, 중견기업으로까지 발돋움하고 있다는 게 믿기지 않을 정도다.

"이건 못쓰겠다."

툭, 바닥에 던지는 부품들 사이로 도하의 목소리가 울리자 석 영감이 또 혀를 쯧쯧 찼다.

"그것만 못쓰냐? 이 결혼도 못써!"

"또 그 소리."

"왜 그렇게 집착을 하냐고 이놈아. 막말로 너나 내가 그런 우아한 인간들 사이에 비빌 물건이야? 아무튼 이씨 집안 것들은 네 아비나, 형이나 그저 한 우물밖에……."

"영감."

도하의 표정이 굳어졌다. 스스로도 조금 지나친 걸 느꼈는지 석 영감은 입을 꾹 다물었다.

"이건 우리 꿈이야. 영감이 나 어릴 적에 한 말 기억 안 나? 남자는 야심을 가져야 한다며."

"야, 이놈아 그게 정도가 있지……."

"그리고 마누라는 꼭 예쁜 여자로 얻으라고, 다 영감이 가르친 거거든?"

도하가 고개를 까딱였다. 이렇게 뻔뻔하게 굴 때면 석 영감은 정말 할 말이 없었다. 평소에 죽어라 말을 안 들으면서 이런 것만 꼭 듣더란 말이지.

"큼…… 그래서 그 예쁜 여자한테 꽃은 줬냐. 이 영감 통밥이 좀 통했지?"

"아니, 전혀. 수국은 여름에 나는 꽃이래. 역시 연애 한번 못 해본 영감다웠어."

"그럼 장미꽃이라도 줬누."

"아니? 수국을 주라며. 근데 없기에, 마침 차에 우리 저번에 발매했던 그 분홍이 있잖아?"

"……또 장난감을 줬다고."

여러모로 미칠 것 같은 석 영감이 탄식하는데도 도하는 눈치 없이 잘도 웃었다.

"어, 잘했지? 꽃이니까 분명 좋아할 거야. 영감 말 듣길 잘했어."

"그래…… 잘했다."

더 할 말이 없어 접는 석 영감이었다. 하기사, 도면 그리기가 취미이자 특기이며, 기획할 때는 꼭 제 손으로 먼저 만들어 봐야 직성이 풀리는 두 남자가 모여서 꽃 이야기를 하는 것 자체가 옳지 않은 일이었다.

"저기, 영감."

"뭐."

"맘대로 내일이든 모레든 데려가라는데, 진짜 확 데려와 버릴까?"

도하가 또 앞뒤를 다 잘라먹은 말을 불쑥 꺼냈다. 그걸 매번 찰떡같이 알아듣는 것도 석 영감의 재주라면 재주였다.

"그러다 책잡히려고."

"근데 본인도 그렇고, 집안에서도 그러라는데…… 그럼 된 거 아냐?"

"되겠지. 아주 문제적으로다가."

"아, 되는 거지?"

가끔 석 영감은 궁금했다. 이런 순수하고 해맑은 두뇌의 소유자가 어떻게 회사를 이만치 키웠는지.

"됐고, 판이나 다시 떠 와. 저거 언더컷 때문에 안 빠지는 거니까, 도면 좀 고치고. 거…… 내가 진즉에 치수 좀 넉넉하게 여유 두라고 했지?"

또 일 얘기다. 그새 도하가 버려둔 제품 조각을 쥐고서 요모조모 돌려 보던 석 영감이 문제점을 찾아낸 것이다.

"그리고 매사에 여유를 두는 건 기본적인 거야. 도면도, 세상살이도, 결혼도 다 똑같아."

흠, 조금 복잡한 기분이 된 도하가 묘한 소리를 내었다. 도하는 다시 용접 마스크를 뒤집어썼다. 아무래도 이 복잡한 기분은 눈앞에서 번쩍이는 용접 불꽃에 쏟아야겠다.

❋　　❋　　❋

린이 막 잠자리에 들려고 할 때, 다급한 노크 소리가 들렸다. 평소에는 이 시간에 린을 찾는 사람이 없는지라 왠지 불길한 예감이 들었지만, 어쩔 수 없이 문을 열었다.

"아가씨, 죄송합니다."

하긴, 열지 않았어도 린이 할 수 있는 일은 없었다. 문 앞에 선 안양댁은 참담한 표정으로 양손에 짐 가방을 들고 있었다. 열어 보지 않아도 알 수 있다. 익숙한 가방들엔, 얼마 되지 않는 자신의 짐이 담긴 게 틀림없었다.

"옷을…… 갈아입을까요."

"아뇨, 시간이 없습니다."

아버지가 사라진 이 집에서, 언젠가 이런 날이 올 줄 예상하고는 있었다.

"제가 벌어 드릴 수 있는 시간은, 아가씨께서 외투를 걸칠 시간 뿐이지요."

다만 이렇게 빨리, 쫓기듯 나가게 될 줄은 몰랐다. 그래도 조금은 믿어 보고 싶었다. 하지만 안양댁의 말이 사실이라는 것을 증명하듯, 아래층에서 수연의 성마른 소리가 들렸다.

'대체 뭘 꾸물거리는 거야!'

린은 잠시 눈을 감았다. 이제 정말로 쫓겨날 때인가.

"죄송합니다, 사모님! 아가씨께서 잠이 드신 모양이니 제가 들어가 깨우겠습니다."

'당장 내려오라고 해!'

다시 눈을 뜨자 안양댁의 안쓰러운 눈초리가 보였다.

"아가씨, 외투를 입으세요. 아주 따뜻하고 예쁜…… 그래요, 오늘 입으셨던 외투를 입으세요."

린이 외투를 입는 동안, 안양댁이 린의 베이지색 버킨백에 자잘한 소지품을 담았다.

"걱정 마세요, 아가씨가 아끼는 물건은 다 넣었으니."

과연, 방 안을 휙 둘러보니 린이 아끼던 물건은 모두 자취를 감춘 후였다.

"아가씨."

안양댁이 린의 손을 꼭 붙들었다. 주름진 손길에서 린은 온기를 느꼈다.

"행복해지세요."

그제야 용기가 났다.

"네, 꼭 행복해질게요."

린은 이제 첫발을 내디디려 한다. 그 첫발부터 고난길이라는 건, 나선형의 계단을 내려가면서 이미 각오했다.

"넌 왜 그렇게 행동이 굼뜨니?"

"죄송해요."

팔짱을 낀 채로 린을 노려보는 수연의 등 뒤로 영준과 영화가 보였다. 평생을 어머니, 오빠, 언니로 불렀지만 단 한 번도 정감을 느낄 수 없던 가족들이.

"그래, 보니 벌써 짐도 다 싼 모양이구나."

안양댁이 린의 뒤에 놓은 캐리어 두 개를 보며 수연이 고개를 끄덕였다. 그러고 보니 린에게는 낯선 남자가 그들과 함께 있었다. 아마도, 영화의 남편일 터였다.

그리고 한 발짝, 수연이 린을 향해 다가왔다. 린은 속이 울렁거렸다. 우리가 이렇게 가까운 간격을 유지했던 건, 수연이 어린 자신의 뺨을 때릴 때밖에 없었는데.

"이 엄마는 네가 그런 선택을 하다니 너무 가슴이 아프구나……."

수연이 표정 하나 변하지 않고 안타까운 목소리를 흘렸다. 너무 황당한 일이라, 린은 아무 말도 하지 못했다.

"꼭 우리를 두고 나가야겠니. 굳이 말리는 결혼을 하겠다고 하더니, 그사이를 못 참아서 그 남자에게 가겠다는 널 보는 엄마 마음이 아프구나. 당장이라도 그 남자와 살겠다고 이 집을 나간다니, 어쩜……."

"……어머니?"

이제야 아까부터 영화의 남편인 강 변호사가 신경에 거슬리도록 근처를 얼쩡대는 이유를 깨달았다. 아마 녹취를 하려는 거겠지. 자신이 자발적으로 이 집을 나간 것처럼 연출해 낸 장면을 기록에 남기려고.

"하지만 정 네 뜻이 그렇다면, 이 엄마는 널 응원한단다. 네 사랑을 존중해 주는 게 엄마의 몫이겠지."

린이 제 발로 이 집을 나가야 했다. 그게 그들의 시나리오에 맞았다.

"네가 굳이 남자 때문에 이 집을 나가겠다면, 그게 네 행복이라면…… 이 엄마가 어찌 너를 말리겠니. 말릴수록 더 커지는 게 사랑인데……."

헛웃음이 나왔다. 이제는 더 놀랄 것도, 포기할 것도 없었다. 막상 이 집을 나갈 생각을 하니, 게다가 제 뒤에 있는 짐 가방들을 보니, 더 이상 미련이 없었다. 오히려 속이 시원했으면 모를까.

"네."

린이 웃었다. 그것도 수연을 보고 똑바로.

"저, 이 집을 나갈 거예요."

당당한 린의 말에 피식, 실소하는 수연의 얼굴은 더 이상 효력이 없었다.

"어머니, 그리고 언니 오빠…… 그동안 감사했어요."

자신은 이제 이 집을 떠난다. 그게 자의든, 타의든 결국 이런 날이 왔다.

"잊지 않을게요."

린이 수연의 손을 잡고 지그시 힘을 주었다. 그녀가 먼저 잡은 건, 이게 최초이자 마지막이 될 것이다.

"모두 제 행복을 위해서 노력해 주셨죠. 덕분에 좋은 인연을 만나서 이렇게 미리 집을 떠나게 됐어요."

다 마음에도 없는 소리였다. 그것을 모를 리 없는 수연의 얼굴이 확 찌푸려 들었다.

"그것조차 어머니가 마음 넓게 허락해 주셔서 다행이에요. 고맙습니다."

그리고 린은 고개를 꾸벅 숙였다. 동영상이든 음성이든, 얼마든지 찍으라지.

"시집가더라도, 가족이니까…… 항상 아버지 곁에 있을 거예요. 어머니와 언니 오빠 들이 함께 있어 주셔서 정말 든든하네요."

린 인생 최대의 허세였다. 그렇게라도 수연과 배다른 형제들의 못마땅한 표정을 볼 수 있으니 참 좋았다.

"그럼, 안녕히 계세요."

꾸벅, 이게 정말 마지막이다. 린은 버림받았고, 쫓겨났다. 이 너른 정원을 건넌 대문 앞은 아무도 다니지 않는 한적한 길이었고, 또 비가 내리고 있었다. 겨울밤의 비는 아주 차가웠다. 그제야, 제 마음 또한 시린 줄 알았을 정도로.

정말로 길은 차가웠다. 또, 비가 내렸다. 지금 린이 달랑 캐리어 두 개와 함께 처한 상황은 빈말로도 좋지 못했다. 간신히 비를 피하려 숨은 대문의 처마 밑에서 린은 스스로의 신세를 실감했다.

"아…… 진짜 못된 새어머니다."

도하가 영준을 통해서 말을 한다더니, 결과가 고작 이거였다. 남자에 미쳐서 집을 나가는 철없는 막내딸을 연출하고 싶었던 바람은 깨 졌지만.

"나, 쫓겨났네."

하얀 퍼가 목덜미를 장식하는 코트 안은 파자마 차림이었다. 옷을 갈아입을 여유도 주지 않은 처사였다. 하긴, 그 저택에서 자신은 사람도 아니었으니까.

"어쩌지…… 아니, 어쩔 수 없는 건가……."

주머니에서 꾸역꾸역 휴대폰을 꺼낸 린이 통화 목록의 한 번호로 전화를 걸었다.

뚜, 뚜…….

통화 대기음이 이렇게 사람 속을 태우는 줄은 처음 알았고.

— 고객님이 전화를 받을 수 없어…….

이렇게 또 슬픈 줄은 몰랐다. 정말 아무도 없는 걸까, 나는.

그가 아니고서야 통화 기록을 아무리 뒤져 봐도 린을 받아 줄 사람은 없었다. 이 짐 가방 두 개와, 자신마저도 짐이 되어 버린 것 같았다.

"아가씨."

불쑥, 비가 그쳤나 싶더니 검은 우산의 끝자락이 보였다.

"여사님……."

안양댁이 몸소 우산을 가지고 여기까지 걸어 나와 있었다. 고된 삶에 살짝 굽어 있는 허리로는 참, 멀었을 텐데.

"여사님, 이러지 말아요. 어머니가 보시면 어쩌려고……."

"걱정 마세요. 난 어차피 그만둘 거니까요."

"……네?"

"난 아가씨가 시집가면 그만두려고 진즉부터 생각하고 있었어요. 그게 회장님의 의지기도 하고요."

아, 그랬구나. 잠들어 있는 아버지도 지금 린의 비를 막아 주고 있는 안양댁도 린이 모르는 사이 그녀를 살펴 주고 있었다.

"그치만……."

"아가씨는 약한 사람이 아니에요. 그렇죠?"

"하지만, 그 사람이 날 데려가지 않겠다고 하면……."

"데려갑니다."

안양댁이 빗소리에도 또렷하게 들리는 말을 건네며 끄덕였다.

"그리고 이 안양댁이 일자리를 잃으면 아가씨 신혼집에서 다시 재취업을 해도 될까요?"

"……언제든지요."

괜히 가슴이 찡해 왔다.

"그럼, 실례지만 이 우산은 가져가지요."

"……네?"

"다시 전화 걸어 보세요. 받으시면, 우산도 이 노인네도 갑니다."

빗속에서 망설이던 린이 전화를 다시 걸었다. 또 안 받으면 어쩌지…… 이런 식으로 데려가는 건 싫어하면 어쩌지.

— 네, 이도하입니다.

하지만 의외로 덜컥, 그 남자가 받아 버렸다.

"저, 그쪽이랑 결혼하기로 한 이린인데요."

— 알고 받은 건데.

괜히 안심이 된다. 저 목소리가 린을 안심하게 만들었다. 그와 동시에 부드러운 미소를 지은 안양댁이 손을 흔들었다.

다시 발밑이 통통 튀는 빗방울로 젖어 들었다. 이제, 우산은 없다. 린도 손을 흔들었다. 고마워요, 라는 마음을 대신해서.

— ……저기요? 여보세요?

"네, 잠시 인사를 하느라고요."

비가 내리고 혼자 남은 이곳에서, 린은 최대한 담담히 말하려 애썼다.

"혹시 실례가 안 된다면, 저를 데리러 와 주실 수는 없을까요?"

말해 놓고 보니 퍽 우스운 말인데, 수화기 너머 도하의 숨소리는 진지했다.

— 실례는 아니고, 어디로 가면 됩니까.

"이도하 씨가 대문인 줄 알았는데, 아니었던 그 대문의 길가요."

수화기 너머로 차의 시동을 거는 소리가 들렸다. 그게 또 린을 안심하게 만든다. 비 오는 밤, 누군가 자신을 위해서 달려와 주고 있다는 것 자체가 큰 위안이었다.

"저기요."

— 네.

심지어 그 목소리도 좋았다.

"저…… 진짜 아무것도 없는데, 그래도 괜찮을까요."

린의 목소리 끝에 살짝, 울음기가 비쳤다. 그것만은 아무리 둔한 도하도 알아챌 정도였다.

— 어디예요.

"그 자리예요."

애써 차분하게 답하는 린의 목소리를 듣고서 도하가 자못 믿음 직스러운 대답을 던졌다.

— 이린 씨는 이미 내 와이프고, 당연히 내가 데리러 갑니다.

"나, 캐리어 두 개 말고는 아무것도 없어도요?"

— 괜찮아요. 내가 말했잖아. 언제든 전화하라고.

확고한 도하의 목소리에 의문은 없었다.

— 그리고.

저 멀리, 도하가 모는 차의 헤드라이트가 보였다. 아득한 불빛과 달리 목소리는, 아주 가깝게 들렸다.

— 내 와이프는 내가 책임진다고…… 아, 이건 말 안 했나?

전화가 뚝 끊겼다. 비 내리는 밤, 자동차 앞 유리 너머로 시선이 마주친 후였다.

차가 코앞에 멈춰 설 때까지 린은 도하에게서 눈을 뗄 수가 없었다. 오히려 가까워질수록 애가 타는 기분이 들어 비가 온다는 것도 잊고 처마 밖으로 한 걸음을 디뎠다. 하염없이 내리는 빗줄기 사이로 도하가 다가오는 순간이 지금 린에겐 무척이나 길게 느껴졌다.

"그렇지만, 비가 온다고 이렇게 맞고만 있는 것도 곤란한데."

어느새 도하가 눈앞에 있었다. 흰 코트를 점점이 적시던 비는 그가 씌워 준 새카만 우산에 가로막혀 있었다.

"전화를 못 받은 멍청한 과거의 날 원망하게 되거든."

부재중 전화 1통을 보고, 지금 린의 이런 꼴을 보고 있자니 자책이 드는 것도 당연했다.

"일단, 타요."

도하가 린의 가방 두 개를 한 번에 차에 싣고는 조수석 문을 열어 주었다. 린은 잠자코 조수석에 올라탄 채로 상황을 정리하려 애썼지만 바보같이 한 마디도 떠오르질 않았다.

"궁금해서 그러는데, 가출이라도 한 겁니까?"

운전석에 오른 도하가 일부러 가벼운 말투로 묻자, 이번엔 린도 피식 웃었다.

"네."

"아…… 정말로?"

살짝 당황한 도하의 표정을 보자, 린은 어쩐지 기운이 생기는 것 같았다. 시시각각 다른 표정을 보여 주는 이 남자와 함께라면 여태 까지와 다른 삶을 살 수 있을지도 모른다.

"네, 그러니까 최대한 빨리 이 집을 벗어나 주시겠어요? 이제 이 런 집구석은 정말 지긋지긋하거든요."

린의 분부대로 도하가 액셀을 밟아서 동네를 빠져나갔다. 비에 젖은 사이드미러 안에서 점점 작아지는 집을 보며 린은 마음속으로 작게 작별을 고했다.

"와, 멋진데."

"뭐가요?"

도하가 재미있다는 듯 중얼거렸다. 굳이 소리를 죽이지 않은 혼 잣말은 린에게도 들렸다.

"아, 들렸나. 속으로 말한다는 게…… 내가 원래 가끔 마음의 소 리가 잘 새요."

"뭐가 멋진데요."

"가출한 아가씨의 패기가 멋지달까."

도하의 말에 린은 잠자코 고개를 끄덕였다. 이게 멋진 거였나.

"이렇게 말하면 기분 나쁜가요."

"음…… 아니요."

솔직히 이런 말을 면전에서 하는 사람은 처음 봤지만 싫은 기분은 아니었다.

"멋지다는 건, 좋다는 거잖아요?"

순수한 린의 반문에 도하는 웃음을 참고서 고개를 끄덕였다. 의외로 이 아가씨와는 취향이 맞을지도 모르겠다.

"그보다, 지금 결정해야 하는 게 있어요."

교차로에서 신호를 대기하는 동안 도하가 린에게 고개를 돌려 물었다.

"여기서 좌회전하면 호텔이고, 직진해서 쭉 가면 내 집입니다. 이 차선은 직진과 좌회전이 둘 다 가능하고, 뭐 그 안에 결정 못 하면 직진했다 유턴이라는 선택지도 있긴 합니다만."

"충분해요. 뭘 결정하면 되죠."

린의 아버지는 늘 말했다. 중요한 순간의 결정은 1분이면 충분하다고.

"멋진 가출 소녀로서 호텔에서 남은 결혼 준비를 하든가, 우리의 결혼 생활을 예정보다 조금 빨리 시작하든가."

인생에 사소한 갈림길은 늘 존재한다. 그때 할 수 있는 선택은 두 가지. 직진을 하느냐, 돌아가느냐.

"어차피 목적지가 같다면……."

이미 결심은 끝났다.

"직진할래요."

그 순간, 신호등이 파란불로 바뀌었다.

"역시……."

출발하기 직전, 도하가 린을 보며 엄지손가락을 슬쩍 추켜올렸다.

"가출은 직진이지."

그 후로, 거짓말처럼 신호엔 한 번도 걸리지 않은 채 쭉 직진할 수 있었다. 두 사람은 시원한 빗소리를 배경으로 거침없이 달려갔다. 이제 곧 목적지에 도착한다. 뜻밖의 결혼은 이렇게 예상치도 못한 방식으로 시작됐다.

Chapter 02

　도하의 집은 의외로 평범한 2층짜리 주택이었다. 어두워서 잘 보이진 않지만 마당은 뭔가 복잡한 물건들로 가득 찬 것 같았고, 인테리어는 심플하면서도 감각적이었다. 물론 마당과 마찬가지로 무언가 가득 차 있는 게 심상치는 않았지만.

　"준비한 방은 1층 가장 끝의 오른쪽 방이고, 욕실은 그 맞은편."

　린은 신발장에 있는 정체불명의 로봇 같은 물체를 치우고 현관에 겨우 발을 들였다. 비에 젖은 린에게 수건을 건네며 도하가 손가락으로 환하게 불이 켜진 집 안을 가리켰다.

　"필요한 물건들은 우리 여직원들 말에 따르자면 본인이 와서 살고 싶을 정도로 채워 놨다니까, 아마 불편한 건 없을 겁니다."

　"일단, 욕실부터 써도 될까요."

"마음대로."

휘적휘적 걸어 들어가는 도하는 용케 잡동사니에 발 한 번 걸리지 않는다.

"이제 여긴 이린 씨 집이기도 하니까, 뭐든지 내게 묻지 말고 마음대로 해요. 참, 나는 주로 2층에서 생활하니까 신경 쓰지 말고."

친절한 건지 무심한 건지는 잘 모르겠지만, 린은 도하의 말대로 스스로 생각하기로 했다. 먼저 안양댁이 챙겨 준 물건들을 자신의 침실에 내려놓고, 방 한 바퀴를 슥 둘러본 후에 샤워를 해야겠다.

비를 맞아 체온이 떨어져서인지, 아니면 설렘 때문인지 몸이 잘게 떨려 왔다.

"후……."

뜨거운 물을 맞자, 몸이 조금 풀리는 듯했다. 도하가 말한 여직원들 덕분인지 린이 살게 될 침실과 이 욕실만 이 집에서 분위기가 달라 보였다. 직원 중에 지나치게 공주 취향인 분이 있는 것 같기는 했지만.

몽글몽글 거품이 피어오르는 핑크빛 샤워볼을 만지며 린이 픽 웃었다. 김이 서린 거울을 닦아 내자, 완전히 민얼굴인 자신이 보였다.

"가출 축하해."

스스로 말하고 났더니 거짓말처럼 기분이 가벼워졌다. 오늘 밤, 린은 처음으로 자유를 맛보고 있었다.

샤워에 이어 몸단장을 마치고 나오자, 거실에선 달콤한 향기가 났다. 부엌 쪽에서 도하의 목소리가 들려왔다.

"우리 영감이 두고 간 유자차 있는데, 이린 씨도 한 잔?"

"고마워요."

"아, 소파 위 인형들은 대충 바닥에 치우고 앉으면 돼."

무심코 나온 반말 뒤에 잠시 어색한 침묵이 감돌았다.

"결혼 생활도 일찍 시작하게 됐으니, 서로 말은 편하게 하죠?"

"이도하 씨는 이도하 씨가 편한 대로 하세요."

"나만 반말을 하려니 좀 미안한데."

도하의 머쓱한 표정에 린이 작게 미소 지었다.

"전, 이쪽이 더 편해서요."

유자차는 린만을 위해 준비했던 건지, 정작 도하는 맥주 캔을 들고 거실로 나왔다.

김이 따끈하게 오르는 유자차는 냄새만큼 달콤했고, 한층 더 안정적인 기분이 들게 해 주었다. 방금 가출했다고는 전혀 생각도 못할 정도로 마음이 편해서, 오히려 린 스스로가 놀라울 정도였다.

"그래서…… 가출한 소감은?"

"의외로 별거 없네요. 진작 할 걸 그랬어요."

얌전한 얼굴로 대담한 말을 하는 린의 모습에 도하는 웃음을 터트렸다.

"제가 우스운 말을 했나요?"

"아니, 멋져서. 난 멋진 걸 봤을 때도 웃음이 터지거든."

쾌활하게 웃는 도하를 보고 있자니 린은 아무래도 좋은 기분이 들었다.

"이도하 씨는 조금 특이한 분 같아요."

"그런 말 자주 듣는데, 나만 이유를 모르나 봐. 왜 그럴까?"

도하가 억울하다는 듯 눈꼬리를 늘어뜨렸다. 아직 서로에 대해 정의할 수 있는 사이는 아니었지만, 린의 눈에는 그걸 본인이 모른다는 점이 가장 도하다워 보였다.

"흔히 볼 수 있는 타입은 아닌 것 같아요. 장난감을 좋아하시는 점도 그렇고……."

"아, 이것들?"

도하가 집 안을 휙 둘러보았다. 린의 말처럼 온갖 잡동사니와 장난감들로 가득한 공간은 그를 잘 보여 주고 있었다.

"그냥 좋아하는 정도가 아니라, 일이자 생활이지."

"네?"

"아, 내가 직업은 말 안 했나."

"회사를 운영하신다고."

"그게 장난감 회사야."

아, 이제야 앞뒤가 맞아떨어진다. 게다가 눈앞의 장난기 넘치는 남자에게 이보다 더 어울리는 일도 없을 것 같았다.

"그래서 장난감이 이렇게 많았구나."

"앞으로는 차츰 더 대단한 걸 만들 계획이지만, 일단은."

어깨를 으쓱하는 도하는 이제 보니 거대한 곰 인형을 깔고 앉아 있었다. 왜 멀쩡한 소파를 놔두고 그러고 있는지, 지금의 린으로서는 알 길이 없다. 그렇다고 물어보기도 곤란하니, 오늘은 그냥 모른 체해야겠다.

"그보다, 결혼 준비는 어떻게 할지 계획이라도 있나. 난 그런데는 통 약해서."

"딱히 준비가 필요한지 모르겠어요."

도하가 보기에 린은 첫인상에 비해서 의외로 담백한 사람이었다. 부잣집 아가씨들은 뭔가 예민하고 까다로울 줄 알았는데, 그저 편견이었나 보다.

"어차피 저, 하객도 없을 거 같거든요."

"그럼, 혼인신고부터 하지."

"좋아요."

서로의 이해관계가 맞아떨어지니 진행이 더욱 순조로워졌다.

"그 전에, 이도하 씨가 원하는 트로피 와이프란 게 정확히 뭔지 다시 여쭤도 될까요."

"어렵게 생각할 건 없는데."

맥주 한 모금을 들이켠 도하가 미소 지었다. 그의 답을 기다리는 일은 긴장되지 않았다.

"그냥, 내게 자랑스러운 아내가 되어 주면 돼. 이린 씨 같은 여자가 내 아내라는 것만으로도 세상 사람들은 나를 달리 볼 테니까."

"그 외에 다른 건 상관없고요?"

"다른 건, 예를 들면? 하고 싶은 게 있으면 말해 봐."

"음……."

누군가에게 이런 질문을 듣는 건 참 오랜만이었다. 학교 다닐 때 진로 상담 이후로는 이런 질문을 들어 본 적이 없어서, 린은 저도 모르게 잠시 망설이고 말았다.

도하는 그런 린을 재촉하지 않고 천천히 기다려 줬다. 그녀가 스스로 입을 뗄 때까지.

"우선, 머리를 자르고 싶어요. 단발로 짧게."

어울릴지 안 어울릴지는 모르겠지만, 한 번쯤 반항으로 꿈꿔 보던 일이었다. 남들이 들으면 웃을 만큼 아무것도 아닌 일이지만 린에게는 큰일이기도 했다. 그 저택에서 사는 세월 동안, 무언가를 린의 마음대로 한다는 건 있을 수 없는 일이었으니까.

"그리고…… 직업을 가져도 될까요?"

조금 걱정스러운 눈을 한 린을 보며 도하는 몇 개의 감정이 교차하는 걸 느꼈다.

"고작 그런 게 하고 싶다고?"

"네, 바보같이 들리겠지만……. 물론, 거절하셔도 괜찮아요."

"아니, 다 해도 돼. 그보다 더한 것도."

"정말요?"

린의 얼굴이 시무룩해지기 전에 도하가 빠르게 덧붙였다. 내내 표정이 거의 없던 린의 안색이 조금 밝아진 것 같다.

"그럼 운전면허도 따도 될까요?"

"어, 그런 건 아무래도 상관없어. 이린 씨가 하고 싶은 건 해."

기쁜 듯이 반짝이는 린의 눈동자를 보고 있자니, 도하 역시 기쁘면서도 마음 한구석이 착잡했다. 동시에 어떤 분노도 느껴지는 것 같았다. 고작 이런 걸 허락을 구하고, 또 기뻐하는 여자라니.

"아, 차라리 하면 안 되는 걸 알려 주지. 그게 빠르겠어."

도하가 아는 것보다 린은 더 불행한 삶을 살았을지 모르겠다. 도하는 그게 마음에 들지 않았다.

"내 자랑스러운 아내의 자리를 벗어나지 말았으면 해. 그거야말로 이 결혼의 골자이자 본질이니까. 그리고 내 자랑스러운 아내는 남에게 일일이 허락을 구하지 않아. 뭐든 내키는 대로 하고, 하기 싫은 건 내팽개치도록 해. 그게 우리 집 가풍이야."

린의 눈이 휘둥그레졌다. 도하의 말을 받아들이느라 린은 잠시 말이 없었다.

"가풍이……."

"제멋대로 신나게 살자, 그게 우리 집 가풍이야."

도하에게선 자유의 냄새가 났다.

"그거 정말로 멋진 가풍이네요."

"고마워."

린이 그토록 원하던 자유였다.

"방금, 내가 지은 거거든."

거대한 곰돌이 인형을 무자비하게 깔고 앉은 남자는, 특유의 쾌활한 웃음으로 린의 마음을 홀가분하게 만들었다. 그제야 린은 눈앞에 놓인 자유를 실감할 수 있었다.

❁　　❁　　❁

그날 밤엔 꿈도 꾸지 않고 깊은 잠을 잤다. 낯선 침실엔 하얀 캐노피가 드리워져 린의 밤을 지켜 주었다. 평소라면 새벽 여섯 시에 자동으로 눈이 떠졌을 텐데, 오전 열 시까지 늦잠을 잔 건 아마도 그 탓이리라.

"세상에."

자신도 모르는 새 버킷 리스트 하나를 달성했다. 마음껏 늦잠 자기라는 소원은 여태 린이 살던 집에선 불가능한 일이었는데 이렇게나 쉽게 이루다니.

"……세상에."

심지어 도하는 린이 하루를 시작할 채비를 마칠 때까지도 숙면 중인 것 같았다. 이 또한 놀랄 일이었다. 이 집안의 가풍이, 린은 벌써 마음에 들었다.

"아침이라도 준비해야 하나. 아, 이젠 점심……."

부엌으로 향하며 첫날을 어떻게 시작할지 생각해 보았다. 하지만 린은 할 줄 아는 게 없었다. 다행인지 불행인지 냉장고를 열어 보니 식사가 될 만한 재료 또한 없었다.

"어쩌지."

린은 차분히 허공을 응시하며 대책을 고심했다. 린은 이런 상황에 놓인 적이 없었다. 늘 정해진 시간에 일어나 몸단장을 했고, 식사 역시 정해진 시간에 준비된 것을 먹었다. 그렇게 살아가는 게 법이었다. 그 저택에선 모두가 시간을 지켜야 했고, 제멋대로인 행동은 용서받을 수 없었기에.

"아, 제멋대로……."

문득, 어젯밤 도하가 해 준 말이 떠올랐다.

"제멋대로 신나게 사는 게 이 집 가풍이었지."

제멋대로 살아 본 적이 없어서 익숙지 않은 린은 가만히 앉아서 곰곰이 생각에 잠겼다.

지금 내가 하고 싶은 건 뭘까. 식사 준비 말고, 낯선 남편이 일어나길 기다리는 것 말고, 하고 싶은 건 뭐였지.

"머리, 진짜 자를까."

혼잣말을 실행에 옮기기까진 그리 오랜 시간이 걸리지 않았다.

얼마 후, 린은 정말로 미용실 거울을 마주하고 있었다.

"정말 괜찮으시겠어요? 오래 기르셨을 텐데. 머릿결이 너무 고와서 아까워요."

디자이너가 린의 풍성한 생머리를 만지며 만류했지만, 이미 린은 각오가 되어 있었다.

"괜찮아요, 여기까지…… 단발로 잘라 주세요. 싹둑."

실연을 당한 후 마음을 새로 먹기 위해서 머리를 자르는 영화 속 여자 주인공처럼 린은 망설임이 없었다. 지나간 세월도 이렇게 잘라 낼 수 있다면 좋을 텐데.

서걱거리는 가위질 소리 사이로 린은 가만히 눈을 감았다. 정말 그 저택에서 나왔다는 사실을 끊임없이 확인받고 싶었다.

"저, 고객님 전화 오는 것 같은데요? 커트는 끝났으니 살짝 드라이만 하고 거울 한번 보여 드릴게요."

린의 휴대폰이 깜박거렸다. 린이 디자이너에게 휴대폰을 건네받아 보니, 발신자는 도하였다.

"여보세요."

— 혹시 우리 집에서도 가출한 건 아닌가 해서.

"이틀 연속으로 할 수는 없죠."

진지한 대꾸에 수화기 너머 도하의 웃음소리가 쩌렁쩌렁 울린다. 그사이, 거울 안에 단발머리를 한 자신의 모습은 조금 낯설고, 또 조금 마음에 들었다.

"머리 잘랐어요, 단발로."

— 멋진 행동력이네. 그래서 지금 어디?

"청담동이요."

— 밥은?

"아직."

전화 건너편에서 도하가 죽 기지개를 펴는지 낮은 침음과 함께 삐그덕거리는 소리가 들렸다.

— 나도 아직인데, 같이할까. 단발도 궁금하고.

"그래도 되고요."

— 나간 김에 겸사겸사 혼인신고도 하지 뭐.

"네, 그래요."

용건만 간단히 한 전화는 이내 끊어졌다. 린은 다시 거울을 꼼꼼하게 들여다보았다. 거울 속의 제 모습은 좀 낯설긴 하지만, 볼수록 썩 어울리는 것도 같았다. 제멋대로도 좋지만, 기왕이면 도하의 눈에도 좋아 보였으면…… 하는 생각이 손톱만큼 들었던 것도 같다.

숍에서 나온 린을 보자마자 도하는 웃음을 터트렸다. 웃겨서 웃은 건지, 멋져서 웃은 건지는 굳이 묻지 않기로 했다.

"잘 어울리는데?"

"다행이네요."

"아냐, 정말 잘 어울려."

이젠 퍽 자연스럽게 말을 놓는 도하가 느긋하게 핸들을 잡으면서도 흘깃, 린을 보았다.

"긴 머리도 예뻤지만, 뭔가…… 이쪽이 훨씬 상큼한데. 아, 방금 너무 아저씨 같은 발언 했나. 마음은 늘 스물다섯인데."

"아니에요. 아직은 저도 낯설어서요."

늘 어깨까지 늘어트렸던 긴 머리가 없어지니까 후련함과 동시에 허전함이 들었다. 린이 훌쩍 짧아진 머리카락 끝을 만지작거렸다.

"그리고 스물다섯은 좀 아닌 것 같아요."

"어…… 그렇지."

할 말은 해야 하는 사람이구나. 오늘도 도하는 린에 대해 새로운 걸 배웠다.

조금 시무룩해진 도하가 린을 데려간 곳은 작은 비스트로였다. 애매한 시간대에 식사를 하기 딱 좋은 규모의 이탈리안 음식점이었다.

"주문은 미리 해 뒀는데, 괜찮으려나."

"가리는 음식은 없어서요."

사실 도하는 해장국이 간절했지만, 린에 대해 이제 막 알아 가는 입장으로서 무난한 선택을 할 수밖에 없었다. 그러게 괜히 간밤에 혼자 또 소맥을 말아 먹었다. 이 집에 여자가 와서 살기로 했고, 그 여자가 자신의 부인이라는 건 이미 알고 있었던 건데. 일정이 조금 당겨진 것뿐인데 괜히 긴장이 돼서는.

"식전 빵이 맛있네요."

"혹시…… 식전 빵이 제일 맛있을 정도로 나머지 음식은 별로라는 걸 돌려서 말하는 건 아니지?"

"아, 아니에요!"

그러고 보니 첫 식사 자리에서도 시식 프로 심사위원처럼 딱딱한 소감을 말하던 린이었다. 아무래도 그런 집안에서 나고 자랐으니 뭘 먹여도 괜히 긴장을 하게 된다.

"정말로 맛있어요. 기분도 너무 좋고요."

다행히 처음 만났을 때와는 웃는 모습이 조금 달라진 것 같았다. 계량된 것처럼 정해진 미소를 인형처럼 머금던 린은, 아주 조금이지만 분명히 변했다.

"그럼 샴페인이나 한잔할까."

"낮인데요?"

"뭐 어때."

제멋대로 사는 건 좋은 것 같다고, 린은 속으로 생각했다. 그리고 샴페인 두 잔이 나왔을 때, 도하가 테이블에 서류를 올려놓았다.

"혼인신고서."

결혼하기로 했으니 당연한 건데, 막상 보니 낯설어 선뜻 손이 가지 않았다.

"지금 하기 싫으면 나중에 해도 돼. 일단 내 정보는 다 적어 뒀고, 뭐 천천히 해도 되니까."

도하의 존재도 낯설기는 마찬가지였다. 이 남자는 자신을 거의사 오다시피 했을 텐데, 왜 이렇게 배려하는 건지. 자신이 살아온 세상의 상식으로는 이해할 수가 없는데, 또 그 미소를 보고 있자면 아무래도 좋다는 생각이 든다.

"펜 있어요?"

린은 대답 대신 서류의 빈칸을 메우는 것으로 제 뜻을 대신했다.

"건배라도 할까."

그녀가 마지막 공백을 채우고 펜을 내려놓자, 도하가 먼저 제 잔을 들어 보였다. 오후의 햇살 아래에서 샴페인 잔은 그 거품조차 투명하고 아름다웠다.

"우리의 제멋대로에 신나고 멋진 결혼 생활을 위해서."

도하의 건배사에 린이 분홍빛 미소를 지었다.

"……위해서."

부딪친 잔에서는 영롱한 소리가 났고, 이 결혼의 출발은 순조로웠다.

그 기세를 몰아 구청에 도착하기 전까지만 해도 그런 줄 알았다.

"증인이 필요하다고요?"

당황한 도하의 질문에 구청 직원이 아까부터 한 설명을 또 하기 시작했다.

"그래서 증인란에 서명받아 왔는데……. 아, 두 명이 필요하다고요?"

이젠 등에 식은땀이 주룩 흐른다. 아니, 얼마나 좋았냐는 말이다. 가출 소녀가 마음을 다잡고 머리를 자른 날, 샴페인까지 부딪쳐 가며 이 결혼을 결정하고 구청에 왔는데…… 그런데 빼찌라니, 이게 무슨 꼴이야.

"저기, 안 된다는데?"

최악은 이 모든 광경을 린이 지켜보고 있었다는 거다. 석 영감에게 들은 연애 백서에 따르면 여자들은 이런 상황을 싫어한다. 그것도 아주 많이.

"그래요?"

심지어 티를 안 내고서 속으로 꿍하며, 이 일을 두고두고 곱씹기도 한단다.

"뭐……."

여기서 한숨을 쉬면 게임은 끝난 거라고 영감이 그랬다. 설마, 결혼을 목전에 두고 이런 일로 차이지는 않겠지만.

"결혼은 다음에 해요, 그럼."

의외로 린은 웃어 주었다. 인형같이 완벽한 미소는 아니었지만, 피식…… 어느새 도하를 조금 닮은 웃음이었다.

❀　❀　❀

같은 시각, 석 영감은 중얼거리며 연신 부품을 이어 붙이기 바빴다.

"이놈의 새끼는 사장이면 단지, 아주 이 늙은이를 부려 먹으면서 어딜 간 건지, 아주 팔자 참……."

도하의 자택, 1층의 차고와 이어진 창고는 석 영감과 도하의 놀이터이자 일터였다. 문제는 그 일터에 사장이 무통보로 출석하지 않았다는 것이다.

"아주 버르장머리가 없어져서 큰일이야. 제 놈이 사장이면 다야? 아주 그냥……."

그때, 끼익…… 차고 문이 열리는 소리가 났다. 석 영감은 고개를 돌리는 대신 들으라는 듯이 더 크게 불평을 쏟아 냈다.

"늙은이는 이렇게 죽어라 고생하면서 쇠질 하고, 이 추운 겨울에 난로 하나 놓고 끼니도 밥다운 밥을 먹어 본 적이 없어, 아주……."

석 영감의 작전은 지금까지 백발백중이었는데, 오늘따라 조용하다. 이놈이 아주 정신이 나간 건지, 더 크게 불평을 하려던 석 영감이 순간 곁으로 다가온 낯선 여자의 기척에 흠칫 놀랐다.

"저기……."

"아이고! 간 떨어질 뻔했네!"

화들짝 놀라서 공구를 내던진 석 영감의 눈이 동그랬다. 반면, 낯선 기척의 주인공은 아주 차분했다.

"실례합니다. 대답이 없으셔서 여기까지 들어왔는데, 많이 놀라셨죠?"

게다가 고왔다.

"아. 아니, 놀라기는 내가 왜! 참, 그게 아니라…… 댁은 뉘신지?"

"저는 장옥자라고 합니다. 이 댁에서 일하고 싶어서 찾아왔는데, 주인분이 안 계신 것 같아 인기척이 나는 곳을 찾다 보니 이런 실례를 했습니다. 부디 용서해 주시길 바랍니다."

단정한 차림에 공손하게 손을 모으고 묵례를 하는 옥자를 보자, 괜히 석 영감의 귓불이 빨개졌다.

"아니, 실례까지야! 이게 다 제 놈이 집을 비운 탓이지, 안 그래요?"

심지어 노인정에서 석 영감에게 매번 퇴짜를 놓던 갑분이보다 훨씬 예쁘고 곱다. 그러니 괜히 안절부절못하게 되는 게 당연했다.

"아이고, 너무 지저분해서…… 여기 앉아요."

"감사합니다."

까만 장갑을 낀 옥자의 손놀림에 기품이 묻어나는 것 같아, 괜히 제일 좋은 자리를 치워 주면서도 석 영감의 속이 탔다.

"헌데, 이 집엔 여사님처럼 고운 분이 일할 자리가 없을 텐데."

"여사님이라니요, 그냥 안양댁이라 불러 주시면 됩니다."

특유의 차분한 분위기에 석 영감까지 공손해진다.

"저는 그냥 집안일이나 해 주는 노인네라서, 혹여 일이 있을까 했지요."

"아…… 여기는 여사님이 해 주실 만한 그런 집안일이라는 게 없어요. 애초에 집구석 자체가 막 돌아가는지라…… 아니, 너무 실망진 마시고요!"

안양댁은 아무 말도 안 했는데, 괜히 석 영감이 더 난리였다. 석 영감의 열띤 반응에 안양댁이 이곳까지 오게 된 경위를 침착하게 늘어놓았다. 그녀의 말에 빠져들기 시작한 석 영감은 어느샌가 눈물을 글썽이고 있었다.

"아, 그래…… 직장을 잃으셨다고? 내가 이 집 주인이랑 아주 친한 사이니까 잘 말해 드리리다. 말이 친한 사이지, 아주 내 아들 놈이나 다름없는 사이니까 내 말은 철석같이 들어!"

"대단하시네요."

그 한마디가 뭐라고 다시 석 영감이 펄펄 난다.

"암! 여사님 일자리야 이 석 영감이 책임집니다, 져요!"

그 모습을 보던 안양댁이 조용히 미소 지었다. 아무래도, 우리 아가씨는 재미있는 집에 시집을 오신 게 틀림없었다.

✿　✿　✿

도하는 운전을 할 때에도 장난감을 다루는 것같이 즐거워 보였다.

빠르고, 결단력이 있었지만 결코 험하지는 않은 도하의 운전이 린은 마음에 들었다.

그리고 보니 늘 누군가 운전하는 차를 탔던 린이었다. 수행 비서들의 운전은 매뉴얼에 따라서 아주 정확하고 엄격해서 어떠한 감상을 느낄 수 없었는데, 운전도 이렇게 재미있어 보일 수 있다니 신기할 뿐이다.

"왜, 해 보고 싶어?"

"네?"

한참 감상에 빠져 핸들만 바라보고 있으니 불쑥 도하가 말을 걸었다. 어느새 도하가 린을 보고 있었다.

"운전. 면허 따고 싶다고 하지 않았었나?"

"아, 네. 솔직히 차를 모는 건 자신이 없지만."

"그럼 굳이 왜 면허를?"

"스스로 멀리 갈 수 있다는 건, 뭔가 자유로워 보여서요."

신호등이 바뀌자 정면으로 고개를 돌린 도하가 아, 그렇지, 하고 수긍했다.

"그렇게 쉽지는 않겠지만……."

"쉬운데."

도하와 함께 있다 보면, 린은 왠지 스스로 너무 생각이 많은 사람처럼 느껴졌다.

"이왕 따는 거 1종으로 딸래?"

"뭐가 다른데요?"

"그…… 노란 택시 같은 차를 모는 거랑, 트럭을 모는 것의 차이 정도?"

"제가 트럭을요?"

눈을 동그랗게 뜨는 린이 도하의 눈에는 조금 귀여웠다.

"시험 볼 때만 그런 거야. 실제로 트럭을 몰라는 소리는 아니고…… 뭐 몰아도 되긴 한데."

"네?"

"나, 트럭도 있거든. 그리고 트럭을 몰 줄 알면 아주 좋은 점이 있어."

그래서 슬슬 도하의 장난기가 발동했다.

"그게 뭔데요?"

"위급한 상황에서 도망을 쳐야 할 때, 있는 차가 1종이라면 어떡할 거야? 일단 면허를 다 따 두면 언제 어디서고 있는 자원을 활용해 도망칠 수 있는 거지."

"아……."

아무리 린이라 해도 이 정도로 어리숙하지는 않았던 모양이다. 헛소리하지 말라는 듯한 린의 표정에 도하는 약간의 과장을 섞기로 했다. 그는 원래, 장난에 사족을 못 쓰는 성격이니까.

"좀비 영화 못 봤어?"

"드라마는 봤어요."

"살인마 영화도 봤을 거 아냐."

"네."

"만약 그런 상황에서 차가 오토냐 아니냐를 가릴 수 있을까? 당장 도망가야 하는데!"

"아……."

처음엔 헛소리 같았지만 사뭇 진지한 도하의 표정과 몰아붙이는 말을 듣자니 그럴싸했다. 사실, 린은 잘 몰랐다. 본인이 은근히 속기 쉬운 타입이라는 건, 전혀.

"그럼, 역시 1종을 따는 게 좋겠네요."

스스로 다짐하듯 고개를 끄덕이는 린을 보며, 도하는 애써 웃음을 참아야 했다.

집에 도착한 도하와 린의 앞엔 뜻밖의 손님들이 있었다. 그것도 도하의 집 거실을 완전히 장악한 채였다.

"영감, 내가 서로 사생활은 존중하자고 했지?"

"네놈이야말로 내 근무시간이나 존중해라!"

"그거랑 그거랑 같아?"

"막 나가는 건 똑같지!"

벗기 힘든 신발을 신은 탓에, 뒤늦게 린이 거실에 들어섰을 때는 두 남자가 치열한 설전을 벌이는 중이었다. 하지만, 정작 린의 시선을 끈 건 부엌에서 따뜻한 차를 담은 쟁반을 들고나오는 안양댁이었다.

"여사님……?"

눈이 마주치자, 울컥하는 린과 달리 안양댁은 차분하게 쟁반을 내려놓고 온화한 미소를 지어 주었다.

"아가씨, 잘 지내고 계신 것 같아 다행입니다."

두 여자의 재회에, 남자들의 설전이 멈춘 것도 그쯤이었다.

"여사님이 어떻게 여길……."

"말씀드렸잖아요. 그 집구석은 당장 때려치울 거라고."

도하가 눈치를 보면서 석 영감에게 무언의 질문을 던지자, 석 영감은 어깨만 으쓱해 보였다. 그에 따라 안양댁의 눈길이 도하에게 꽂혔다.

"사장님 되시지요?"

"일단 제가 사장은 맞습니다만."

"저를 고용해 주십사 찾아왔는데, 부득이 실례를 끼친 것 같아 송구합니다."

우아하게 묵례를 하는 초로의 여성을 대하는 법을, 도하는 사실 잘 몰랐다. 그저 어떤 표정을 지어야 할지 모르겠다는 얼굴로 반사적으로 같이 허리를 굽히며 정체불명의 봉투를 받고 말았을 뿐.

"저, 그런데 이건……."

"제 이력서와 추천장입니다. 읽어 보시고 하자가 없다 판단되시면, 저를 이 집에 고용해 주셨으면 합니다."

"어…… 어떤 역할인지 여쭤도 될까요."

"그야, 가정부지요. 우리 아가씨의 살림을 책임지는 게 이 안양댁의 소임이니까요."

가정부라니, 도하 인생에 그런 존재는 없었다.

"난 무조건 찬성이다! 이제 더 이상 네놈이 끓여 주는 맛없는 라면은 안 먹어도 된단 거 아니냐!"

석 영감의 부추김은 뭔가 수상하기도 한데.

"일단, 좀 생각을……."

"아뇨."

의외로 앞에 나선 건, 린이었다.

"제가 고용할게요."

평소와 똑같이 차분한 목소리였는데, 그 존재감은 또렷했다.

"저, 개인 통장 정도는 갖고 있거든요. 아버지가 주신 용돈이라든가."

아, 그 부친이 주신 용돈이라면 누군가를 고용하고도 충분히 남으리라. 하지만 그보다 도하를 놀라게 한 건 린의 태도였다.

"이도하 씨가 불편하지만 않으시다면요."

도하는 저도 모르게 웃음이 터졌다. 뭐가 웃겨서는 아니고, 멋있어 보여서였다. 불과 어제까지만 해도 머리를 잘라도 되냐고 묻던 여자가 제법 우리 집 가풍에 적응을 한 것 같아서.

"참고로, 제가 살림을 하는 게 이도하 씨에겐 더 불편할 거예요."

"그래, 그럴 거다!"

린의 또렷한 목소리와, 석 영감의 다짜고짜 밀어붙이는 찬성 앞에서 도하도 별수는 없었다. 애초에 별로 반대할 마음이 없기도 했고.

"그럼…… 앞으로 잘 부탁드립니다."

그렇게 새로운 신부는, 아주 멋진 식구를 하나 더 데려왔다.

❀   ❀   ❀

다음 날 아침, 도하는 간밤의 결정을 백 번이고 천 번이고 잘했다고 느꼈다.

"와…… 나 오늘 생일인가."

아침 밥상부터 입이 떡 벌어졌다. TV에 나올 정도는 아니지만, 냉장고에서 잊혔던 재료들로 이런 한식 정찬이 탄생하다니 정말 오래 살고 볼 일이었다.

"여사님 음식 솜씨가 정말 좋아요."

안양댁에겐 이 집에 딸린 별채를 내어 주기로 했다. 린과 도하가 잠들어 있을 시간에 이 멋진 상을 차리고 스르륵 사라진 솜씨엔 정말 경의를 표하고 싶었다.

"이제 생일도 아닌데 매일 이런 밥을 먹을 수 있는 거야?"

"네, 제 통장에 돈이 떨어지기 전까지는요."

아무렇지도 않게 싱긋 웃는 린은 정말 알수록 모를 여자였다.

"그 전까지 잘 배우려고요."

덧붙이는 말이 더더욱 그랬다. 마냥 인형 같은 아가씨인 줄 알았는데, 제법 할 말도 하고 뜻도 곧았다.

"난 오늘 출근해."

그래서 도하는 묻지도 않은 말을 먼저 했다. 오늘 린에게 부탁할 일이 있었다. 그가 봐 온 린이라면 충분히 가능한.

"회사에도 가끔은 나가 줘야 하거든, 명색이 사장이니까."

"아, 네."

"참, 갑자기 생각난 건데…… 우리 혼인신고는 아직이라도 약속은 유효한 거지?"

린에게 이 결혼은 계약이었다. 약속이라는 예쁜 말을 들을 줄은 몰라서, 저도 모르게 눈이 동그랗게 떠졌다.

"만약 그렇다면, 오늘 저녁에 모임이 있거든. 그게 하필 부부 동반 모임이라는데."

도하가 물 한 잔을 들이켜고는 다시 말을 이었다. 이번에는 린의 눈을 똑바로 보는 채였다.

"괜찮다면, 같이 가 줄래? 내 아내로서."

린은 그 시선을 피하지 않았다. 대신, 엷은 미소를 짓고 고개를 끄덕였다.

"네."

그게 내 역할이니까요. 그런 말은 굳이 하지 않기로 했다.

도하가 데리러 오기로 한 시간은 저녁 7시였다. 린은 정확히 5시부터 거울 앞에 서 있었다. 하필 안양댁이 남은 짐을 가져오겠다며 자리를 비워서 어떤 옷을 입어야 좋을지, 진주 귀걸이가 좋을지 다이아가 좋을지, 린 혼자만의 고민이 시작된 참이었다.

"아……."

그동안 린이 나갔던 모임은 채 헤아릴 수도 없을 정도였다. 하지만 이렇게 고민했던 적은 없었다. 그땐 모든 게 정해진 후였고, 린은 고민이 아니라 순종을 하면 됐으니까.

"진주가 나으려나."

블랙 미니 드레스를 입은 린이 결국 진주를 귀에 달았다. 마지막으로 입술을 분홍빛으로 덧칠하자, 휴대폰이 울렸다. 도하가 도착했다는 뜻이리라.

"어……."

한껏 꾸민 린을 본 도하는 알 듯 모를 듯한 소리를 뱉었다. 아니, 뭐가 이렇게 예쁘지. 단발이 상큼한 정도가 아니라 정말로 잘 어울려서 할 말을 잠깐 잊을 정도였다.

"뭐, 이상해요?"

"아니."

대신 고개를 내젓는 건 빨랐다. 이상한 건 절대로 아니었다. 그저 상상보다 더 예쁜데, 그걸 말로 할 수가 없어서 그랬던 거니까.

"하나도 안 이상해!"

누가 더 묻지도 않았는데 괜히 반박한 도하가 서둘러 출발했다.

"참, 오늘 모임은 어떤 곳이에요?"

사실 린은 모임이라는 것 자체를 싫어했다. 그 자리에서 예쁜 장식품이 되는 것만큼 답답한 일도 없었고, 지겨운 시간이었으니.

"좀…… 마음의 준비를 해야 할 거야."

도하의 말에 린은 숨을 훅 들이쉬었다. 그래, 이게 내 역할이었으니 처음부터 잘해 내야만 한다. 차로 이동하는 내내 속으로 몇 번이나 다짐했다.

"일단, 하나만 확실히 해 두자."

목적지에 도착한 후, 도하가 나름 의미심장한 한마디를 건네었다.

"우린 이미 결혼한 거야. 식은 사정상 미루고 있지만, 일단은 내 아내인 걸로."

그것도 린이 이미 각오했던 바였다.

"준비됐지?"

"네."

린의 답에 고개를 끄덕인 도하가 차에서 내려, 손수 조수석 문을 열어 주었다. 까만 장갑을 낀 린은 그 손을 잡고 차에서 내렸다. 밤하늘이 희붐한 게, 곧 눈이라도 올 것 같았다.

잠시 후, 린은 이상한 나라에 빠져들었다.

"우리 골칫거리의 장가를 기념하며!"

"아, 기념하며!"

사방이 온통 왁자지껄했다. 린이 예상했던 모임과는 닮은 구석이 하나도 없었다. 일단, 지하로 내려가서 기다란 테이블이 놓인 룸에 들어갔고, 쿵짝쿵짝 유행가가 들렸다. 게다가 등장부터 건배사를 외쳐 대는 이 사람들은 다 무엇인지.

"하나 깜빡했다!"

서로 어깨동무를 한 남자 중의 하나가 기세 좋게 외치더니 빈 잔을 쭉 채워 주었다. 아, 이런 스피디한 모임이 또 있었던가. 애초에 이게 다 무어람.

"이런 문제아를 데려간 제수씨에게 건배!"

"아, 건배!"

린이 제게 주어진 술잔을 들고 망설이는 사이, 모두는 또 한 번 원샷을 했다. 원래 이래야 하는 건가, 여기선 이게 맞는 건가……. 린이 마지못해 잔을 들이켜자 지독하게 쓴 술의 향기가 목을 타고 올라왔다.

"야, 나도 뭐 있다!"

또 다른 남자가 목소리를 높였다. 이미 린은 머리가 어지러웠다.

"아, 이도하 같은 답 없는 놈을 데려간 제수씨를 향해서 건배!"

"그래, 건배!"

채 정신을 차리기도 전에, 또다시 원샷이다. 심지어 앞의 건배사와 같은 내용이었는데 다른 사람들은 처음 듣는 말이라는 듯 잔을 기울였다. 간신히 옆에 있는 도하를 봤지만, 도하는 린의 두 배는 더 술을 얻어먹는 중이었다.

"저기, 이 모임 대체……."

"아, 내가 말 안 했나."

사방이 시끄러운 탓에, 도하가 린의 귓가에 바짝 대고 말을 했다. 린은 그의 숨결이 느껴져서 간지러운 기분을 티 내지 않으려 애썼다.

"우리 답 없는 동창회야. 내가 장가를 마지막으로 간 거거든."

그 후로, 다시 머리가 어지러워졌다.

"이런 예쁜 제수씨를 얻으려고 그동안 장가를 안 갔구만?"

"야, 이도하한텐 너무 과분한 거 아니냐?"

"역시, 인물은 인물이야. 저놈 큰일 할 줄 알았다니까. 야, 그때 만 원 빵 한 새끼들 다 나와!"

점점 소동이 멀어지는 것 같기도 했다.

"제수씨, 우리 그런 의미에서 짠 하나 더?"

여기서 또 한 잔을 받아 마셨던가, 기억도 가물해진다. 처음 보는 사람들의 모임이 이렇게 신나는 건 줄, 린은 미처 몰랐다. 권주가는 뭐가 이렇게 다양하고, 술을 먹는 이유도 이렇게 가지각색인지.

"아…… 이도하 씨."

의도는 아니었지만, 시끄러운 좌중에서 도하에게 말을 전하려면 귓가에 바짝 붙어 속삭일 수밖에 없었다.

"나, 있잖아요."

"어."

린의 가녀린 목소리에 귀 기울이려 손을 갖다 댄다는 게, 그만 그녀의 고개를 당겨 버렸다. 이미 취한 일행들에게 이 장면이 안

중에 없어 다행이다만, 폭, 하니 제 어깨에 기대는 린의 고개에서 뜨거운 숨결이 느껴져서 도하는 먹었던 술이 홀딱 깨는 느낌이었다.

"나…… 지금 너무…… 어지러워요."

과연, 린의 숨결이 뜨거웠다.

"그리고……."

사실, 린은 자신의 주량을 몰랐다. 그러고 살 만한 인생이었다. 지금 알게 된 것도 고작 확실히 자신의 주량을 넘었다는 것 정도였다.

"여기서 빨리 나가고 싶어요."

남은 이성을 끌어모아 말하는 린의 목소리가 오히려 도하의 귓가를 간지럽히는 것만 같았다.

"야, 거기 정신 놓은 놈들!"

못 참겠다. 다음 순간, 벌떡 일어선 도하의 말이 메아리처럼 울렸다.

"나 먼저 간다."

"야, 이게 얼마 만의 동창회인데……."

"2차 가자, 2차!"

동창들이 붙잡았지만 도하의 결심은 확고했다. 일단 린을 일으켜 허리를 끌어안은 채 부축하듯 걸음을 떼며, 동창회장에게 눈빛으로 확실한 의견을 전달했다.

"이 자리는 내가 쏠 테니까, 난 간다."

"미친놈! 우리 전통에 이런 일은……!"

이 정도 반발이야 예상했다.

"신혼이잖냐."

그리고 여유롭게 받아쳐 주었다. 남자 동창들은 몸을 제대로 가누지 못하는 와중에도 고개를 끄덕이며 격려의 눈빛을 보내 주었다.

"이제 집에 가자."

건물을 나선 도하가 린을 부축하면서 말했다. 하지만 린에게는 이미 들리지 않는 것 같았다.

"저기요, 이도하 씨."

급기야, 딴소리를 하며 길바닥에 앉는다.

"나, 잘했어요?"

빤히, 도하를 본다.

"잘한 건가요? 이런 자리는 처음이라서…… 난 잘 모르겠는데."

물기 어린 린의 눈동자에서, 도하는 새삼 새로운 사실을 깨달았다. 제겐 아주 가벼운 자리였음에도, 아무것도 아님에도, 이 여자에겐 큰 부담이었음을. 그런 뜻은 결코 아니었는데.

"난, 그러려고 이린 씨를 데려온 게 아니야. 그냥…… 즐거운 시간을 보내고, 조금 편하게 생각했으면 했는데……."

"그래서……."

린이 아주 느릿하게 눈을 깜박였다.

"나, 잘했어요?"

투둑, 비가 내리기 시작했다.

"잘한 건가요?"

그 비보다 린의 눈이 더 슬펐다.

"난…… 자랑스러운 아내였어요? 트로피로 내세울 만큼?"

"그러려고 데려온 게 아니라니까."

도하의 말은 이미 혼잣말에 가까웠다. 도하는 그가 입고 있던 외투를 벗어 린의 어깨에 덮어 주었다.

"이린."

허리를 굽혀 린의 옷깃을 여며 준 도하가 그녀의 눈동자를 보고 다정히도 말했다. 어지러운 시야 속에서도 린은 그 눈동자가 다정하다는 것을 기억했다.

"너는 이미 내 자랑이야."

도하가 소리 없이 미소했다. 비가 내리고, 서로의 숨결이 맞닿을 만큼 가까운 곳에서, 그렇게.

"내 자랑스러운 아내가 되어 주어서 고마워."

그 목소리는 아주 낮았고, 빗소리 속에서 더 촉촉하게 들렸다. 린의 입술도 그랬다. 할 말을 잃은 입술이 가쁜 숨을 내쉬는 사이, 도하는 순간적인 충동을 참지 못해 입을 맞췄다. 쪽, 하는 마찰음도 빗속에 묻혔다.

"아……."

입술이 떨어지자마자, 린이 눈을 깜박였다. 정말이지, 이상한 나라에 떨어진 것만 같았다.

"이제 집에 가자."

하지만 그 온기가 싫지 않았다.

"……업어 줄까?"

장난기 어린 그 웃음도.

"네."

온통 어지러운 세상 속에서, 그의 체온만이 선명했다. 린은 도하
의 너른 등에 업힌 채로 까무룩 잠에 들었다. 나는 아무래도 좋은
가출을 한 것 같다. 린은 잠결에 그런 생각을 했다. 자신을 자랑으
로 여겨 주는 남자의 등에 업혀서 새로운 집으로 돌아가는 길은 따
스했다. 아주, 많이……

❀　　❀　　❀

숙취라는 건, 린의 예상보다 훨씬 더 지독했다. 이런 걸 모르고
살았다는 게 감사할 정도로 괴롭고, 마치 금방이라도 숨질 것 같았
다.

"아……."

안양댁의 배려가 분명한, 머리맡의 꿀물을 들이켜던 린은 그제야
탄식을 뱉었다.

"나, 무슨 짓을 한 거지."

머리가 너무 어지러워 정확히 떠오르진 않지만, 그 왁자지껄한
술자리를 빠져나와 길가에 주저앉았던 것까진 생생했다. 아…… 물
론 그다음도 생생하긴 한데…… 아, 아니야. 그럴 리가 없어.

"아……니야."

부정해 보지만 이미 린의 뺨은 훅 달아올라 있었다.

"아니어야 해……."

당당하게 결혼의 조건으로 제 몸에 손을 대지 말라고 말했던 린
이었다. 그런 주제에 술김에 뽀…… 아니, 조금 과한 신체적 접촉
을 하고서 잘도 그 남자의 등에 업혀서 집까지 왔다.

"······그냥 꿈일지도 몰라."

현실 도피가 좋은 건 아니지만, 적어도 지금은 잠시 미루어 둘 필요가 있었다.

"아, 그래. 꿈이었어."

린은 제 마음속의 작은 토끼 굴에 진실을 파묻기로 했다.

❀　　❀　　❀

며칠째, 린이 도하를 피하고 있었다. 도하의 회사 일이 갑자기 바빠진 탓도 있지만 그런 것치고도 안양댁이 차려 주는 따스한 밥상에 린은 한 번도 얼굴을 비치지 않았다.

안양댁의 전언에 따르자면 마실 줄 모르는 술을 마시고 감기라도 걸린 모양이라는데, 과연.

"내가 실수한 걸까."

심야의 창고에서 석고 모형을 깎던 도하가 툭, 내뱉었다.

"또 염병 도졌냐."

그렇게 무리를 해서 신부를 맞더니, 그 후로는 계속 저 모양인 도하가 석 영감은 답답하기만 했다.

"뭐, 네놈이 실수를 했겠지. 자고로 여자의 섬세한 마음을 살필 깜냥이 안 돼요, 너는."

"영감은 되고?"

"암, 나야 아주 섬세한 남자지. 젠틀맨 모르냐?"

도하는 요 며칠, 수상한 콧노래를 부르는 석 영감이 마음에 들지 않았지만 지금은 그런 걸 따질 때가 아니었다. 고양이 손이라도 빌려야 했다.

"젠틀맨은 됐고, 내가 뭘 잘못한 걸까."

"멍청한 놈! 당연히 그거 아니냐?"

"뭔데."

속는 셈 치면서도 도하는 석 영감의 말에 집중하게 되었다.

"혼인신고하러 갔다가 빼찌 먹고 왔다면서? 여자들은 그런 걸 싫어해요, 암."

"아, 증인 서명이 둘이나 필요한 줄 알았나? 영감이 증인 서 주면 된다며!"

"날 포함해서지, 이놈아."

사실, 석 영감도 몰랐다. 혼인신고의 증인란에 두 명의 서명이 필요하다는 걸, 알 리가 없는 인생이라서 더 서글프다.

"그럼 내일이라도 혼인신고를 다시⋯⋯."

"이 똘추 같은 놈!"

"아, 또 왜!"

"남자의 로맨스라는 건 그런 게 아냐, 이놈아."

사뭇 진지한 석 영감의 말에 홀리는 건, 그만큼 도하의 고민이 깊다는 증거였다.

"억지 신부라도, 신부 대접은 해 줘야 되는 거 아니겠냐?"

그리고 이번만큼은 석 영감의 말에도 일리가 있는 것 같았다.

"그⋯⋯런가?"

"기본이다, 이 똘추야!"

기세등등한 석 영감의 말을 계속 듣고 있자니, 정말로 그런 듯해 도하는 심각한 고민에 빠졌다.

"근데 영감, 내가 순수하게 궁금해서 물어보는 건데."

"뭐."

"남자의 로맨스라는 게 정확히 어떤 거야?"

두 남자 사이에, 다시 침묵이 감돌고 이내 사각사각 석고를 깎는 소리만이 창고를 가득 채웠다.

그리고 세 시간 후, 도하는 맥주나 한잔하자는 석 영감의 제안을 뿌리치고 차에 시동을 걸었다. 이미 자정에 가까운 시각이었지만, 린에게 내어 준 1층 방의 불이 켜 있는 걸 보고 출발한 길이었다.

"여기 어디 24시간 약국이 있을 텐데."

사실 안양댁이 어련히 잘 보살펴 줬으리라는 건 알고 있었다. 하지만 지금 도하에겐 어떤 구실이 필요했다. 막 차오른 용기에 한 발짝을 더 보태 줄 구실이.

"감기약 주세요."

"증상이 어떠신데요."

꾸벅꾸벅 졸고 있던 약사가 묻자, 도하는 곰곰이 생각해 보았다. 며칠 아예 보지 못했으니 당연히 증상도 알 수 없었다.

"며칠 전에 비를 조금 맞아서 몸이 안 좋은 것 같아요."

"기침하세요?"

"그건 잘 모르겠는데⋯⋯."

"일반 감기라는 말씀이죠."

"네, 아마."

안경을 쓱 추켜올린 약사가 주섬주섬 무언가를 챙기기 시작했다.

"누가 드실 건데요?"

"네?"

"감기 걸리신 환자분이 누구시냐고요."

어, 이건 뭐라고 대답해야 하나. 잠시 정적 끝에 간신히 도하가 입을 떼었다.

"아까 말했던, 그…… 비 맞은."

"그러니까 환자분이 누구신데요."

심야의 동네 약국에서 이런 일생일대의 난제를 맞이할 줄 몰랐는데.

"어, 그러니까……."

다시 안경을 추켜올리는 모습이 답을 재촉하는 듯해서, 도하는 괜히 입이 말라 왔다.

"일단은 제 아내입니다. 아, 아직 혼인신고는 못 했지만 곧 할 예정이고요."

간신히 답을 찾은 도하를 보고서도 약사는 미동도 하지 않았다. 뭔가, 잘못 대답한 건가.

"하지만 충분한 동의하에 제 집에 들어와서 살고 있습니다! 약간 사정이 생겨서 당겨졌죠!"

그의 말에 다시 무심하게 약 봉투를 채워 넣는 약사의 표정이 좀 떨떠름했다.

"예…… 일단 성인 여자분이시고요."

아, 그런 걸 물어본 거였나. 화끈, 귓불이 달아오르는 걸 느낀 도하가 재빠르게 약 봉투를 낚아챘다. 그리고 도망치듯, 차를 몰아 집으로 돌아왔다.

아니, 환자가 누구냐고 묻지 마시고 성인인지 여자인지, 그렇게 물어봐 주면 좀 좋으냐고.

괜히…… 도하만 우스운 꼴이 됐다. 누가 안 봐서 정말로 다행일 정도로. 하지만 그보다 다행한 사실이 하나 더 있었으니, 아직 1층의 끝 방에 불이 켜져 있다는 것이다.

❀　❀　❀

같은 시각, 린도 비슷한 생각을 하고 있었다.

"괜히, 나만……."

며칠이 지났는데도 조금이라도 그때를 떠올릴라치면 몸 둘 바를 모르겠다. 안양댁은 이게 예쁜 병이라는데, 그게 무슨 뜻인지도 모르겠고.

"야옹아."

린이 가만히 불렀다. 처음 만났던 날, 도하가 줬던 작은 고양이 장난감이 린의 협탁 위를 신나게 누비는 중이었다.

"넌 알겠니."

빙글빙글 제자리를 맴도는 야옹이를 보고 있자면, 왠지 마음이 편안해졌다. 역시 도하가 준 선물답다는 생각이 들었다. 제멋대로 신나게, 같은 곳을 맴도는 이 고양이가.

똑똑.

린과 야옹이의 시간을 깬 건, 조심스러운 노크 소리였다. 안양댁은 이미 별채로 건너갔을 시간이니, 이 노크의 주인공은 아마도…….

94

똑똑.

재차 울리는 노크 소리에 린은 잠옷 위에 카디건을 걸치고, 작게 대답했다.

"네."

'잠깐, 들어가도 될까.'

문이 바로 열리는 대신, 노크처럼 조심스러운 도하의 목소리가 문 사이로 울렸다.

"……네."

이어, 문이 열리고 도하가 들어와선 린의 침대 옆까지 곧장 다가왔다. 그는 다짜고짜 협탁 위에 약 봉투를 올렸다.

"감기 걸렸다면서."

안양댁은 이게 감기가 아니라고 했지만, 린은 고개를 끄덕였다. 눈을 마주치기 겁이 나는 건 어째서일까, 생각하며.

"괜히 나 때문에 비 맞게 한 거 같아서 미안하네."

린은 고개를 살짝 가로저었다.

"제가 과음을 한 것 같아요. 그날 일이 거의 기억이 안 나거든요……."

이건 선수를 친다기보단, 자기방어의 수단이었다. 이렇게라도 말해 두지 않으면 이 심장이 터질 것 같았다.

"아, 그랬구나."

도하의 목소리에 실린 작은 실망을, 린은 아직 몰랐다.

"혹시, 제가 실수한 거 있나요?"

"아니, 전혀."

간신히 마주친 시선 사이로, 도하는 똑같은 웃음을 지어 주었다.

"그럴 리가 있나."

"아…… 다행이에요."

하지만 이 어색한 공기는 어떻게 해야 좋을까. 잠시 고민하던 도하는 린이 앉은 침대의 끄트머리에 나란히 앞을 보고 앉았다. 둘의 사이에 적당한 간격을 비워 둔 채, 같은 곳에 머무는 걸 택한 것이다.

"마음에 들었나 봐?"

도하가 흘깃 눈짓으로 가리키는 곳에는 야옹이가 있었다. 그제야 린이 간신히 웃었다.

"네, 귀여워서요."

"저거, 인공지능이야."

"……정말요?"

물론 거짓말이었다.

"좋아하는 사람한테 가지. 여태 그러지 않았어?"

"아, 그런 것 같아요. 계속 손가락 주위를 맴돌고……."

사실은 소리가 나는 쪽으로 가는 아주 단순한 시스템이었다.

"인공지능…… 생각보다 대단하구나."

뭐, 그것도 생각하기에 따라서겠지만.

"이도하 씨 회사는 주로 이런 걸 만드는 거죠?"

"더 대단한 것도 만들지."

"장난감 회사 아니에요?"

"요즘 세상엔 장난감의 범위가 아주 넓잖아?"

아, 하고서 린이 고개를 끄덕였다. 이러면 못쓰는데, 그 옆얼굴이 너무 천진해서 자꾸만 장난기가 동했다. 또, 어디까지 믿어 줄지도 궁금했다.

"저 야옹이보다 백만 배는 더 큰 걸 만들 수도 있어."

"……정말요?"

이걸 또 속네.

"그럼. 게다가 인공지능이지."

"정말…… 대단하네요."

린이 감탄하는 얼굴을 보는 건, 몇 번을 봐도 질리지 않을 것 같다. 앞으로 평생 삼백오십사만 천일곱 번을 본대도. 도하는 거짓말을 정정하지 않고 본론을 꺼냈다.

"어, 너무 대단한 나머지 곧 제주도에 토이 뮤지엄을 만들 계획이야. 내가 하겠다고 한 게 아니라, 유치당했어."

어깨를 으쓱하는 도하는 사장이라기보단, 소년 같았다.

"오프닝에 같이 가 줄래?"

"네?"

"시찰하러 가야 하거든. 내일모레 비행기야."

이런 때는 또 뭐라고 대답해야 할까. 린이 잠시 망설이는 사이, 초조한 속내를 숨긴 도하가 말을 덧붙였다.

"이번엔 술 안 먹일게."

이번엔 린이 어깨를 작게 으쓱한다.

"그러면……."

"비도 안 맞을 거야."

그리고 눈을 깜박, 느릿하게 감았다 떴다. 도하는 린의 이 낯선 습관이 좋아졌다.

"좋아요."

"하나만 더."

도하는 그런 린의 머리를 쓰다듬고 싶은 충동을 간신히 억누른 채, 물었다. 린은 눈을 동그랗게 뜨고 도하를 본다.

"크고 화려한 게 좋아, 작고 예쁜 게 좋아?"

예상치 못한 질문이었는지 잠시 린이 멈춘 듯했다.

"아, 예쁘긴 둘 다 예뻐."

뒤늦게 덧붙였지만 도하도 이 질문이 충분히 우습다는 걸 알았다.

"굳이 정하자면⋯⋯."

하지만 린은 진지하게 답해 주었다.

"작아도 예쁜 게 좋아요."

그 말에 도하도 소리 없는 미소를 지었다. 작아도 예쁘다. 크고 화려한 것보다, 작아도 예쁜 것이 더 사랑스럽다는 것 정도는 알 만한 나이가 되었다. 린이 그랬다. 지금 도하의 눈에 비치는 린은 화려하지 않아도, 충분히 작고, 그래서 더 사랑스러웠다.

❋　❋　❋

그 후로 며칠, 도하에겐 아주 바쁜 나날이 흘러갔다.

"저, 여사님?"

가장 먼저 안양댁을 찾아가는 게 급선무였다. 그 자체는 쉬운 일이었지만, 린의 눈을 피해서 만나기란 쉽지 않은 일이었기에.

"사장님, 출근하실 시간이⋯⋯."

"아, 원래는 그런데 난 사장이라 좀 늦어도 됩니다."

자못 뻔뻔스러운 도하의 답에도 안양댁은 예의 우아한 태도를 잃지 않았다. 린과 다르게 좀처럼 놀라지 않는 사람이었다.

"해서, 제게 하실 말씀이 뭔지 여쭤도 될까요."

"별건 아니고."

툭, 던지듯 도하가 말했다.

"데이트 신청 하는 겁니다."

물론 이 정도로 당황할 안양댁은 아니었다.

"제 고용주는 아가씨인데, 지금 저더러 업무를 방임하란 말씀이 신지요."

"네, 소위 땡땡이가 되겠습니다."

그것참, 명쾌한 답변이었다. 안양댁은 속으로 고개를 끄덕였다. 역시 우리 아가씨는 재미있는 집에 시집을 오신 게 틀림이 없어.

"전, 파르페로 하죠."

"마침, 근처에 잘하는 카페가 있습니다."

씩, 웃는 도하의 미소에선 소년의 천진함이 엿보였다. 그리고 스 윽, 손을 뻗어 차까지 인도하는 손길 역시 유쾌했다.

"얼마나 대단한 땡땡이인지, 기대하겠습니다."

그날, 파르페를 잘하는 카페에선 어떤 모의가 펼쳐졌다. 안양댁 의 경력상, 유일하게 멋진 땡땡이기도 했다.

"아, 그래서요…… 내가 실수한 걸 바로잡아야 할 것 같은데."

맞은편에서 바나나 딸기 라떼를 마시는 도하를 보고 있는 건, 조 금 우스운 일이었다. 열변을 토하는 것도, 그러다가 이내 제 머리 를 헝클이는 것도.

"아주 날로 먹겠다는 심보는 아니고, 여사님이 이린 씨를 오래 지켜봐 오시지 않았습니까."

"정확히는 아가씨께서 복중에 계실 때부터 함께했지요. 아가씨는 이 안양댁에게, 삶의 보람입니다."

"그러니 제가 잘 모르는 말을 좀 번역해 주세요."

안양댁의 평화로운 표정에 도하는 속이 타는지 음료를 쭉 빨고 다시 조급하게 말을 뱉었다.

"일단, 제 계획은 아시겠죠?"

"사장님께서 의도하신 바는 이해했습니다만."

"근데 하나가 걸려요."

도하가 또 제 머리를 헝클어트렸다. 안양댁의 눈에도 콩깍지가 쓰인 건지, 그 모습이 참 뿌듯했다. 우리 아가씨를 위해서 저렇게 고민을 해 주다니.

"크고 화려한 것보다, 작아도 예쁜 게 좋다는 건……."

다시 부릅뜨는 눈빛도 안양댁의 마음에 쏙 들었다.

"제가 생각한 게 맞는 걸까요?"

이 남자의 진지한 태도가 안양댁의 마음을 먼저 녹였는지도 모르겠다.

"글쎄요. 질문에만 답하는 건, 형평성에 어긋나는 기 같아서 그런데…… 저도 질문 하나 해도 되겠습니까."

빨대를 입에 문 채로 도하가 고개를 끄덕이자, 안양댁이 격식에 맞춘 미소를 띠었다.

"왜, 우리 아가씨를 신부로 맞으셨습니까."

"그야, 아시다시피."

"조건에 맞는 신부는 많았을 테죠?"

"그것도 그렇지만."

"모든 게 큰 그림이라고밖에 생각되지 않는 건, 이 노친네의 망상일까요?"

"……예?"

기계적으로 문답을 반복하다 보니, 바닥이 먼저 드러나는 건 도하였다. 하기사, 평생 내공을 쌓아 온 안양댁을 이런 심리전으로 이길 수는 없었으리라.

"하필 이런 어려운 신부를 택하신 이유는요."

"아니, 이미 결정한 일인데……."

"그러니까, 왜 결정하셨을까요."

이미 도하의 바나나 딸기 라떼는 바닥을 보인 후였다. 안양댁은 느긋하게 파르페에 꽂혔던 초코 과자를 휘적이며 도하를 노려보았다.

"왜라고 해 봐야."

"질문을 바꾸죠. 도대체, 언제부터 그렇게 결정하신 거죠."

딸그락, 얼음이 든 컵을 내려놓으며 도하는 입을 다물었다.

"이 질문에 대한 답변에 따라, 저도 협력할지 정할 겁니다."

그 침묵만큼이나 안양댁의 결심도 확고해 보였다.

"이번엔, 제가 질문하죠."

하지만 판도를 바꾸는 건 도하였다.

"여사님께선 제가 단 한 번의 맞선으로 이 모든 걸 결정했다고 생각하시는 겁니까?"

도하는 안양댁의 기우를 정확히 꿰뚫고 있었다.

"아니었나요?"

"제가 결심을 굳힌 건 몇 번의 만남 후였습니다."

불안해하는 안양댁을 안심시키기 위한 사탕발림은 없었다. 도하는, 자신의 결정에 대하여 솔직하게 털어놓기로 했다.

"그 커다란 저택의 처마 밑에서 비를 맞으며 떨고 있던 이린 씨를 봤을 때, 문득 내가 지켜 주고 싶다는 생각이 들었습니다. 실제로도 그렇게 했고요."

"사장님의 마음은 알겠습니다만, 여전히 납득이 가질 않는군요."

안양댁은 사리에 밝은 사람이었다. 린이 쫓겨났던 그날 밤은 맞선 직후였으니 두 번째 만남이어야 계산이 맞았다.

"두 번째여야 맞지 않나요?"

"아뇨, 적어도 제게는 아닙니다."

도하는 확신에 찬 눈빛으로 말했다.

"그래요……. 그렇담 이 늙은이가 모르는 첫 번째가 있었다는 거군요."

그는 딱히 부정하지 않았다. 다만 안양댁이 모르는 첫 번째 만남에 대해서 설명할 생각도 없는 듯했다.

"한 번을 두 번으로, 두 번을 세 번으로 만든 건 내 의지였습니다. 쉽지 않은 일이라는 건 여사님이 잘 아시겠죠."

도하의 말대로, 아가씨로 자란 린에게 누군가 접근하는 건, 실로 힘든 일임을 안양댁은 잘 알고 있었다.

"나는."

아, 벌써 알 것 같았다. 이 남자의 눈을 보는 순간에.

"아마 세 번째부터는 확실하게 그 여자를 지켜 주고 싶었던 것

102

같습니다."

　감기 대신에 예쁜 병을 앓고 있는 아가씨가 들었더라면, 당장이라도 기절을 할 만한 이야기였다. 그런 이야기를 이 남자는 아무렇지도 않게 했다.

　"그러니까, 이제 알려 주실래요."

　그게 안양댁의 마음에 아주 쏙 들어 버렸다.

　"이린 씨 눈에 작아도 예쁘려면…… 어떻게 하는 게 좋겠습니까."

　또, 제 머리카락을 헝클어트리는 도하를 보면서 안양댁은 결심을 굳혔다.

　"저, 사장님."

　"……예?"

　그리고 테이블 너머로 손을 맞잡았다. 아주 덥석.

　"우리 아가씨, 잘 부탁드립니다."

　"어……."

　망설이던 도하가, 이내 잡힌 손에 힘을 주어 더 단단히 쥐었다.

　"최선을 다하겠습니다!"

　이렇게 공동전선이 맺어졌다. 작아도 예쁜 것을 골라내는 것은 나중이다. 우선은 린과의 관계에 가교 역할을 할 이 동맹이 중요했다.

❊　❊　❊

　제주도에 도착했을 땐, 아주 가느다란 비가 내렸다. 도하는 저녁 식사 때 호텔 레스토랑에서 만나자는 약속을 한 후 마중을 나온 이들과 함께 사라졌다. 덕분에 호텔에 혼자 남은 린은 커다란 스위트룸을 둘러보며 한숨을 돌리는 중이었다.

"제주도는 정말 오랜만이네."

기억은 나지 않지만, 엄마가 살아 계실 때 아버지와 셋이 왔었다는 이야기를 들은 적이 있었다. 그 후로 린의 인생에 여행은 더 이상 없었지만 앞으로는 많은 게 달라질지도 모르겠다. 린은 한결 홀가분한 마음으로 전화를 들었다.

"네, 저예요. 잘 도착했어요."

늘 린에겐 살가운 안양댁이었지만, 오늘은 배웅을 하며 평소보다 더 세게 손을 잡아 주었다. 세상은 넓고 인생은 기니까 마음을 활짝 열고 살아야 한다는 모를 소리까지 했다.

"음…… 야자나무 비슷한 게 있다는 거? 그거 말고는 아직 모르겠는데. 아, 이도하 씨는 지금 일 보러 갔어요. ……네, 저녁은 같이하기로."

통화를 하면서 괜히 거울에서 눈을 떼지 못했다. 린은 언제부턴가 부쩍, 거울을 자주 보게 되었다.

"가방이요? 아직 안 열어 봤는데, 왜요?"

— 오랜만에 하시는 여행이니, 이 안양댁이 작은 선물을 넣어 놨습니다. 대단한 건 아니지만요.

"여사님, 뭘 그렇게까지……."

제대로 된 가족이 있었다면, 혹은 어머니가 살아 계셨다면 이런 느낌일까. 감사한 마음을 말로 다 담을 수 없고, 괜히 목이 조금 메는 먹먹한 감정에 린은 입술을 꾹 물었다.

"감사해요, 정말."

— 저야말로 아가씨가 훌륭히 자라 주셔서 감사하지요.

"아, 참 선물 지금 확인해 볼게요."

— 아뇨, 이제 사장님과 식사하실 시간이지요? 선물은 이따 밤에 확인해 주세요. 그 편이 저도 훨씬 설레니까요.

시계를 보니 정말 식사 시간이 다가오고 있었다. 수화기 너머 안양댁의 후후, 웃는 웃음소리가 정확히 뭘 의미하는지 모르는 채로 린은 립스틱을 덧발랐다.

특급 호텔의 레스토랑은 서울이나 제주나 그리 큰 차이가 없었다. 유리창 너머로는 아름다운 전구 장식들이 반짝이고 있었고, 린은 작고 하얀 손으로 은식기를 유려하게 움직였다.

"늘 느끼는 거지만, 이린 씨는 식사하는 모습이 참 정갈하네."

"뭘 이 정도로요."

그제야 도하의 시선이 줄곧 자신의 손에 가 있었다는 걸 깨달았다. 린은 쑥스러움에 손을 살짝 움츠렸다. 그러고 보면, 누군가에게 이렇게 아무것도 아닌 일로 칭찬을 듣는 것도 어린 시절 이후로는 처음이었다.

"나도 좀 배워야 하는데."

그 말이 아주 과장은 아닌지, 나이프를 쥔 도하의 손이 어째 투박해 보였다. 반짝이는 은제 나이프가 아닌, 연장이 더 어울리는 손임은 부정할 수 없었다.

"웃기지? 다 큰 어른이 나이프 하나 제대로 못 다루다니. 참 이상해, 이것보다 큰 건 훨씬 잘만 쓰는데도."

린이 사는 세상에서 우아한 테이블 매너는 기본 중의 기본이었고, 그들의 기준에서 보자면 자신은 한참 덜떨어진 사람이었다. 도하는 린의 앞에서 자신이 약간 초라해지는 기분이었다. 그런데 린이 또렷한 목소리로 그를 상념에서 끌어냈다.

"그건, 아마 각도가 잘 안 맞아서 그럴 거예요."

그냥 조용한 미소만 띠고 넘어갈 줄 알았는데, 뜻밖에 린의 말수가 늘어났다.

"검지를 나이프의 등에 대고, 자르려는 음식과 칼날을 45도 정도로 맞춘 채 힘을 주기만 하는 게 아니라 말 그대로 가볍게 썰어 낸다고 생각하시면 쉬워요."

한 마디 한 마디, 천천히 말하는 린은 도하에게 보이려는 듯 가볍게 나이프를 움직였다.

"어……."

그 동작을 그대로 따라 한 도하의 입에서 작은 탄성이 나왔다.

"정말 쉽잖아?"

"그렇죠?"

이젠 마주 보고 미소를 짓는 게 처음처럼 어색하지 않았다.

"이렇게 쉬운 걸 왜 아무도 안 알려 준 거야. 뭐, 입에 담기조차 수준 떨어진다고 생각해서 그랬나."

"아마 언급하는 게 실례라고 생각해서였을 거예요. 그리고 이런 것 따위 그리 대단하지도, 중요하지도 않은 일이잖아요."

흠, 도하가 여태 어려운 자리에서 겪었던 경멸의 눈빛은 그녀의 생각과는 조금 달랐다. 그래도 린의 말에서는 고운 마음 씀씀이가 느껴졌다. 고작 나이프를 제대로 사용하는 법보다 훨씬 중요한 것이었다.

"앞으로도 가르쳐 줄래? 난 모르는 게 아주 많거든. 뭐, 검색을 통해 식기를 바깥쪽부터 쓴다는 것 말고는 다 모른다고 해도 과언이 아니지."

"저도 많이 아는 건 아니지만, 도움이 된다면요."

그사이, 웨이터가 비워진 접시를 치우고 오늘의 디저트를 내왔다. 식사의 끝을 상큼하게 마무리하기 좋은 감귤 셔벗이었다.

"그럼, 하나 더. 이제 남은 식기가 없는데, 이건 뭐로 먹지?"

도하의 참신한 질문에 린의 분홍빛 입술 사이로 웃음이 새어 나왔다.

"……손으로?"

여기서 자신이 고개를 끄덕이면 정말 따라할 기세였다. 아쉽지만, 아직까지 린은 도하만큼 장난기가 넘치는 사람은 아닌지라 조용히 손을 들자 웨이터가 달려왔다.

"여기, 스푼이 빠졌는데요."

"아, 죄송합니다. 당장 가져다 드리겠습니다."

잠시 후, 작은 아이스크림 스푼이 두 개 도착하자 이번엔 도하가 웃어 버렸다.

"역시, 손은 아니었지?"

"네."

마주하며 먹는 감귤 셔벗은 조금 새콤하면서도, 싱그러운 향기가 났다. 오래오래 간직하고 싶은 아기자기한 맛이었다.

"자, 그럼 이제 시찰을 가 볼까."

"이 시간에요?"

"남들 다니는 시간에 시찰하는 것보다 훨씬 재밌잖아."

사업하는 사람들은 뭔가 깊은 뜻이 있는 거겠지. 린은 고개를 끄덕이는 것으로 즐거웠던 저녁 식사를 마쳤다.

즐거움은 거기서 끝나지 않았다. 주차장에 도착했을 때, 린은 또 한 번 인생의 새로운 경험을 하게 되었다.

"저…… 이런 차 처음 타 봐요."

도하가 렌트한 차량은 새빨간 색상의 뚜껑이 열리는 스포츠카였다. 참고로 문짝도 위로 열린다. 날개 같아서 윙 도어래, 멋지지. 어째 설명하는 도하가 더 신이 난 것 같았다.

"앞으로는 더 대단한 것도 태워 줄게."

핸들을 잡은 도하의 말은 꽤 믿음직스러웠다.

"그럼 언젠가는 트럭으로 할게요."

"좀 흔하지 않나?"

"제가 모는 트럭이요."

"아, 그건 확실히 스릴 넘치겠군."

도하로서는 이번에도 장난이었지만, 어쩐지 린의 눈매가 살짝 새초롬해진 듯 보였다.

"너무 신날 것 같아서 벌써 기대되네."

어색한 도하의 혼잣말에 린은 한 번 속아 주기로 했다. 여태까지 도하에 대해서 알게 된 사실 몇 가지. 자신의 낯선 남편은 장난기가 많고, 매사에 조금 허술하면서, 마음이 따뜻한 사람이었다.

"자, 도착!"

시동을 끄고 내린 곳은 서울과 달리 밤공기가 유난히 맑았다. 겨울이라는 걸 실감하기 어려울 정도로 포근한 날씨가 두 사람을 감싸 왔다.

"불이 다 꺼져 있네요?"

"괜찮아, 열쇠는 내가 갖고 있으니까."

두 사람의 앞에는 커다란 뮤지엄이 서 있었다. 건물엔 아기자기
한 간판이 달려 있었지만, 인기척도 불빛도 찾아볼 수 없었다. 뭔
가 이상하다고 생각하는 린이었지만, 자신만만한 도하를 보고 있자
니 어느샌가 따라가게 되었다.

린이 도하를 따라 뮤지엄 건물의 작은 옆문으로 들어가자 작업
용 복도인지 컴컴한 길이 펼쳐졌다.

"아……!"

순간, 어둠에 적응하지 못해 발을 헛디딘 린이 작은 소리를 내자
기다리고 있었다는 듯이 도하가 휘청이는 린의 손목을 잡아 주었
다.

어두워서 다행이다. 지금 두 사람은 내심 같은 생각을 하고 있었
다.

"조금만 더 가면 돼. 앞에 장애물 하나 더 있으니 조심하고."

"……네."

몇 발짝을 더 뗐을까, 두 사람의 앞에 다시 문이 나타났다. 도하
는 아까부터 내내 잡고 있던 린의 손목을 살짝 끌어 자신의 앞에
세웠다.

"직접 열어 볼래?"

의아했지만, 굳이 되묻지 않은 린이 문을 살짝 열자 이번엔 눈부
신 빛이 한꺼번에 쏟아졌다.

"세상에……."

달콤한 오르골 음악이 은은하게 흐르는 공간은 이 세상의 것이
아닌 것만 같았다. 동화 속의 한 장면처럼 커다란 인형들이 움직이
고 작은 기차가 돌아다니는 뮤지엄의 풍경은 오로지 린 한 사람만
을 위해 준비된 것이었다.

"마음에 들어?"

선뜻, 발을 떼지 못하는 린의 등 뒤에서 도하가 나직한 목소리로
물었다. 너무 감격하면 아무 말이 안 나온다더니, 지금 린의 심정
이 딱 그랬다. 아직 어두운 복도에 발을 디딘 채로 린은 한참이고
눈앞에 펼쳐진 광경을 바라만 보았다.

도하는 먼저 한 발짝을 뗀 후에 린을 돌아보았다. 또 한 번, 도
하가 린에게 손을 내밀었고 린은 그 손을 잡았다.

만일, 미래를 꿈꿀 수 있다면 지금 가는 길만 같으면 좋겠다. 다
소 낯선 행복이라는 감정 속에서 린은 어린아이처럼 마법의 세계로
발을 들였다.

한 시간 남짓이나 돌아다녔는데도 린의 눈엔 모든 게 예쁘고 신
이 났다.

"그렇게 좋아?"

"네! 너무 예쁘고 신기해요."

"그거 영광이군. 내가 설계했거든."

자라면서 놀이공원 한 번 못 가 본 린의 눈에 이 모든 게 꿈같기
만 했다. 아무리 돌아봐도 질리지 않을 것 같았고, 어째서인지 콩
닥콩닥 뛰는 심장 박동마저 기분 좋았다.

"발 아프지 않아?"

어찌나 설레었는지 하이힐을 보고 묻는 도하의 말에 그제야 발이 조금 욱신거리는 걸 느낄 정도였다.

"잠깐 쉬었다 가자. 고백할 것도 있고."

말투가 너무 자연스러워서 린은 잠시 후, 제 귀를 의심했다. 도하는 그러거나 말거나 아주 거대한 테디베어가 품고 있는 의자에 린을 앉혔다.

"제주도에 시찰 왔다는 거 거짓말이야."

"아…… 그럼 설마 이걸 보여 주려고 거짓말한 거예요?"

"어, 선의의 거짓말."

"왜요?"

천진한 린의 질문에 이번엔 도하가 눈을 깜박였다. 글쎄, 왜 그랬을까. 왜 이런 황당한 계획을 생각했는지는 기억나지 않지만, 지금 웃고 있는 린의 모습을 보고 있자니 뭐라도 좋겠다는 심정이었다.

"잊어버렸어."

"그게 고백이에요?"

"아, 또 있는데."

제 손끝을 만지작거리던 도하가 툭 내뱉듯 말한다.

"그때, 맞선 볼 때 했던 말도 거짓말이야."

"네? 어느…… 부분이요?"

"그게……."

습관처럼 제 머리카락을 헝클이는 도하를 보며, 린의 눈이 궁금증으로 커졌다.

"처음이 아니었어. 내가 이린 씨를 만난 건 그날이 세 번째야."

"네?"

예상치 못했던 도하의 답에 린은 계속 반문하기만 했다. 도대체 이 남자는 무슨 소리를 하는 거지. 린의 기억에는 도하를 만난 날이 그날뿐인데.

"정말이에요? 아니…… 언제요?"

"그건, 다음 고백을 듣고도 이린 씨가 화를 안 내면 말해 줄게."

"또 있어요?"

"이게 마지막이야."

이번에야말로 도하의 심장이 쿵쿵하고 울렸다. 입술이 마른 것 같기도 하고, 이런 말을 벌써 꺼내는 게 옳은지도 모르겠다. 하지만 성격상 거짓을 안고 가는 건 도하에게 너무도 힘든 일이었다.

"내가 이린 씨한테 원하는 모습은 단지 트로피 와이프뿐이 아니야."

"하지만, 맞선 때 분명히."

"그래. 이린 씨가 원하는 걸 내가 주겠다고 했지. 그 말은 진심이야. 무슨 일이 있어도 지킬 생각이고, 당신이 자유롭게 살았으면 하는 바람은 변함없어."

사실 린은 여태껏 자신의 입으로 자유라는 단어를 말한 적이 없었다. 누구에게도, 도하에게조차 요구했던 적이 없었던 스스로의 인생이었다. 하지만 눈앞의 남자는 처음부터 린의 마음을 읽기라도 한 듯 선선히 자유를 건네주었다.

"전 거짓말이 정말 싫어요."

천천히 입을 떼는 린의 목소리에 쿵, 하고 또 한 번 도하의 심장이 떨어졌다.

"하지만 이도하 씨는 좋은 사람이라고 생각해요. 그러니까……
더 설명해 주실래요?"

바싹 타들어 갔던 입술을 꾹 깨문 후에, 도하가 린의 눈동자를
보며 입을 열었다.

"설명은 내 주특기가 아니니까 결론만 말할게."

린이 허락의 의미로 고개를 끄덕이자 도하가 특유의 담담한 목
소리로 이야기를 내려놓았다.

"내가 이린 씨한테 했던 약속은 전부 지킬 거야. 그러니까 무언
가 달라질 거라고 생각해서 불안해하진 말았으면 해."

"무슨 말인지 잘 모르겠어요. 달라지는 게 없는데도 굳이 이런
말을 하는 이유는요?"

"그냥, 고백하고 싶었어."

복잡한 마음을 아주 단순하게 압축하는 게 지극히 도하다웠다.

"좋아해."

도하가 태연하게 뱉은 한마디에 린의 심장은 요동치기 시작했다.

"난, 단지 트로피 와이프로서가 아니라, 한 사람의 여자로서 이
린 씨를 좋아해."

도하의 말끝이 아주 미세하게 떨리는 걸, 린은 들었다. 이 사람
도 똑같이 떨리는구나. 그 서투른 면모가 오히려 린을 안심시켜 주
었다.

"비록, 계약 결혼이라는 멋없는 형태로 데려오긴 했지만 우리 결
혼과 별개로 나랑 연애하지 않을래?"

시간이 멈춘 듯, 린은 움직이지 않았다. 얼마나 시간이 흘렀을
까, 타들어 가는 속을 참다못한 도하가 다시 입을 떼었다.

"그…… 결혼과 별개라는 건, 물론 나와 결혼한 게 이린 씨 본인의 의지만은 아니었겠지만 이 연애는 자유롭게 선택해 줬으면 한다는 뜻이었어."

고백만큼이나 마음을 움직이는 설명이었다. 스스로 무언가를 선택할 수 있다는 게 이렇게나 가슴이 벅찬 일이라는 걸, 도하가 지금 막 일깨워 주고 있었다.

"그럼, 선택할게요."

자신의 의지로 자유롭게 선택하는 건, 상상보다 어렵지 않았다.

"좋아요."

"……정말?"

본인이 제안해 놓고 화들짝 놀라는 도하를 보자 린은 조금 웃음이 났다.

"처음이라 자신은 없지만…… 연애라는 거 한번 해 보고 싶어요."

"정말?"

"네, 정말."

재차 되묻는 도하의 얼굴이 너무 기뻐 보여서, 어쩐지 뿌듯한 기분마저 들었다. 정확히 연애가 뭘 어떻게 하는 건지는 모르겠지만 조금 기대가 되려고 하는 순간.

"그럼…… 한 가지만 더."

"또 고백할 게 남았어요?"

"어, 근데 거짓말은 아니고 일종의 뒷북이야."

씩, 특유의 장난기 어린 미소를 지은 도하가 헛기침을 한 번 하고는 표정을 가다듬었다.

"한다?"

굳이 물어볼 건 없는데. 린이 고개를 끄덕이자, 도하가 두어 번 더 헛기침을 했다. 대체 무슨 고백을 하려고 저렇게 뜸을 들일까, 린이 물으려는 순간 갑자기 도하가 린의 앞에 무릎을 꿇었다.

아, 이건 설마 말로만 듣던…… 그 순간인 걸까.

"이린 씨."

도하의 새카만 눈동자가 린을 올려 보고 있었다. 아무도 가르쳐 주지 않은 일이었지만, 린은 본능적으로 느낄 수 있었다. 지금 이 순간을 아마 평생 잊지 못하게 되리라는 것을.

"나와 결혼해 주세요."

그리고 이 순간부터 자신의 일생은 완벽하게 바뀌게 될 거라는 것도.

"네."

도하가 조심스럽게 허공에 손을 뻗자, 린이 왼손을 내밀었다. 이 마법 같은 순간엔 평생 동안 린을 지배하던 망설임이 깃들 틈조차 없었다.

"당신과 결혼할게요."

딸각, 하는 소리와 함께 열린 반지 케이스 안에서 심플한 결혼반 지가 하얗게 빛나고 있었다. 도하는 여태까지보다 더 조심스럽고 신중한 손길로 그 반지를 꺼내 린의 약지에 끼워 줬다.

"마음에 들었으면 좋겠는데."

차가운 금속이 약지를 감싸고 제자리를 찾는 동안, 린은 미처 눈 으로 발견하지 못한 사실을 감각으로 느낄 수 있었다.

"아, 이 반지……."

링의 외부엔 정교하고 우아한 세공이 은은하게 빛나고 있었지만, 가장 빛나는 건 보이지 않는 곳에 있었다.

"다이아를 안에 넣었어. 작아도 예쁜 게 뭘까…… 내 딴엔 고민 한 건데 괜찮아?"

그제야 알 수 없던 도하의 질문을 이해할 수 있었다.

"그럼 크고 화려한 거랑, 작고 예쁜 것 중 어떤 게 나은지 물어 본 게……."

"어, 여자한테 반지를 주는 건 처음이라 너무 고민이 되더라고."

도하의 말에서 어느 부분이 자신을 설레게 하는지 모르겠다. 마음에 쏙 드는 이 반지를 고르느라 그토록 고민을 해 주었다는 것과, 여자에게 반지를 주는 게 처음이라는 것 둘 중에.

"마음에 들어요."

린이 분홍빛 입술로 말간 미소를 지었다. 그 미소 하나에 여태 불안하게 뛰던 도하의 심장이 거짓말처럼 사르륵 녹았다.

"고마워요, 소중히 간직할게요."

앞으로의 연애도 결혼 생활도 알 수 없는 것들뿐이지만, 지금은 그저 모든 게 좋았다. 도하는 제 손안에서 작게 박동하는 린의 왼 손을 느끼며 미소했다.

"나도."

여러모로 서투른 도하이지만, 분명하게 알 수 있는 사실도 있었다. 지금 보고 있는 린의 미소를 언제까지나 지켜 주고 싶다는 것과, 늘 동화 같은 세상을 바깥에서 만들기만 하던 자신이 이 순간만큼은 그 한가운데에 들어와 있다는 것.

"소중하게 간직할게."

주어가 없는 도하의 말은 린의 마음에 정확하게 전해졌다. 그 증거로 린의 뺨이 살짝 붉어졌다.

"봐."

도하가 가리킨 커다란 시계탑은 벌써 자정을 훌쩍 넘겨 있었다.

"오늘이 우리 결혼기념일이야."

오늘 밤은 린에게 영원히 잊히지 않을 순간이 될 터였다. 도하의 눈동자를 본 순간, 왼손에 전해지는 온기를 느끼는 순간, 아니 그보다 더 헤아릴 수도 없을 만큼 많은 매 순간…… 전부가.

❀　❀　❀

다음 날은 린의 기분처럼 화창했다. 바람은 청량했고, 햇살은 따사로웠다.

"그럼, 이대로 접수하겠습니다."

제주도의 구청은 꽤 한산했고, 신기하게도 야자나무가 가로수로 심어져 있었다. 두 사람이 창구에서 나란히 내민 것은 안양댁이 준비한 선물이었다. 두 번째 증인란에 안양댁의 이름과 서명이 적혀 있었다.

"네."

구청 직원의 질문에 먼저 답한 건, 의외로 린이었다. 린은 그 작은 일에도 도하의 마음이 조금 일렁인다는 건 전혀 모르는 듯한 예쁜 옆얼굴로 또렷하게 답했다.

그리고 잠시 후.

"어…… 이도하 씨, 그리고 이린 씨."

다시 자리로 돌아온 직원의 말에 뭔가 긴장되는 기분이 드는 건
왜일까.

"두 분은 이제 법적으로 부부가 되셨습니다. 축하드려요."

우리는 그렇게 결혼했다.

Chapter 03

서울의 날씨는 확연히 추웠다. 하지만 린의 가슴에 품은 온기는 그다지 추위를 타지 않는 것 같았다. 겨울이 이다지도 청량한 계절이었다는 걸, 린은 처음으로 깨달았다. 그렇게 잠시, 겨울이 얼마나 시린 계절인지 잊고 있을 때였다.

"우리 막내, 도대체 어떻게 된 일이냐."

겨울보다 메마른 목소리에 린은 체온이 식는 걸 느꼈다. 돌아온 집에는 불청객이 먼저 도착해 있었다. 기세 좋게 거실을 점령한 영준은 두 사람을 보고도 일어서지 않은 채 혀를 쯧, 하고 찼다.

"이 전무님이 어떻게 제 집에 계신지 여쭤봐도 될까요."

린의 몸이 굳어지는 걸 느낀 도하가 한 발 앞으로 나섰다.

"그야, 오라비 된 도리로 막내 누이를 찾으러 왔지. 그게 당연한 거 아닌가?"

"무슨…… 말씀이신지."

"아니, 이 사장. 아무리 어린 누이가 천지 분간을 못 한다 쳐도 이 사장은 그러면 안 되잖아? 어찌 남의 집 귀한 딸을 제멋대로 데려가느냔 말이야."

퍽 황당한 상황이었다. 이미 협의가 끝난 계약 결혼이었고, 영준 역시 어느 때라도 좋다고 하지 않았는가. 하긴 린을 그렇게 쫓아낸 장본인이니 못 할 것도 없는 짓이었다. 다만, 막상 당하고 보니 꽤나 불쾌했다.

"허락해 주신 게 아니었습니까."

"허락이라니? 내가 허락한 건 결혼이지, 이런 납치가 아니야! 세상에, 우리 집안 딸을 제대로 된 절차도 무시하고 밀월여행까지? 하…… 그러면 내 병석에 누워 계신 아버지 얼굴을 어찌 제대로 뵐 수 있겠나."

말의 내용과는 달리, 영준은 비릿한 미소를 머금고 있었다. 마치 즐기고 있는 것처럼 보였다. 아니, 분명히 그러리라. 린이 아는 영준은 그런 사람이었다. 지난 세월 동안 린에게 직접 손찌검을 한 적은 없지만 그보다 더한 말과 눈빛으로 그녀를 난도질해 온 사람이니까.

"전무님께서 하시는 말이 이해가 가질 않는군요. 제 기억엔 분명 이린 씨를 빨리 데려가라고만 하셨는데요."

린은 모르는 내용이었지만, 영준이라면 그럴 만도 했다. 아마 성가신 짐짝을 처리하듯 아무 때나 빨리 가져가라고 했겠지.

"내가 설마 어린 누이를 두고 그런 말을 했겠나? 이 사장, 그렇게 안 봤는데 아주 악질이군."

뻔뻔한 것 역시 영준의 주특기 중 하나였다. 그 어머니의 자식이니 어련히 그럴까.

린은 한시라도 빨리 이 상황이 끝나기를 바랐지만, 선뜻 앞으로 나설 수가 없었다. 거의 평생 경멸과 무시에 길들여진 몸이 마음대로 움직이질 않았다.

"아무튼, 아버지께서 병석에 누워 계시니 장남인 내가 가장 역할을 해야겠어. 우리 집안이 어떤 집안인데. 근본도 없는 놈이 누이를 납치하다시피 강탈하는 걸 좌시할 수는 없지."

"그렇습니까."

의외로 담담한 도하의 대답에 린은 저도 모르게 불안을 느꼈다. 그럴 사람이 아니라는 걸 알면서도, 오랜 세월 학습된 두려움은 린을 움츠러들게 만들었다.

"근본도 없는 놈이라……. 뭐, 시각에 따라서 그럴 수도 있겠지만 전 적어도 약속은 지킵니다. 이 전무님은 아닌가요?"

"약속? 이 사장이 지킨 약속이 뭔데?"

도하의 의도대로 대화는 본론을 향해 흘러가게 됐다. 영준이 이제 와서 린의 체면을 생각해서 찾아왔을 리는 없고, 복적이 있을 터였다.

"사업한다는 사람에게 있어서 거래는 약속이 아닌가? 상품을 취했으면, 지불을 해야 하는 게 원칙 아니냐고!"

예상대로, 영준의 목적은 돈이었다. 도하가 린을 데려가면 즉각적으로 자금을 지원받으리라 생각했던 것이다.

이건 두 남자의 입장 차이가 불러온 대립이었다. 영준은 린의 존재 자체를 상품으로 보았으니 대가를 지불하지 않는 도하가 약속을 어겼다고 생각했다. 반면 도하는 린을 물질적인 대상으로 본 적이 없었다.

"견해 차이가 좀 있었나 본데, 전무님께 약속을 지킬 생각은 분명히 있습니다. 제 집에서 이런 갑작스러운 이벤트를 중지해 주신다면, 더더욱."

"하, 말장난은 집어치워."

영준의 눈빛은 상대를 위축시키는 힘이 있었다. 내면에 쌓인 경멸이 잘 벼른 칼처럼 날카로워 모멸감을 들게 하는 것이다.

"전 재밌다고 생각했는데, 전무님은 유머 센스가 없는 편이시군요?"

하지만 도하는 예외였다. 린은 내심 이런 때 웃을 수 있는 도하의 등이 더욱 크게 느껴졌다.

"이게 보자 보자 하니까……."

벌떡, 몸을 일으킨 영준이 성큼성큼 린에게 다가왔다. 린은 엄습하는 불안에 손톱자국이 남을 만큼 주먹을 꾹 쥐었다.

"야, 거기 이린! 따라와."

여태 완벽하게 이성을 유지해 오던 도하를 자극한 건, 바로 그 한마디였다. 기르는 강아지조차 저런 식으로 부를 사람은 없다. 정말로 증오하고, 하찮게 여기는 상대에게만 나오는 혐오와 경멸이 고스란히 드러나는 말투로는.

"안 들려? 시간 없으니까 꾸물대지 마!"

우악스럽게 다가오는 영준의 앞을 도하가 한 팔을 뻗어서 막았다.

"이 사장이랑은 차후에 다시 논의하도록 하지."

이 결혼을 아예 무를 생각은 없다는 뜻이리라. 하긴, 지금 영준은 현금이 필요했고 가장 적임자라 여겨 도하를 선택했으니 포기할 생각이 없는 게 당연했다.

"보다 파격적인 조건으로 말입니까."

피식, 영준이 같잖다는 듯이 웃었다. 적당히 짐도 치울 겸 생각해 낸 계획이 영준의 예상보다 잘 굴러간다는 걸 최근 확신하게 됐다. 즉, 그간 골칫덩이로만 여겨졌던 이린은 의외로 매력적인 거래 상품이었던 모양이다. 가령, 더 파격적인 조건을 걸어도 데려가고 싶을 만큼.

"그것도 차차 논의해 보자고."

영준은 아직 몰랐다. 도하의 눈빛이 한계치 이상으로 서늘해졌다는 것을.

"이린, 뭐 하고 멍청하게 서 있어? 당장 따라 나와!"

잠자코 있는 린의 팔을 짜증스레 낚아채려던 영준의 손이 도하에게 붙들렸다. 완력은 도하가 압도적으로 한 수 위였다.

"이 사장, 이게 뭐 하는 짓이야. 차차 논의하자니까?"

도하는 말이 없었다. 순간적으로 차오른 엄청난 분노를 제 안에 가두느라 애쓰는 중이었다. 눈앞의 쓰레기 같은 남자에게라면 이보다 더한 걸 보여 줘도 좋겠지만, 아직 린의 앞에서 그런 바닥을 보이고 싶지 않았다.

"이린 씨는, 못 보냅니다."

도하가 감정을 꾹 누른 듯 서늘한 목소리로 말을 내뱉었다. 린이 처음 듣는 목소리였다.

"하…… 저게 어지간히 마음에 들었나 본데, 그러니까 논의가 끝나면 다시 데려가든지 말든지 하라고."

영준의 팔을 붙든 도하의 손에 힘이 들어갔다. 아무래도 자제가 잘되지 않는 것 같았다.

"이 사장! 이게 뭐 하는 짓이야? 이 일을 아예 백지로 돌리면 저것도 두 번 다시 못 본다는 것만 알아 둬!"

"사과드리겠습니다."

하는 말과 표정이 전혀 다르다. 핏줄이 불거진 손도 놓지 않은 채였다.

"우선, 이린 씨에게 '저거'라고 무례한 언사를 하신 걸 사과해 주시면, 저도 제 무례에 대한 사과를 드릴 겁니다. 그건 공평한 거래죠?"

"미친 거 아냐? 내가 저걸 뭐라고 부르든 그건 이 사장이 간섭할 문제가 아냐. 영 쓸모없는 줄 알았는데 제 어미 닮아서 남자 꼬이는 재주는 퍽 쓸 만한가 봐? 그래 봐야 아직은 우리 집 소유라는 걸 잊지 말아야지."

그냥 한 대 쳐 버릴까. 도하의 머릿속엔 아까부터 계속 한 가지 생각만이 미친 듯이 되풀이되고 있었다.

"이거 안 놔? 이 사장, 정신 나갔어?"

"도하 씨."

이성이 날아가기 직전, 등 뒤에서 린이 도하를 불렀다.

"놔주세요."

동시에 스륵, 영준의 팔을 잡고 있던 손에 힘이 빠졌다. 영준은 거칠게 도하의 손을 뿌리치며 오만상을 썼다.

"그나마 네가 제정신이 붙어 있구나. 당장 따라 나와. 이 사장은 단단히 각오해 두고."

저린 손을 매만지며 영준이 지껄이는 말에 도하가 린을 돌아봤다. 이대로 그 크기만 한 저택에 그녀를 보내고 싶지는 않았다.

"괜찮아요."

"아니, 내가 안 괜찮……."

그런데 그의 마음을 읽기라도 한 듯 차분하게 대답한 린이 도하가 채 말리기도 전에 한 발짝을 떼서 영준의 앞에 섰다.

"뭘 재수 없게 쳐다보고 있어, 얼른 나가자니까!"

"어디로요?"

린은 여태껏 영준을 비롯한 가족들이 하는 말에 반문을 한 적이 없었다. 허, 영준이 실소하는 것도 그 때문이었다.

"네 집인 줄 몰라서 묻는 거냐, 아님 이 오라비의 성질을 더 긁어 보려고? 노력할 필요 없다. 안 그래도 지금 집에서 어머니랑 영화가 네 걱정을 아주 많이 하고 계시는 중이거든."

솔직히, 린은 아직도 이런 협박이 무서웠다. 하루아침에 다른 사람이 될 수 없듯이, 평생을 받아 온 정서적 학대는 쉬이 떨칠 수가 없어 두려움으로 남았다.

"죄송해요."

린은 손끝을 파르르 떨며 말했다. 린의 반응이 만족스러운지, 영준이 고개를 끄덕한 것도 잠시.

"저는 안 가요. 아니, 이제 못 가요."

"……뭐?"

최초의 반항에, 영준은 제 귀를 의심했다. 린은 여전히 떨리는 입술을 꾹 깨물어 애써 진정을 한 후에 또박또박 말을 이었다.

"이제 여기가 제 집이거든요."

"이런, 지금 무슨 짓을 하는 건지 생각하고 말해라. 아직은 이 오라비가 널 용서해 줄 수도 있을 것 같거든."

섬뜩한 눈빛이 린을 본다. 지금이라도 도망치고 싶었다. 감히 반항을 한다는 것이, 자신의 의견을 말한다는 것이 너무나 두려웠다. 린은 이런 눈빛을 제대로 마주 본 적이 없었다.

고개를 떨구는 게 그들의 화를 누그러뜨릴 유일한 방법이었으니까. 감히 맞선다는 생각은 해 본 적도 없으니까.

"아니요, 저 지금 제가 뭘 하는지 잘 알고 있어요."

하지만 용기를 내고 싶었다. 처음으로 간절히 원하는 게 생겼다.

"저는……."

린은 힘겹게 한 마디씩 내뱉었다. 도하가 가만히 린의 손을 잡았다.

"아무 데도 안 갈 거예요."

린의 목소리가 한층 또렷했다.

"여기가 제 집이에요."

"네까짓 게 결정할 사안이 아니야! 어디 눈을 똑바로 뜨고……. 네 가문이 어딘지 금방 똑똑히 알려 주마."

"아니요."

긴장으로 차갑게 식었던 손끝에 점차 온기가 도는 게 느껴졌다. 도하가 힘을 실어 주는 게 선명하게 전해졌다.

"제가 알려 드릴게요."

린은 영준이 두려운 만큼 도하의 손을 단단히 쥐었다. 금방이라도 심장이 터질 것 같았다.

"저는 이제 이 집안 사람이에요. 그러니 제 집이 어딘지 똑똑히 알려 주지 않으셔도 돼요."

"아직도 정신을 못 차리나 본데, 네 맘대로 되는 게……."

"있었어요."

차분한 린의 목소리는 더 이상 여리기만 하지 않았다.

"없을 줄 알았는데, 있었어요. 제 마음대로 되는 것이."

린이 도하를 봤다. 이 남자는 자신이 선택한 남편이었다. 동시에, 서툰 첫 연애를 함께하기로 한 사람이었다. 그 모든 것은, 자신이 자유롭게 선택했다.

"저, 결혼했어요."

이제 영준은 더 대꾸할 말도 없을 만큼, 어이가 없어 보였다.

"오늘부터 합법적인 부부가 됐어요."

그 말에 도하가 미소했다. 덕분에 린은 조금 어설프게나마 입꼬리를 들어 올릴 수 있었다.

"바쁘셨을 텐데, 결혼을 축하하러 와 주셔서 정말 감사해요."

처음으로, 영준의 앞에서 웃어 보일 수 있었다.

"그럼, 안녕히 가세요. ……오빠."

꾸벅, 허리를 숙이는 자신을 보고 영준이 무어라 더 말했는지는 기억이 나질 않는다. 도하가 간신히 영준을 내보내고 나서 거실로 돌아왔을 때 린은 다리가 풀린 채 주저 앉아 있었다.

"이린 씨, 괜찮아?"

린을 일으켜 소파에 앉힌 도하가 걱정스레 린의 얼굴을 들여다보았다. 그녀는 흡사 넋이라도 빠진 표정이었다.

"이린 씨?"

"아…… 괜찮냐고요?"

"어, 괜찮은 거야?"

하얀 도화지 같은 표정으로 린이 도하를 보았다. 처음 만났을 때처럼, 인형 같은 그 얼굴이 도하는 안쓰럽기만 했다.

"괜찮지 않아요."

느릿하게 답한 린이 도하의 눈을 보았다.

"괜찮은 게 아니라……."

방금 눈코 뜰 새도 없이 지나간 일을 되짚는 듯 멍해 있던 시선이 차츰 초점을 찾아 도하를 향했다.

"좋아요."

"……어?"

"너무 좋아요."

스스로 말하고 뒤늦게 깨달았는지, 린은 팟 하고 웃음을 터트렸다.

"아니, 좋은 정도가 아니라 너무 신나요."

방금 자신이 한 일이 도저히 믿기지 않는다는 듯, 키들거리는 린은 여태 본 중에 가장 자유로워 보였다.

"저…… 잘했죠?"

예전 비 내리던 밤에 자신의 존재를 확인하려 묻던 애처로운 질문과는 달랐다. 지금, 린의 눈동자는 예쁘게 반짝였다.

"완벽해."

도하가 커다란 손을 뻗어 린의 머리를 두 번 쓰다듬어 주었다. 뜻밖의 스킨십이었지만, 린은 그것도 좋았다.

"우리 가풍을 완벽하게 습득했어."

한 번 더 크게 린의 머리를 쓰다듬는 도하의 손엔 그 마음만큼 따뜻한 체온이 담겨 있었다.

❊　　❊　　❊

크리스털 샹들리에 아래에선 늘 그렇듯 우아한 선율이 흐르고 있었다. 다만 공기를 가로지르는 히스테릭한 목소리는 우아와는 거리가 좀 멀었다.

"뭐, 혼인신고? 그게 아주 막 나가는구나."

스피커폰에 대고 신랄한 외침을 뱉는 수연의 손엔 여지없이 코냑 잔이 들려 있었다. 안양댁의 빈자리에 새로 들어온 가정부는 혹시나 불똥이 튈까 최대한 기척을 죽인 채 모습을 감췄다.

"이래서 머리 검은 짐승은 거두는 게 아니라더니, 아주 그 짝이야. 이런 집안 망신이 또 있니……. 그러게 너무 근본 없는 상대랑은 거래하면 안 된다고 엄마가 그랬잖아."

부정하다는 누명을 씌워 잠옷 차림의 린을 내쫓은 사람이 하는 말치고는 꽤 모순적이었다.

— 뭐, 근본은 없어도 자금줄은 있으니까 됐어요. 엄마 아들 못 믿어?

수화기 너머의 영준도 초저녁부터 술에 취한 목소리였다.

— 오히려 잘된 거 아냐? 아무짝에 쓸모도 없는 게 이런 식으로라도 집안에 보탬이 되어야지.

"나야, 집 안에서 그거 꼴 안 봐서 좋다만…… 보탬이 되는 건 맞니?"

잠시, 수화기 너머에선 저들끼리 키득대는 소리가 들렸다. 그중에 젊은 여자의 웃음소리가 섞인 걸 보면 안 봐도 뻔한 광경이었다.

— 안 되면 엄마 아들이 가만있을 사람이야? 걱정 마. 안 그래도 이 사장은 사리분별이 좀 되는지 바로 성의를 보이긴 하더라고.

영준이 집을 떠나고 정확히 한 시간 후, 도하가 영준의 채권을 매입했다는 이야기였다. 뭐, 말이 채권이지 차라리 그 돈으로 기부를 하는 게 나을 정도로 곧 휴지 조각이 될 것이었다.

— 아무래도 우리 이린이 남자 후리는 재주가 상당한가 봐.

"그럼, 핏줄 어디 안 간다고……. 그렇게라도 은혜를 갚으면 염치가 있는 거지. 그보다, 너. 지금 강 변이랑 있니?"

— 어, 우리 처남은 그것들이랑은 다르게 아주 딱 우리 식구라니까.

— 아이고, 장모님! 이번 주말에 찾아뵙겠습니다!

거나하게 취한 강 변의 목소리가 끼어들더니 다시 한번 건배사와 여자들의 웃음소리가 들려왔다.

"그래, 적당히들 놀아. 몸 상할라."

수연이 전화를 끊고 돌아섰다. 어느새 영화가 쌀짱을 낀 채로 그랜드 피아노에 기대서 있었다.

"엄마는 초저녁부터 여자 끼고 술 먹는 사위한테 참 친절하네?"

"어차피 너도 신경 안 쓰잖니."

사위라기보단, 가문의 일원으로 들였다. 이런 가문에서 태어났으니 그 정도쯤은 당연하다고 여기는 두 여자였다.

"나도 이린한테 좀 배워 둘 걸 그랬나 봐? 남자라면 꽉 붙들어 놓는 그 기술."

"얘는, 어디 천박한 것들이나 하는 소리를……."

가볍게 손사래를 치는 수연의 손길은 여전히 우아했다.

"뭐, 궁금하긴 하네. 곧 볼 수 있으니까 다행일까?"

"왜?"

"연말에 은록회 모임 있잖아."

은록회는 예전부터 정·재계의 일부 인원들이 소소하게 진행하는 행사였다. 겉으로 볼 땐 그저 식사나 회화 감상 등이 목적인 평범한 모임이겠지만, 그 가입 조건이 여간 까다로운 게 아니었다.

"이린도 자격은 되니까, 오지 않을까?"

은록회가 차별성 있는 모임으로 언급되는 까닭은 그 폐쇄성에 있었다. 다시 말해 자신의 대에 부를 이룬 사람은 아무리 큰 업적을 달성했더라도 참여할 수 없었다. 수연이나 영화처럼 출생부터 그 자격을 증명해야 일원으로 인정받는 것이다. 그것은 대외적으로 이 집안의 친자로 자라 온 린에게도 유효했다.

"이번에는 부부 동반이라던데, 나 벌써 기대되려고 한다."

환히 웃는 영화를 보자, 수연도 같이 웃음이 났다.

"그럼 나도 모처럼 참석해 볼까."

회장이 병석에 누운 후로 사교 모임 출입을 자제하던 수연에게 조차 흥미로운 일이긴 했다.

"뭐, 네 아버지가 저러시니 부부 동반은 어렵겠지만."

"아이, 엄마는……."

곱게 눈을 흘기는 영화의 눈초리는 수연을 꼭 닮아 있었다.

"남자들이 원래는 제 구실 했나? 그냥 아무나 턱시도를 입혀 놓으면 그게 다지."

"역시 우리 딸."

수연이 허공에 코냑 잔을 들어 건배하곤, 다시 한 모금을 들이켰다.

"근데 엄마, 생각나서 말인데."

"응?"

영화가 수연에게 다가가 술잔을 낚아서 저도 한 모금을 삼킨다.

"우리 아버지 말이야."

의미심장한 모녀의 시선이 허공에서 교차한다.

"언제까지 재워 둘 거야?"

영화의 질문에, 수연은 빈 잔을 채운 뒤 피아노 앞에 앉았다.

"글쎄다."

대수롭지 않은 어투였다. 그리고 커다란 보석 반지를 낀 손으로 건반을 툭툭, 두드리기 시작했다.

"필요할 때까지? 우리 예쁜 아들딸들이 자립할 때까지 지켜 주는 게 엄마가 할 일이잖아."

"엄마는……. 나도 이제 어른인데."

뚱당뚱당, 아무렇게나 건반을 두드리던 수연의 손길이 뜻밖의 곡을 연주하기 시작했다.

"이 엄마 눈엔 늘 아이란다."

수연이 서투른 손길로 '나비야'를 연주한다. 영화는 그런 어머니의 등에 머리를 기대고 매달렸다.

"엄마, 나 재밌는 생각이 났어."

의미 없는 결혼반지를 만지작거리던 영화가 더욱 깊이 수연의 등에 고개를 파묻었다.

❀ ❀ ❀

한차례 폭풍이 휩쓸고 지나간 후는 평화로웠다. 도하는 도하대로, 린은 린대로 새로운 생활에 적응하는 중이었다. 의외로 신혼 생활은 특별할 것 없이 안온하게 흘러갔다. 지금의 아침 식사처럼 말이다.

"이도하 씨는 직원을 채용할 때 어떤 걸 주로 보세요?"

뜻밖의 질문에 도하는 잠시 골똘히 생각에 잠겼다.

"일차적으로는 인사과에서 걸러서 오니까 그다음은…… 역시 관상?"

"네?"

"잔소리를 많이 할 것 같은 관상이 있거든. 근데 지금은 잔소리 하는 사람이 너무 많단 말이지."

샌드위치를 먹으며 하는 도하의 말은 단어의 의미만 봤을 때는 농담 같았지만, 린의 눈에는 반쯤 진심으로 보였다. 그래서 린은 그 반의 진심에 묻기로 했다.

"저는 관상이 나쁜 편일까요?"

입 안 가득 샌드위치를 머금은 채, 도하가 린을 봤다.

"……왜?"

"구직에 실패했어요."

평소와 같이 담담한 어투라서 도하는 어떻게 반응해야 할지 혼란스럽기만 했다.

"원래 지원은 여러 번 해 봐야⋯⋯."

"57개 지원서 전부 다요."

꿀꺽, 도하가 입 안에 있던 음식을 한 번에 삼켰다. 그새 57개나 보냈단 말이야? 하는 궁금증은 일단 뒤로 미루어 두었다. 이제부터 눈앞의 순진한 아내에게 이 사회의 냉혹함을 설명해야 하는데, 도저히 자신이 없어 눈앞이 캄캄해졌다.

"그래서 말인데, 도하 씨 회사에 참관하러 가도 될까요?"

"별로 참고는 안 되겠지만, 나야 좋지."

선뜻 허락하는 도하의 답이 좋았는지 린이 벌떡 일어나 준비를 하러 가 버렸다.

"⋯⋯우리 데이트하는 셈 치고."

능글맞은 웃음을 띤 도하가 말을 끝낼 기회도 주지 않은 채였다.

그제부터 감기 기운으로 몸살을 앓던 석 영감에게 하루 쉬라는 말을 전한 도하가 린을 조수석에 태우고 회사로 향했다. 커다란 SUV는 도하와 린이 앉을 곳 외엔 모두 잡동사니와 상자들로 꽉 차 있었다.

"이도하 씨는 차가 몇 대예요?"

"지금? 집에는 다섯 댄가."

고개를 끄덕이는 린은 평소처럼 옅고 자연스러운 메이크업을 하고 있었다. 물론 여자의 화장에 대해서는 문외한인 도하였지만, 린의 투명한 핑크빛 입술이나 한 올 한 올 뻗은 속눈썹이 예쁘다는 것쯤은 잘 알고 있었다. 그녀가 처음 자신의 집에 왔던 비 오는 날의 기억을 떠올리면, 본얼굴과 큰 차이가 없다는 것도.

"근데 입사 지원은 언제 그렇게 많이 한 거야?"

"아, 그때 이도하 씨가 직업을 가져도 된다고 하신 후에 바로요."

린의 반전은 이 정교한 인형 같은 얼굴 안에 있는 추진력과 용기였다는 걸 깜박 잊고 있었다.

"이린 씨가 쓴 이력서가 궁금한데."

한창 출근하는 사람들이 몰리는 도로 정체 속에서 도하가 중얼거리자, 린이 기다렸다는 듯이 핸드백 안에서 종이를 꺼냈다.

"운전 중이니까 제가 읽어 드릴게요. 모르는 사람이라고 생각하고 사장으로서 냉정히 평가해 주세요."

"어? 어, 최선을 다해 보지."

린은 똑똑한 것 같으면서도 어리숙했다. 이력서를 아무리 개발새발 써 오더라도 고용자가 도하라면 그녀는 관상 하나만으로 프리 패스인데.

"음, 이름이랑 인적 사항은 도하 씨도 아니까 넘어가고……. 최종 학력 동양회화 학사. 평균 평점은……."

"괜찮아, 나도 학교 다닐 때 성적 나빴어. 대학 때야 다 그럴 수 있지."

"그렇죠? 아무튼 평점 2.9……. 아, 이건 이유가 있었어요! 제가 원래 하고 싶었던 건 일러스트 쪽이라서……."

"그래, 그럴 수 있지. 그다음은?"

미술 관련 전공인 줄은 알았는데, 이력서의 시작부터 만만찮은 고비다. 도하는 최대한 내색하지 않으려 애쓰며 고개를 끄덕였다. 이제 진짜 이 이력서가 궁금해지기 시작했다.

"어…… 졸업 인증제라서 토스 5급이요. 그리고 아버지가 추천하셔서 디자인 캠페인에 인턴으로 참여한 적도 있어요!"

요즘 기업에서 원하는 것치곤 낮은 점수지만 뭐, 예체능이니까.

"또?"

도하는 지푸라기라도 잡듯 되물었다. 스펙이 설마 이게 끝은 아니겠지.

"특기란 같은 건 없었어?"

"아, 있었어요!"

다행이다, 그래 설마 뭐라도 있었겠지.

"꽃꽂이랑 다도라고 썼어요."

"아. 고상한 취미네."

"네, 배워 두길 잘한 것 같아요."

순수하게 고개를 끄덕이는 린을 보자니, 도하는 더 이상 냉혹한 사회를 알려 주고 싶지 않아졌다. 너무도 안타까운 사실이지만, 제멋대로 막 돌아가는 도하의 회사라도 이쯤 되면 도하가 관상을 볼일도 없을 터였다.

"그리고 희망 연봉이랑 입사 지원 동기? 같은 걸 물어보더라고요."

"뭐라고 했는데."

사실 더 이상 들으나 마나였지만, 그래도 도하는 궁금했다.

"음…… 그래도 직원이니까 인턴 했을 때보다는 높아야 할 것 같아서 일단 연봉은 1억 2천 정도 적었고, 지원 동기는 사회 경험을 해 보고 싶다고요."

후, 얼굴 한 번 보지 못한 장인어른이 무서워진다. 막내딸에게
인턴 명목으로 용돈을 얼마나 준 건가.

"요즘 취업난이 정말 심한가 봐요."

심각한 얼굴로 말하는 린을 보며 도하도 잠자코 고개를 끄덕였
다.

"앞으로도 그럴 것 같아."

특히 린에게는 그럴 것이다. 도하는 그 이력서를 받은 사람이 자
신이 아니라는 데 안도를 느끼며, 회사 앞에 차를 세웠다.

"여기가 우리 회사."

"……와."

차에서 내린 린이 주위를 둘러보았다. 강남 대로변의 여느 평범
한 건물과 다를 바가 없었다.

"의외로…… 정말 평범하네요."

"왜, 로봇 기지라도 되는 줄 알았어?"

"적어도 무슨 기지 같을 것 같긴 했거든요."

배시시 웃는 얼굴이 사뭇 자연스러워졌다는 사실이 도하는 참
좋았다.

"여긴 말 그대로 회사야. 이 세상과의 접점이니까 어느 정도는
비슷해야겠지?"

정문으로 성큼성큼 걸음을 옮기는 도하는 오랜만에 수트 차림이
었다. 그 등이 참 넓다는 감상을 새삼스레 떠올린 린이 그를 따라
걸음을 옮겼다.

린도 어릴 적에는 본사의 건물에 몇 번 방문한 적이 있었다. 그

때는 아버지의 등을 따라서였는데, 이젠 아버지 대신 도하가 있다고 생각하니 왠지 기분이 묘했다.

"미안, 내가 걸음이 빨랐나."

묻지도 않았는데 도하가 돌아보며 물었다.

"아……뇨."

도하는 린이 살면서 듣지 못했던 질문들을 수시로 던지곤 했다. 린은 그게 신기했다. 그리고 좋았다.

"자, 같이 가자."

회전문 앞에서 도하가 린에게 손을 뻗었다. 조금 우습지만, 린은 긴장이 되는 것을 느꼈다. 이보다 수십 배는 더 큰 아버지의 회사에 함께 들어간 적도 있었는데 고작 이 정도의 입장에 긴장이 되는 것이다.

"직원들이 보잖아요."

속삭이듯 말한 린이 벌써부터 주목하기 시작하는 사람들의 시선을 살폈다. 린이 아버지의 행렬과 함께 회사의 정문으로 들어갔던 것은 꼭 두 번. 모두 아버지와의 사이에 열 명 남짓한 사람들을 두고서 걸어갔었다.

"아, 그거."

도하는 린이 망설일 틈조차 주지 않고 린의 손을 낚아챘다.

"내가 원래 인기인이라 그래."

시원스러운 미소가 잠시나마 가라앉았던 린의 마음을 깨끗이 씻어 주었다. 그리고 그 말이 사실이라는 것은, 곧바로 입증되었다.

"어, 사장님 웬일로 이 시간에 출근하셨어요."

"그러게, 내일은 이 회사에 벼락이라도 떨어지나요."

린이 여태 알고 있던 회사라는 것과는 전혀 다른 공간이었다. 여기저기 유기적으로 디자인된 공간은 때론 혼자, 때론 여럿이서 자유로운 발상과 업무를 수행하기 위해 분리와 합일을 동시에 가진 공간이었다. 일부 IT 기업이 이런 형태를 취한다고는 들었지만 실제로 직원들의 격 없는 인사를 보니 그저 신기하기만 했다.

"개발팀의 경우에 사무실은 딱히 정해 놓지 않았어, 자기 자리 정도는 있지만 말들을 들어야지. 아무튼 알아서 일하는 구조야, 혼자든 같이든 실적만 내면 됐지."

린의 시선을 의식했는지 도하가 지나갈 때마다 작은 설명을 곁들였다.

"내 방은 한 층 내려가야 해."

"사장실이 지하라고요?"

보통 대표실은 건물의 가장 높은 곳에 위치하는 것이 원칙이다.

"어차피 내가 출근도 제일 안 하니까, 공간은 효율적으로 써야지."

틀린 말은 아닌데, 린의 상식에서 쉬이 이해되는 말도 아니었다.

"사장실은 봐 봤자 어차피 청소도 안 됐을 거고, 아무것도 없……."

엘리베이터 앞의 도하가 말을 하다 말고는, 린의 손을 잡은 채 획 돌아섰다.

"작전상 후퇴야."

"네? 왜요?"

하지만 도하의 후퇴는 너무 늦었다. 바로 다음 순간, 세 명의 여성들이 도하의 앞에 서서 나란히 팔짱을 끼었다.

"사장님."

"도주는."

"포기하시죠."

각각 한마디씩 하는 그녀들은 안경 너머로 도하를 노려보고 있었다. 이게 바로 도하가 말했던 충분한 잔소리꾼인 듯했다.

"잠깐, 일단 내 사정부터 들어 봐."

도하의 다급한 한마디에도 여자들의 표정은 변화가 없었다.

"그 전에 회사 사정부터 들으셔야겠습니다. 사장님께서 신제품 개발을 핑계로 칩거하신 지가 벌써 얼마나 됐죠?"

"정확히 한 달하고 2주입니다. 그사이에 출근이란 걸 한 번 하셨던데, 참 우연히도 저희가 없을 때 왔다 가셨더군요."

"덕분에 저희는 아주 죽어나고 있습니다. 주식회사 상장 건에 대해선 1박 2일 동안 말씀드려도 부족함이 없겠죠! 대체 그래서 정식 기업명을 뭐로 하시겠단 겁니까? 'L Toy'라고 알파벳만 던져두시면 끝입니까? 게다가, 상장 기업명만 정하면 뭐 바로 기업이 되냐고요!"

와우. 린은 속으로만 감탄했다. 이런 게 사회생활이라면, 자신의 낙방도 충분히 이해가 갔다.

"그 와중에 게임 영입부 보고는 확인하셨다면서요? 그럼 저희 메일은 소위 읽고 씹으신 겁니까?"

"게다가 모바일 게임 3번 서버 1등도 사장님이시죠? 다 압니다!"

수세에 몰린 도하가 주춤, 뒷걸음질을 하다가 이내 바락 소리를 쳤다. 마치 이런 일이 한두 번이 아니라는 듯이 익숙한 모습이었다.

"회사의 발전을 위해서 몸소 테스트해 본 거지! 이런 사장이 또 있나? 그리고 읽고 씹은 게 아니라 별말 없으면 알았다는 거지, 뭘 새삼스레. 나랑 원투 데이 일하나? 곽 실장, 박 실장, 천 실장!"

도하가 목소리를 높였지만 나란히 이름을 불린 세 여자의 막강한 기세는 좀처럼 줄지 않았다.

"내 사정부터 들으라니까?"

급기야 보란 듯이 린과 잡은 손을 공중에 추켜올리는 도하였다.

"인사해, 우리 와이프야."

조용한 폭탄이 떨어졌다.

"처음 뵙겠습니다, 이도하 씨와 결혼한 이린이라고 합니다."

그 폭탄은 소리 없이 강력한 위용을 자랑했다. 상황은 삽시간에 정리됐다.

언제 이빨을 세웠냐는 듯이 세 여자는 각각 만면에 미소를 띠며 린의 손을 잡았다가, 격려를 했다가, 눈물을 훔쳤다. 제일 먼저 도하를 잡아먹을 것 같던 곽 실장이란 여자는 도하를 보며 글썽거리는 눈동자로 엄지를 치켜 보이기까지 했으니 말 다 했지.

그 후로는 정신이 하나도 없었다. 다른 직원들의 반응도 세 여자와 다르지 않았고, 쓸데없이 구내식당의 밥이 맛있었던 것만 기억이 난다.

"별로…… 참고가 되진 않았지?"

"네."

다시 차를 타고 돌아오는 길, 린은 솔직했다.

"그래서…… 이도하 씨는 정확히 어떤 사업을 하시는 거예요?"

회사를 둘러봐도 모를 만했다. 처음, 도하가 초대한 투자자들 역시 같은 반응이었으니.

"장난감을 만들지. 그걸 더 다양하게 많이 생산하고 유통하는 거야. 게임도 해. 우리 장난감과 함께 기동할 만한 모바일 게임을 퍼트리고 있어. 참, 최근에 론칭한 돌돌이도 아주 반응이 좋아. 우리 라인 중에 가장 고가였지."

"돌돌이요?"

"어, 왜…… 전동 퀵보드라고 해야 하나. 그거의 스마트 버전이라고 보면 돼. 스마트 기기로 연동이 되는 기특한 녀석이지."

고개를 끄덕이는 린은 알 듯, 모를 듯 한 표정이었다.

"타 볼래?"

소년처럼 신이 난 도하의 표정을 보자 도저히 거절을 할 수가 없었다.

마침 한강 공원을 지나던 터라, 도하의 제안이 현실로 옮겨지는 데는 그리 긴 시간이 걸리지 않았다.

"저, 면허도 없는데요……."

도하가 차에서 내려놓은 건 기존의 퀵보드 형태에 모터가 추가된 것이었다.

"괜찮아, 이건 속도 많이 안 나게 개조된 거야. 시제품이라서 말야. 자전거는 타 본 적 있지?"

"……아뇨."

"자전거보다 쉬워."

도하가 먼저 손잡이 부분을 잡고 시동 버튼을 누르자 '위잉' 하는 소리가 났다.

"그리고 성인 둘은 가뿐히 태울 만큼 튼튼하지."

씩 웃음 지은 도하가 린을 위해 자리를 비켰다.

"제가 앞에 타라고요?"

"그게 더 안전할걸."

당황한 린에게 억지로 손잡이를 쥐여 준 도하가 뒤에 타서 함께 손잡이를 잡았다. 꼭, 도하가 린을 뒤에서 안는 것 같은 모양이었다.

"이제 갈 거야."

"네? 아직 마음의 준비가……."

"그렇게 안 빠르다니까."

그 말과 거의 동시에 전동 퀵보드가 출발하자, 린이 외마디 소리를 질렀다.

"손 놓으면 안 돼."

불어오는 바람 사이로 도하의 목소리가 귓가에 또렷이 울렸다. 린은 반사적으로 핸들을 꼭 쥐었다. 아마 남들이 봤으면 우스운 광경이었을 것이다. 자전거보다 못한 속도로 안전한 곳에서 달리는 주제에 그 결연한 표정이라니.

"시원하지?"

사실 진짜 속도의 절반도 안 되지만, 린은 고개를 끄덕였다.

"그럼 눈 떠 봐. 진짜 시원할걸?"

자신이 눈을 질끈 감고 있다는 걸, 등 뒤의 도하가 어떻게 알았는지는 모르겠지만 용기를 내기로 했다. 막상 눈을 뜨기가 어려울 뿐, 새로 접하는 세상은 청량하다는 걸 린은 도하에게서 배웠다.

"시원해요!"

린을 스쳐 가는 바람의 향기는 도하를 닮아 있었다. 그게 도하가 린에게 보여 주고 싶었던 세상이기도 했다.

"우리 돌돌이, 꽤 쓸 만하지?"

속도에 적응하면서 린도 서서히 이 풍경들을 즐기게 되었다. 격한 출발은 순간이었고, 한번 속도에 익숙해지면 모든 것을 오롯이 느낄 수 있었다.

"저기, 도하 씨 궁금한 게 있는데요!"

"뭔데?"

바람이 그렇게 세게 부는 것도 아닌데 괜히 목소리를 높이는 린이 귀여웠다.

그 핑계로 린의 귓가에 대고 바로 말하는 것도 괜찮았다. 하필이 근처에 인적이 드문 것도 나쁘지 않았다.

"왜 ……가 필요했던 거예요?"

바람 소리 때문에 중간의 말을 듣지 못했다. 마침, 눈앞에 사람들이 모여 가는 광장이 보이기에 서서히 속도를 늦춘 도하가 반문했다.

"중간에, 못 들었어."

돌돌이가 완전히 멈추고서, 바닥에 발을 디딘 린이 바람에 흐트러진 머릿결을 정리했다.

"왜 트로피 와이프가 필요했던 거예요?"

이번 질문은 좀 어렵다.

"내가 없었어도 이도하 씨와, 이도하 씨의 회사는 충분히 멋져 보이는데요."

그것도 맞는 말이긴 했다. 굳이 무거운 대가를 치르고 린을 데려

올 만큼, 도하의 회사는 형편이 어렵지 않았다. 게다가 영준의 태도를 보면, 도하는 린이 아는 것보다 더한 수모를 치르고 이 결혼을 감행했을 것이다.

"이제 이야기해 줄래요?"

청량한 겨울바람이 린과 도하를 스쳐 지나갔다.

"흠……."

돌돌이 2호의 시동을 끈 도하가 잠시 망설였다.

"가위바위보로 정할래?"

"뭘요?"

더 이상 진실을 미루고 싶지 않던 린이 대꾸했다.

"간단하게, 가위바위보를 해서 지는 사람이 저 자판기 커피를 사는 거야. 물론, 사 주는 것까지가 승리의 조건이지."

"승리하면요?"

"원하는 대답을 들을 수 있다…… 어때?"

"좋아요."

조금 망설이던 린은 이내 결연한 표정으로 고개를 끄덕였다.

밑져야 본전인 데다 이런 가벼운 게임이라면 서로 어색해질 필요도 없을 것이다. 게다가 도하는 나름대로 가위바위보에 꽤 자신이 있었다. 도하의 주특기는 게임이었고, 이것도 마찬가지니까.

그리고 거짓말처럼, 내리 세 판의 가위바위보에서 도하가 참패했다.

"제가 이겼네요."

린은 담담했다.

"그래도 이길 수는 없을걸."

도하 역시 태연했다.

"자판기 커피를 사 주는 것까지가 승리의 조건이라고 했잖아. 밀크커피는 500원이야."

"그래서요?"

"사 줄 수 있어?"

도하는 이미 알고 있었다. 이 지점의 자판기는 지폐 투입구가 고장 나서 동전밖에 받을 수가 없다는 것을. 그리고 도하가 알기로, 린은 동전 따위를 가지고 다닐 사람이 아니었다. 그러니 이건 패배가 없는 게임이나 마찬가지였다.

"네."

하지만 예상은 빗나갔다.

"밀크커피죠? 저는 우유 마실게요. 전, 자판기 우유가 너무 맛있더라고요."

총합은 700원, 지폐는 불가. 이건 분명 자신이 다 이긴 게임인데.

"참, 동전이 어디……."

"동전이 있어?"

핸드백 속 작은 주머니를 뒤지던 린이 환하게 웃는 얼굴로 오백 원짜리 동전 두 개를 들어 보였다.

"여사님이, 혹시 모르니까 늘 챙기라 하셔서요."

잠시 후, 정말로 종이컵 두 개를 들고 온 린이 도하의 곁에 나란히 앉았다.

"자요."

얼결에 받아 들긴 했는데, 이건 또 무슨 전개일까.

"제가 이긴 거죠?"

"응."

도하는 본래 맞는 말을 틀리다 하는 수를 모른다.

"그럼, 제가 물어보는 것들 다 대답해 주는 거죠? 그게 조건이니까."

혼인신고조차 올린 지 얼마 안 되는 도하의 아내는, 생각보다 훨씬 빨리 그를 간파한 게 틀림없었다.

"……어."

도하가 건네받은 종이컵은 너무 얄팍해서 꽉 쥐면 구겨질 것만 같았다.

"딱 두 가지만 물어볼게요."

이건 공평했다.

"왜 굳이 트로피 와이프란 존재가 필요했는지."

린은 더 이상 말끝을 흐리지 않았다. 대신, 도하를 찌를 듯한 시선으로 본다.

"그리고 이도하 씨는 언제 나를 두 번 더 봤는지."

파란색을 표현한다면, 지금의 바람이라 할 수 있을 것이다. 두 사람 사이에 꼭 그런 바람이 불었다.

"대답해 주세요."

"그 대답 여하에 따라서 정해지는 게 있나? 이를 테면, 은록회의 참가라든가."

린이 분홍빛 입술을 꾹 깨문 다음에 입을 떼었다. 도하는 린이 아는 것 이상을 알고 있었다. 늘, 그래 왔다.

"아뇨. 난 이미 이도하 씨의 아내잖아요."

린이 물었다 놓은 아랫입술은 조금 더 발개져 도하의 눈길을 끌었다.

"그러니까, 전부 알려 달라고……."

겨우 눈을 마주쳤다. 린이 본 도하의 눈동자는 혼란과 함께 진심을 품고 있었다.

"하고 싶은 거예요."

말에 서툰 도하는 린의 손을 먼저 잡았다. 사실을 말하는 게, 이토록 떨릴 줄은 몰랐다.

"말해 주세요."

그 말간 입술을 보던 도하가 고개를 끄덕였다. 이제, 진실을 말할 때였다.

망설이던 도하가 지난 기억을 떠올리기 시작했다. 지금 자신의 아내가 된 여자와의 첫 번째 만남. 아주 짧았지만 도하의 마음엔 강렬하게 남아 버린 인연의 시작이었다.

"내가 이린 씨를 처음 본 건 7년 전이었어."

"7년 전이면…… 제가 스무 살 때잖아요."

린은 골똘히 생각에 잠겼지만, 좀처럼 도하와의 만남이 떠오르지 않았다.

"내가 여러모로 좀 꼬여 있을 때였거든. 뒤늦은 사춘기라고 해야 하나. 전부 다 때려치우고 막 살아 버릴까, 뭐 그런 고민을 하던 시기지."

도하에게 그런 시기가 있었다니 믿기지 않았다. 린이 보는 도하는 언제나 시원한 웃음을 머금은 직진만을 하는 강한 사람이었다.

"근데 도대체 언제 만났던 거예요?"

"이린 씨 서화여대 나왔지?"

"네."

"그때 내가 거기 강연 비슷한 걸 하러 가게 됐었거든. 뭐 청년 스타트업 어쩌고……. 당장 내가 죽겠는데 지금 생각하면 멍청한 짓이었어."

대학 시절 종종 강연이 있었던 건 사실이지만, 굳이 린의 기억에 남는 일은 없었다. 린은 더더욱 도하와의 만남이 궁금해지기 시작했다.

"그리고 그 강연을 중요한 관계자가 보러 오기로 했었는데, 그에 따라서 투자를 받느냐 마느냐 하는 상황이었지. 회사가 문제가 아니라, 그냥 내가 길바닥에 나앉을 판이었어."

다시 한번, 도하에게 그런 시절이 있었다는 게 신기했다. 늘 즐겁게만 살아왔을 것 같은 사람에게도 이렇게 어두운 시절이 있었다니.

"그래서 직전에 도망칠까 하고 있었지."

"정말요?"

"어, 정말. 그땐 심각했어."

도하의 표정을 보니 그 말이 믿어졌다. 하지만 호기심이 더 앞섰다.

"근데 저는 언제 나와요?"

"아, 이제 나와."

도하가 그때를 떠올리는지 먼 곳을 봤다.

"머리는 복잡하지, 이걸 도망쳐 말아 하는 사이에 길을 가던 어떤 여학생이랑 부딪친 거야. 그 바람에 그 학생이 들고 있던 가방이 다 쏟아져 버렸어. 뒤늦게 정신을 차리고 두어 갠가 같이 줍기 시작했는데……."

"그게 저예요?"

고개를 끄덕인 도하가 이야기를 이어 나갔다.

"내가 먼저 잘못한 건데도, 물건을 주워 줬더니 허리를 숙이고 '고맙습니다.' 라고 하더라. 그때 처음으로 그 학생 얼굴을 제대로 봤어. 뭐…… 그 이상 말하면 지금 와이프 팔불출이 되니까 그 부분은 생략하더라도, 인상이 깊었지."

"그게 전부라고요?"

"당연히 아니지."

밀크커피를 한 모금 마시는 도하는 린의 속을 자꾸만 태운다.

"그다음에 내가 물어봤어. 창조관이 어딥니까, 했더니 길을 알려 주더라고? 그래서 나는 그 반대 방향으로 가 버렸지. 그랬더니 뒤에서 저기요, 하는 거야. 창조관은 저쪽이라고, 정말 순수한 표정으로. 지금 생각하면 나도 좀 미친놈 같은데, 그때는 뭔가 운명처럼 느껴졌어. 아, 내가 가야 할 방향은 저쪽이구나."

도하의 이야기에 빠져든 린이 고개를 끄덕였다.

"그다음에는 어떻게 됐어요?"

"어찌 강연은 했고, 투자는 받지 못했어. 대신, 그 자리에 있던 다른 교수가 새로운 투자자를 소개해 줘서 여기까지 왔지. 결과적으로는 천운이었던 셈이야."

"그게 나인 줄은 어떻게……."

"아, 그때 떨어진 책에서 이름을 봤거든. 특이한 이름이라서 기억에 남았지."

린이 기억하지 못할 만한 만남이긴 했다. 어쩌면 도하도 그대로 잊고 지나쳤을 기억이기도 했다. 하지만 유난히 잊히지 않았다. '이린'이라는 이름 두 글자가, 그날 도하가 가야 할 방향을 곧게 가리켜 준 말간 눈빛이, 시간이 갈수록 오히려 선명해졌다.

"두 번째는요?"

"작년이야. 성탄 자선 모금 파티에서 봤었지. 그때, 하얀 망토 같은 거 입고 있었지?"

"네, 맞아요."

상류층 사람들이 모인 그 파티에서, 도하는 간신히 초대장은 얻었으나 불청객에 가까운 인물이었다. 그리고 한눈에 같은 부류를 알아볼 수 있었다. 가장 화려한 중심에 있으면서도, 사람들의 시선에서 한 발짝 물러서 있는 여자는 분명 도하처럼 겉도는 존재였다.

"누군가 이린 씨 이름을 부르더군. 신기하게도 같은 사람이라는 걸 금방 알아볼 수가 있었어. 그 이후로는 계속 이린 씨만 보게 되더라고."

린은 동화 속 공주님처럼 아름다운 옷을 입고 인형 같은 미소를 띤 채 가만히 서 있기만 했다. 마치 그 자리를 위한 장식품처럼, 그렇게 존재했다.

기이했던 점은 린의 주위에 선 가족들조차 그녀와 눈조차 마주치지 않는다는 사실이었다. 주위에 사람이 그렇게 많건만, 도하와는 아무도 잔을 마주쳐 주지 않는 것처럼 말이다.

"그래서 조금 더 가까이서 보고 싶었어."

약간의 인파를 헤치고 린에게 다가갔을 때, 마침 자정이 넘으며 여기저기에서 '메리 크리스마스!' 라는 소리가 터져 나왔다. 사람들은 모두 아름다운 샴페인 잔을 주위 사람들과 맞부딪치며 성탄을 축하했다. 물론, 그 와중에도 도하와 잔을 부딪쳐 줄 사람은 없었다.

"그때, 작은 기적이 일어났지."

린에게 잔을 부딪쳐 주려는 사람은 얼마든지 있었을 테다. 하지만 린은 주위를 살피고는, 아무도 없는 도하의 잔을 향해 제 잔을 내밀었다.

그게 시작이었다. 도하의 마음은 그때부터 이미 시작됐다.

'메리 크리스마스.'

린은 이미 작년에 도하를 보고 웃어 주었다.

"……정말요?"

모든 이야기를 끝까지 듣고도 린은 한참 고개를 갸웃거렸다. 두 가지 모두 도하 입장에서 기억에 남을 만한 일이라고는 해도, 그토록 중요한 일인지는 잘 모르겠는 까닭이다.

"난, 운명을 믿는 편이거든."

린의 마음을 읽기라도 했는지, 도하가 먼저 답했다.

"그리고 난 이린 씨의 그 웃음이 좋았어. 곧은 눈빛도. 전부 처음부터 좋아했어. ……그게 내가 굳이 이린 씨와 결혼하고 싶었던 이유야."

성탄의 밤, 서로의 잔이 부딪쳤을 때에 도하는 순간적으로 인형 같은 미소가 아닌 린의 진짜 미소를 보았다. 상대를 잔잔한 눈동자로 바라보며 따스한 마음을 건네는 미소를. 아마도 진짜 '이린'이라는 여자의 모습을.

"난 행운아였지."

나직이 웃는 도하를 한참 보던 린이 그때와 닮은 미소를 지었다.

"그건 저도 마찬가지네요."

아마, 오늘부터 자신은 인연의 존재를 믿게 될 것 같다.

첫 번째 질문에 대한 답을 듣지 못한 채, 린은 도하와 함께 집으로 돌아왔다. 답변을 미룬 건 오히려 린이었다. 소중한 이야기는 하루에 하나씩 듣고 싶다는, 지극히 린다운 이유였다.

그녀는 적어도, 오늘 들었던 이야기만큼은 마음속에 예쁘게 간직하고 싶었다. 혹시나 그 후에 따라올 '트로피 와이프'라는 단어가 그 반짝임을 시들게 하고 싶지 않았다.

❋ ❋ ❋

며칠 후, 안양댁의 한마디에 식탁의 분위기가 굳어졌다.

"아가씨, 은록회 초대장이 도착했습니다."

"올해도 비슷한 시기에 하는군요."

린은 태연히 대답했지만, 마침 같이 있던 도하만은 그녀의 미세한 긴장을 읽었다.

"참석하고 싶지 않으면……."

안양댁이 일어나고 나자 도하가 입을 뗐다. 굳이 자신의 아내라는 역할을 수행하기 위해 린이 혹사당하는 건 원하지 않았다. 그래서야 트로피 와이프의 의미가 없지만, 지금 도하의 마음은 그랬다.

"아니요. 이건 제 역할이니까요."

식사를 마친 린이 도하를 보고 생긋 웃어 보였다. 도하의 걱정을 덜어 주려는 것 같았다. 그리고 초대장을 꼼꼼히 읽던 린은 '부부 동반'이라는 단어에서 잠시 생각에 잠기더니 도하를 봤다.

"도하 씨, 오늘 시간 있어요?"

"시간이야 내면 있는데…… 왜?"

"그럼 같이 어디 좀 가요."

린이 먼저 제안을 하는 건 극히 드문 일이었기에 도하는 우선 고개부터 끄덕였다.

"그러지, 뭐."

그 한마디로 오늘 하루가 이토록 힘겨워질 줄, 그때는 정말 몰랐다.

잠시 후, 도하가 정신을 차렸을 때는 이미 한 무더기의 쇼핑백이 트렁크에 실려 있었다. 그건 시작에 불과했다.

"부군께서 정말로 체격 조건이 좋으시군요."

영화에서나 볼 법한 하얀 머리에 연세 지긋한 테일러가 손수 도하의 몸 치수를 재면서 말하자 린은 수줍게 웃었다.

"아주 멋진 슈트가 나오겠습니다."

"잘 부탁드려요."

어영부영 따라가는 사이에 도하는 생애 첫 맞춤 슈트를 갖게 된 모양이었다.

"저기……."

"다음은 헤어숍이에요."

"오늘 내로 집에 갈 수 있는 건 맞지?"

그 말에 린이 활짝 웃었다.

"그럼요!"

거짓말은 아니었다. 두 사람이 귀가한 건 가까스로 자정이 되기 전이었으니까. 여자들은 모두 이렇게 사는 걸까. 하루 사이에 머리부터 발끝까지 모든 셋팅을 위한 준비를 마친 도하는 넋이라도 빠질 것 같았다.

"괜찮겠어?"

소파에 널부러진 도하가 툭, 내뱉자 린이 돌아봤다.

"뭐가요?"

"아니, 취업 준비생한테 너무 많이 얻어먹은 게 아닌가 싶어서."

오늘 있었던 일의 지불은 모두 린이 했던 것이다.

"걱정 마세요. 용돈은 착실히 저축하는 편이거든요."

아, 그 용돈의 스케일이라면 그럴 만도 했다. 도하의 머릿속에 장인어른의 이름이 스쳐 지나갔다.

"그리고 저도 뭔가 도하 씨한테 선물이라는 걸⋯⋯ 해 보고 싶었거든요."

말끝을 흐리던 린이 도망치듯 부엌으로 후다닥 달음질쳤다.

"코코아 드실래요?"

부엌에서 들리는 목소리를 들으며 도하는 생각했다. 내 아내는 생각보다 조금 더 귀여운 성격인 것 같다고.

은록회는 호텔의 스위트룸에서 이루어졌다. 애초에 규모가 그리 큰 모임도 아니었거니와, 조용히 진행하는 것이 관례인 탓이었다.

늘 익숙한 멤버들이 모여 담소를 나누는 가운데 새로운 젊은 부부가 등장했을 땐, 모두의 시선이 한 번에 쏠렸다.

"어머, 왔구나."

린을 반갑게 맞이해 주는 건 수연이었다.

"아까 말씀드렸죠, 부득이 식은 못 올렸지만 얼마 전에 출가시킨 저희 막내딸."

그 말투가 다정한 데에 비해서, 수연의 뒤에 있는 사람들의 눈초리는 그리 곱지가 않았다. 뭐, 이 정도야 예상했던 바였다.

"……어머, 그런데 이 서방도 같이 왔나?"

하지만 뒤의 말은 예상하지 못한 린이었다. 은록회가 여자들 중심의 모임이긴 했어도 부부 동반으로 진행되는 경우도 많았기에, 초대장에 적힌 말을 의심하지 않은 게 잘못이었다. 다시 보니, 이 자리에 남자는 도하뿐이었다.

"얘는, 아무리 신혼이라고 해도 너무한다. 너 그렇게 시집간대서 언니가 얼마나 서운했는데."

영화가 나서서 한술을 더 거들자 사람들의 눈빛이 한가지 뜻을 비췄다. 이 모녀가 두 사람이 도착하기 전 무슨 말을 했을지 듣지 않아도 알 것 같았다.

틀렸다. 이 자리에서 린이 얻어 갈 수 있는 거라곤 상처뿐이었다.

"그래, 린아. 아무리 신랑이 좋아도 이럴 땐 여자들끼리 모여야 지."

가식적인 모녀의 웃음 뒤로 사람들이 수군대는 소리가 들려왔다. 얌전한 고양이 부뚜막에 먼저 올라간다느니……로 시작되는 말들 은 린을 남자에 미쳐 집안을 버리고 나간 여자로 묘사하고 있었다. 뭐, 이것도 참 수연과 영화다운 장난질이었다.

"죄송합니다."

그런데 얼어붙은 린을 대신해 도하가 먼저 입을 떼었다.

"숙녀분들만 모이시는 자리인 줄 알면서도, 따로 한번 인사를 드 리고 싶어서 불쑥 끼어들었습니다. 실례를 용서해 주십시오."

넉살 좋은 도하의 미소가 자리에 모인 여자들의 마음을 삽시간 에 누그러뜨렸다. 지켜보는 린으로서는 황당할 정도로 빠른 분위기 전환이었다.

"실은, 오늘 안사람 몸이 좋지 않아서 참석을 못 할 것 같다는 걸 제가 졸라서 왔습니다."

몸에 딱 맞게 재단한 슈트를 입은 도하는 린이 골라 준 이태리제 구두를 신고 당당하게 서 있었다. 하지만 진짜 좌중을 압도하는 것 은 몸에 걸친 것이 아닌 도하 본연의 분위기였다.

"린아, 아무리 그래도……."

영화가 어금니를 꾹 깨문 채 린에게 눈치를 줬지만, 어쩐지 린은 두렵지 않았다.

"안 그래도 처형께 혼날까 걱정했습니다."

많은 눈이 보고 있었다. 린이 긴장을 풀었다는 것을 알아차렸는 지 도하의 연기가 한층 더 자연스러워졌다.

"처형께선 안사람 몸이 약한 걸 늘 걱정해 주시니까."

"그럼 이 서방이 이러면 안 되는 거 아닌가?"

말에 뼈가 있었지만, 대부분의 사람들은 알아채지 못한 채 지나갔다. 도하와 영화가 서로 숨죽이고 노려보는 시선만이 살벌했다.

"그래서 인사만 드리고 가려던 참입니다."

"뭐?"

"장모님 말씀대로 저희가 아직 식을 못 올린 게 마음에 걸려서요. 장인어른이 쾌차하시는 대로 식을 올릴 테니, 여기 계신 숙녀분들 모두 참석해 주십사…… 먼저 인사 올리고 싶었습니다."

이미, 대화의 주도권은 도하가 가져갔다. 주목도 마찬가지였다.

"그것참……."

여자들 중 누군가가 입을 열었다. 린은 바짝 곤두선 신경으로 목소리의 주인공을 찾았다.

"사려 깊은 부군이네요."

어딘가 익숙한 목소리의 주인공은 린이 알고 있는 얼굴이었다. 이런 모임에서 겉도는 린을 학교 선배라는 이유로 챙겨 주던, 본인이야말로 늘 사려 깊었던 은정이었다.

"우리 남편도 좀 그랬으면 좋겠는데 말이에요."

은정은 그 말을 하며 린을 따스한 눈으로 응시했다.

"어머, 장관님 댁 따님이 그런 말씀 하시면 어째요."

"그래요, 부군 선거 때마다 같이 유세하시는 모습이 어찌나 잘 어울리시는데요."

주위 여자들이 하는 말이야 겉치레에 불과했지만, 판도를 바꾸기엔 충분했다. 적어도 수연과 영화가 끼어들 틈은 없었다. 잘난 교양을 유지하면서 이 훈훈한 대화를 깰 방법은 없을 테니까.

"안 그래도 결혼 선물을 뭐로 할까 고민했는데, 결혼식 때 주면 되겠다."

선뜻, 다가온 은정이 린의 손을 잡아 주었다. 과연 정치인의 아내다운 처세술이었다. 은정의 언행 하나로 린의 결혼은 부정하지 않은 것이 되었다.

"좋은 사람 만나면 빨리 결혼부터 하라는 언니 말 듣길 잘했지?"

이제 은정이 쐐기를 박았다.

"네, 언니."

린은 눈빛에 고마움을 담았다.

"정말 고마워요."

그러자 여기저기서 축하가 쏟아지기 시작했다. 참 우스운 노릇이었다. 수연과 영화는 보고 있을 수밖에 없었다. 그들의 명예는 지금의 분노보다 우선했다.

"그럼, 저희 부부는 이만 먼저……."

도하가 분위기를 봐서 빠져나가려 하자, 이번에는 사람들이 도하를 붙들었다.

"조금 더 있다 가지그래요?"

"그래, 내달에 부부 동반 모임 하기 전에 얼굴도 익힐 겸."

이번에는 도하가 린의 옆구리를 살짝 찔렀다. 그러자 콜록, 하는 기침이 터져 나왔다.

"안사람 몸이 안 좋아서요."

보란 듯이 린의 어깨를 감싸고 나서는 도하가 마지막 말을 남겼다.

"참, 오늘 이 자리의 자선기금은 전부 제가 부담하겠습니다."

그리고 웃었다. 수연과 영화를 보면서 똑똑히.

"새신랑의 인사라고 생각해 주세요."

도하의 사교계 데뷔는 그렇게 실패도 성공도 아닌 애매한 상태로 끝났다. 어쩌다 방향이 틀어졌는지 선전포고처럼 되어 버린 것이다.

"뭐, 내가 이렇지."

뜻밖의 손해는, 도하의 일상이었다. 하지만 뜻밖의 일은 더 남아있었다.

"왜 그랬어요?"

식장을 벗어나자마자 어깨에 두른 손을 뿌리친 린이 외쳤다.

"아니⋯⋯."

"이게 다 뭐 하는 짓이냐고요!"

이런 린의 모습은 처음 보았다. 분한 건지, 억울한 건지, 자신에게 화가 난 건지 모르는 린을 차에 태울 때까지도 도하는 혼란스러운 기분이 가득했다.

"왜 화내는데."

정적 끝에 도하가 묻자, 린이 처음으로 원망스러운 눈초리를 했다.

"이게 어떤 자린 줄 몰라요?"

"알아."

"모르잖아요!"

은록회는 중요한 자리였다. 언뜻 사교 모임이었지만, 거기서 안면을 익히면서 시작할 수 있는 기회가 얼마나 많은지.

"알아."

도하도 사실 알고 있었다. 애초에 린과의 결혼에서 바란 부분이었으니 모를 리가 없었다.

"왜 내가 모를 거라 생각했지?"

"그런 식으로…… 행동했으니까요. 이게 그렇게 아무 때나 있는 기회인 줄 알아요? 만약에 은정 언니가 없었으면, 그랬으면……."

"그래도 다를 게 있나? 어차피 그 인간들이 망신당하라고 부른 자리인 건 뻔했는데."

린은 입을 꾹 다물었다. 답답한 도하가 입을 열 수밖에 없었다.

"아니면, 거기서 비위라도 맞추고 끝까지 자리를 지켜야 했나? 난 그보다 왜 당신이 화를 내는지 이해가 안 가는데?"

"그게 왜 나쁜데요. 원래 그런 자리잖아요. 그런 게 필요한 거잖아요. 필요하면 그냥 웃으면서 있으면 되는 거잖아요."

이렇게 감정이 흐트러진 린은 처음 보는 것 같았다.

"나쁘다고는 안 했어."

왜 그렇게 생각하는 걸까. 묻고 싶어도 이미 상처 입은 듯이 웅크린 린이 말을 막았다.

"필요한 건…… 맞지만, 그렇게까지 필요한 건 아니라서 그랬어."

묻는 대신 도하는 자신의 입장을 설명했다. 차분한 도하의 목소리에 린은 아랫입술을 꾹 깨물 뿐이었다.

"난 그냥 왜 이린 씨가 화를 내는지 물어본 것뿐이고."

"화낸 적 없어요."

"지금 내고 있잖아."

도하가 툭, 하고 차의 시동을 껐다.

"왜 그런지 말해 주기 전까진 아무 데도 안 갈 거야."

린은 허공을 노려보는 채로 잠시 입술을 깨물다가, 이내 입을 열었다.

"화낸 건…… 아니에요. 그냥, 이건 기회였는데……."

"아, 별로 내가 필요 없다니까?"

기껏 단장했던 머리카락을 흐트러트리며 도하가 말하자.

"그럼…… 나는요."

전혀 생각지도 못한 답이 돌아와 가슴이 철렁했다.

"뭐?"

"나는 트로피 와이프잖아요. 이런 게 내 역할인데, 이렇게 간단하게 때려치울 거면…… 그럼 나는…… 아무 역할이 없잖아요."

린의 옆얼굴이 서글펐던 만큼, 도하도 무언가 잘못되어 가고 있다는 걸 깨달았다.

"이도하 씨."

"어."

"이런 게 필요 없으면, 트로피 와이프도 사실 필요 없던 거 아닌가요."

중심을 훅 치고 들어오는 린의 질문에 도하가 잠시 할 말을 잃었다.

"이제 대답해 주세요."

린은 도하를 보고 있었다.

"첫 번째 질문에 대한 대답, 지금 듣고 싶어요."

린의 목소리는 언제나 곧았다. 7년 전에도, 작년에도, 지금도.

"이도하 씨는 왜, 트로피 와이프가 필요했던 거죠."

"단순해."

도하의 답도 빨랐다.

"바보 같았지."

그 말에 린이 어떤 표정을 지었는지는 잘 모르겠다.

"아무리 돈을 벌고, 사업이 성공해도 범접할 수 없는 그들만의 세상…… 거기에 들어가고 싶었어. 다른 이유는 없어. 이 회사를 더 키우고 싶었거든. 내가 하고 싶은 게 더 많았으니까. 지금으로 는 부족하니까."

여기까지는 린이 예상했던 답변이었다.

"그래서…… 내 부족한 부분을 메워 줄 그런 와이프가 필요했을 뿐이야. 그때, 트로피 와이프라는 단어를 알게 됐지. 그 단어를 처 음 배운 건 당신 오빠한테서였을걸. 나는 사업을 하고, 내 와이프 는 상류사회를 살고, 그게 나를 완벽하게 만들어 줄 거라고."

도하는 담담히 털어놓았다. 마치 스스로에게 고백하듯이.

"그러면 왜…… 나를 데리고 나왔어요?"

원래의 시나리오는 이런 것이 아니었다. 결혼부터 시작해서, 모 든 것이 어긋나 버렸다. 모두, 도하에게 손해가 나는 쪽으로 말이 다.

"그땐 비가 왔으니까."

"그럼 지금은요. 왜 데리고 나왔어요?"

린은 도저히 이해할 수가 없었다.

"네가 싫어하니까."

하지만 도하는 분명히 알고 있었다.

"그 공간에 있는 걸, 네가 싫어하니까."

"하지만……."

그런 것들은 모두 린의 몫이었다. 계약을 할 때부터 원래 정해진 바였고, 도하의 곁에서 행해야 할 역할일 뿐이었다.

"나도 알아."

도하가 손을 뻗어 쥔 린의 뺨은 파르라니 차가웠다.

"근데, 그러기가 싫었어."

린의 뺨에 닿은 도하의 체온은 너무도 따스했다. 그 목소리도.

"못 하겠더라, 그런 거."

마주친 시선에선 진심이 읽혔다.

"이린."

도하가 린의 이름을 불렀다. 린은 대답하지 않았지만, 계속 마주친 눈동자로 말하고 있었다.

"이젠 그냥 내 와이프 해 줄래?"

대답할 틈은 없었다. 린이 눈동자로 말하는 사이, 도하의 입술이 다가왔다. 그리고 린의 입술과 겹쳐졌다. 7년 전의 우연과 1년 전의 인연, 그리고 지금의 운명이 이 입맞춤을 더 달콤하게 만들고 있었다.

그게 두 사람의 첫 키스였다.

그리고 이린은 이도하의 와이프가 되었다. 그냥, 와이프가.

Chapter 04

똑똑, 독감과 홀로 외로운 투쟁을 하던 석 영감의 방문에 웬일로 노크가 울렸다. 예의는 밥 말아 먹은 이도하가 아니라는 것은 확실한데.

"잠깐 들어가도 될까요?"

낭랑하게 울리는 안양댁의 목소리에 석 영감이 화들짝 윗몸을 일으켰다.

"예, 얼마든지요!"

이럴 줄 알았으면 세수라도 하고 있을걸. 석 영감이 뒤늦은 후회를 하는 사이 안양댁은 김이 소복이 오르는 죽 그릇을 가지고 와서 탁자에 놓았다.

"요즘 감기가 아주 독하다죠."

"아이고, 아닙니다. 뭘 이런 걸 다……."

"별채 식구들끼리 챙겨야지요."

그러면서도 슬그머니 탁자에 앉는 석 영감의 목덜미가 열기로 빨갰다.

"저런, 열이 심하신 줄 알았으면 얼음 팩도 가져오는 건데."

안양댁의 순수한 걱정에 석 영감은 당장이라도 감기를 물러나게 할 기세로 눈을 부릅떴다.

"남자가 뭐 이까짓 걸로! 에이, 감기 따위가 뭐 대수라고! 아무 것도 아닙니다, 암요!"

씩씩하게 외친 석 영감이 죽 그릇 앞에 앉았다. 누군가의 보살핌을 받는 게 얼마 만인지 기억조차 나지 않았지만, 이 따스함이 아주 반가운 건 확실했다. 모락모락 오르는 김에 가려진 석 영감의 표정이 자못 쑥스러웠다.

"아무튼, 잘 먹겠습니다."

"예, 맛있게 드시고 어서 쾌차하세요. 사장님 말씀으론 곧 식구들끼리 다 같이 식사 자리를 갖자고 하시던데, 그때 우리 아가씨도 잘 부탁드리고요."

"……뭐, 나 같은 놈한테 귀한 아가씨를 잘 부탁드리고 말고가 있습니까."

석 영감은 본심이 쉽게 드러나는 타입이었다. 덕분에 안양댁은 석 영감이 린을 못마땅하게 생각한다는 걸 진즉 알고 있었다.

"무슨 말씀이 그래요. 사장님께서도 영감님을 이 집안의 어른처럼 생각하시는 게 다 보이는걸요."

"……그 자식이 그럽디까?"

"다 보면 알죠, 꼭 들어야 아나요. 전 거의 평생 남의 집안일을 하며 살았는데, 그 정도 눈치도 없으면 어쩌려고요."

도하가 직접 말했어도 안 믿었을 소리건만, 어쩐지 차분히 이르는 안양댁의 말을 듣자니 석 영감도 수긍이 되었다.

"하긴, 도하 그놈이 나한테 의지를 많이 하긴 해요. 뭐, 거의 나밖에 없다고 봐도 되지, 흠!"

안양댁의 눈엔 그저 귀여운 허세였지만, 어깨가 으쓱해진 석 영감은 이미 기분이 좋아진 상태였다.

"참 깊은 인연이신가 봐요."

"그럼요! 내가 제 놈 아비랑 같이 컸어요. 내가 엄연히 형님뻘이었지. 도하 그놈 조부 되는 분이 아주 양반이신데, 전쟁 끝나고 목공소할 때 내가 그 어르신도 뫘지."

"역사가 깊네요."

귀를 기울이는 안양댁의 표정에 신이 난 석 영감의 말수가 많아졌다.

"그 목공소 물려받아서 공장을 차린 게 도하 놈 애비요. 그때부터 쭉 봐 왔지. 도영이 도하 두 놈 크는 것부터 요놈의 어지러운 회사 차리는 것까지 쭉……."

"저, 실례지만 중간에."

"도영이? 그놈은 제 아버지 따라서 이 영감보다 추월해서 먼저 가 버렸소."

처음 듣는 이름에 반응하는 안양댁을 보자, 석 영감의 입매가 다시 무거워졌다.

"그놈이 그러지만 않았어도 도하 놈이 이 요상한 회사에 목을 매진 않았을 것인데."

마지막 말은 혼잣말에 가까웠다.

"역시, 이 혼사가 마음에 안 드시는군요?"

"솔직히…… 마뜩지는 않습니다. 댁의 귀한 아가씨한테는 송구하지마는, 애초에 어울리는 그림도 아니고 도하 자식이 무리하게 저지른 일이라."

"그건 지켜봐야 알지 않을까요?"

온화한 미소가 석 영감의 굳은 입매를 녹였다.

"지켜보면 뭐가…… 달라집니까?"

"그럼요. 사람 사이의 인연은 모르는 거니까요."

인연이라는 단어가 언제부터 이렇게 달콤했던가. 아니, 그 이전에 석 영감의 가슴이 이렇게 말랑한 적이 있었던가.

"우리 아가씨라서가 아니라, 참 고운 분이세요."

잔잔한 안양댁의 목소리는 이제 석 영감의 가슴마저 녹이고 있었다.

"그리고 보이는 것보다 참으로 얼음장 같은 세월, 조용히 강하게 견뎌 온 분이고요. 좋은 분이라는 건 이 안양댁의 명예를 걸고 말할 수 있지요."

"여사님 같은 분이 그렇게까지 말씀하신다면……."

"어머, 제가 어떤 사람인데요?"

"그야……."

석 영감이 머뭇거리다가 열에 벌건 얼굴로 더듬더듬 말을 이었다.

"우아하시고, 교양 있으시고, 그…… 저처럼 쇠만 깎던 놈보단

168

아무래도 현명하신 것 같아서."

조금 어수룩하지만, 진심이 느껴지는 석 영감의 말에 안양댁은 잠시 후후, 하고 작은 웃음을 지었다.

"저는 늘 집안일이나 하던 사람이라서, 오히려 남자들 하는 일이 멋져 보이더라고요. 일찍 남편을 여의어서 그런지, 더더욱."

"저런…… 그런 슬픈 일이."

"하도 오래전 일이라 이젠 괜찮지만요."

안양댁이 먼저 자리에서 일어섰다.

석 영감은 죽을 뜨다 말고 조금 아쉬운 표정을 지었다. 아무래도 안양댁에 비해선 처세술이 한참 떨어지는 석 영감이라 어쩔 수가 없었다.

"다음에 구경하러 가도 될까요?"

"……예?"

"영감님께서 하시는 일이요. 이 죽에 대한 답례로 그 정도는 괜찮겠죠?"

화륵, 석 영감의 얼굴에 불이 붙었다. 안양댁은 그 정도는 모른 체해 주기로 했다.

"그럼요! 얼마든지요! 아, 당장 내일 오셔도 됩니다!"

린과 함께 그 집안에서 살아남았던 관록으로 안양댁은 오늘도 목표한 것보다 많은 걸 얻어서 돌아가게 되었다. 우리 아가씨에 대한 호의와 새로운 정보, 어쩌면 그보다 더 많은 것을.

"우리 아가씨는 정말 재미있는 집에 시집오셨다니까."

후후, 웃으며 별채를 나서는 안양댁의 발걸음이 경쾌했다.

※　※　※

부부라는 건, 참 묘하다는 생각을 두 사람이 동시에 했다. 특히
나 연애를 시작한 부부라는 건 정말로 묘했다.

"그럼, 씻고 쉬어. 감기 기운 조심해야지."

먼저 입을 뗀 건 도하였다. 세상 평범한 부부였다면 이런 때에
헤어지지 않아도 됐겠지. 화장을 지우는 린을 보면서 도란도란 이
야기를 나누고, 잘 준비를 나란히 마친 채로 머리를 맞대고 잠에
들었을지도 모르겠다.

"네."

하지만 우린 아니었다. 애초에 평범한 결혼이 아니었기에, 그럴
수가 없었다. 도하는 뭔지 모를 아쉬운 감정이 가득한 채로 돌아서
는 린을 바라봤다. 그때, 도하의 마음을 읽기라도 한 듯이 린이 뒤
를 돌아봤다.

"저기, 이도하 씨."

최근 들어 린의 표정이 다채로워진 것 같다.

"아직 그…… 감기 기운이 남아서 그런데요."

조심스레 묻는 린은 아주 수줍은 표정을 하고 있었지만, 끝끝내
도하의 눈을 피하진 않았다.

"이따 또 유자차 타 주실래요?"

이 미묘하고도 새로운 린의 눈빛이, 지금 도하의 눈에는 가장 예
뻤다. 제 대답조차 듣지 않은 채 획 돌아서 달음질쳐 가 버리는 모
습까지도, 전부 예뻤다.

잠시 후, 도하는 유자차의 달콤한 향기에 둘러싸여 소파에 앉은 린을 바라보고 있었다. 머리에 아직 물기가 남은 채 린은 두 손으로 머그컵을 쥐고 뜨거운 김을 후, 불어 냈다.

"그러고 보니, 얼떨결에 장모님과 처형 얼굴을 처음 보게 됐네."

스스로 생각해도 다소 어이가 없는 일인지라, 도하의 입가에 쓴 웃음이 맺혔다. 단 몇 마디만 섞어 봤을 뿐이지만, 그들은 도하의 상상보다 더 심한 사람들임에 틀림없었다. 아마 린은 도하가 여태 생각했던 것보다 힘겨운 삶을 살아왔으리라.

"곧 다시 보게 될걸요."

태연한 린의 표정이 새삼 대견해 보였다.

"어떻게 알아?"

"그냥 알아요. 우리 둘 다 곧 그 집에 불려 가게 될 거예요."

"아…… 솔직히 별로 달갑진 않네."

린은 드러나게 동의하진 않았지만, 머그컵에 가려진 입술이 살짝 웃음을 머금고 있었다.

"너무 솔직했나, 그래도 처가댁인데."

"아뇨. 어차피 그분들도 저도, 서로 가족으로 생각해 본 적은 단한 번도 없는걸요."

충분히 이해가 가는 말이었다. 심지어 그 말을 하는 린은 너무도 태연했다. 그 사실이 도하에게 조금 안쓰러운 마음을 들게 했다.

"절 자식으로 여겨 준 건, 돌아가신 엄마와 아버지뿐이었으니까요."

"아버님은, 병중이라고 하셨었지?"

"네. 실은 의식이 없으세요. 아직 대외적으로는 쉬쉬하고 있지만 아마 다시는……."

린은 말을 미처 끝내지 못한 채 시선을 떨어트렸다.

"그럼, 아버님께 먼저 인사를 드리러 갈까."

"네?"

"어차피 처가댁에 인사를 드릴 거라면, 내 와이프를 예뻐해 주신 분에게 먼저 인사를 드리는 게 맞지 않겠어?"

도하의 거침없는 말에 린의 심장이 쿵쿵, 뛰었다. 와이프라는 단어가 이렇게 특별한 느낌을 갖는 단어인 줄 최근에야 깨달았다. 참흔한 단어인데, 자신이 누군가의 와이프라는 게 그것도 정확히 지금 곁에 앉은 이 남자의 와이프라는 게 왜 이렇게 생경하고 떨릴까.

"고마워요."

가슴에 너무 많은 말들이 차오르자, 오히려 입술로 나가는 말은 단순해졌다. 린은 도하를 응시한 채 그 한마디에 진심을 담았다.

"그냥 다, 당연한 건데."

도하가 쑥스럽다는 듯 시선을 피했지만 입가에 웃음은 숨길 수가 없었다. 린은 그 모습을 보며 평생 몰랐던 설렘과 행복감이라는 걸 느끼고 있었다. 그냥이라서 고맙고 당연하게 해 줘서 더 고맙다는 걸 도하는 알까.

"처가댁 일은 너무 걱정하지 마. 그때도 내가 옆구리 찔러 줄 테니까, 알았지?"

"네."

늘 농담 같은 가벼운 어투였지만, 도하의 말엔 알 수 없는 힘이 있었다. 린을 안심시키는 힘이었다.

"내일, 아버님부터 뵙자. 그러니까 오늘은 아무 생각도 하지 말고 푹 자 둬."

린은 고개를 끄덕였다. 속이 깊은 도하는 이미 알았나 보다. 아무렇지 않은 척 웃고 있는 린이 밤새 뒤척일 것을.

"그럼……."

먼저 자리에서 몸을 일으키던 도하가 그대로 린에게 가까이 다가왔다. 이건, 정말이지 예상치 못한 행동이어서 린은 숨을 내쉬는 것조차 순간 잊고 말았다.

그사이 도하의 얼굴이 린의 코앞까지 가까워졌다. 린은 본능적으로 눈을 질끈 감아 버리고 말았다. 아까 나눴던 첫 키스의 기억에 차마 눈을 뜰 수가 없었다.

"잘 자."

하지만 쪽, 하는 소리와 함께 도하의 입술이 닿았다 떨어진 곳은 린의 이마였다. 화르륵, 얼굴에 불이 붙기 일보 직전이라 린은 체면 불구하고 벌떡 자리를 박차고 일어서 버렸다. 도망쳐야 할 것만 같은 기분이었다.

"도하 씨도 안녕히 주무세요!"

복도의 반쯤을 달려간 후에야 다급하게 외치는 린의 목소리에 도하는 그만 웃어 버렸다. 그리고 무심코 마른세수를 하는데 맨손에 열기가 묻어났다.

아무래도 감기를 조심해야겠다. 도하는 석 영감이 들으면 또 불호령이 떨어질 법한 생각을 했다.

※　※　※

　수연은 정오가 지나도록 커튼 친 침실에 틀어박혀 있었다. 어둡고 조용한 방 안에 수연의 휴대폰 벨소리가 울렸다. 수연의 개인 번호는 긴 잠을 자는 남편도 몰랐고, 대담하게 먼저 전화를 할 사람도 뻔했기에 수연은 기꺼이 전화를 받았다.

　"우리 아들, 밥은 먹었니?"

　― 어, 엄마. 아직 누워 있지? 속 썩는다고 그러지 말고 엄마 건강 챙겨야지.

　서로 간에는 퍽 다정한 사람들이다. 피가 얼마나 진한지 몸소 증명하기라도 하듯이.

　― 그것들은 내가 확실히 조져 줄 테니까, 진짜 엄마 아들만 믿어.

　"그래, 우리 자식들 덕분에 엄마가 든든하네."

　― 어, 안 그래도 내가 지금 한 건 하고 전화드리는 거야.

　"뭐?"

　― 그것들이 뻔뻔하게 아버지 병원에 왔다대? 경호실에서 연락 받고, 내가 못 들어가게 하라고 해서 지금쯤 발만 동동 구르고 있을걸. 아무튼 염치라는 게 없나 봐. 이래서 천한 것들이란.

　흐음, 영준의 말에 수연이 상반신을 일으켰다.

　"얼마나 지났는데?"

　― 이제 한 시간 됐을걸. 그것들은 시간도 남아도나 봐.

　"그럼 이제 들여보내 줘."

　― 뭣 하러!

영준은 다혈질에 추진력이 강한 편이었지만, 수연은 보다 냉정한 성격이었다. 그리고 미리 준비된 계획을 좋아했다.

"어차피 회장님이야 의식도 없는 데다, 그것들이 봐서 뭘 하겠니. 괜히 면접권이 어쩌니 나중에 트집 잡힐 이유 없잖아? 막말로…… 누워 있는 마네킹 구경밖에 더 되겠어."

— 강 변이 그래? 엄만 요즘 너무 강 변 말만 듣는 거 같다?

"강 변이 그래서가 아니라 엄마 생각도 그래. 그보다, 아들 계획은 잘되고?"

찰칵, 수화기 너머로 영준이 담뱃불을 붙이는 소리가 났다.

— 당연하지.

그제야 수연도 미소를 지었다.

— 그 멍청한 것도 모든 걸 잃고 나면 깨닫겠지. 처음부터 제 편은 아무도 없었다는 걸. 그때 무슨 표정을 지을지, 기대될 정도라니까.

"확실한 거지? 그 남자."

— 걱정 마, 이도하나 죽은 그놈 형이나 야망이나 집착은 나 못지않은 것들이야. 겨우 이런 따위에 포기할 수 있는 것들이 아니지.

수연은 확신에 찬 영준의 목소리에 고개를 끄덕였다. 처음부터 이 계획을 세우고 진행해 온 건 영준이지만, 수연의 마음에도 쏙들었다.

"그래, 역시 우리 아들."

전화를 끊은 수연은 침대를 벗어나 커튼을 열어젖혔다. 겨울 하늘은 청명해서 마치 지금 수연의 기분과도 같았다.

곧 계획대로 모든 걸 되찾을 수 있을 것이다. 아직 이 세상에는 정의가 남아 있을 테니까.

"참, 좋은 방법이 하나 또 있었지."

수연은 기분 좋은 생각을 떠올리며 살며시 미소를 지었다.

❀　　❀　　❀

차가운 병원 복도에서 기다리던 린과 도하가 겨우 병실로 안내를 받은 건 한 시간 정도가 지난 후였다. 경호 실장은 어떠한 설명이나 변명 없이 둘을 이 회장의 병실로 안내했다.

"아버지, 저 왔어요."

린은 익숙한 듯 병상 옆에 핸드백을 내려놓고 앉았다. 도하는 여러 기기에 의지한 채 죽은 듯이 누워 있는 초로의 남자를 보고 어떤 행동을 해야 할지 조금 망설였다.

"참, 오늘은 혼자가 아니에요. 저번에 왔을 때 맞선 봤다고 한 사람 있잖아요. 저, 그 사람이랑 결혼했어요."

하지만 린의 다정하고 자연스러운 태도에 도하도 무엇을 해야 할지 알 수 있었다.

"처음 뵙겠습니다, 이도하라고 합니다."

어렵게 생각할 건 없었다. 자신의 아내를 낳아 주신 아버지를 처음 만나는 거니까. 아, 그 편이 더 어려우려나.

"우선 허락도 없이 따님을 데려가서 정말 죄송합니다."

또박또박 말하는 도하의 옆얼굴을 보며 린이 살며시 미소를 지었다. 욕심인지 몰라도, 아버지가 이 말을 듣고 계셨으면 좋겠다.

조금 더 욕심을 낸다면 언젠가 깨어나셔서 내 허락도 없이 결혼을 했노라고 혼을 내 주셨으면 했다.

"하지만, 반드시 좋은 남편이 되겠습니다. 제가 약속을 못 지키면 나중에 일어나셔서 실컷 때려 주셔도 됩니다. 약속을 지켜도 허락 없이 따님을 데려간 도둑놈이니 한 번 정도는 기꺼이 흠씬 맞을 의사도 있습니다."

씩씩한 도하의 말에 린은 가슴속 어딘가가 뭉클해지는 걸 느꼈다.

"네, 아버지. 꼭이요."

그리고 뜻밖의 정적이 흘렀다. 아버지를 보던 도하가 고개를 돌려 린을 보는 눈초리에 약간의 배신감이 묻어 있었다. 그제야 린은 제 말실수를 깨달았다.

"아, 때리지는 마시고요. 꼭 일어나셨으면 좋겠다고……."

"장인어른, 이 사람이 이렇습니다. 꼭 일어나셔서 이 사람부터 혼내 주세요."

"그래도 아버지는 내 편일걸요?"

"그건 모르지! 그렇죠, 아버님?"

두 사람 모두, 자신도 모르게 유치한 대화를 나누고선 웃음을 터트렸다. 린에게는 기쁘면서도 애틋한 웃음이었다. 아버지가 누워 계신 이곳에서 이렇게 체온이 느껴지는 시간을 가진다는 것 자체가 처음이었고, 그렇기에 이 순간이 너무도 소중하게 느껴졌다. 이러고 있으니 꼭 아버지도 함께 웃어 주고 계실 것만 같아서.

"아무튼…… 그때까지는 제가 장인어른 대신 이린 씨를 든든하게 지켜 주겠습니다. 그러니 장인어른께선 아무 걱정 마시고 일어나시기만 하면 됩니다."

그 말을 하며 도하는 린의 손을 꾹 쥐었다. 린은 가슴에서 울컥하는 감정이 눈물로 나올 것 같아 대답 대신 잠자코 도하의 손을 맞잡은 채 고개를 끄덕였다.

"그럼 다음에 또 찾아뵙겠습니다."

도하가 린의 어깨를 다독여 준 후에 먼저 자리를 떴다. 린이 아버지와 단둘이 보낼 수 있도록 배려한 것이었다. 도하가 병실을 나서자마자, 린은 참았던 눈물이 찔끔 나와 버렸다.

"어때요, 아버지."

아무런 표정이 없는 아버지의 뺨을 쓸어내리며 린이 여러 가지 감정이 담긴 눈물을 흘렸다.

"제 남편, 좋은 사람이죠."

병실에서 홀로 울리는 린의 목소리는 더 이상 쓸쓸하지만은 않았다. 이제 린은 혼자가 아니었고 비로소 다시 막연한 희망을 품을 수 있게 됐다.

먼저 병실을 나선 도하는 줄을 지어 인사를 하는 경호실 사람들을 다소 불만스럽게 바라본 후 복도를 벗어났다. 아마 영준의 변덕 탓이겠지만, 그에 따라 손바닥 뒤집듯이 태도를 달리하는 사람들은 도무지 믿을 수가 없었다.

"그보다……."

아까부터 묘한 기분이 들었다. 평소 육감이 뛰어나다고 자부하는 도하로서는 조금 전부터 뭔가 묘하게 거슬렸는데 그게 뭔지 좀처럼 알 수가 없어 답답했다.

"이상하네."

생각보다 용태가 안 좋은 이 회장의 모습 때문인지, 혼수상태인 환자 특유의 생의 갈림길 때문인지.

"분명히 뭔가 이상한데."

아버지와 형의 죽음을 곁에서 겪었던 도하에겐 어찌 보면 익숙한 광경일 수도 있는데, 묘한 이질감이 아까부터 마음 한구석을 떠나지 않았다.

"뭐가 이상한지 모르겠단 말이지."

도하가 거칠게 제 머리카락을 헝클어트렸다.

❀　❀　❀

평소 불면증과는 담을 쌓고 지내는 도하였지만, 오늘 밤은 어쩐지 잠이 오지 않았다. 이유는 알 수 없었지만, 이 회장이 누워 있는 병원에 다녀온 후로 마음속 어딘가가 찝찝했다. 물론 그보다 더 마음이 쓰이는 곳은 따로 있었다. 돌아오는 길 내내 조금 쓸쓸한 옆얼굴을 하고 있던 린이었다.

"안 되겠다."

도하가 벌떡 몸을 일으켜서 휴대폰을 집어 들었다. 통화 버튼을 누르기 전부터 불쾌감이 올라왔지만, 그 정도는 감내해야 했다.

"여보세요, 전무님?"

늦은 밤이었지만, 예상대로 수화기 너머에선 음악 소리가 들려왔다.

"아니, 이제 형님이라고 부를까요."

도하 특유의 경쾌한 목소리와는 달리, 눈은 차갑게 식어 있었다.

"아, 역삼동이요? ……끼워 주신다면 기꺼이 가야죠."

통화를 마친 도하가 문제의 역삼동 모처에 도착한 건, 그로부터 30여 분 후였다.

"어이, 이 사장."

벌써 거나하게 취한 영준이 도하를 향해 손을 흔들었다. 장소는 조용한 바의 한구석이었지만, 다른 손님이 없는 걸로 봐선 영준이 전세라도 낸 듯싶었다.

"이쪽은 강 변. 이렇게 해서 세 남자들이 나란히 모인 건가?"

그 말에 세 남자 모두 각각 다른 웃음을 터트렸다. 퍽, 우스운 일인 건 사실이었다.

"그보다, 어쩐 일로 이 사장이 이런 자리엘 나왔을까. 무슨 바람이 분 건가. 아님, 어디서 바가지라도 긁혔나?"

"그럴 리가요. 이제 한 집안 남자들인데, 저도 껴야죠."

마음에 없는 넉살이지만, 꽤 자연스러웠다.

"안 그래도 오늘 내가 애 좀 먹었어. 우리 어머니 성격이 대단하시거든. 아버지 병원에 누가 드나드는 걸 싫어하셔서."

안색 하나 바뀌지 않는 영준의 거짓말도 마찬가지였다.

"역시, 형님이 손을 써 주신 줄 알았습니다."

"이 사장도 일전에 내 채권을 사 줬잖아? 이런 게 가족 간의 상부상조라는 거지."

영준이 술을 들이켜곤 말을 이었다.

"그보다, 마침 셋이 잘 모였어. 안 그래도 강 변이랑 상의하던 게 있었거든. 우리 계획 말이야."

영준에게 있어 도하와 린의 결혼은 계획의 일부였다. 도하를 완전한 자신의 편으로 끌어들이는 동시에 공범으로 만들기 위한.

"슬슬 시작해야겠어. 좀 촉박해졌거든."

이 회장이 병석에 누운 후로 영준이 주무르는 그룹이 내리막길을 걷는 건 예견된 참사였다. 게다가 이 회장의 빈자리를 차지했을 뿐, 그룹에서 후계자로 인정받은 것은 아닌 영준에겐 아직 모든 걸 휘두를 만한 권력이 없기도 했다. 무분별한 투기와 투자, 개인적인 도박 빚으로 현금이 바닥나는 건 애초에 시간문제였다.

"시작이라면, 어떻게……."

"그건 제가 설명드리죠."

강 변이 안경을 추켜올리며 입을 열었다.

"아주 간단합니다. 지금 우리 회사의 주가는 역대 최저. 그 시점에서 이 사장님이 특허를 따신 신제품을 공개하고, 그 직후 우리 계열사로 편입하겠다고 발표할 겁니다. 중요한 건, 바로 이 사건들의 사이죠."

냅킨에 볼펜으로 도식을 그리는 강 변은 장난이라도 치는 듯 가벼운 말투였다.

"바로 이 시점에서, 우리 주식을 풀 겁니다. 외국인 투자자들에겐 미리 정보를 흘릴 거고, 그다음엔 당연히 개미 떼가 따라붙겠죠."

일종의 주가조작이었다. 그들이 말하는 소위 '개미'들이 몇이나 죽어 나가든 아무런 죄책감이 없을 지극히 자본주의적인 행위.

"그럼 전무님과 저는 그 시점에서 큰 시세 차익을 챙기고, 그 후에 합병 건은 무산이 되면서…… 아시죠?"

영준과 강 변이 같은 대목에서 씩, 웃었다.

"그다음엔, 약속대로 이 사장의 회사를 기업으로 발돋움시켜 주지. 그걸로 이미 매스컴과 투자자들의 주목도 끌었을 테고, 인수합병이 아닌 파트너십이라고 하면 아주 멋들어진 엔딩이 될 거 아냐?"

그래. 개미들에겐 처참한 삶의 엔딩일 것이고, 이들에겐 참 멋들어진 엔딩일 것이다.

"이제 이 사장도 곧 기업인이 되는 거야. 어때, 자네 형이 못다 이룬 꿈을 곧 이루는 소감이?"

"그야 물론."

도하가 술을 한 모금 들이켰다.

"참, 멋들어진 엔딩이겠죠."

다행히 도하의 서늘한 눈빛을 읽기에, 두 남자는 이미 너무 취해 있었다.

"뭐, 그건 그렇다 치고…… 이린은 어쩔 거지?"

"뭘…… 말씀이십니까."

"그때, 내가 이 사장 집에 갔을 때 연기는 인상 깊었어."

딸깍, 영준이 담배에 불을 붙이고 매캐한 연기를 뿜어냈다.

"누가 보면 진짜 와이프라도 되는 것처럼 말이지. 하…… 다시 생각해도 명연기야. 하지만 너무 공들일 생각은 안 하는 게 좋을 거야."

"왜죠."

"별로 떨어지는 게 없을 테니까. 유산 한 푼 못 받고 쫓겨날 계집애에게 쏟기엔 이 사장의 정성이 좀 아깝지 않나 싶어서."

도하는 그저 씩 웃어 보였다. 테이블 아래로 쥐고 있는 주먹의 떨림이 드러나지 않도록, 가능한 한 자연스럽게.

"제가 의외로 완벽주의자라서요. 그래서 말인데, 부탁 하나 들어 주실 수 있을까요."

"그럼, 우리 사이에 당연히 들어줘야지."

취기가 얼큰히 오른 영준의 얼굴은 차마 눈 뜨고 보기 어려울 정도로 추했다.

"별건 아닙니다만, 제가 불편해서요."

"말해 봐, 뭐가 어렵다고!"

다행히, 도하는 웃음을 잃지 않을 만큼의 자제력이 남아 있었다. 오늘 여기에 온 목적을 달성해야 한다는 생각이 도하를 억누르고 있었다.

도하가 집에 돌아온 건 새벽 2시를 넘어서였다. 현관에 들어서 신발을 벗었는데 무언가 굉장히 낯선 기분이 들었다. 분명 캄캄해야 할 거실에 불이 켜져 있던 것이다.

"오셨어요."

그리고 린이 앉아 있었다.

"어……."

사실 린이 했던 말은 참고 또 참아 앞의 말을 생략한 것이었다. '어디 갔다 오셨어요.' 그렇게 묻고 싶었지만, 차마 묻지 못했다.

"술 드셨나 봐요."

도하가 냉장고에서 생수를 꺼내 들이켜며 린과 같은 소파에 앉 자마자 린이 말했다.

"냄새나?"

"네, 조금."

린은 담담히 말했지만 도하는 아무래도 죄책감이 들었다.

"어…… 갑자기 일이 생겨서 잠깐 나갔다 온 거야. 많이는 안 마셨어."

"아, 그랬구나."

그래서 시키지도 않은 변명을 했는데 린은 무심하기만 했다. 린이 무표정하게 반응할수록, 도하는 점점 더 초조함이 올라왔다.

"언제 깼어? 혹시 나 때문에……."

"네."

원래 단호한 건지, 지금 화가 난 건지 잘 모르겠어서 도하는 더 혼란스러웠다.

"현관문 소리가 들려서 나왔는데, 외출하신 것 같아서."

"어…… 먼저 자지 그랬어."

"잠이 깨서요."

아까 영준을 상대하는 게 고역이었다면, 이건 또 다른 의미의 고난이었다.

"아, 미안. 내가 조용히 나갔어야 하는데."

린의 침실이 1층이라는 걸 잠시 잊고 있었던 탓이다. 혼자 지내던 시간이 길다 보니 언제 어디를 나가든 기다릴 사람이 없었던 게 어느덧 습관이 되었다.

"앞으로는 조심할게."

나름 미안하다는 뜻이었는데, 이게 완벽한 오답이었던 모양이다.

"앞으로…… 조심한다고요?"

내내 옆얼굴만 보이던 린이 그제야 도하를 돌아봤다.

"아니요."

무감정한, 마치 인형 같았던 린의 얼굴은 많이 봐 왔지만 이런 표정은 처음이었다.

"그럴 거면 그냥 마음대로 하세요."

"어……?"

린의 목소리 끝이 파르르 떨렸고, 그 두 눈동자에 서러움이 뚝뚝 묻어났다.

"이도하 씨 마음대로 해요. 마음대로 나가고, 마음대로 들어오고, 전부 다 마음대로 하라고요."

저도 모르게 뾰족한 말을 내뱉은 린이 제 입술을 잘근 깨물었다. 린에게 이런 감정은 처음이었다. 하긴, 이런 행동부터가 처음이었다. 딱히 이유를 모르겠고, 뭐가 잘못되거나 자신에게 피해를 준 일도 없는데 이토록 마음이 일렁이는 것 자체가.

"혹시…… 화났어?"

"제가 왜요."

설마 싶었지만, 지금 린의 모습으로 봐서는 그 외에 다른 결론을 내릴 수 없었다.

"화낼 이유가 없잖아요."

굳이 말을 덧붙이는 것 자체가 확실한 증거라는 걸, 린은 모르는 것 같았다. 이미 뾰로통하니 나와 있는 입술도.

"꼭 이유가 있어야 화를 낼 수 있는 건 아니잖아?"

벌컥벌컥, 생수를 들이켠 도하가 취기를 빌려 말했다.

"난 당신이 화를 내고 있는 것처럼 보이는데."

여자는 너무 어렵다. 해서, 도하는 솔직함을 무기로 내세웠다.

"왜 화내는지, 말해 주면 안 돼?"

"화내는 거 아니라고요."

다시 휙, 고개를 돌리는 린의 옆얼굴이 차가웠다. 하지만 평소와 다르다는 것쯤은 도하도 알았다. 우선, 그 입술이 뾰로통한가 싶으면 또 꾹 깨물고…… 시시각각 변하고 있었다.

"그럼, 삐친 건가?"

도하가 고심 끝에 말을 골랐지만 유감스럽게도 이 또한 명백한 오답이었다.

"……아뇨."

오히려 아까보다 더 싸늘해진 린의 목소리에 도하는 머리가 어지러워지기 시작했다. 분명, 드라마에선 이렇게 말하면 뭔가 실마리가 나왔는데. 그게 아니더라도 뭔가, 해결이…….

"그냥 쉬세요."

아, 정말 이게 아닌데.

"저도 들어가서 잘게요."

이 순간, 도하의 머리에 과부하가 걸렸다. 적지 않은 알코올과 지나친 부담이 빚어낸 콜라보레이션이 그에게 뜻밖의 용기를 주었다.

"안 돼."

일어서려는 린의 손목을 잡은 도하의 목소리가 또렷하게 울렸다.

"나한테 화났잖아, 이대로 가면 더 화날 거잖아."

린을 제자리에 앉히려 손목을 끌어당겼는데, 힘 조절이 안 되었는지 그녀가 바로 도하의 품에 안기듯이 풀썩 떨어져 버렸다. 도하는 그게 싫지 않았다.

"화내는 게 아니라⋯⋯."

"화내도 돼."

린이 흔들리는 눈동자로 도하를 보았다.

"이유만 말해 준다면."

지금 자신의 눈앞에서 말하는 도하는 왠지 낯설게 느껴졌다. 맞선 자리에서의 단도직입적인 모습이나, 막연히 밝고 가벼운 웃음과는 또 달랐다.

"⋯⋯면요."

망설이다 나온 린의 목소리가 도하에겐 잘 들리지 않았다.

"못 들었어."

"말⋯⋯하면요."

린은 너무 오랜 세월 동안, 화를 내는 법조차 잊고 살았다. 그래서 지금 당장, 무슨 말을 해야 좋을지 알 수가 없었다.

"그럼, 내가 듣지."

아무도 린의 말을 들어 주지 않았다. 그래서 곱게 말하는 법은 아직 잘 모르겠다. 그냥 뾰족한 말이 나가고 만다.

"그래서."

그 누구도, 도하처럼 따스한 눈으로 귀를 기울여 준 적이 없었다. 그게 또 낯설었다.

"뭐가 달라지는데요."

하지만 그가 받아들여 줄 것을 본능적으로 느꼈나 보다. 평소라면 하지 않을 투정이 자연스럽게 나갔다. 서럽게 도하를 보는 린의 눈동자에 꼭 미움만 담긴 건 아니었다.

"내가 듣고, 왜 당신이 화가 났을까 생각하고, 이해하고…… 또 그러지 말아야지, 하면 조금은 달라지는 거 아닐까?"

잘 모르겠다. 도하의 목소리가 다정한 것만은 분명한데, 그 내용은 린이 잘 이해할 수 없는 것들이었다.

"왜요."

이번에는 도하가 잘 모르겠다. 노려보는 눈초리조차 귀엽게 보이던 린의 입술에서 나온 말은, 늘 도하의 예상을 비껴갔다.

"왜라니."

"왜 내가 화가 나면, 이도하 씨가……."

그 말을 하는 린의 말끝이 파르르 떨렸다. 눈동자가 퍽 서러웠다.

"왜긴, 왜야."

그래서 도하는 저도 모르게 린의 작은 어깨를 끌어안았다.

"내가 당신 남편이니까 그렇지."

린의 귓가에 도하의 목소리가 내려앉았다. 갑작스럽게 끌어안긴 탓에 그 품의 체온도 확실히 전해진다. 이 사람의 품은 왜 이렇게 따스한 걸까. 한여름에도 차디차던 자신의 손끝까지 퍼지는 이 먹먹한 온기는 뭘까.

"원래 와이프들은 화내고, 남편들은 고치는 거라던데."

희미하게 도하의 숨결에서 알코올의 잔향이 풍겼다. 하지만 도하 특유의 체취가 린에겐 더 짙게 느껴졌다. 그 웃음 끝에서 묻어나는 다정함까지도.

"그러니까 지금 화내."

늘 장난 같던 도하의 말투가 지금은 한 마디 한 마디 린의 심장을 재촉했다.

"이제, 그냥 와이프하기로 했잖아."

그리고 도하의 그 말을 듣는 순간, 울컥하고 린의 가슴에 무언가가 차올랐다. 마치 부정맥처럼, 아니면 기침처럼. 숨길 수도 없이 그냥 차오르는 것들, 뱉어 내야만 살 수 있는 것들.

"난······."

린의 머리를 거치지 않은 말들이 그냥 툭툭, 튀어나오기 시작했다.

"싫어요. 이도하 씨가 술 먹고 들어오는 게 싫고."

옹얼대듯 시작한 린의 말에 귀를 기울이려 도하가 한층 귀를 가까이 댔다.

"나한테 잔다고 하고 다시 나가는 것도 싫고, 몰래 나갔다 들어오는 것 같은 것도 싫고, 내가 그거 때문에 자다 깨서 여기 기다리고 있는 것도 싫고, 그냥 기다리는 거 말고 내가 뭘 해야 할지 모르겠는 것도 싫고, 그리고 또······ 제일 싫은 건."

이런 자신이 제일 싫다. 왜 이런 데 화가 나는 건지 모르겠는 스스로가. 그래서 화살을 돌렸다.

"그냥, 앞으로는 조심해서 나간다는 이도하 씨가······ 제일 싫어요."

그 순간, 린이 바라본 도하의 눈동자가 조금 흔들리는 것도 같았다.

"······나는."

"그냥 싫어요. 그런 거, 난 다 싫다고요!"

확, 내뱉고 나니 아까부터 꽉 죄던 가슴은 후련해졌는데 그다음을 몰라 말이 끊겼다.

"……어."

다행히, 도하는 알았나 보다.

"미안해."

폭삭, 린을 마저 끌어안아 주는 도하의 체온이 마치 린의 살갗 밑으로도 스며드는 것처럼 느껴졌다.

"몰랐어, 당신이 싫어할 줄은."

약간의 취기에 도하가 말하는 낯선 호칭이, 린이 듣기에 썩 나쁘지 않았다.

"싫어요."

또 한 번 싫다 말하는 린은, 약간 어리광을 부리는 기분이었다.

"그럼 안 할게. ……술 마시는 게 싫어, 아예?"

"그런 건 아니지만……."

"같이 마시는 건? 그것도 싫어?"

뜻밖의 제안에 뾰로통 나왔던 린의 입술이 잠시 망설인다.

린은 도하의 어깨에 파묻힌 고개를 흔들었다.

"그럼, 우리 와이프랑 처음으로 대작이나 해 볼까."

헝클어진 린의 머리카락을 쓸어내려 준 도하가 명쾌하게 말했다. 도하의 유쾌한 목소리는, 린을 따라 웃게 만드는 힘이 있었다.

"거기서 더 화내도 돼."

"거기가 어딘데요?"

이미 손을 내밀고 있는 도하를 보고 묻자, 그의 입꼬리가 씩 올라간다.

"어디긴."

홀리듯, 도하의 손을 잡고 만 린은 다시 이끌리듯, 어느새 층계를 오르고 있었다.

"내 방이지."

꼭 붙들린 손에선 도하 특유의 체온이 전해지고 있어 뿌리칠 수가 없었다. 층계를 다 오르고 난 린이 문 앞에서 주저하자, 도하는 손을 내미는 대신 린의 눈앞에서 쭈그려 앉는 걸 택했다.

"자, 업혀."

갑자기 너른 등이 시선 아래에 왔다. 당황해 어쩔 줄 모르는 린을 채근하는 대신 도하는 그녀를 돌아보며 웃어 주었다.

"명색이 우리 와이픈데, 제 발로 문을 넘으면 안 되는 거 아닌가?"

그래도 또 망설이는 린이었다. 선뜻, 업히기는 어색했지만 이 계단을 다시 내려가기는 싫었다.

"아님, 안아 줄까?"

도하는 늘 린의 선택지를 좁혀 주었다.

"아니요."

이번엔, 린이 다가갔다. 도하의 너른 등 위에 살포시 제 몸을 실어 본다.

"업어 줘요."

린이 처음으로 끌어안은 도하의 목덜미에선 한층 더 다정한 냄새가 났다. 린은 한 번 더 용기를 내서 그 머리카락을 아주 잠깐만, 만져 보았다.

"아이고. 진짜 큰일이다."

"뭐가요?"

괜히 죽는소리를 하는 도하에게 린이 귓가에 입술을 붙이고 물었다.

"우리 와이프가 이렇게 가벼워서."

피식, 웃어 내고 난 도하가 말했다.

"이제 내가 밥 많이 먹여 줘야지."

고작 방 문턱까지 몇 발짝도 가지 않을 거리에서, 또 하나의 추억이 생겼다. 린은 자신을 업은 도하의 모습을 차곡차곡 마음에 담으며 생각했다. 아마도, 생을 다할 때까지 지금 도하의 체온은 잊히지 않을 거라고.

도하의 침실은 상상보다 평범했다. ⋯⋯상상보다는.

"소주, 맥주?"

"음⋯⋯."

커다란 공간엔 한 벽을 가득 메운 TV가 있었고, 바닥엔 슈퍼 킹사이즈의 매트리스가 덜렁 놓여 있었다. 그 머리맡의 온갖 잡동사니까지는 예상 안이었지만, 주류 전용 미니 냉장고가 있다는 건 확실히 놀라웠다.

"소맥이요."

린의 대답도 도하 입장에서 놀라운 건 마찬가지였다.

"그런 것도 마실 줄 아나?"

"아뇨, 마셔 보고 싶었거든요."

그 말에 도하가 피식 웃으며 냉장고에서 이것저것을 꺼내 왔다. 그사이 린은 아직 낯선 풍경을 눈에 담았다. TV에서만 보던 청춘 자취방의 럭셔리 버전을 보는 것 같았다.

바닥에 매트리스를 그대로 두는 것도, 거기에 걸터앉은 채 낮은 테이블에서 소맥을 마시는 것도, 린은 상상조차 해 본 적이 없는 일이었다. 조금, 동경하긴 했었지만.

"소맥 하면 또 이도하지."

날이 저물고 침실에서 나란히 앉아 도란도란 잔을 나누는 부부의 모습.

"너무 달콤해서 술술 넘어가니까 조심해."

그런 건, 린의 인생과는 아무런 관련이 없을 줄 알았다.

"그럼…… 짠 할까?"

이따금 TV 속에서나 나오는, 영원히 린이 가질 수는 없는 먼 환상 같은 것들이라고.

"좋아요."

그 모든 것들이, 지금 린의 눈앞에 있었다.

"짠……!"

유리잔이 부딪치는 맑은 소리와 함께, 행복이 찰랑였다.

그 뒤로도 매 순간이 린에게는 새로웠고 신기했고 놀라웠다. 술기운이 적당히 오른 도하는 평소보다 말수가 많았고, 하잘것없는 말들에도 서로 마주 보며 깔깔 웃어 댔다.

"술이라는 거, 의외로 좋은 거구나."

그 말을 꺼낸 린은, 지금 제 뺨이 얼마나 발갛게 달아올랐는지 몰랐다.

"마음에 드나 봐?"

린이 세차게 고개를 끄덕이자, 이번엔 도하가 웃었다. 그 많은 술은 린이 혼자 마신 양, 안색이 멀쩡했다.

"또, 의외로 좋은 건······."

지금 도하의 역할은 가만히 귀를 기울여 주는 것이다.

"결혼."

이 작은 한마디를 놓치지 않을 수 있도록.

"정말?"

또 한 번, 린이 고개를 세차게 끄덕였다.

"그리고······."

린이 다시 입술을 떼는 순간, 이번에는 도하의 심장이 세차게 뛰었다. 말로 표현할 수 없는 어떤 예감이 도하의 가슴을 뛰게 했다.

"이도하 씨."

지금 이 순간, 세상 그 무엇보다도 말갛게 웃는 린의 미소가 그 달콤한 목소리가 어떤 술보다 도하를 취하게 하는 것 같았다. 저도 모르게 먼저 덥석, 하고 린의 손을 잡은 것도 그 탓이었다. 린의 손 끝은 차갑게 식어 있었지만, 이내 도하의 손이 품고 있는 온기가 그녀에게로 퍼져 나갔다.

"정······말?"

그 한마디가 뭐라고, 말까지 더듬게 된다.

"네, 이도하 씨 좋아."

발그레한 뺨을 하고서 도하를 빤히 올려 보는 린의 눈동자는 이미 취해 있었지만 그렇다고 결코 진심이 흐려지는 건 아니었다.

"그리고······."

깜박, 린이 천천히 눈을 감았다 뜰 때마다 기다란 속눈썹이 눈가에 그늘을 드리웠다.

"나랑 결혼해 줘서 고마워요."

늘 고백하는 건 도하의 역할이었는데, 받는 것도 나쁘지는 않았다. 아니, 솔직히는 이 지붕이라도 걷어찰 수 있을 정도로 신이 나고 또 기뻤다.

"내가 더."

린의 뺨을 감싸 쥐자, 술기운에 달뜬 열기가 전해져 왔다.

"고마워."

도하의 말이 채 끝나기도 전에, 린이 와락 도하의 품에 안겨 왔다. 정말 바라고 바라던 전개였지만, 이렇게 갑작스럽게 시작될 줄은 몰랐다. 도하는 괜히 쿵쾅거리는 심장을 애써 진정시키고 또 몰래 심호흡을 해 보았다.

"후…… 그러니까."

지금이라면 일생의 모든 용기를 다 끌어모을 수 있을 것 같았다. 일단, 날뛰는 심장을 진정시키는 데는 실패했지만 나머지만 잘하면 된다. 도하는 스스로를 다독이며, 간신히 용기를 내어 품에 안겨 온 린의 얼굴을 내려 봤다.

어라, 이게 아닌데.

"어……?"

그렇게 다독여도 날뛰던 도하의 심장이 거짓말처럼 가라앉았다.

새근새근 잠든 린의 얼굴을 내려 보고 있자니, 반은 허탈하고 반은 귀여운 마음에 실소가 나왔다.

"내가 참, 소맥을 잘 말긴 해."

세상모르고 잠든 린은 도하가 어릴 적 동화책에서나 봤던 공주님 같았다. 아기처럼 뽀얀 피부도, 인형처럼 감긴 예쁜 속눈썹에 빚은 듯이 작고 오똑한 콧날, 그 아래에 말간 분홍빛을 머금고 있는 입술까지.

"뭐, 이왕 잠든 거."

아쉬운 마음을 누르며 도하가 혼잣말을 했다.

"잘 자."

그리고 살며시 잠든 린의 이마에 입술을 맞췄다.

"예쁜 꿈 꾸고."

······너처럼.

그 말은 아껴 두기로 했다. 적어도 오늘은.

❋　❋　❋

다음 날, 린의 아침은 파란만장하게 시작했다.

"······내가 왜."

혼잣말을 뱉기 무섭게 두통이 몰려왔다. 그리고 지독한 갈증이
시작되었다.

"아, 내가 왜······."

일단 몸을 일으키자, 여기가 도하의 침실이라는 게 확실해졌다.
린이 본능적으로 뻗은 머리맡에는 다행히 물과 숙취해소제가 나란
히 놓여 있었다.

"아······."

이제부터가 더 머리가 깨지는 부분이었다.

'이도하 씨, 좋아.'

밀려들어 오는 지난밤의 기억에 더 이상 술기운이 남지 않았는데도 린의 **뺨**이 후끈 달아올랐다.

"아…… 설마."

내가 그런 짓을 하다니. 사소한 테이블 매너 한번 어겨 본 적 없이 살던 이린이 그런 말을 하다니. 아니, 할 수는 있다. 하지만 문제는 바로 그다음이었다.

'잘 자.'

도하의 목소리가 어렴풋이 들렸던 기억이 난다. 그 직전에 스스로 도하의 품에 안겼던 것도.

"아, 왜…… 내가!"

종종 제 머리카락을 헝클어트리는 도하의 심정을 알 것 같았다. 근본적인 문제는 그대로 있지만, 일단 막 나가고 싶은 심정을 표현하기 딱 좋았다.

"아……."

그렇게 린이 제 머리를 쥐어뜯으며 괴로워할 때, 실은 노크를 세 번이나 했던 도하가 무작정 문을 열고 들어왔다.

"아……."

"어……."

어색한 순간, 먼저 말을 꺼내는 건 역시 도하였다.

"나, 다시 나갈까?"

지금은 도하의 저 배려심이 얄미운 린이었다.

"뭘 물어봐요."

뾰족하게 쏘아붙이는 자신의 앞에 안양댁이 끓인 북엇국을 내려놓는 도하의 옆얼굴이 얄미우면서도 괜히 또, 아 모르겠다.

"이미 들어왔으면서."

린의 무심한 한마디에 문득 마주친 시선과, 그 안에 담긴 감정도, 모를 일이다.

"몸은 좀 어때?"

"안 좋아요."

"그래?"

린의 솔직한 답에 도하가 잠시 당황스러워하다 입을 열었다. 사실 충분히 그래 보였다. 창백한 안색과, 내리 물만 들이켜는 린은 마치 대학 시절 줄창 술을 마시다 귀가하던 자신의 상태와 비슷해 보였다. 놀라운 건, 그녀가 마신 소맥이 딱 세 잔이라는 것이지만.

"그럼 안 좋은 김에 머리 아픈 얘기 하나만 더 할까."

"뭔데요."

살며시 긴장하는 린을 보며, 도하는 강행 돌파를 택했다.

"나, 오늘 당신 집에 가려고."

린은 놀라는 대신, 가만히 도하를 응시했다.

"혼자서요?"

"장 여사님이 동행해 주시기로 했어."

즉, 린이 함께 가는 건 아니라는 뜻이었다. 이걸 도하의 배려로 받아들일지 배척으로 받아들일지는 전적으로 린에게 달린 문제였다.

"그러는 게 좋을 것 같아. 이 문제에 이린 씨가 굳이 낄 이유도 없고, 나 혼자서도 충분히 감당할 수 있어. 사실, 처음부터 그래야 했고."

린은 이미 방패나 도구로 쓰기엔 도하에게 너무 소중한 사람이 되어 버렸다. 아니, 그 이전에 도하가 타인을 이용할 수 없는 인간이라는 것부터가 문제였다. 인정하고 싶진 않지만, 석 영감의 우려대로였다.

"그 말은 꼭 이도하 씨가 계약 결혼으로 얻은 권리를 포기하지 않겠다는 뜻으로 들리네요."

린의 목소리는 차분했지만, 도하를 보는 눈동자엔 부정해 주길 바라는 마음이 담겨 있었다.

"맞아."

안타깝게도 그 마음이 다 전해지진 않았지만.

"트로피 와이프가 없는 계약 결혼……. 그게 이도하 씨가 찾은 답인가요?"

"정답인지는 모르겠지만, 일단은. 물론, 이기적인 답이라는 것도 알고 있어."

도하는 문득 기시감이 들었다. 지금 도하를 보는 린의 표정과 눈동자에서 아무것도 읽히지 않았다. 마치, 처음 맞선 자리에 나왔던 그때처럼.

"하지만 포기할 수가 없었어."

린도 비슷한 기시감을 느끼고 있었다. 그때나 지금이나 도하의 눈엔 올곧은 진심이 담겨 있었다. 이제 두 사람은 달콤한 나날에 잠시 묻어 두었던 진실과 마주할 차례였다.

이 결혼의 시작을 직면할 때다. 결혼 이후가 아닌, 본질적인 시작에 대해서.

"내가 여태까지 지켜 왔던 것과."

도하는 꿈을 지키기 위해 이 결혼을 선택했다. 그것은 아버지와 형의 손에서 건네받은 꿈인 동시에 동경하던 여자를 향한 순정이었다.

"앞으로 평생 지켜야 할 것."

두 사람의 눈이 마주친 채로, 잠시 정적이 흘렀다. 각자의 새카만 눈동자에 서로의 모습이 맺혔다.

"그중 무엇 하나…… 아직 난, 포기할 수가 없어."

먼저 입을 뗀 건 도하였다. 그게 도하의 답이었다. 더 이상의 대화는 의미가 없으리라는 걸, 린은 특유의 본능으로 알았다. 그리고 천천히 자리에서 일어섰다.

"……그냥."

반사적으로 린의 손목을 붙든 도하가 아주 작은 목소리로 말했다.

"이린 씨는 내 그냥 와이프로, 그렇게 우리 그냥……."

깊었던 도하의 고뇌만큼이나 린을 붙든 손에 힘이 실렸다. 린은 천천히 그런 도하를 돌아보고는 인형같이 예쁜 미소를 지었다.

"네, 괜찮아요."

그리고 바로 지웠다.

"……라고 말하고 싶지만, 또 아마 예전의 저라면 그렇게 말했을 것 같지만."

그 안에서 흔들리던 예전의 자신도 지워 버리려 한다.

"이미 제 가풍은 '제멋대로 신나게 살자.' 가 되어 버려서요."

또렷한 눈동자만큼이나 도하의 귀에 똑바로 박히는 가풍이었다.

실제로, 그 말을 하는 린은 농담 같은 가풍에 퍽 녹아든 것 같아 보였다.

"그래서 더 이상 마음에 없는 소리 같은 건 못 하겠어요."

도하는 불과 얼마 되지 않은 사이에, 린이 훌쩍 자란 것 같은 기분이 들었다.

"그냥 와이프이기 전에, 그냥 내가 마음에 안 들어서요."

도하가 잡고 있던 린의 손목이 스륵 빠져나갔다. 온기도 마찬가지로 스륵, 하고 도하의 손아귀를 벗어났다. 어쩌면, 지금 린의 존재가 그렇듯이.

"그만한 가치가 있기를 바랄게요."

린의 말에 도하가 반사적으로 올려 보자, 아주 희미한 미소를 닮은 기척이 린의 입술 끝에 피어났다 사라진다.

"뭐가?"

"이도하 씨가 그렇게나 지키고 싶었던, 지키고 싶은……."

새로운 가풍을 배운 린은 그렇게 제멋대로 신나게 하고 싶은 말을 전부 내려놓았다.

"그 트로피에."

마지막 한마디가 도하의 가슴에 직격타로 맞아 들어갔다.

"……트로피라."

허탈하게 주저앉은 도하가 혼잣말을 되뇌었다.

"정곡을 찔렸네."

아무렇지 않은 척 일어서기 위해 스스로에게 하는 말이기도 했다.

이제 도하는 가야 할 곳이 있었다. 걸음이 떨어지지 않는 이유를 도하는 아직 확신하지 못했지만 말 그대로 그냥 기분 탓일 거라고, 믿기로 했다.

똑똑, 노크 소리가 울렸다. 그사이 시간이 얼마나 지났는지 짐작하기 어려웠다.

"실례합니다, 하도 대답이 없으셔서."

안양댁이 예의를 갖추자 도하가 흔들흔들 한 손을 들어 보였다.

"역시나, 아가씨는 거절하신 모양인데…… 어떻게 할까요."

말투는 몹시 상냥했으나 각이 바짝 서 있던 탓에 도하의 정신도 조금씩 깨어났다.

"어떻게고 뭐고, 난 가야지 않겠어요?"

도하가 몸을 일으키자 안양댁이 고개를 끄덕였다.

"그렇죠."

"그럼, 가 봅시다."

기지개를 켜는 도하는 평소처럼 개운해 보이진 않았다.

"참 똑 부러져요."

두 사람이 탄 세단이 출발하기 직전, 도하가 그런 말을 했다. 그 눈길이 벌써 그리운 듯 집을 향하는 걸 보며, 안양댁은 노련한 경험으로 도하가 빠뜨린 주어를 알아챘다.

"예, 제 자부심이지요."

안양댁의 현명한 눈이 도하를 향했다.

"사장님 눈엔 어떠실까요?"

도하는, 여전히 도하일 뿐이었다.

"내 자랑이죠."

"아내로서인가요."

이제 그에게 익숙한 풍경들은 멀어졌다. 트로피라는 단어도 이렇게 쉽게 멀어질 수 있다면 좋을 텐데.

"아뇨."

시작보다 지금에 충실하고 싶다. 그런 마음을 알아줬으면 한다는 것 자체가 너무 이기적이었을까.

"그냥 '제멋대로 신나게 사는' 이린 씨에 대한 이야기입니다."

마지막까지 도하의 걸음을 붙드는 건, 그날 린의 해사한 웃음이었다.

"우리 가풍을 제대로 이어받은, 아주 자랑스러운 내 '그냥 와이프'에 대한 이야기죠."

목적지에 멈춘 차 안에서, 안양댁은 먼저 내리기 전에 도하의 손을 붙들었다.

"그 마음, 꼭 잊지 말아 주십시오."

곧, 차 문이 열렸다.

"……앞으로 어떤 지옥을 보시더라도."

안양댁의 마지막 목소리는 도하의 귀에만 들렸을 것이다.

"약속하죠."

도하의 목소리도 마찬가지였다.

"난 잊지 않아요."

이 마음이 닿았으면 좋겠다. 내가 많이 이기적이고, 많이 욕심을 부렸지만, 그래도. 나를 미워하지는 않았으면 좋겠다. 우리 가풍처럼 제멋대로 신나게 살아 주었으면 좋겠다. 그렇게 살다가 내가 돌아가는 새벽에는 웃어 주었으면 좋겠다.

아니, 화를 내도 좋을 것 같다.

그냥.

정말로 그냥…… 린이 기다려 준다면 좋겠다.

Chapter 05

지옥치고는 아름다운 저택이었다. 안양댁은 경멸의 시선과 함께 투명 인간 취급을 받아야 했지만, 예상외로 도하를 향한 접대는 나쁘지 않았다.

"어서 와. 이 사장이라고 했나?"

수연은 중년의 나이가 무색하게 화려하고 우아한 차림을 하고 있었지만, 그 미소는 왠지 싸늘했다.

"예, 어머님과는 구면이죠."

"그런 호칭은 집어치우지. 난 한 번도 그걸 내 딸이라 생각해 본 적 없으니까."

시작부터 거침이 없는 분위기였다.

"이 사장은 우리의 비즈니스 파트너일 뿐이잖아?"

도하는 말없이 미소를 지었다. 수연의 말처럼 비즈니스적인 웃음이었다.

"그보다, 저 늙은이는 떼 놓고 오지? 내 집에 저런 구질구질한 걸 들이고 싶지 않은데."

"제가 부탁드린 일이 있어서요."

"부탁? 아……."

영준에게 들었던 기억이 난 수연이 눈을 가늘게 떴다.

"그럼 그렇게 해. 어차피 그 방을 통째로 내다 버릴까 하던 중이었거든."

도하가 영준에게 했던 부탁은 사소한 것이었다. 린의 짐을 마저 챙겨 올 수 있게 해 주는 것과 린이 직접 그 집에 방문하지 않아도 좋게끔 처리해 주는 것.

"이 사장은 참 쓸데없는 데 신경을 쓰네?"

"타고난 성격이 이래서요."

수연이 빤히 도하를 쳐다봤다. 화려한 차림과는 달리, 그 눈동자에선 아무것도 느껴지지 않았다.

"헛꿈은 꾸지 않는 게 좋을 거야. 영준이가 이미 말했겠지만 이 린한테서 더 이상 떨어질 콩고물은 없으니까."

그 사실을 도하가 모를 리는 없었다. 애초에 도하가 린과 혼인신고를 할 수 있었던 건, 이 집안 사람들이 린을 놔 버렸다는 뜻이니 당연했다. 실제로 린은 모든 걸 포기한 후에야 겨우 이 저택에서 벗어날 수 있었다.

"말씀드렸듯이, 타고난 성격이 이래 놔서요."

수연이 입꼬리를 올려 웃고는 등을 돌려 집 안으로 들어섰다.

"아무튼 어서 와. 곧 모두 도착할 테니, 와인이라도 한잔하지."

어쨌든 도하는 이 저택에 무사히 들어왔다. 사위가 아닌, 비즈니스 파트너로서 당당하게.

❀　❀　❀

투둑, 창밖으로 비가 한두 방울씩 떨어지기 시작했다. 꼭 시간이 멈춘 것 같았는데 그렇지도 않았나 보다. 빗방울을 헤아리다 지친 린은 힘없는 걸음으로 층계를 내려왔다.

"여사님."

차라도 한잔할까 했는데, 대답을 해 주는 이가 없었다. 그러고 보니 도하가 안양댁과 함께 간다고 했었다. 허전함이 물밀듯 밀려오려는 찰나, 부엌에서 누군가의 인기척이 들렸다.

"저, 여사님?"

이내 모습을 드러낸 건 쑥스러운 듯 두리번거리는 석 영감이었다.

"여사님은 잠깐 나가셨어요."

심지어 린의 목소리에 화들짝 놀라는 게, 더 수상했다.

"아니, 난 지금 한창 쇠 깎다가 갑자기 목이 타서 그래서 온 거지, 딱히 여사님에게 차를 얻어 마신다든가, 그러려고 온 게 아니고……."

늘어지는 변명이 더 수상했지만, 당황한 석 영감을 봐서 린은 그냥 넘어가기로 했다. 오후에 두 사람만의 티타임이 있었다는 게 조금 신기하지만.

"차라면 저도 내 드릴 수 있는데, 뭐로 드릴까요?"

"아가씨한텐 일없습니다."

유독 퉁명스러운 석 영감을 보던 린이 멋대로 커피포트의 스위치를 눌렀다.

"어차피 저도 마실 참이었거든요. 그리고…… 조금 쓸쓸하던 참이라서요."

석 영감이 눈을 가늘게 떴다. 귓가에 아가씨를 부탁하던 안양댁의 목소리가 아른거리지만 않았다면 그는 이 자리를 박차고 나갔을 테다.

"뭐, 겸사겸사라면 하는 수 없고……."

이러나저러나 마음은 약한 석 영감이다. 어색한 침묵 속에서 물이 끓는 소리가 들렸다.

"믹스 커피 괜찮으세요?"

차들이 마련된 찬장을 열던 린이 묻자 석 영감은 고개를 끄덕이는 걸로 대답을 대신했다. 잠시 후, 두 사람의 앞에 각각 김이 오르는 머그컵이 놓였다.

"아가씨도 그런 걸 드시나?"

"가끔은요."

"귀한 댁 아가씨도 입맛은 비슷하구먼."

사실, 언제 먹어 봤는지 기억이 희미한 믹스 커피였다. 찬장에 아무도 먹지 않는 믹스 커피가 있기에 슬쩍 떠봤을 뿐이다. 다행히 석 영감의 마음엔 쏙 들었나 보다. 달달한 커피와 함께 단순한 석 영감의 기세가 조금 누그러졌다.

"이제 아가씨도 아닌걸요. 그리고 한참 연장자시니 말씀 편히 하세요."

"됐습니다. 이놈의 집구석은 연장자고 자시고가 없으니까…….
그보다 여사님은 장이라도 보러 가셨답니까? 여자 혼자 몸으로 무
거운 짐 들고 오기 힘드실 텐데."

석 영감의 관심사는 참 뚜렷하게 드러났다.

"아뇨, 저희 친정에 가셨어요. 이도하 씨랑 같이요."

"근데 아가씨는……."

"저는 반기는 사람이 없어서요."

석 영감도 도하에게 대충의 사정은 들었던지라 그저 고개를 끄
덕였다. 조금 풀이 죽은 이 아가씨가 가엾게 보이는 것도 같았다.
이것도 안양댁의 말 때문인지, 린의 눈동자가 오늘따라 서글퍼서인
지, 비가 내리기 때문인지는 모를 일이었다.

"원래 인생은 혼자 사는 거니까, 오히려 편하다고 생각하쇼."

거친 말투였지만, 동시에 서툰 위로이기도 했다.

"거…… 뭐하면, 우리 창고 구경이나 시켜 주든가."

머쓱한 석 영감의 말에 린은 살며시 웃음을 지었다.

"저야 너무 좋죠."

이 우울한 오후에, 혼자가 아니라서 정말 다행이었다.

"만약에 재밌으면, 여사님께도 꼭……."

"네?"

"아니, 아무튼 창고에선 발밑을 조심해서 따라오고 아무거나 만
지지 마쇼."

이미 할 말은 스스로 다 해 놓고서 쑥스럽다는 듯 석 영감이 벌
떡 일어났다.

"갑시다, 말 나온 김에!"

뜻밖의 탐험은 그렇게 시작됐다. 드르륵, 창고의 셔터가 올라가고 린은 태어나 처음 신어 보는 고무장화를 신은 채 어기적어기적 석 영감의 뒤를 따라갔다.

"아, 참. 그거 도하 놈 건데, 발 냄새 좀 날 거요."

어쩐지 좀 크더라. 린은 쓴웃음을 삼키며 창고 안으로 들어갔다. 의외로 평범한 잡동사니가 늘어져 있다고 생각했는데, 석 영감이 찰칵하고 조명을 켜자 신기한 것들이 보였다. 이름을 모를 공구들과 컴퓨터 여러 대, 그리고 알 수 없는 기계들이 제법 많았다.

"이건 뭐 애기들 장난감."

린이 보던 이상한 플라스틱 덩어리를 툭 치며 석 영감이 말했다.

"도하 놈이 3D인지 뭔지로 기계를 돌려서 틀을 만들고 모델을 뽑아내면, 고칠 걸 고쳐서 기계로 돌리는 거지. 뭐 이런 거야 소일거리고. 이젠 본인이 직접 안 해도 될 텐데 아무튼 오지랖이야."

저 덩어리에서 어떻게 장난감이 만들어지는지 정말 모르겠지만, 린은 일단 고개를 끄덕였다.

"요즘 푹 빠진 건 이거지."

"아, 돌돌이!"

겨우 아는 게 나온 린이 반갑게 외치자 석 영감이 처음으로 웃었다.

"돌돌이를 아는구먼. 도하 놈이 태워 줬나?"

"네."

"역시 여자 꼬시는 데 썼군."

창고에 들어온 후로 석 영감의 말투가 한결 편안해졌다. 린은 그게 싫지 않았다.

"이 돌돌이가 효자 노릇을 톡톡히 했지. 아가씨가 타 본 건 몇 호요?"

"2호……일걸요, 아마."

"그 돌돌이의 애비뻘 되는 게 아주 효자였어. 단순한 구조인데, 중국 시장까지 넘어가는 바람에 큰돈을 만졌지."

"아, 그렇군요."

"덕분에 도하 놈이 사장이랍시고 행세를 하고 사는 거니까 돌돌이가 아주 효자인 셈이야."

완구만 취급하던 기존의 틀을 깨 버리고, 전동 스쿠터를 개발한 건 일종의 도박이었다. 실제로 전동 스쿠터가 막 유행의 흐름을 타던 때였기에 후발 주자이기도 했다. 하지만, 도하의 돌돌이는 성공했다. 기본 원리에 충실해 거품을 뺀 가격을 형성했고, 새로운 IT 기술과 접목하여 넓은 고객층을 갖출 수 있었다.

모든 건, 도하의 유연한 사고 덕분이었다. 그렇다 쳐도 너무 빠르긴 했다. 이제는 내실을 다질 때였다.

"지금 개발하는 건 돌돌이 3호가 되나요?"

"그랬으면 좋겠지만."

하지만 도하의 야망은 거기서 멈추지 않았다.

"도하 놈은 5호를 출시할 모양이야."

"벌써 그렇게 됐어요?"

"이제 만들려고 하는 거 같지. 3호도 4호도 버리고 바로 5호로 가는 게야."

그 말을 하는 석 영감은 조금 쓸쓸해 보였다.

"너무 빨리 가려고 하면 못쓰는데."

"그래도 5호면 훨씬 좋아진 거겠죠……."

위로를 하려 거드는 린의 말에 석 영감은 한숨을 푹 쉬었다.

"우리가 계속해서 이 창고에서 먼지 뒤집어쓰고 막일을 하는 건, 더 좋은 걸 직접 만들고 싶어서야. 헌데, 5호는 그냥 팔아 치우기 위함이지 발전이 없어. 겉보기만 번드르르해서는, 쯧……. 뭐 어디 눈먼 사장들한테 떼돈 받고 넘기기야 좋겠지만, 그 심보가 괘씸하단 말이지."

뭔가 낯선 기분이 들면서도, 석 영감의 말을 이해할 수 있을 것 같았다. 지금의 도하는 린이 알던 도하와 달랐다. 첫 만남부터 밝게 웃어 주던 도하와, 선물이라며 작은 장난감을 주던 도하와.

"저는 잘 모르겠어요. 장난감 이야기를 할 때 이도하 씨는 행복해 보였거든요."

"제 놈 천직이 그런 걸, 뭐."

"그런데 지금은 잘 모르겠어요."

장난감을 만드는 도하가 좋았다. 도하 특유의 밝은 에너지에 마음이 끌렸고, 자유로운 마음에 많은 위로를 받았던 린이다.

"이도하 씨가 정말 원하는 게 뭔지……."

이대로 살면 행복할 거라 믿었다. 자신에게 이런 행복이 주어졌다니 믿기지 않을 정도로, 린은 행복했다. 도하가 이 계약 결혼의 이득을 취하겠다고 나서기 전까지는 아무것도 걱정하지 않았다. 린의 인생에서, 아주 드물었던 일이다.

"잘 모르겠어요."

린의 마음이 흔들린다. 불안이 이 빗방울처럼 투둑, 하고 린의 마음을 두드리고 있었다.

"제 놈도 모를 게야."

괜히 작업대의 먼지를 쓸어 버린 석 영감이 툭 던지듯 말했다.

"그래도 아가씨가 좋아서 결혼한 건 맞을 거요. 그놈은 저 좋은 건 못 숨기는 놈이거든."

이 결혼에 가장 반대했던 사람이면서 이런 말을 하는 게 좀 웃기지만, 저 서글픈 눈동자를 보고 있자니 뭐라도 말을 하게 된다. 이 것도 안양댁의 세뇌 교육 탓이겠지만, 저 아가씨가 가엾어 보이는 걸 어쩌나.

"지독하게 단순한 놈이거든. 어릴 적부터 그랬지."

석 영감이 선반에서 새로운 신문지를 꺼내 근처의 작업대에 깔아 줬다. 린은 잠자코 그 자리에 앉아서 석 영감의 말에 귀를 기울였다.

"그래서 이 모양 이 꼴이 된 거지만."

"이 꼴이 뭔데요?"

"굳이 회사를 키우려는 거지. 난 필요 없다고 말했는데도, 굳이……."

"저 같은 여자랑 결혼한 것도 포함이겠죠."

담담한 린의 말에 석 영감의 표정이 복잡해졌다.

"그놈 속사정은 모르지만, 그놈이 여자 만나면서 그렇게 좋아한 건 처음이었으니까 꼭 그런 목적만은 아니겠지!"

먼저 화를 내 주는 석 영감 덕에 린은 속이 조금 후련해졌다.

"그리고 애초에 그렇게 맞선을 볼 생각도 없는 놈이었어. 그……

이 전무라는 놈이 붙고부터 이상해졌지."

익숙한 호칭이었다.

"혹시 그분 이름이."

"영…… 뭐였는데, 잊어버렸네."

"이영준."

린이 중얼거리자, 석 영감이 무릎을 탁 쳤다.

"맞아! 아는 사람인가?"

"네, 저희 이복 오라버니거든요."

"그랬군, 어쩐지……."

석 영감이 고개를 끄덕였다.

"아가씨, 날 도와서 돌돌이 5호의 출격을 막아 줄 생각은 없으
신가?"

"제가요?"

"지금 그 표정 보니까, 우리 처지가 비슷해 보이거든."

완전히 다른 삶을 살아온 두 사람이지만, 도하가 더 이상 나쁜
길로 나아가지 않길 바라는 마음은 같았다.

"그렇다고 쳐도…… 저한테 그런 능력이 있을까요."

"있지, 암. 이 늙은이도 한몫을 하는데, 아가씨라고 암."

린의 혼란은 쉬이 잦아들지 않았다.

"하지만, 도하 씨가 가려는 방향이 옳을 수도 있잖아요."

"그놈이 제 목표를 좇는다면 그럴 테지."

석 영감이 비 내리는 차고 밖을 응시했다.

"이 영감이 얼마나 오래 살았는지 혹시 들으셨는지 모르겠는
데…… 내가 그 집안의 3대를 보고 있단 말이야."

세월은 속절없이 흘렀다. 저 비처럼.

"도하 놈 아비도 그렇고, 그놈 형도 그렇고, 다 비명에 갔지. 어제까지 아주 팔팔하다가 어느 날 갑자기 쓰러져 버리는 게 참 무섭더라고."

도하의 아버지야 그래도 살 만큼 살았다지만, 형인 도영은 그렇지 않았다.

"뇌에 무슨 혈관이 터졌다던가. 참 눈 깜박할 사이였어. 그날 아침까지 같이 쇠질을 하고 있었는데. 젊은 나이라 더 안타까웠지. 아마, 지금 도하 놈 나이보다 어렸지······. 그냥, 갑작스러운 일이었어."

그때도 석 영감이 있었지만, 가족을 잃은 슬픔을 나누기엔 부족했던 모양이다.

"도영이 놈이, 아 그놈 형이······ 마지막까지 하던 일이 이 회사를 키우는 일이었거든. 그땐, 다들 힘들 때라서 우리가 좋은 걸 만들어 내도 기업에 족족 뺏기던 때라서······. 뭐, 억하심정이겠지."

그래서 도하는 조금 더 일찍 어른이 되었다.

"그때부터였어. 도하 놈이 변한 건. 자꾸만 큰 기업을 좇게 된 것도, 커다란 울타리를 바라게 된 것도. 그리고 곧 댁의 이복 오빠 같은 사람들이 엉겨 붙기 시작했지."

석 영감의 한숨이 깊었다.

"처음엔 신생 기업을 위한 투자라고······. 그땐, 거부할 수가 없었어. 왜냐면 도영이 그놈이 중환자실에서 1년을 넘긴 후였거든. 돌돌이를 팔든, 새로운 돌돌이를 개발하든, 사람 아픈 건 버틸 재간이 없지."

반대했던 결혼인데, 왜 이 아가씨를 보고 이런 말을 하는지 모르겠다. 굳이 이유를 찾는다면, 지금 세상모르게 진지한 이 아가씨의 눈동자 때문일지도.

"그때부터야. 원조를 받기 시작하면서, 그게 투자가 되고 또…… 도영이 놈이 무슨 말을 했는지는 몰라도, 거기에 집착하게 된 거지."

도하의 꿈은 그때부터 변했나 보다. 린은 사실 모르는 일들이다. 처음 만났던 도하는 참 좋은 사람이라서, 그 사람의 꿈도 전부 좋을 것만 같았으니까.

"아가씨는 좋은 사람이라고…… 여사님이 말씀하시던데."

조금 웅얼이는 목소리로 석 영감이 말했다.

"그러니 내가 부탁을 하나 드리고 싶어서."

"네, 제가 할 수 있는 거라면……."

린이 말끝을 흐리자, 석 영감이 린의 눈을 똑바로 바라봤다.

"할 수 있을 거요."

❋　❋　❋

그 후로 분주한 나날이 흘러갔다. 때늦은 추위와 함께 도하의 일과도 얼어붙었다. 엄청난 업무량에 며칠째 회사에 틀어박힌 신세가 된 도하는 한숨을 내쉬었다.

신제품 발표와 맞물려서 진행될 영준과의 거래는 도하의 각오보다 많은 작업을 필요로 했다. 물론, 바쁜 건 손보다 머리였다.

"역시 데스크 업무는 나랑 안 맞아."

답답한 마음에 제 머리를 헝클어트린 도하가 중얼댔다. 마음 같아선 이 모든 걸 내팽개치고 싶었다. 그저 순간의 치기 어린 감정만은 아니었다. 데스크 업무뿐만이 아니라, 이 일 자체가 도하라는 사람과는 애초에 맞지 않았음을 본인도 잘 알고 있었으니.

　"우리 와이프는 뭐 하고 있으려나."

　스스로 작은 위안을 찾듯, 도하가 낮은 목소리로 중얼거렸다. 늘 혼자가 익숙했던 도하에겐 참 낯선 감정이었지만, 이 온기가 싫지는 않았다.

　그 순간, 거짓말처럼 짧은 진동과 함께 도하의 휴대폰에 불이 들어왔다.

　[지금 눈이 와요!]

　린의 메시지처럼 정말 창밖엔 눈이 오고 있었다. 때늦은 눈보다 신기한 건, 역시 이 타이밍이었지만.

　[좋아?]

　익살스러운 이모티콘과 함께 메시지를 전송하자, 곧바로 린의 답이 돌아온다.

　[네, 좋아요!]

　휴대폰을 들여다보며 웃는 취미는 없었는데, 어느새 자신은 웃고 있었다.

　[그러면…….]

　거기까지 타이핑하던 도하가 답답한 마음에 통화 버튼을 눌렀다. 그러자 한 번의 신호음이 끊기기도 전에 린의 목소리가 들린다.

　— 여보세요?

　"응. 문자는 답답해서."

사실 통화도 도하의 성에 차진 않지만 지금은 어쩔 수 없었다.

― 밥은 먹었어요?

"아니, 죽겠어…… 일도 너무 많고. 난 데스크 체질은 정말 아닌
가 봐. 회사원이었음 진작 짤렸을걸."

― 그 전에 회사원이 되기도 힘들지 않았을까요.

악의 없는 린의 대꾸에 도하가 피식 웃었다.

"그건 그러네."

― 아, 맞다. 눈 말고 또 할 말 있었는데.

"뭐?"

― 오늘 카레를 만들었거든요.

"직접?"

― 네, 물론 여사님의 코치는 받았지만 어쨌든 직접요!

각오가 느껴지는 목소리였다. 지난번 맛이 조금 신기했던 김치찌
개의 여파인지 요즘 부쩍 요리에 욕심을 부리는 린이었다. 누군가
에겐 아주 초보적인 요리일 카레겠지만, 린에게는 나름의 발전이었
을 것이다.

― 근데, 그게…… 양 조절에 실패해서요. 아, 맛은 실패 안 했
어요. 확실히 카레 맛이에요.

카레는 카레 맛이 나는 게 당연했다. 도하는 조금 웃음이 났다.

"마침 굶고 있던 참인데, 그 양 내가 좀 덜어 줘야겠네."

그리고 이런 땐 퍽 린의 마음을 잘 읽어 주는 도하였다.

"도시락 배달이란 어려운 미션을 부탁해도 될까?"

― 뭐…….

린의 목소리는 특유의 앳된 울림이 있었다. 도하는 그게 좋았다.

— 한번, 도전해 볼게요.

결혼을 한 이후로 모든 게 처음이긴 했지만, 이렇게 뒤늦은 함박눈이 내리는 날 첫 도시락 배달은 두 사람 모두에게 조금 특별하게 다가왔다. 정말이지, 예상치도 못했던 이 예쁜 눈송이처럼.

하지만 눈을 보고 있을 때가 아니었다. 적어도 린에겐 그랬다. 다사다난, 그 사자성어가 지금 린의 처지에 딱 맞는 것 같았다.

그 시작은 감자를 깎으면서부터였다. 안양댁의 만류에도 불구 제 손으로 하겠다는 린의 고집 때문에 카레는 무려 세 시간이 걸리는 정통 요리가 되어 버렸다.

"아…… 이제 된 건가."

도시락이라는 걸 싸기까지도 말 그대로 다사다난이었다. 그래도 한 가지 의지할 점은, 카레는 카레 맛이 난다는 하나의 진실이었다.

"좋아……."

린은 용기를 내기로 했다.

"도전!"

스스로를 격려하며 시작한 '도시락 원정대'의 출발은 야심 찼다. 하지만 다사다난은 끝나지 않을 모양이었다.

"저…… 이를 어쩌죠."

도하의 회사 근처까지 도착한 기사가 때아닌 눈 때문에 사고가 난 도로 상황을 보며 난처하게 말했다.

"여기서 내릴게요."

"그래도……."

"괜찮아요. 횡단보도만 건너면 되는데요."

보온 도시락 통을 품은 마음이 급한지라, 린은 무작정 차에서 내리고 말았다. 신호를 기다리던 린이 도하의 회사 건물을 새삼스러운 듯이 바라봤다. 이렇게 번듯한 건물이라는 것도, 그 건너편에 이렇게 큰 공원이 있다는 것도 전에는 몰랐다. 그렇게 주변을 둘러보다가, 등 뒤로 닥쳐오는 아이를 발견했을 땐 깜짝 놀랐다.

"어, 어어……!"

"잠깐만, 거기 도시락 통 누나 비켜요!"

도시락이란 말에 간신히 반응한 린이 돌아보고 한 걸음 물러서자 번쩍이는 불빛을 내는 무언가가 그녀의 앞에서 멈추었다.

"근데, 내가 멈췄으니까 비킬 필요는 없었다, 그쵸?"

소년이 씩 웃으며 말했다. 겨우 초등학생 정도의 소년을 보고 화를 내는 건 우스운 일이다. 하지만, 린은 몸소 바른생활을 실천하기로 했다.

"위험했잖아!"

"그치만…… 이 돌돌이는, 브레이크를 잡으면 잡히고 또 비상 브레이크도 있단 말이에요. 지금처럼 눈이 와도 확, 이렇게 당기면 멈춰요. 멋지죠?"

어깨를 으쓱하는 아이를 보고 린이 고개를 갸웃했다.

"그 돌돌이 나도 아는 것 같은데."

"에이, 모르면 누나가 바보죠!"

그렇게 전국적으로 유명한 장난감이었나.

"이 동네에 이거 없는 애들 없어요!"

"정말?"

"그럼요, 여기 공원에서 어떤 아저씨가 나눠 주거든요. 무슨 사장님이래요!"

그게 누군지 알 것 같아, 린이 미소를 지었다. 하지만, 자신은 누나고 도하는 아저씨라는 말을 들으면 그가 썩 기뻐하지 않을 것 같았다.

"어, 신호 바뀌었다! 누나도 다음에 꼭 받아요, 내가 타는 법 가르쳐 줄게!"

한참 어린 아이의 러브 콜에 린은 그저 웃기만 했다. 그 사장님에게 도시락을 전달하러 가는 길이라는 말을 할 시간도 없이 아이는 사라졌다.

"돌돌이라."

린의 혼잣말 끝이 조금 복잡해졌다. 처음 도하와 탔던 돌돌이의 청량한 바람과, 석 영감의 당부가 린의 마음속에서 교차했다. 하지만 지금 우선 과제는 이 도시락의 배달이었다. 린은 신호등이 끊어지기 전에 달음질을 쳐 간신히 도하의 회사에 도착했다.

"왔어요, 도시락!"

기세 좋게 외치자 도하가 놀란 눈을 했다.

"정말 도시락 가져온 거야?"

도하가 도시락을 코앞에 놓고도 놀란 얼굴을 했다. 바람에 약간 달아오른 린의 뺨도, 뚜껑을 열자 모락모락 김이 나오는 카레의 향기도 모두 사랑스럽기만 했다. 이 삭막한 사무실이, 아주 잠시나마 집으로 변하는 것 같은 작은 기적이라고 해야 하나.

"네, 카레 맛이 나는 카레예요."

수줍게 웃는 린을 보자 도하도 웃음이 났다.

"좋은 소식이 하나 있고……."

한 수저 크게 떠 입에 문 도하가 말을 이었다.

"나쁜 소식이 하나, 그래도 좋을 수도 있는 소식이 하나 있어."

뭐지, 라고 린이 고민하는 사이 도하가 열심히 숟가락을 놀렸다. 린이 눈을 깜빡이며 정신을 차렸을 때 도시락 통은 거짓말처럼 비워져 있었다.

"좋은 소식부터 들을래?"

"뭔데요."

"이 카레, 진짜 맛있어."

씩, 웃어 주는 도하가 좋았다. 카레야 카레 맛이 나는 게 당연한 거지만, 그래도 좋았다.

"나쁜 소식은 뭔데요?"

벌써 배를 두드리는 도하를 보며 묻자 그가 여전히 웃으며 대답했다.

"지금 경주에 가야 돼."

참 뜻밖의 말이라 눈을 깜박이던 린이 재차 물었다.

"그럼 그래도 좋을 수도 있는 소식은요?"

"아, 그건……."

도하가 냅킨으로 입가를 닦으며 시원스레 웃어 보였다.

"모처럼 경주 드라이브 어때?"

그렇게, 뜻밖의 드라이브가 시작됐다.

— 고속도로를 경유합니다.

내비게이션의 낭랑한 목소리가 이 여행을 실감나게 해 주었다. 도하는 도심을 벗어나자마자 시원스럽게 액셀을 밟았고, 린은 여전히 뭘 모르는 채였다.

"경주엔 갑자기 왜 가는 거예요?"

"아, 오늘도 외박하는 건 좀 그렇잖아."

린의 질문과는 전혀 다른 답이 돌아오니, 이 또한 알 수가 없다.

"같이 외박하면 외박 아니지?"

나름 일리 있는 도하의 말에 린은 고개를 끄덕였다.

"뭐가 좋아? 통감자에 설탕이랑 소금."

이번엔 정말로 모르겠는 린이 도하를 보았다.

"통감자! 휴게소에서 뭐 안 먹어 봤어? 아님 핫바나 호두과자파야?"

그런 거, 린도 TV에서 본 적은 있었다. 나름 동경하기도 했는데.

"실제로…… 먹어 본 적은 없어서요."

린의 말에 꽉 막힌 차선 위의 도하가 그녀를 돌아본다.

"왜? 수학여행, 이런 것도 안 가 봤어?"

"가 봤죠, 미국."

사실 린이 조수석에 타는 것도 도하와 함께하면서 처음 생긴 일이었다. 이전까진 늘 검은 세단의 뒷좌석에 탔다. 누구도 통감자를 먹자고 해 주지는 않았다.

"아…… 모르는구나."

도하는 태연한 얼굴로 액셀을 밟았다.

"별로 좋아하지 않을 수도 있다는 생각은 못 했네."

그건 반쯤 혼잣말이었는데.

"아니요, 좋아해요."

린의 말이 먼저 나갔다.

"안 먹어 봤지만…… 먹어 보고 싶었거든요."

그 옆얼굴이 조금 쓸쓸했던 것 같았다. 그래서 그랬나, 도하는 휴게소에서 너무 많은 걸 사 버렸다. 그래도 좋았다.

"그래서……."

다시 운전을 시작한 도하의 옆자리에는 린이 통감자 통을 들고 있었다. 이미 핫바 한 개를 먹어 치우고 호두과자를 품에 안은 채였다.

"설탕이야, 소금이야?"

"둘 다 좋으면요?"

"둘 다 좋으면……."

도하가 고속도로에 진입하며 부드러운 미소를 지었다.

"합격이지."

짜고 단 음식들은 린의 마음을 쏙 빼앗았다. 그게 도하의 옆자리라서 더더욱. 그러고 보니 린은 도하와 처음 해 보는 일들이 참 많았다. 맞선도, 결혼도, 이런 사소한 휴게소 음식까지도 전부.

"참, 그런데 경주엔 왜 가는 거예요?"

"제주도에 뮤지엄 기억나지?"

"네."

린에게는 평생 못 잊을 장소였다.

"그 비슷한 걸 경주에도 만들었는데, 일시적인 이벤트라서 땅 주인의 동의를 구해 임대를 했어. 그런데 그 땅 주인 영감님이 아주 보통이 아니야."

"왜요?"

"사장이라는 놈이 덜렁 계약서랑 돈만 보내면 다냐고, 지역 발전에 도움을 준다지 않았냐며……. 전화받는 우리 비서들이 아주 죽으려고 해. 급기야 계약 해지까지 들먹여서 내가 가지 않을 수가 없었지. 그것도 영감님이 죽고 못 산다는 특제 곡주까지 공수해서."

뭔가 짜증스러운 상황일 법도 한데, 도하는 피식 웃고 말았다.

"이미 계약이 된 거라면, 이렇게까지 할 필요는 없지 않아요?"

"당연하지."

왼쪽으로 핸들을 크게 돌리는 도하의 옆얼굴은 꽤 진지했다.

"하지만 영감님 말도 잘 들으면 일리가 있어. 다들 지역 발전이란 미명으로 꼬셔서 땅만 실컷 쓰고 빠져나가는 관광 사업이 많거든."

"이도하 씨는 안 그럴 거잖아요."

"어, 그걸 지금 보여 주려고. 영감님들은 워낙 깐깐해서 직접 보여 주지 않으면 아무것도 안 믿는 사람들이야. 우리 집에도 그런 영감님이 하나 있지."

매사에 시큰둥한 표정에, 갑자기 어디로 날아가 버릴 것 같은 자유로운 남자라고 생각했는데. 이도하는 의외로 성실한 사람이었다. 아주 곧고, 책임감이 있으며, 성실한 사람. 그리고 지금은 린이 아주 좋아하게 된 사람.

"아, 잠깐만. 전화가 오네."

도하가 귀에 핸즈프리를 꽂고 누군가와 통화를 시작했다.

"뭐? 아니, 나보고 직접 오라며. 지금 날 먹이는 건가? ……어?

아침형 인간? 미치겠네……. 알았어, 어느 호텔인지 문자로 찍어 놔."

대강 옆에서 들어도 짐작이 가는 내용이었다. 이쯤 되니 도하도 피곤한 기색이 역력했다.

"그 영감님이 아침형 인간이래. 그 좋아하는 곡주도 낮술로 드시는가 보지."

그 와중에도 농담을 할 기력이 있다는 게 린은 신기했다. 이제 경주에 겨우 도착했는데 문전박대를 당한 셈이 아닌가. 린은 할 말을 찾다가 흔한 위로를 전했다.

"할 수 없죠, 뭐."

"차라리 잘됐어. 피곤해 죽겠는데, 오늘 한숨 푹 자고 내일 영감님 해결하고 올라가면 되겠네."

조금 일이 꼬이긴 했지만, 여기까지는 평이한 말투였다. 둘 다 마음대로 안 되는 일에는 이골이 나 있었다.

그런 두 사람이 정말로 당황한 건 비서가 잡아 두었다는 경주 제일의 호텔 프런트에서였다.

"미리 연락받고 모시러 나왔습니다. 헌데 송구하게도 지금 스위트룸이 준비되지 않아서 부득이 일반 객실에 머무셔야 할 것 같습니다. 요즘 지역에 축제가 있어서 하필 만실인지라 남은 방이 하나뿐이라……."

"아, 그런 건 상관없어요."

도하의 반응에 안심했는지 컨시어지가 직접 키를 들고 나와 엘리베이터까지 두 사람을 안내했다.

"그럼, 701호 디럭스 더블 객실입니다. 모쪼록 편히 쉬시길 바라겠습니다."

긴 운전으로 피로했던 두 사람은 그게 무슨 의미인지 파악할 틈도 없이 엘리베이터에 올라 701호로 들어섰다. 동시에 도하의 탄성이 흘러나왔다.

"아⋯⋯."

뒤늦게 깨달았다. '디럭스 더블 객실'에서 가장 중요했던 단어, '더블'이 가지는 의미를.

"어⋯⋯."

당황한 건 린도 마찬가지였다. 그리 넓지 않은 원룸형 객실에 더블 침대가 하나 덩그러니 놓여 있다는 게 무슨 의미인지 정도는 아니까.

"트윈 베드로 바꿔 달라고 할까. 호텔 내선 번호가⋯⋯."

"아까 분명히 공실이 없다고 들은 것 같은데요."

도하가 허둥지둥 전화를 들자 린이 그를 막았다. 침착한 면에서는 역시 린이 조금 나았다.

"저, 먼저 씻을까요?"

오히려 태연하기까지 했다. 도하는 바보같이 고개를 끄덕이는 수밖에 없었다. 그는 린이 욕실로 사라지기 무섭게 빈 공간을 서성거리기 시작했다.

더블 베드까진 어쩔 수 없었다 해도, 꼭 수건으로 백조 모양 하트를 만들어 놓고 장미꽃을 뿌려야 했을까. 왜 테이블엔 와인과 약간의 치즈가 놓여 있는 걸까. 아⋯⋯ 그야 물론 '사장님 내외'를 위한 비서의 호의였겠지만 아직은 곤란했다.

"아, 어쩌지……."

곤란한 건 샤워기의 물줄기를 맞고 있는 린도 마찬가지였다. 결혼을 했으니, 게다가 그냥 와이프가 되기로 했으니 언젠가는 이런 날이 올 줄은 알았다. 하지만…… 이렇게 예고가 없이 찾아와도 되는 걸까.

"키스는 했고…… 그다음은……."

뭔지는 안다. 린도 어른이니까. 알아서 더 문제였다. 쿵쾅쿵쾅 뛰는 심장을 진정시키려 일부러 미지근한 물로 샤워를 하기까지 했다.

"옷 입고 나가는 게 더 이상한가?"

간신히 열기를 식힌 린이 거울 앞에서 고민했다. 하지만 벗고 나가는 건 더 이상했다. 린은 잠시의 깊은 고민 끝에 속옷을 착용한 채 호텔에서 비치해 둔 배스 가운을 입는 걸 택했다.

"아…… 다 씻었어?"

테이블에서 혼자 와인을 마시고 있던 도하의 동공이 미세하게 흔들리는 걸 보면, 그리 좋은 선택은 아니었을지도 모르겠다. 뭐, 이미 늦었지만.

"와인, 마실래?"

도하의 권유에 린은 고개를 끄덕이고 잔을 받아 들었다. 막 샤워를 마치고 나온지라 발갛게 달아오른 뺨이 와인 한 잔에 더욱 붉어졌다.

"이도하 씨는 안 씻어요?"

"씻으려고, 좀 있다."

도하가 어색하게 웃으며 손짓을 했는데, 하필 그게 침대 방향이라 그의 의도와 달리 또 분위기가 이상해졌다. 아, 역시 저 빌어먹을 장미꽃이 문제였던가.

"피곤할 텐데 먼저 쉬고 있어. 난 대충 씻고…… 뭐, 소파에서 자도 되니까."

한데서 자는 건 도하의 특기였다. 석 영감과 차고에서 햇살을 바라보기도 부지기수였으니까.

"왜요?"

하지만 린은 순진무구하게도 도하에게 이유를 물었다.

"어? 그냥…… 불편할까 봐."

"제가요?"

"어…… 아무래도 혼자 자다가 같이 자면 불편할 수도 있고…… 난 소파 같은데서 원래 잘 자기도 하고."

도하는 아직 죄 지은 것도 없는데 왜 자신이 점점 변명하는 말투가 되는지 모르겠다고 생각했다.

"전, 이도하 씨 혼자 소파에서 자는 게 더 불편할 것 같은데요."

"아니, 난 괜찮……."

"아뇨, 내 마음이요."

바로 그 마음 때문에 도하가 고민하고 또 고민하는 줄 모르는, 참 순진한 눈동자였다.

"이도하 씨는 혹시 맞선 때 했던 말 때문에 그러는 거예요?"

하지만 린은 도하의 생각보다 더 많은 걸 눈동자에 품고 있었다.

"아냐. 이린 씨는 트로피 와이프 말고 내 그냥 와이프 해 주기로 했잖아."

"그냥 와이프는 한 침대에서 같이 자도 괜찮은 사이 아닌가요."

대담하고 도발적인 언사였지만, 차분한 목소리라서 약간 이질적인 기분이 들었다.

"그게 무슨 뜻인지 이린 씨가 잘 몰라서 그런데……."

"아니요."

린이 와인을 한 모금 머금고는 도하의 눈을 똑바로 봤다.

"저도 다 알아요. 이미 어른인걸요."

채 물기가 다 마르지 않은 린의 머리카락에서 물방울이 떨어져, 가운 밖으로 드러난 쇄골에 고인다. 도하는 저도 모르게 입술을 깨물어야 했다. 어떤 충동에 대한, 냉정을 유지하기 위해서였다.

"정말 무슨 뜻인지 알고 하는 말이야?"

그 말도 간신히 뱉은 것이었다. 지금 도하는 전에 겪어 본 적 없는 강렬한 충동을 애써 억누르기만도 벅찼다.

"네."

린의 한마디에 기어이 도하의 인내심이 툭, 끊어졌다. 반쯤 남은 와인을 모조리 들이켠 도하는 그대로 상반신을 굽혀 린의 드러난 목덜미를 잡았다. 그리고 입술을 맞췄다. 서로의 입술에 묻어 있던 와인 향이 배로 진해지는 게 느껴졌다.

문득, 숨결이 거칠어졌다. 두 사람 모두.

"하."

누구의 것인지 모를 탄식이 잠깐 벌어진 입술 사이로 흘렀다. 키스라면 전에도 해 본 적이 있었지만, 이건 전혀 다른 느낌이었다. 파도처럼 밀고 닥치는 게 아니라, 거대한 해일이라도 몰려오는 듯 본능적 감각이 덮쳐 들어오고 있었다.

도하가 린을 침대로 옮긴 건 순식간의 일이었다. 정신을 차리고 보니 장미꽃이니 백조니 하는 것들은 전부 바닥에 뒹굴고 있었고, 상의를 제 손으로 벗은 도하의 살갗에선 평소보다 뜨거운 체온이 느껴졌다.

그사이에도 입맞춤은 계속 이어졌다. 린의 허리를 묶은 가운의 리본을 풀어 헤치자 새하얀 나신이 반쯤 드러났고, 린에게 입 맞추던 도하는 뜨거운 입술을 목덜미로, 쇄골로…… 점점 이동시켰다.

"저……."

생전 처음 느끼는 감각들에 눈꺼풀을 꾹 닫고 있던 린이 간신히 눈을 떴다. 도하가 린의 등 뒤로 손을 넣어 브래지어를 벗기는 찰나였다.

"싫으면 그만할게."

도하의 목소리는 평소보다 한결 더 다정했다. 약간 어두운 실내에서 그 눈동자와 마주쳤을 때, 린은 안심이 됐다.

"싫은 게 아니라……."

린은 이 마음을 어떻게 설명해야 좋을지 몰랐다.

"조금 무서워요."

하지만 이 남자에게만은 솔직하게 말할 수 있을 것 같았다.

"이런 일, 처음이라서…… 그러니까……."

린이 어렵사리 말을 잇는 사이, 도하의 입에서 작은 한숨이 들린 것 같았다. 괜한 말을 한 걸까, 그 한순간에도 린의 머릿속이 복잡해지는데.

"나도 처음이라, 잘은 몰라."

뜻밖의 사실에 놀라 린이 도하의 눈을 봤다. 거짓말이라고는 모르는, 린이 아는 도하의 그 눈동자였다.

"그래도…… 최대한 아프지 않게 최선을 다해 볼게."

스륵, 린의 속옷을 벗겨 내는 도하의 손길은 그 목소리처럼 다정했다. 다소 무서웠던 린의 마음은 그렇게 조금씩 사그라들었다.

"너무 걱정 마. 내가 처음이긴 해도……."

그 말은 린의 목덜미를 울리며 전해졌다. 그리고 이제 완전히 벗겨진 가운을 제치고 도하가 린의 봉긋한 가슴에 다시 입을 맞추었다. 그 손길과 입술이 지나칠 때마다 린은 제 몸이 아닌 것 같은 기분이 들었다. 무언가 말을 하고 싶어도 자꾸 밭은 숨이 나오고, 심장이 너무 버겁게 뛰었다.

"이론은 빠삭해."

린을 안심시키려는 듯, 혹은 스스로에게 다짐하듯 도하가 말한 이후로 몇 번의 손길이 지나자 린은 완전한 나신이 되었다. 도하는 한 손으로 벨트의 버클을 풀면서도 나머지 한 손으로 린의 상반신을 쓸어내렸다.

"왜……."

완전한 나신이 된 도하가 다리 하나를 린의 다리 사이로 집어넣었다. 그러고는 다시 상반신을 굽혀서 린의 가슴에 입술을 묻는다. 그 입술엔 도하의 체온이 고스란히 배어 있었다. 자유로워진 도하의 손이 린의 발목을 쥐었다가, 거꾸로 올라오며 가장 비밀스러운 곳을 향했다.

"지금도 무서워?"

귓가에 대고 속삭이는 도하의 목소리는 평소보다 지독하리만치 낮았다. 그리고 그 손끝은 몽롱한 동시에 짜릿했다. 린의 중심을 파고든 손길은 아주 조심스러웠지만, 절로 밭은 숨을 나오게 하는 미묘한 움직임을 계속했다. 조금씩, 그 손길에 물기가 배어들고 있었다.

"……무서워요."

어느새 린의 목소리도 조금 젖어 들었다.

"하지만 그만하고 싶진 않아."

린의 투명한 눈동자가 도하의 본능을 더욱 부추겼다. 도하가 조급하게 젖은 손가락 하나를 밀어 넣자, 린의 입술에선 신음성의 호흡이 새어 나왔다. 린이 도하의 목덜미를 꼭 끌어안는다.

"이것보다 더 아파도?"

느릿하게 린의 몸 안에서 움직이기 시작한 도하의 손길은 생경한 통증과 함께 야릇한 감각을 불러일으켰다.

"……응."

들릴 듯 말 듯, 가녀린 린의 목소리가 귓가에 울리자 도하는 더 망설일 게 없었다. 도하가 상반신을 린의 몸 위에 눕힌 채, 무릎으로 체중을 지탱하며 어떤 준비를 했다.

"생각보다 더 아플지도 몰라."

심지어 두 사람 다 처음이니, 예상할 수가 없었다.

"그럼, 날 할퀴거나 물어도 돼."

마지막 순간, 약간 흔들렸던 린의 눈동자가 도하의 말에 조금 웃음을 담았다.

"각오해요."

린의 대답과 함께 도하의 손가락이 몸 안에서 빠져나갔다. 통증은 가셨지만, 동시에 말로 할 수 없는 안타까운 느낌이 들어 이상했다.

"괜찮아."

바짝 긴장을 하고 있던 린을 눈치챈 건지, 모든 동작을 멈춘 도하가 린을 위에서 내려 보았다. 평소와 다름없이 린을 그대로 봐주는 따스한 눈동자였다.

"괜찮으니까, 천천히 숨을 쉬어."

타이르는 듯한 도하의 말과 동시에 린의 아래에 뜨거운 무언가가 닿아 왔다. 그 자체만으로 숨이 막히는데, 지금은 눈을 감고 싶지 않았다. 이대로 도하의 눈동자를 보고 싶었다.

"괜찮아."

근처를 문지르는 듯했던 열기가 제 입구를 찾은 것 같았다. 긴장감은 두 사람에게 똑같이 찾아왔다. 도하는 억지로 제 긴장을 숨긴채, 린의 이마에 입을 맞췄다. 그리고 천천히 린의 안으로 들어갔다.

"아⋯⋯!"

촉촉이 젖었던 게 무색할 정도로, 도하가 린의 안으로 들어가는 길은 빡빡했다. 아주 비좁은 길을 애써 밀고 들어가는, 그야말로 등 뒤로 식은땀이 흐를 정도로 힘든 과정이었다.

도하를 받아들이는 린은 밭은 숨 한 번 내쉬지 못한 채로 도하의 목덜미를 꼭 끌어안았다.

"아, ⋯⋯아으."

그러나 입술 사이로 새 나가는 신음까진 어쩔 수가 없나 보다. 린은 이미 자신의 손톱이 도하의 목덜미를 파고들었다는 것조차 감지할 수가 없었다. 그저 몸이 쪼개어지는 고통과 정반대로 자신을 품어 주고 있는 도하의 체온이 린의 머릿속을 하얗게 만들고 있었다.

"괜찮아."

린에게 제 몸을 묻은 채로, 도하는 같은 말을 반복했다.

"괜찮아······."

그리고 린의 안을 자신이 가득 채웠다는 걸 느꼈다. 생경한 통증에 시트를 말아 쥐는 작은 손을 도하가 다시 잡았다.

"이제 다 들어갔어."

고통과 쾌락의 딱 중간에서, 도하가 입을 맞춰 주는 게 느껴졌다. 시야가 아득한데도, 린은 그 시선이 다정하다는 걸 알 수 있었다.

"괜찮아."

또, 도하가 같은 말을 반복한다. 린의 귓가에 녹아드는 저음이 그 어느 때보다 달콤했다. 도하는 더 이상 몸을 움직이지 않은 채로 린에게 머물러 있었다.

"그러니까 힘 좀 빼."

"아으······ 그게, 아····· 잘 안 되면요?"

긴장한 린의 전신을 훑는 도하의 손길이 너무 감각적이었다.

도하가 잠시 허리를 움직였을 뿐인데도, 린의 입에서 낯선 소리들이 튀어나온다.

"하긴······."

슬쩍 멀어지던 도하가 다시 린의 몸에 제 몸을 묻었다.

"나도 그게 잘 안 돼."

도하의 숨결도 거칠기는 마찬가지였다. 그렇게 서서히 도하의 몸짓이 때론 깊게, 때론 얕게 린의 몸 위에 겹쳐졌다.

린은 도하를 똑바로 보려 애썼다. 눈앞이 아득해진다는 건, 아마 이런 거겠지. 여전히 남은 통증과 자신의 몸에 누군가가 들어온다는 낯선 경험, 또 미묘한 쾌락.

"하…… 괜, 찮아."

린의 위에서 움직이던 도하의 몸짓이 격해질 무렵, 린의 얼굴에 무차별적으로 입맞춤을 퍼붓던 도하가 다정한 저음으로 속삭였다.

"괜찮……아, 여보."

절정의 직전에서, 린은 도하의 목덜미를 온 힘을 다해 끌어안았다. 지금 존재하는 서로의 체온만이 마지막 구원이기라도 하는 듯이, 너무도 다정하고 너무도 애틋하게.

오늘 밤, 린은 여자가 되었다.

이린은 이도하의 여자가 되었고, 이도하는 이린의 남자가 되었다.

그래, 우리는 정말 부부가 되었다.

❊　❊　❊

장미 꽃잎이 바닥에 마구 흩뿌려진 위로 햇살이 비쳤다. 지난밤은 린의 인생에서 가장 긴 밤으로 기억될 것이다. 우선, 자신의 몸이 아닌 것 같았고 처음 겪는 일이 두 번 세 번 되풀이되며 린의 기운을 쏙 빼놓은 탓이다.

"물 마실래?"

침대 끝에 팔 하나를 늘어트린 린을 보고 웃자 린이 겨우 고개를 끄덕였다. 도하가 건네는 생수는 아주 달고 시원한 맛이 났다. 도하는 누운 채로 꼴깍꼴깍 물을 마시는 린의 곁에 앉아 맨등을 쓸어

내려 주었다.

"참…… 지금 몇 시예요?"

"아마 오후 2시 좀 넘었을 거야. 왜?"

그 말에 화들짝 놀란 린이 몸을 일으키려다 다시 윽, 하는 신음과 함께 드러누웠다.

"그 영감님은……."

"아, 그거 잘 해결됐어. 해결이라기보단 오해였지, 어이없게도."

"네?"

"우리 말고 옆의 체험관이 문제였대. 뭐, 곡주까지 전달했으니 당분간 내 신용은 1등이라고 등까지 두드려 주시던걸."

"언제 그걸 다……."

"당신이 쿨쿨 잠자고 있을 때."

아차, 린의 얼굴이 쑥스러움으로 붉어졌다. 명색이 부부였지만, 한 침대에서 자는 모습을 무방비 상태로 보인 건 처음이었다. 혹시, 자신이 코를 골거나 잠꼬대를 한 건 아니기를 간절히 바라는 린이었다.

"걱정 마. 자는 것도 예뻐."

린의 마음을 읽기라도 한 듯 도하가 웃어 주었다. 그 시원스러운 옆얼굴을 올려 보고 있자니 린은 문득 궁금증이 차올랐다. 다른 때라면 묻지 못했을 테지만, 반은 알몸이나 다름없는 채로 누워 있는 지금이라면 물을 수 있을 것 같아서.

"저…… 이도하 씨는요."

"어?"

"정말 내가 처음이었어요?"

"응, 말했잖아."

도하가 린의 누운 등 위로 자신의 상반신을 겹치자, 둘의 심장 소리가 공평하게 쿵쿵 울렸다.

"왜……요?"

"그럼 당신은 왜 처음이었는데?"

"집이 엄해서요."

명답에 도하가 조금 키득거리며 웃었다.

"이도하 씨는 인기도 많았을 것 같은데 나랑 똑같이 처음이라고 하니까…… 좀 놀랍달까."

"확실히 인기는 많았지."

이건 농담이었다.

"그냥 단순한 거야. 딱히 종교도 없고 혼전순결주의도 아니고…… 그냥 정말 중요한 건 정말 소중한 사람이랑 하고 싶었거든. 그 덕에, 이론에만 빠삭해졌지만."

그 말을 하며 린의 맨살을 쓸어내리는 도하의 손길이 다정했다.

"난…… 행복해요."

들릴 듯 말 듯 여린 린의 목소리에 도하도 행복을 느꼈다.

"그 여자가 나라서, 지금 너무 행복해요."

도하가 린의 뒷덜미에 입술을 파묻었다.

"나도, 당신이 내 여자라서 행복해."

그리고 지난밤의 정사를 한 번 더 되풀이할 작정인지 짙고 끈적한 키스를 목덜미에 퍼부었다.

서로가 처음이라 잊지 못할 추억이 하나 또 생겼다.

＊　＊　＊

서울에 도착하자마자 정체불명의 열병에 걸린 린을 두고서, 도하
는 여느 때보다 지극정성으로 보살폈다. 얼핏 감기 몸살과 비슷한
린의 증상을 두고 안양댁은 굳이 병원행을 권하지 않았다. 다만,
여자에게 좋다는 차를 몇 가지 내어 주며 때때로 도하를 향해 진득
한 시선을 보냈을 뿐.

"사장님, 벌써 출근하십니까."

출근 준비를 하는 도하를 안양댁이 붙잡았다. 안양댁은 컵에 담
긴 홍삼을 건네며 빙긋 웃어 보였다.

"아, 뭐 이런 걸 다……."

"남자는 힘이 필요한 법이죠."

평소라면 별거 아닌 말로 넘겼으련만, 도하는 그 정도로 뻔뻔하
지가 않은 터라 홍삼을 원샷 하고 빠르게 집을 빠져나왔다. 이제부
턴 할 일이 태산 같은 회사로 돌아가야 했다.

"아…… 벌써 보고 싶네."

아무래도 도하의 출근엔 새로운 장애물이 생긴 듯했다.

"일하기 싫다."

뒤늦게 신혼의 맛을 본 새신랑은 위험한 생각을 하고 있었다. 게
다가 본래 데스크 업무라면 질색을 하는 도하이니 무리도 아니었
다.

[오늘 메뉴는 오므라이스예요!]

점심 무렵 린은 상태가 좀 나아졌는지 신메뉴에 도전하겠다고

선전포고를 했다. 이 짧은 메시지 하나에 웃을 수 있다니, 신혼은 역시 좋은 거라고.

"그럼, 나도 열심히 일을 해 볼까!"

우선 도하에게 있어 급선무는 돌돌이 5호로 시작해서 돌돌이 5호로 끝났다. 그 안에 특허권 발표와 제품 소개, 그리고 영준이 참여하는 상장 계획이 들어 있었다.

개미들을 희생시켜 영준은 현금 자산을 얻고, 도하는 기업인이 된다. 결코 옳은 일이라는 말은 못 하겠지만, 세상 대부분의 사람들은 그렇게 살지 않는가. 그저 도하의 천성에 조금 맞지 않는 일이라 해서 포기할 수만은 없었다.

"후……."

"사장님."

지금 노크를 하고 들어오는 김 과장 역시도 포기해선 안 될 것에 들어갔다.

"서류 준비가 막바지입니다."

이런 사람들 수백의 인생을 도하는 대표로서 책임져야 했다.

"한번 검토해 보시겠어요?"

"이따가."

김 과장은 스스로 회사와 결혼했다 말하는 여성이었다. 아직 도하의 회사가 틀을 갖추기 전부터 있었던, 즉 형의 사람이었다.

"저, 김 과장."

"예."

세월이 흐르고, 도하에게 처음으로 사랑스러운 여자가 생긴 이후로 김 과장이 달리 보이기 시작했다.

"형이 나라면, 어떻게 했을까?"

"지금쯤 숙취해소 음료를 사 오라고 하셨겠죠."

담담한 김 과장의 눈동자에 깃든 그리움을 도하는 보았다. 알고 있었다. 그녀가 어떤 마음으로 도영의 곁에 머물렀는지. 왜 아직도 이 자리를 지키는 건지.

"그럼 김 과장이 나라면?"

"그럴 일은 없으니까 쓸데없는 고민은 하고 싶지 않은데요."

"김 과장 말고 유진 씨라면?"

잠시 정적이 감돌았다.

"누구라도, 저는 그 답을 갖고 있지 않아요."

김 과장이 아닌 유진이 안타까운 기색으로 웃었다.

"답은 사장님께 있겠죠. 사장님은 이미 모든 걸 갖고 계시니까."

그리고 간단한 일정 보고와 함께 김 과장으로 돌아간 그녀가 사라졌다. 하지만 김 과장이 남긴 여운은 도하에게서 쉬이 사라지지 않았다. 그녀의 말이 맞았다. 어쩌면 형이 원했던 건 기업인이 되는 게 아니었을지도 모른다. 그냥, 이렇게 김 과장 같은 사람들을 지켜 가며 함께 멋진 것들을 만들어 내는 걸로도 충분했을지도.

"후…… 이제 와서."

도하의 한숨이 끊긴 건, 휴대폰에 도착한 린의 메시지 덕분이었다.

[오늘 도시락은 1시 배달 예정!]

카레에선 카레 맛이 났으니, 오므라이스에선 오므라이스 맛이 날 것이다. 도시락보다는 지금 당장 린이 보고 싶었다.

도하는 야속한 시계를 보다가 다시 서류에 정신을 집중했다. 이미 물러서기엔 늦었다. 그렇다면 눈앞에 닥친 일이라도 잘 해치워야 했다.

도하가 마음에도 없는 서류를 꾸미는 사이, 간신히 시간이 꾸역꾸역 흘러갔다. 린을 만날 시간이 가까워졌다. 문제는, 그보다 앞선 불청객의 등장이었다.

"어이, 이 사장."

지금 시각은 정확히 1시 5분 전. 하필 이런 시간에 납시다니 영준은 역시 자신과 상극이었다.

"연락이라도 하고 오셨으면 접대를……."

"아니, 난 깜짝 방문을 즐기거든."

그 말에 가시가 있었다.

"어때, 많이 바쁜가?"

"예, 그럭저럭."

"나가서 한잔하지."

이미 한잔하고 온 것 같은 영준이었지만, 도하는 지적할 수가 없었다.

"대낮입니다만."

"대낮에도 술을 파는 곳은 많거든."

잠시 후, 결국 영준의 등쌀에 밀린 도하는 어느 건물 지하의 낮과 밤이 구분가지 않는 술집에서 술을 먹고 있었다.

"제가 1시에 중요한 미팅이 있었는데……."

"우리 일보다 중요한 건 없잖아?"

상대가 이러니 더 미칠 노릇이다.

"다음 주야."

그건 도하도 알고 있었다.

"준비는 착실한가?"

"그럼요."

"근데 내가 생각해 봤는데 돌돌이가 뭔가, 애들 장난감도 아니고……."

애들 장난감이니까요. 도하는 대꾸하지 않고 술잔을 비웠다.

"헤르메스가 좋겠어. 왜, 그리스 신화 속에서 날개가 달린 신발을 신고 있다던. 어때, 내 네이밍 센스가?"

"탁월하십니다."

영준은 이미 술에 취해서 온 거였는지, 말에 거침이 없었다. 도하는 그가 무언가 흘리지 않을까 싶어 그를 예의 주시했다.

"한 가지 제안이 더 있는데, 이건 우리 둘 사이의 일이야……. 왜, 우리 퍽 가까운 사이질 않나."

"그럼요."

영준이 다시 제 술잔을 비우며 비릿한 웃음을 지었다.

"그 헤르메스, 발표일 직전에 중국에 풀어 볼까 해."

"예? 그럼 회사에는 손해가……."

"차이나 머니라는 거지. 어차피 누군가가 가질 돈이라면 우리가 갖는 게 좋잖아? 어차피 그놈들이 개발할 능력은 안 될 거고, 그냥 용돈벌이랄까?"

"형님이 원하신다면, 협조해야죠."

"하하…… 난 그래서 참 우리 이 사장이 마음에 들어. 이 집구석에서 결국 남자 동지라고는 우리 둘뿐이잖아? 강 변이야 말 그대로 변호사일 뿐이고."

결국 이것밖에 안 되는 인간이었다. 역겨움을 간신히 참은 도하가 자본주의적 미소를 지었다.

"사실 강 변은 이 집안 여자들 편이야. 아주 수족같이 부리기 좋아서 딱 걸렸지. 영화 그년이 나대기 시작한 것도 그때부터니까."

도하에겐 모두 하나같이 역겨운 이야기들이었다.

"내가 제안 하나 할까?"

영준이 도하의 어깨에 팔을 두르며 킬킬 웃었다. 아무래도 많이 취한 것 같았다.

"중국 쪽에서 현금을 거두자는 얘기 말이야……. 당연히 우리 이 사장한테도 득이 있어야지."

"전, 굳이……."

"이 사장이 데려간 것에서 떨어질 몫이 궁금하지도 않나?"

도하는 순간 눈살을 찌푸렸다. '데려간 것'. 그건 분명 린을 가리키는 말이었을 테니까.

"나눌 걸 다 나누더라도, 이린이 차지할 유산은 꽤 돼. 우리 집 여자들은 그조차 주기가 싫어 갖은 수를 썼지."

아직 죽지도 않은 회장의 유산을 두고 이런 말이 나오는 것 자체가 막장이었다.

"게다가 이린이 스스로 남자에 미쳐 집을 나갔다는 증거까지 녹취로 마련한 터야. 뭐, 내 추측건대 그 집을 나가기 전에 유산에 대한 포기 각서도 쓰고 나갔겠지. 그렇지 않으면 내보냈을 리 없으니까."

그건 도하도 알고 있는 사실이었다. 하지만 영준이 지금 그 말을 도하에게 하는 이유는 아직 나오지 않았다.

"내게 협조해."

아, 이건 거래였구나.

"그렇다면 내가 이 사장이 데려간 것에 대한 지참금을 챙겨 주지."

"……그렇군요."

도하는 다시 가면을 단단히 썼다.

"그거참, 사려 깊으십니다. 하지만 이미 정해진 상속을 돌이킬 수 있는 방법은 제가 알기론……."

"아직 돌아가신 게 아니잖나? 긴 잠에서 깨워 드리자고."

술에 취한 영준의 말실수에서 도하가 예전 느꼈던 위화감이 살아났다.

"이 사장이 내 편만 되어 준다면, 내가 뭐든 해 주지. 적어도 그 영화 년보다는 이 사장이랑 합이 더 잘 맞는 것 같으니까 말이야."

대낮의 짧은 만남은 그렇게 끝났다. 도하의 마음은 백만 배쯤 더 복잡해진 채였다.

❀　❀　❀

마음이 복잡한 건, 도하만이 아니었다. 야심차게 준비한 신메뉴인 오므라이스 도시락을 가져온 린은 텅 빈 사장실을 마주해야 했다.

"전화도 안 되고…… 회의 중인가."

혼잣말과 함께 도하의 자리에 앉아 핑그르 돌던 린이 무언가를 발견했다. 발견하지 않았으면 좋았을 것들을.

"이게…… 다 뭐지."

이런 땐 차라리 자신이 바보였으면 좋겠다. 이런 서류나, 자료들을 보고서도 무슨 뜻인지 모를 정도로.

"이건……."

하지만 이미 눈에 들어온 이상, 린은 끝까지 추적할 수밖에 없었다. 그냥 눈속임이라고, 아니면 어떤 다른 저의가 있는 거라고, 이럴 리가 없다고, 믿고 싶어서 자꾸만 파헤치게 되었다.

"왜…… 이도하 씨가."

린이 아는 도하는 좋은 사람이었다. 절대 누군가를 해치거나 불행하게 만드는 데서 자신의 이득을 취할 사람이 아니었다. 영준과는 결코 다른 사람이었다.

"어……."

갑작스러운 인기척과 함께 도하가 사장실로 돌아왔다. 이미 식어 버린 도시락과, 함께 식은 린의 눈동자가 도하를 기다리고 있었다.

"미안, 갑작스러운 미팅이 있어서."

"저, 봤어요."

린은 도하가 아무렇지 않은 말투로 이야기하는 게 더 마음 아팠다. 도하의 자리에 앉은 린이 모니터와 자료들을 가리켰다.

"전부, 다 봤어요."

불과 오늘 아침까지도 도하의 품에 있던 여자가 이제는 시린 눈으로 도하를 본다.

"이도하 씨는……."

그러나 도하의 예상과 달리 린은 화를 내지 않았다. 그저 도하에게 옳은 답을 요구할 뿐.

"이도하 씨는, 좋은 사람이죠?"

선뜻 고개를 끄덕일 수 없었던 건, 린의 눈동자가 너무 맑아서였
다.

"이렇게나 많은 사람들을…… 불행하게 만들지 않을 거죠?"

린은 사람이라고 했다. 영준은 그저 개미라고 했고.

"아니면……."

이미 린의 눈동자가 그렁그렁했다.

"이도하 씨도 똑같은 사람이었나요."

단지 사랑으로 태어났을 뿐이다. 그러나 태어나지 않았어야 하는
사람이었다. 그 사이에서 린은 평생을 살아왔다. 모두…… 린을 경
멸하는 동시에 가엾게 여겼다.

"대답해 줘요."

린의 목소리 끝이 가느다랗게 떨렸다. 도하는 단번에 다가가 린
을 품에 안고 싶었지만, 차마 발이 나서질 않았다. 모든 게, 전부
정지된 것만 같았다.

"이제부터 무슨 짓을 하려고 하는 거예요?"

"아직은…… 말할 수 없어."

바로 눈앞에 린이 울고 있었다.

"그럼 이것만이라도 말해 줘요."

글썽거리는 눈동자로 린이 도하를 보았다.

"난, 역시 이 계획을 위한 트로피였나요."

그 말을 하는 린의 마음이 얼마나 아릴지, 도하는 감히 짐작할
수가 없었다.

"끝이 뾰족해서, 마구 휘두르며 모든 걸 가질 수 있는……."

린의 말끝이 파르라니 떨렸다. 동시에, 도하의 가슴이 날카롭게 찢겼다.

"난…… 처음부터 그런 트로피였어요?"

끝끝내, 린은 울지 않았다. 그저 넘칠 듯한 눈으로 도하를 보았다. 그래서 도하의 몸과 손이 먼저 나가고 말았다.

"아냐."

우선, 그녀를 이 품에 가둬야만 말할 수 있을 것 같았다.

"그런 게 아니야."

두 사람의 체온이 서로를 덮쳤다.

"우리가 어떻게 만났더라도."

도하는 진심을 전하려고 말을 짜냈다. 서툴러도, 그게 다라서.

"당신은 내 아내야. 그냥 내 아내."

끌어안은 목덜미에서 린의 눈물이 느껴졌다.

"그러니까……."

그 모든 것들이 불확실한 지금, 단 한 가지만은 선명했다.

"울지 마, 여보."

내 여자를 안아 주고 싶었다.

도하의 체온에 안겨, 린도 이대로 눈을 감고 싶었다. 눈물을 그치고 아무것도 모르던 어제로 돌아가고 싶었다. 그저 웃으면서 도하와 함께 살고 싶었다.

하지만 끝내 린은 고개를 저었다. 그러고는 도하의 품에서 한 발짝, 뒤로 물러섰다.

"그럴 수 없어요."

빛나던 뺨이 눈물에 얼룩졌지만, 린의 눈동자는 그 어느 때보다 또렷했다.

"지금 이도하 씨가 해야 할 일은 내 눈물을 닦아 주는 게 아니라 진실을 말해 주고, 그릇된 일을 하지 않는 거예요."

도하의 눈빛이 흔들렸다. 그 역시 몰라서 이 일을 진행하는 게 아니었다. 린의 말이 옳다는 것은 부정할 수가 없었다.

"내가 오해한 게 있다면 지금 이 자리에서 해명해 줘요. 적어도, 나는 내가 본 사실들에 대한 해명을 원해요."

도하는 본능적으로 린이 물러서지 않을 것임을 깨달았다.

"조금만 기다려 줘."

그런데도 바보처럼 붙들고 있었다.

"지금 당장은 해명할 수 없지만……."

"지금이 아니면 안 돼요."

린은 이 순간 문득 자신이 강해졌음을 느꼈다. 이건 용기나 고집이 아니었다. 지금 린은 도하나 영준에게 맞서는 것도 아니었다.

"모든 일이 그렇게 간단하게 해결되는 건 아니야. 조금 더 시간이 필요해, 당신도 알잖아."

"네."

여태까지 살았던 세상은 모순으로 가득했다. 린의 생 자체가 모순이었을지도 모르겠다. 내심 경멸하고 증오했던 사람들의 방식으로 모든 걸 누리며 살았던 그녀의 인생.

"적어도 이도하 씨가 지금 그 사람들처럼 말하고 있다는 건 확실히 알겠어요."

"그렇지 않아."

린은 그 모순 속의 올곧은 눈빛을 지키고 싶었다. 그가 스스로를 망가뜨리길 바라지 않았다.

"내일까지만 시간을 줘."

모든 일은 내일 끝이 난다. 린도 그 사실을 알기에 도하를 재촉하고 있었다.

"그게 이도하 씨 대답인가요."

"어."

도하는 그대로 입을 다물었다.

"알았어요."

린은 천천히 고개를 끄덕이고, 등을 돌려 문을 나섰다. 도하가 그 작은 등을 바라보다 저도 모르게 잠시 입을 떼었지만, 어떤 말도 꺼내진 못했다.

"빌어먹을."

도하의 혼잣말이 쓸쓸하게 울렸다.

잠시 후, 노크가 울렸을 때 도하는 무언가를 찾듯이 계속 서서 창밖을 보고 있었다.

"사장님, 모든 준비가 다 끝났습니다."

"수고하셨어요."

"더 후련해하실 줄 알았는데요."

김 과장의 말과 같은 생각이라는 듯 도하가 힘없이 웃었다. 고지를 눈앞에 두고 돌아보는 풍경은 너무도 쓸쓸했다.

"후회하실 거라면, 늦기 전에 바로잡으시죠."

도하가 고개를 가로저으려는데 창밖에서 익숙하고 작은 사람의 뒷모습이 보였다. 횡단보도를 건너는 아주 그립고, 정말로 후회하기 전에 그리고 더 늦기 전에 바로잡아야 할 '내 사람'의 등이.

"그거⋯⋯."

조금 늦었지만, 아주 늦지는 않았기를 바란다.

"아주 좋은 생각이에요."

도하의 전력 질주가 시작됐다. 더 이상 후회할 일은 만들고 싶지 않다. 더 이상 늦어서 절망하는 일은 없길 바란다. 무엇보다⋯⋯ 혼자서 울고 있지 않았으면 좋겠다. 그 가엾은 등을 한 번 더 끌어안을 수 있었으면 한다.

삐비비빅, 삐비비빅.

숨이 턱까지 차오른 도하의 앞에서 횡단보도의 파란 신호등이 점멸했다. 심장은 이미 쿵쾅거리다 못해 터질 것만 같은데, 린의 뒷모습이 점점 멀어졌다.

"잠, 잠깐⋯⋯!"

숨이 차서 목소리가 생각만큼 크게 나오지 않았다.

"이린!"

도하의 목소리는 오가는 찻길에 파묻혔다. 린은 한 번 돌아보는 일 없이 한 발짝씩 착실히 도하에게서 멀어져 갔다.

"이린, 기다려!"

사람이 간절하면 눈앞에 아무것도 보이지 않는다더니, 지금 도하가 그랬다. 돌아보지 않는 린을 향해 외치다 못해 먼저 발이 앞으로 나갔다. 차들이 획획 달리는 도로라는 것도 잠시 잊었다. 그저 지금 시야에서 사라지려는 린을 붙잡고 싶다는 것 외엔 아무것도 머릿속에 들어오질 않았다.

빵, 빵······!

갑작스럽게 도로에 뛰어든 도하 때문에 차들이 급정거를 하며 여기저기 클랙슨이 울렸지만 정작 당사자는 그걸 의식할 틈도 없었다. 도로에서 욕설이 쏟아지고, 주위 사람들이 하나둘 수군거리는 동안에도 도하는 위험천만한 도로를 마구잡이로 건너기만 했다.

"이······도하 씨?"

일대 소란에 돌아본 린은 제 눈을 의심했다.

"이도하 씨, 지금 뭐 하는 짓이에요?"

그리고 화들짝 놀라 차도를 향해 외쳤다. 그 와중에 자신을 향해 환하게 웃는 도하의 얼굴을 보니 이보다 황당할 수는 없을 것 같은데.

"거기 멈춰요! 뭐······라고요?"

간신히 도하의 말을 알아들은 린이 그 자리에 섰다. 다행히 도하도 중앙선에 멈춰 섰다. 앞뒤로 차들이 쌩쌩 오가는 위험천만한 상황 속에서 오히려 안도한 도하의 표정이 아이러니했다.

"겨우 잡았다."

도하는 숨을 몰아쉬며 혼잣말을 했다. 드디어 린이 자신을 바라보고 있었다. 린은 길 건너에서 무언가를 말하는 것 같았다. 주머니를 가리키다가, 손을 머리 근처에 갖다 대고······. 아, 그러고 보니 언젠가부터 주머니 속의 휴대폰이 울리고 있었다.

"여보세요?"

— 이도하 씨, 이게 뭐 하는 짓이에요?

전력 질주는 도하가 했는데 린의 목소리가 파랗게 질린 건 기분

탓일까.

"뭐 하는 짓이 아니고…… 아까 못 한 말이 갑자기 생각나서."

― 그럼 전화를 하면 되지, 왜 위험한 짓을 하고 그래요!

맞다, 전화라는 문명의 혜택이 있었지. 무작정 뛰느라 그런 단순한 생각조차 못 한 스스로에 도하가 실소했다.

"……그러게."

― 신호 바뀌기 전까지 꼼작도 하지 말아요, 알았죠!

"당신도 거기서 꼼작하지 않겠다고 하면."

― 알았으니까, 더 위험한 짓은 하지 마요.

전화를 끊고 나자 가쁜 호흡이 몰려왔다. 신호가 바뀌기까지의 시간이 왜 이렇게 길게 느껴지는지 모르겠다.

그건 린도 마찬가지였다. 곧, 신호가 바뀌고 그 짧은 거리조차 달음질쳐서 오는 도하의 상기된 뺨을 보고 있자니 심장이 쿵쿵 뛰었다.

"드디어 잡았다."

그 와중에 자신의 소맷자락을 잡은 도하의 첫마디에 린은 실소가 나오고 말았다. 웃으면 안 되는데, 웃을 일도 아닌데 그냥 저절로.

"아…… 숨차 죽겠네."

"그러게 누가 전화기 놔두고 바보 같은 짓 하래요?"

평소보다 훨씬 센 린의 어휘에 도하는 애써 딴청을 하다, 근처 공원의 벤치를 가리켰다.

"잠깐, 앉을까."

간신히 진정되긴 했지만 여전히 가쁜 숨을 쉬는 도하가 말하자 린이 고개를 끄덕였다. 도하는 근처 자판기에서 생수를 뽑아 원샷을 하고서야 겨우 입을 떼었다.

"내가…… 아까 잊어버린 게 하나 있더라고."

"그럼 아까 하지 그랬어요."

린이 도하를 빤히 보며 말했다.

"아, 몰랐던 사실이 있는데 난 아무래도 이린 씨가 우는 걸 보면 이성적인 판단력이 저하되는 거 같아. 지능도 좀 떨어지고."

"그래서 방금 그렇게 위험한 짓을 한 거예요? 다 큰 어른이 무단 횡단을?"

"고의는 아니고 어쩌다 보니 그렇게 됐어. 솔직히…… 이린 씨가 울고 있을지도 모른다고 생각하니까 마음이 급해져서."

"제가요?"

그 말을 하는 린에게선 아까의 눈물 자국을 찾을 수 없었다. 평소의 맑은 눈동자가 도하를 향했다.

"내 상상 속의 이린 씨는 그랬는데……."

사실 가슴 한구석이 쓰라려 오는 길이긴 했다. 도하에겐 비밀이지만 계속 눈물이 나려는 걸 꾹 참았던 린이다.

"아니라서 다행이네."

도하가 지은 표정은 평소처럼 밝기만 한 미소는 아니었지만, 린에겐 충분히 따스하게 느껴졌다. 참길 잘했다는 생각을 몰래 할 정도로.

"그래서 잊어버린 말이 뭔데요."

"미리 말해 두지만, 대답은 아니야. 그건 내일까진 어쩔 수 없는 거니까."

린의 작은 기대가 무너졌다. 도하도 그 시선을 느꼈지만, 최대한 담담하게 말을 이어 본다.

"그런데 내일까지 미룰 수 없는 말도 있더라고."

지금 붙잡아야 했다. 늦으면, 분명 후회할 것 같았다.

"나는 좀 막돼먹은 놈이고, 그렇게 많이 배운 것도 없고, 좋은 사람이 되려면 아직 멀었을지도 몰라. 아니 틀림없이 그렇겠지."

여전히 두서없는 말을 하는 자신이 조금 원망스러운 도하였다. 아직도 린과 눈을 마주치면, 무슨 말을 해야 좋을지 모르겠다.

"솔직히 뭐가 옳은 건지 모르겠고, 내가 잘하고 있는지도 몰라. 뭐야, 내가 아는 게 하나도 없네."

그래도 마음을 꺼내게 된다. 봄을 코앞에 둔 공원의 벤치에서 린의 눈을 보고 말할 수 있어서 참 다행이었다.

"이게 이린 씨가 원하던 답이 아니라는 건 알아. 그런데 내가 어쩔 수가 없어. 그러니까 하루만 더 기다리라고 하는 것도 내 이기심인데…… 그래도, 기다려 줬으면 해."

이건 두 사람 모두 알고 있던 이야기였다.

"나를……."

하지만 이다음부터는 도하가 깜박 잊고 만 이야기였다.

"믿어 줘."

린의 눈동자가 도하를 가만히 응시했다.

"날…… 단 하루만 더 믿어 줘."

도하의 심장이 아까 전력 질주를 할 때보다 더 묵직한 진동으로 뛰기 시작했다.

"그건 안 돼요."

그리고 린의 한마디에 또 서늘하게 멈춘다.

"단 하루만 더 믿을 수는 없는 거잖아요."

무슨 말인지 모르겠다. 그저 린을 보는 도하는 제 가슴의 박동을 억누르려 주먹을 꾹 쥐었다.

"그건 무슨⋯⋯."

"내 남편을 어떻게 단 하루만 믿어요."

린의 맑은 눈동자는 겨울을 닮았다고, 늘 생각하던 도하다.

"하루를 믿을 바엔, 그냥 평생 믿는 게 내 적성엔 더 맞는 것 같아서요."

지금 보는 린의 눈동자는 겨울의 끝 무렵을 닮았다. 긴 잠에서 깨어나는 아주 맑은 호수 바닥의 반짝이는 물그림자처럼.

"나는⋯⋯."

도하는 더 많은 말을 하고 싶었다.

"사실, 나도 깜박했거든요. 이도하 씨가 무단 횡단을 하기 전까지는 중요한 걸 잠깐 잊었나 봐요."

하지만 린이 더 많은 말을 하고 있었다.

"나한테 멋대로 살라고 한 것도 이도하 씨고, 세상을 보여 준 것도 이도하 씨고, 늘 나를 감싸 주고 지켜 준 것도 이도하 씨죠?"

굳이 대답을 바라는 말은 아니었다.

"그러니까 난 그런 이도하 씨를 믿을게요. 제멋대로 신나게 사는 이도하 씨를. 또⋯⋯."

마주친 시선에서 뭐가 더 필요할까 싶어, 도하가 린의 손을 잡았다. 작고 하얀 손은 믿기지 않을 만큼 차가워서 도하의 마음이 쓰라렸다.

"다 큰 어른이 무단 횡단을 하면서 쫓아온 마음을요."

말을 고르는 건 린도 마찬가지였다.

"그리고 또⋯⋯."

그 사람들과 똑같은 말을 한다고 해서 미안해요. 그런 말을 하고 싶었는데, 적절한 단어를 찾지 못한 채로 자꾸만 시간이 갔다. 린의 입술도 타들어 가는 것만 같았다. 말을 해야 하는데, 뭐라고는 해야 하는데.

"그러니까 아까⋯⋯."

간신히 마음을 잡은 린이 어렵사리 입술을 떼려는 순간, 어디선가 덜그럭거리며 바닥을 긁는 소리가 울렸다. 뭐지, 정신을 차릴 틈도 없이 쿠당탕, 밀려오는 눈치라곤 쥐뿔도 없는 이 어린이들.

"어, 예쁜 누나 또 왔네?"

아까의 그 소년을 필두로 두 사람만의 시간에 난입한 어린이들이 자못 신난 표정을 지었다.

"근데 아저씨랑 누나랑 아는 사이였어?"

"어른들 말씀 나누시는데 가라. 그리고 우리 와이프는 누난데 왜 나만 아저씨냐."

말은 그렇게 해도 린의 눈엔 아이들과 도하가 함께 있는 모습이 꽤 자연스러웠다.

"와이프가 뭔데요? 그리고 아저씨는 아저씨잖아요."

"야, 너 그것도 모르냐? 와이프는 부인이란 뜻이야."

"오⋯⋯ 그럼 누나가 이 아저씨 부인이에요?"

갑작스러운 질문 공세에 린이 고개를 끄덕이자, 아이들이 술렁이기 시작했다.

"둘이 결혼했어요?"

"왜요?"

"맞아, 아저씨랑 왜 결혼했어요?"

아이들의 순수한 질문은 도하에게 의도치 않은 데미지를 주었다. 린은 그 사이에서 간신히 웃음을 참아 냈다.

"니들 진짜 안 가? 돌돌이 다 **뺏어** 버리기 전에 얼른 집에 가!"

"무슨 어른이 줬다 **뺏는**다고 해, 치사하게……."

"진짜 치사한 거 보여 줄까?"

버럭, 도하가 성질 아닌 성질을 내자 아이들은 자못 아쉬운 듯 각자 돌돌이 하나씩을 끌고 시야에서 사라졌다.

"후…… 저 원수 같은 꼬맹이들."

"잘 어울려 보이는데요?"

"말도 마."

덕분에 자못 심각했던 분위기가 거짓말처럼 평소대로 돌아왔다.

"그보다, 아까 하려던 말 있었잖아."

"아, 그거 잊어버렸어요."

도하가 허탈한 표정을 짓는데, 한결 따스해진 바람이 먼 곳에서 불어왔다. 린은 자연스럽게 몸을 일으켜 한 걸음을 딛고는 도하를 돌아봤다.

"아무려면 어때요."

"하긴."

도하가 먼저 일어선 린의 손을 잡고 따라 자리에서 일어섰다. 바람에선 아주 희미하게 봄을 닮은 냄새가 났다.

"아직 우리한테 남은 시간은 많으니까."

멀리서 떠드는 아이들을 보며 도하가 평소처럼 씩, 장난스러운 웃음을 지었다.

"그렇지?"

린은 그런 도하를 잠시 올려 보다가 마찬가지로 평소처럼 수줍은 미소를 지었다.

"네."

"난 아저씨고 당신은 누나니까 정확히 따지면 이린 씨의 시간이 더 많겠지만."

"정 억울하면 이도하 씨가 앞에 서서 걸어요."

"그건 사양할게."

도하가 잡고 있던 린의 손에 힘을 실었다.

"난 우리 와이프랑 이렇게 나란히 걷는 게 제일 좋거든."

부부가 나란히 손을 잡고 길을 걷는다.

"이러려고 결혼했나 싶을 정도로."

어쩌면 결혼의 의미란 이런 건지 모르겠다고, 도하는 문득 생각했다. 한 발 먼저 나가서 손을 잡은 사람은 있어도, 결국엔 나란히 걸어가기 위한 것뿐이었다고.

"걱정 마요, 계속 같이 걸어 줄 테니까."

"내가 진짜 아저씨 돼도?"

"네. 애들 눈엔 이미 그런 것 같지만."

린의 작은 농담에 도하가 곱게 눈을 흘긴다.

"먼저 할아버지 돼도?"

"그땐 나도 예비 할머니겠죠, 뭐."

"혹시…… 그럴 가능성은 정말로 희박하지만 만에 하나 내 머리가 벗겨져도?"

"아, 그건 좀 생각해 봐야겠는데요?"

정색을 하는 린을 멍한 표정으로 보던 도하는 이내 살짝 말려 올라가는 린의 입꼬리를 보며 한 방 먹었다는 걸 깨달았다.

"장난이에요."

"아냐, 15% 정도는 진심이었어."

"들켰으면 할 수 없고요."

"……정말?"

어른스러움이라고는 조금도 찾아볼 수 없는 도하의 반문도 15% 이상은 진심인 것 같아서 린은 이제 그만 놀리기로 마음먹었다.

"아뇨, 거짓말."

이번엔 린이 살짝 풀어진 손을 꼭 맞잡는다.

"걱정 마요. 이도하 씨가 진짜 아저씨가 돼도, 먼저 할아버지가 돼도, 머리가 벗겨져도 이렇게 계속 같이 걸어 줄 테니까. 그게, 진짜 와이프의 역할이잖아요?"

이게 린이 찾은 답이었다.

"그러면, 만약에."

문득 멈춰 선 도하가 깊은 눈으로 린을 응시했다.

"내가 잠시 어리석은 생각으로 망쳐 버린 일이 있는데, 그걸 바로잡아야 한다면."

도하 역시 답을 찾았다.

"만약에, 그게 아주 힘든 결정이고 또 모든 걸 잃을 수 있다고 하면."

다만, 도하의 길은 이제부터 시작이었다.

"상관없어요."

"만약이 아니라, 현실이라도?"

"바보."

도하의 얼굴에 서린 긴장감을 지우려는 듯, 린이 해사하게 웃었다.

"아까 말했잖아요. 내 역할은 이도하 씨랑 평생 나란히 걷는 거라고."

순간 울컥하고 깊은 곳에서 감정이 솟아올랐다. 뭐라 이름 붙일수는 없지만, 그 감정의 덩어리가 가슴을 때리는 순간 도하는 본능적으로 손을 뻗어 린을 끌어안았다.

"……고마워."

늘 혼자였던 건, 사실 도하도 마찬가지였다. 린이 혼자 외로움과 경멸을 견디며 살았을 때, 도하는 매분 매초 혼자서 모든 걸 결정해야 한다는 중압감과 싸워야 했다.

"틀렸어요."

살며시 품에서 벗어난 린이 도하와 눈을 맞췄다.

"그럼 뭐라고 해야 하는데?"

"그런 때는 그냥 한마디만 하면 돼요."

도하가 린을 구원한 게 아니었다.

"나도, 라고."

첫 만남에서 도하를 구원해 준 건 린이었다.

"그래."

이 결혼은 수단이나 목적이 될 수 없었다. 미처 깨닫지 못했을뿐, 처음부터 그랬던 것이다.

"……나도."

도하가 린의 이마에 살며시 입술을 맞췄다. 자신을 구원해 주었고 앞으로 평생을 나란히 걸어가 줄, 이 세상에 단 하나뿐인 사랑스러운 아내에게.

※　※　※

도하의 장점은 일단 결정을 내리면 추진력이 타의 추종을 불허할 정도로 빠르다는 것이다. 반면 린의 장점은 물 흐르는 듯이 모든 상황을 담담하게 받아들이는 적응력이었다. 그 두 가지 장점이 지금 이 상황에 꼭 맞춘 듯이 돌아가고 있었다.

"참, 멍청한 놈이지?"

사장실의 불은 모두 꺼진 채 노트북을 포함해서 총 네 대의 컴퓨터가 돌아가고 있었다. 한쪽 벽면은 빔 프로젝터가, 테이블 위엔 무수한 서류 더미가 돌아가는 일을 설명하느라 분주했다.

"한순간이나마 이런 짓에 끼려고 했다니."

"그러게요."

린이 모든 자료를 훑어보고 도하의 참담한 설명을 듣기까진 몇 시간이 걸렸지만, 이 대답을 하는 데는 1초도 걸리지 않았다.

"하지만 이 자료를 보면 이도하 씨가 멍청했던 건 아주 잠시뿐인 것 같은데요."

린은 보기보다 이성적인 사람이었다.

"실제로 우리가 결혼한 후로는 멍청한 짓에 브레이크가 걸렸다고, 이 자료들이 말해 주고 있잖아요."

그 말처럼, 도하는 린과 결혼한 후로 이 일에 회의감을 느꼈다. 회사를 키우는 것에 염증을 느낀 것도 아버지와 형의 노력을 잊은 것도 아니었지만, 저절로 손이 더뎌졌다. 망설이는 일이 많아졌다.

"그보다 지금 알고 싶은 게 있어요. 여기에 쓰여 있지 않은 거요."

"그런 건 없을 텐데."

"아뇨, 이도하 씨가 처음 이런 일에 손을 대게 된 이유를 알고 싶어요. 이 회사는 지금으로도 충분히 멋진데, 굳이 더 몸집을 키우고 싶었던 이유를요."

젊은 시절의 치기였을 수도 있고 사람이라면 누구나 갖는 욕심이기도 했고 너무 일찍 세상을 떠난 형의 바람이기도 했다.

"석 영감님께 조금 들었어요. 아버님이 키워 오신 공장이고, 형님과 같이 장난감을 만들었다는 거. 그리고……."

"아버지도 형도 하루아침에 갔어. 바로 전날까지 기계를 돌리다가 억, 하고 쓰러진 거지. 그걸 누구 탓을 할 수는 없겠지만 우리가 그렇게 만든 신제품이 출시 바로 다음 날 대기업의 공장에서 미친 듯이 쏟아질 때는 참, 할 말이 없더라. 내 뼈까지 갈아도 그 단가는 절대 못 맞추거든. 난…… 그게 억울했던 것 같아. 형도 그랬겠지."

도하가 씁쓸한 입매를 문질렀다.

"지금 이 회사도 멋져. 하지만 주식회사가 되면, 대기업의 계열사가 되면 어떨까. TV를 틀면 우리 제품이 나오고, 전국을 넘어서온 세계의 마트에서 우리 제품이 쏟아져 나오고, 그 모든 과정에 걸리는 시간은 단 일주일도 안 된다면…… 그거야말로 마법이잖아."

하지만 지금 도하는 안다. 그 어떤 것도 정답이 될 수는 없었음을.

린은 천천히 고개를 끄덕였다.

"그럼 두 번째 질문을 할게요."

"왜…… 그 마법 같은 걸 그만뒀느냐고?"

"네."

도하의 눈빛은 어두웠지만, 중심을 잃지는 않았다.

"그냥, 알게 됐어. 내가 정말 원하던 일이 아니었다는 걸."

참 도하다운 답이었다. 그 답이 린의 마음에도 고스란히 닿았다.

"게다가, 별로 달라질 것도 없더라고."

아마 이 남자는 이렇게 아무렇지 않게 말하기 위해 헤아릴 수도 없을 만큼 많은 고민과 싸워 왔을 것이다.

"내 뼈를 갈아 넣는 대신에 아주 많은 사람들의 뼈를 갈아 넣는 거니까, 비슷하지 않겠어? 나야 좋아서 한다지만, 그 원망은 다 못 들을 거 같았어. 그 저주로 정말 머리가 벗겨질지도 모르니까."

씁쓸하게 웃어 내는 이도하는 '그들'과는 다른 사람이었다.

"평생 회장님은 못 되겠네요."

"남편의 그릇이 작아서 미안하게 됐어."

바른 사람이라서, 좋은 사람이라서 제왕이 될 수가 없는 사람이었다. 린과 피가 섞인 사람들처럼 될 수는 없는, 그런 사람.

"그래서 좋아요. 아마 나도 그릇이 작은가 봐요."

"천생연분이네."

이런 때에도 마주 웃을 수 있다는 사실 하나만으로 린은 충분했다. 지난날 그들에게선 단 한 번도 느껴 보지 못한 온기가 깃든 매 순간이.

"그릇은 작아도, 계획은 있었겠죠?"

"당연하지, 당신 남편을 뭐로 보는 거야."

차르륵, 명쾌한 소리를 내며 빔 프로젝트가 새로운 화면을 비추었다. 동시에 도하가 린에게 자필로 쓴 종이 뭉텅이를 넘겼다.

"이 전무는 내일 신제품 발표회를 가질 계획이야. 그리고 내가 모든 기술을 넘겼다고 믿고 있지. 그 사람 일을 너무 설렁설렁해서 대충 넘어가기 참 쉽더라고. 핵심 코드가 빠졌는데도 좋다고 술이나 먹고 있으니."

린이 신중한 눈길로 자료를 살폈다.

"그 사람들 계획대로라면, 내일 신제품 발표를 하고 약간의 시간을 둔 후에 우리 회사가 그룹에 인수된다는 뉴스를 낼 거야. 그사이에 중국 쪽에 기술을 풀어서 현금으로 짭짤한 수익을 올리고, 결론적으로는 그룹의 주가가 상승하며 해피엔딩을 맞이하는 거지."

영준의 계획은 크게 예상을 벗어나지 않고 있었다.

"그런데 일이 진행될 무렵, 내 의지가 사라져서 말이야."

하지만 뭔가 불길한 예감이 든다. 이성보다 본능에 가까운 린의 직감은 이게 전부가 아닐 거라는 느낌을 받았다.

"이 전무한테 넘긴 건 기술의 일부야. 도면이고 특허를 위한 서류고 전부 핵심 기술이 빠져 있어. 뭣보다 내일 신제품 발표를 해 주는 건 어디까지나 기술 엑스포를 빌미로 한 거니까 그냥 홍보 차원으로 끝날 수도 있지. 중소기업을 지원해 주는 대기업의 아름다

265

운 모습 정도로."

"그다음엔요?"

"그다음엔, 내가 물러서면 딱히 그쪽에서도 뭔가를 할 수 없을 거라고 봐. 보복은 있겠지. 내 회사로서는 버티기 힘든 일일 수도 있고⋯⋯. 하지만 인수 합병에 관해선 내가 도장을 찍지 않는 이상 이루어질 수 없는 일이니 별수 없는 거지."

린은 조금씩 그 예감이 강해지는 걸 느꼈다.

"서로 포기하는 거야."

그리고 도하의 마지막 말에 오소소 등을 타고 소름이 돋아났다.

"이도하 씨."

"왜, 보복에 대해서 더 각오해야 하나."

다시 한번, 확실히 느낀다. 이도하와 그 사람들은 정말이지 태생부터 다른 인종이라는 것을.

"지금부터 내 말 잘 들어요."

린의 목소리가 너무 의미심장했던 나머지 도하가 말을 멈췄다.

"그 사람들은 절대 포기하지 않아요."

"하지만⋯⋯."

"아뇨, 그런 일은 없어요. 왜냐면 태어나서부터 포기라는 단어를 모르고 살아온 인간들이니까."

영준과 한번 손을 잡은 이상 서로 포기하고 끝난다는 결말은 없었다. 린은 알고, 도하는 몰랐던 사실이다. 그 세계의 상식은 전혀 다른 룰로 흘러간다는 걸 도하는 알 수 없었을 것이다.

"그래 봐야, 지금 이 전무가 할 수 있는 일은 없어."

"그건 이도하 씨가 아는 이 전무님이죠."

하지만 린은 잘 알고 있었다. 누구보다 사무치게.

"내가 아는 이영준 씨는…… 아주 무서운 사람이에요."

잠시 정적이 흘렀다. 도하가 아는 영준은 아주 한심스러운 인간이었다. 늘 취해 있었고, 어찌 보면 인간 이하였으며 똑똑한 구석이라고는 전혀 찾아볼 수가 없었다.

"그룹의 후계자는 태어나서부터 제왕학을 배워요. 남을 이용하고 그 위에 군림하는 방법이죠. 철학, 인문학, 인류사, 그밖에 아주 많은 걸 배우는 건 다른 자식들과 똑같지만 후계자에게만 가르치는 게 제왕학이에요."

린이 처음 만났던 오빠라는 존재는 확실히 또래와는 남다른 무언가가 있었다.

"오빠는 어릴 때부터 아주 우수한 평가를 받았죠."

어린아이답지 않은 잔학성, 무지가 아닌 이성에서 오는 경멸.

"그렇게 보이진 않았는데."

"아뇨, 정말 우수했어요. 굳이 따지자면…… 성군의 자질이 아니라 폭군으로."

안양댁은 늘 영화의 괴롭힘이 도를 넘는다며 걱정했지만, 실제로 린을 가장 괴롭게 했던 건 영준이었다. 영화가 괴롭힐 빌미를 미리 장치해 놓는 것조차 영준의 몫이었으니.

"큰오빠가 지금의 만만한 이 전무라는 위치에 온 것도, 그저 그런 캐릭터를 만든 것에 불과하다면요?"

"그렇다면……."

도하의 말이 느릿해졌다. 천천히, 린의 말이 머리에 들어오는 중이었다. 다른 세상의, 다른 형제의 이야기가.

"지금, 내가 시한폭탄을 떠맡은 건가."

"그보다 나쁠 수도 있어요."

현실은 냉혹했다.

"빨간 줄을 잘라도, 파란 줄을 잘라도 폭발하는 건 마찬가지거든요."

째깍째깍, 시간은 야속하게도 멈출 줄을 모르나 보다.

"그럼, 이 폭탄을 제조자에게 다시 투척하는 건?"

더없이 무모한 도하의 말에 린은 오히려 웃음이 났다.

"아, 그거……."

린의 대답을 기다리는 틈이 이번엔 썩 불안하지가 않았다.

"너무 좋을 것 같아요."

이쯤에서 다시 떠오르는 우리의 가풍은 '제멋대로 신나게'였다. 그야말로 너무 좋은, 마법처럼 멋진 가풍이었다.

"쉽지는 않을 거예요."

차분히 생각에 잠겼던 린이 입을 뗐다. 영준의 입에 폭탄을 쑤셔 넣는 것이야말로 린이 원했던 결말이다.

"솔직히, 가능성은……."

그건 사람이라면 응당 가질 만한 아주 작은 복수심이었다. 실현 가능성이 거의 제로에 가깝다고 생각했던, 어렸던 린의 복수심.

"그 정도는 나도 각오했어. 잠깐 잊었나 본데, 당신 남편도 원래 사업하는 사람이거든?"

린의 표정이 조금 어두워지자, 도하가 일부러 한층 가볍게 말머리를 낚아챘다. 하지만 그런다고 쉽게 가실 수심은 아니었나 보다.

"아직도 그 사람들이 무서워?"

세세히 살피는 도하의 시선에선 여전히 온기가 묻어났다. 차가운 저택에선 단 한 번도 느껴 본 적이 없는 눈빛이었다.

"무섭냐고요."

그 말을 하는 목소리는 아주 작았다. 도하는 그런 린이 문득 가엾게 느껴져 약간 떨리고 있는 린의 어깨에 커다란 손을 얹었다. 이성적으로 생각하면 이런 대화는 일분일초가 필사적이어야 할 순간에 참 소모적인 일이기도 했다.

"아니요……."

린은 고개를 떨궜다. 이 소모적인 순간은, 우습게도 도하에겐 다른 의미로 필사적인 순간이기도 했다. 옳지 않은 일을 하고 싶지 않아서, 반듯하게 살고 싶어서, 이 사람과 함께하는 사랑스러운 나날들을 지키고 싶어서 결심한 길이었다. 그러니 린이 행복하지 않으면 도하에겐 아무런 의미가 없었다.

"전, 그 사람들이…… 두려워요."

그 말을 하는 린의 시선은 바닥을 향해 있었지만, 목소리와 표정은 담담했다. 마치, 오늘은 비가 오네요, 그런 말을 하고 있는 듯이. 그리고 그 사실이 가장 도하의 가슴을 아프게 했다.

"이미 그 집에서 나온 주제에, 나 참 바보 같죠?"

"아니."

망설임 한 톨 없는 도하의 대답에 린이 고개를 들었다.

"그렇게 빨리 잊어버린다면, 오히려 그게 바보 같은 거잖아."

도하의 서툰 위로는 직선적인 덕에 훨씬 더 선명하게 와 닿았다. 린은 도하를 처음 만났을 때부터, 그의 직선적인 말들이 좋았다.

"음…… 이런 건 어떨까."

이미 식은 커피를 들이켠 도하가 린을 안심시키는 특유의 미소를 지었다.

"당신은 먼저 집에 돌아가서 여사님이랑 같이 저녁밥을 해 주는 거야. 이러면 너무 밥만 밝히는 남편인 것 같지만, 오늘은 봐줬으면 해."

"……네?"

"마음 같아선 같이 돌아가고 싶지만, 오늘은 야근에 특근이니까 조금 더 기다려 줘."

이 또한 도하의 이기심일지 모르겠다. 하지만 단 몇 시간 만에 한 사람의 일생에 대한 경험이 바뀔 수는 없다는 건 분명한 사실이었다. 도하는 자신이 저지른 상황으로 린에게 변화를 강요하고 싶지 않았다. 그거야말로 최저의 남편일 테니까.

"하지만."

"내가 빈털터리가 돼도, 김치찌개 정도는 끓여 줄 거라고 믿어."

"밥이 문제가 아니잖아요, 지금."

린은 도대체 도하가 무슨 생각을 하고 있는지 알 수 없었다. 이런 상황에서 밥이나 하고 있으라는 말을 하면서, 어떻게 잘도 웃음이 나오는지.

"왜, 나한텐 아주 중요한 문제야. 나중에 할아버지 되면 삼식이라고 구박하기 없어."

"이도하 씨!"

답답함에 언성을 높이고 만 린이 제 목소리에 놀라 잠시 말을 멈추자 도하가 차분히 린의 머리 위에 손을 얹었다.

"우리 맞선 봤던 그날, 결심했어. 프러포즈 하던 날도, 혼인신고를 할 때도 몇 번이고 또 결심했지."

도하의 손은 커다랗고 따스했다. 정말이지 그 주인을 꼭 닮은 온기였다.

"내가 평생 이 여자를 지켜 줘야겠다. 상처 입지 않게, 행복하게 해 줘야겠다."

세상에 참 흔한 말이었다. 그런데도 린의 가슴 한가운데에서 울컥하고 뭔가가 차오른다. 아마도 감정의 덩어리이자 심장 박동이었을 그 움직임은 순간 숨을 멈출 만큼 강했다.

"그 결심엔 언젠가 당신이 자란 그 집을 제멋대로 신나게 밟아 버리는 것도 포함됐을지 몰라."

어렸던 린은 밤마다 남몰래 상상했다. 칼날 같은 말들을 들으면서 고분고분하게 고개를 끄덕이면서, 경멸에 쓰라린 살갗을 혼자 껴안으면서.

"하지만 이런 식으로는 아니야."

린은 혼자였다. 어렸고 서러웠다. 그리고 무력했다.

"상황에 등을 떠밀려 억지로 마주 보게 하고 싶진 않아."

증오라는 감정을 배울 틈이 없는 인생을 살았다. 커다랗고 차가운 저택에서 무력한 린은 누구도 증오할 수가 없었다. 작은 원망, 그저 현실을 잠시 회피하기 위한 어린아이의 조잡한 상상, 그 이상의 것들은 해 볼 엄두조차 낸 적이 없다.

"내 욕심이겠지만…… 난 내 와이프가 이미 깨어난 악몽을 억지로 다시 돌아보길 바라지 않아."

그래, 도하의 말처럼 악몽이었다. 악몽 속의 어둠은 너무 거대해서 린은 차마 눈을 마주칠 용기를 낼 수가 없었다. 아직도 어리고 약하고 서럽기만 아이가 린의 안에서 잔뜩 겁을 집어먹은 채로 울고 있었다.

"그럼 난 내 결심도 제대로 못 지키는 막돼먹은 남편이 돼서, 말년엔 밥도 못 얻어먹을 거 아니야."

자신은 분명 어른이 되었는데, 아직도 그 아이가 우는 소리에 선뜻 발을 뗄 수가 없다는 사실이 린은 서글펐다. 머리를 다정하게 쓰다듬어 주는 도하의 손길이 어른스러운 만큼, 스스로가 미울 정도로.

"걱정하지 마. 당신 남편이 그렇게 능력이 없지는 않아. 나도 나름대로 대책은 다 세워 놨다고. 이래 봬도 밑바닥부터 여기까지 회사를 키운 몸이잖아. 이 바닥에선 날 천재라고 한다니까."

이미 어른이 된 도하는 가장 힘들 때 웃어 줄 수 있었다.

"하지만, 나는……."

아직도 어른이 되지 못했나 보다. 웃을 수가 없고, 애써 눈물을 참는 게 고작이었다.

"괜찮아."

도하가 미소했다.

"당신은 그냥 내 와이프면 돼."

아주 흔하고 평범한 말인데, 그 말에 겨우 참았던 눈물이 나려고 해서 린은 입술을 꾹 깨물었다. 도하는 결국 린을 사용하는 걸 거부했다.

"난 정말 그거면 돼."

도하는 린을 사용하지 않는다. 이용하지도 않고, 소모하지도 않는다. 지금, 이 급박한 상황 속에서도 결코 그 사람들처럼 린을 다루지 않는다. 아주 어린 시절, 엄마가 지은 밥을 아버지와 함께 먹었던 희미한 기억 이후로는 처음이었다.

"왜…… 그렇게 바보 같은 소리만 하는 거예요?"

린이 묻자, 도하가 또 웃는다.

"그야, 이린이 내 와이프니까 그렇지."

문득, 아주 문득 린은 생각했다. 앞으로 얼마를 더 살게 되더라도, 내가 태어나서 가장 잘한 일은 이 남자와 결혼한 것이라고.

"그러니까 먼저 집에 돌아가 있어."

하지만 지금 하는 일은 과연, 잘하는 일일까. 확신 없는 린이 떠밀리듯 결국 집으로 돌아간 건 조금 해가 길어진 오후였다.

집에 돌아와 가방만 내려놓고서 소파에 털썩 주저앉은 린은 내내 무릎을 끌어안고 시계만 보았다. 그러다 이내 제 무릎에 고개를 파묻고 깊은 한숨을 쉬었다.

"난, 왜……."

린의 작은 혼잣말은 거기서 끊겼다. 더 말하지 않아도 다음 말들은 이미 린의 안에서 독하게 쏟아지기 시작했다. 난, 왜 이것밖에 안 되는 걸까. 왜 아직도 이렇게 한심하기만 한 걸까. 왜 이렇게도 무력할까. 왜…… 그 사람처럼 강해질 수 없을까.

"한숨을 자주 쉬면 이 안양댁처럼 눈가에 주름이 는다고 늘 말씀드렸을 텐데요."

언제부터 보고 있었는지, 안양댁이 따뜻한 머그를 건넸다.

"또 뭔가 망설이고 있는 거죠?"

린이 아는 한, 안양댁은 세상에서 가장 눈치가 빠른 사람이었다. 게다가 늘 든든한 정보망을 끼고 있으니 지금 상황에 대해서도 어렴풋이 알고 있을 것이었다. 뭣보다 이런 린의 표정을 늘 지켜봐 준 사람이었다.

"내가 망설이는 게 아니라…… 이도하 씨 회사에 문제가 생겼어요."

따뜻한 홍차 한 모금에 조금 진정이 된 린이 입을 뗐다.

"사장님은 유능한 분이니 잘 해결되겠지요."

"어려울지도 몰라요."

잠시, 린이 숨을 들이마신 후 어렵사리 다음 말을 이었다.

"아마도…… 내가 도울 수 있을지도 몰라요."

안양댁은 언제나처럼 천천히 린의 말을 기다려 주었다.

"아니, 그것도 확실하지는 않지만 그래도 내가 이도하 씨보단 그 사람들을 잘 아니까. 이도하 씨는 그런 사람들을 모르니까."

"그럼 도우면 되지요."

"그렇게 간단한 문제가 아니에요. 뭣보다 여사님이 더 잘 아시잖아요? 그 사람들이, 큰오빠가 얼마나 무서운 사람인지."

평소의 린답지 않게 말이 빨라졌다. 혼란스러워하고 있다는 방증인데, 정작 본인은 몰랐다.

"하긴 이제는, 아니 처음부터 나는 그 집안 사람이 아니었으니까 더는 상관없겠죠. 애초에 가족도 뭣도 아니었으니까."

"그래서…… 뭘 망설이고 계신 건지는 끝까지 안 가르쳐 주실 거고요?"

"망설이는 거 아니라니까요."

"그럼 왜 아까부터 웅크리고 앉아서 손톱을 깨물고 계세요? 그 버릇은 열 살 때 고치신 줄 알았더니."

안양댁의 지적에 정신을 차린 린이 머쓱한 듯 바로 앉았다.

"그냥…… 걱정하는 거예요."

"그렇군요."

"꼭 내가 도울 필요는 없다고 했어요. 이도하 씨도 굳이 내가 억지로 도울 필요 없다고, 먼저 집에 돌아가 있어 달라고 했어요."

"그래요?"

"무리할 필요 없으니까 먼저 돌아가서, 아…… 밥을 해 달라고 했어요. 오늘은 조금 늦는다던데 저녁은 집에서 먹을 건가 봐요. 여사님이 도와주실 거죠? 김치찌개랑 계란말이."

애써 미소 지은 린이 안양댁을 보았는데 반대로 안양댁의 눈가에서 다정한 미소가 사라졌다.

"아니요."

"아……."

잠시 당황했던 린은 다시 어색한 미소를 지으며 말했다.

"맞다, 늦게 온다고 했으니까 여사님이 준비만 해 주세요. 나머지는 제가 끓일게요."

"아니요."

안양댁의 단호한 목소리가 한 번 더 절도 있게 울렸다.

"안 도와 드릴 겁니다."

"……네?"

뜻밖의 상황에 린의 눈동자가 동그랗게 커졌지만, 안양댁은 싸늘한 표정 그대로였다.

"들으셨잖아요. 안 도와 드립니다. 네, 물론 도울 수 있죠. 하지만 안 도와 드려요."

이제는 린도 안양댁의 거절이 무슨 뜻인지 알았다.

"그거랑은 다른⋯⋯."

"왜죠. 그건 제가 고용인이라서?"

"한 번도 그렇게 생각한 적 없어요! 여사님은 제 가족이고⋯⋯."

"그럼, 지금 아가씨 가족은요?"

다 아는데 말문이 막힌다.

"하지만⋯⋯ 꼭 내 도움이 필요한 건 아니라고 했어요. 그리고 여사님 말씀처럼 이도하 씨는 유능한 사람이니까 분명 어떻게든."

그다음 말이 또 생각이 나질 않는다. 억지로 도하에게 등을 떠밀려 집에 왔다. 도울 수 있지만, 굳이 그러지 않아도 된다고 그 사람이 말했다. 나는 집에 먼저 돌아가서 저녁밥을 짓고 있으면 된다고 해 주었다.

"그러니까, 나는 이도하 씨 와이프로서⋯⋯."

말이 입술 밖으로 나가고서야 뒤늦게 깨달았다.

"아⋯⋯."

탄식 같은 숨 끝에 린이 차가운 손바닥으로 제 뺨을 감쌌다. 내가 지금 무슨 말을 하고 있는 거지.

"아니야."

스스로에게 하는 말이었다. 늘 겁에 질려 숨고 움츠리던 어린아이에게, 도하의 다정함을 핑계로 도망쳤던 방금 전의 자신에게, 지금 당장도 그저 저녁밥을 짓고 기다리는 게 아내의 역할이라고 둘러대던 정말로 비겁한 이린에게.

"여사님."

안양댁의 눈빛에 온기가 돌아왔다. 이제야 그녀의 아가씨는 평소처럼 맑은 눈동자를 반짝였다.

이래야 그 모진 세월 속에서 지켜 온 보람이 있는 예쁜 사람의 모습이다.

"지금 당장 그 사람한테 가야겠어요. 차를……."

작고 가엾고 서러웠던 우리 아가씨. 하지만 늘 맑은 눈동자와 선한 미소를 잃지 않았던 우리 예쁜 아가씨.

"아, 그거라면 우연히 석 영감님이 아까부터 시동을 걸고 계시는 것 같던데."

아가씨를 위해 모든 우연을 만드는 것도 안양댁의 일이었다. 그 말에 자리를 박차고 일어선 린이 신발을 구겨 신자, 안양댁이 잊고 간 가방을 쥐여 주며 미소했다.

"조급해하지 않으셔도 석 영감님은 기다려 주실 겁니다. 다른 모든 세상일들도 그렇지요. 해야 할 시간에 맞춰서 하는 건 좋지만, 굳이 숨과 손을 너무 바쁘게 몰아칠 필요는 없어요."

그 말에 린은 대답 대신 마구잡이로 구겨 넣던 신발을 찬찬히 벗어, 다시 찬찬히 신기 시작했다.

"두려워할 필요도 없답니다. 살아 보니 그렇더군요. 같이 저녁밥에 대해서 이야기할 사람이 있다면, 그렇게 무서울 것도 없어요."

구두를 신으려 허리를 숙였을 뿐인데 울컥, 눈물이 나려는 건 왜인지.

"정말, 그럴까요."

이제 신은 다 신었는데, 발걸음이 떨어지질 않는다.

"그럼요. 아가씨는 참 강한 사람이니까요."

"제⋯⋯가요?"

"내 평생 본 사람 중에 가장 강한 사람이에요."

간신히 고개를 들자, 언제나 그랬듯 따스한 안양댁의 미소가 린을 비추고 있었다.

"정말요?"

"네."

린의 옷깃을 여며 주는 손길 역시나 따스했다.

"아가씨를 기른 건, 내 생에 가장 보람차고 기쁜 일이었어요."

아주 작았던 아이. 언제나 눈치를 보고, 혼자서 울음을 삼키던 소녀. 그러나 단 한 번도 도망치지 않았던 린이 지금 눈앞에 있다.

"밥은 제가 해 놓고 기다릴 테니 걱정 마세요."

안양댁의 반생은 허투루 지나가지 않았다. 지금 린의 눈을 보면서, 그 사실을 실감할 수 있었다.

린도 그 마음을 조금은 느꼈다. 적어도 결심은 분명해졌다. 태어나서 자란 가문을 선택할 수는 없었지만, 이제부터 가는 길은 자신의 선택이었다. 이도하의 트로피 와이프가 되기로 했던 것도, 그냥 와이프가 되기로 한 것도.

"네."

린이 웃었다.

"이젠, 진짜 와이프가 되려고 해요."

안양댁이 마주 웃어 주었다.

"그럼, 다녀오세요."

언제나와 같은 인사였다.

"사모님."

동시에, 모든 게 달라졌다.

❋　　❋　　❋

같은 시각, 모든 게 완벽했다. 적어도 영준에겐 그랬다. 뭐, 그렇지 않은 날이 몇이나 되겠느냐마는.

"강 변."

"예, 형님?"

좋다고 술에 취한 누이의 남편이 헤벌쭉 웃는 꼴이 퍽 우스웠다. 대한민국 삼대 로펌 대표의 아들이라는 이유로 이 가문에 편입한 꼬락서니가 참.

"이제 우리 속내 털어놓을 사이가 돼서 말인데."

"아이고, 형님…… 가족끼리 서운한 말씀은, 또!"

영준은 늘 그렇듯 사람 좋은 얼굴로 웃었다.

"솔직히 말해 보지그래?"

가족 같은 소리 하고 있네, 라는 속내는 절대 비치지 않겠다는 듯이.

"뒤로 얼마나 챙겼어?"

"예? 무슨 말씀을 그렇게……."

강 변도 만만치는 않았다.

"가족끼리 내외는 뭘, 주식은 오르기 전에 챙겨 둬야지."

내일 협력이라는 멋들어진 단어로 포장된 신제품 발표회를 마치면 도하의 회사 주가는 폭등할 것이다. 동시에 합병을 계획 중인 영준의 계열사도 마찬가지다.

"물론 더 재미있는 건 따로 있지만."

이미 중국의 공장 라인에선 영준이 미리 빼돌려 둔 설계서로 제품이 착착 만들어지고 있었다. 그 사실이 알려지는 순간 도하의 회사는 모래 위의 성처럼 무너질 것이고, 그 만신창이가 된 회사를 구원해 주듯 먹어 치우는 게 영준의 큰 그림이었다.

"역시 형님의 혜안은 못 따라가겠습니다. 참, 가족 좋다는 게 뭔지."

"이 일 끝나면, 가족놀이는 때려치우지그래?"

"예?"

"어차피 영화랑 이혼할 생각 아니었나? 이젠 가족 말고 비즈니스 파트너 어때."

영준이 힘을 실어 강 변의 어깨를 토닥였다.

"예? 형님 말씀이라면 저야 뭔들."

"그럼 마지막까지는 가족놀이라도 재미있게 해 보자고. 이왕이면 조만간 효도라도 하는 게 좋겠지."

알 수 없는 말에 강 변은 웃기만 했지만, 영준은 묘한 표정을 지었다.

❀　❀　❀

린은 아무렇지도 않게 돌아왔다. 그리고는 놀란 눈을 하고 있는 도하를 보며 평소처럼 웃었다.

"아무래도 김치찌개는 자신이 없어서요."

그 한마디에 울컥, 치고 올라오는 감정이 있었지만 도하 역시 꾹 누르고 웃는 수밖에는 없었다. 마주친 눈동자가 수백 마디의 말보다 더 절절했다.

"그래도."

"난 당신 와이프잖아요."

이게 린이 선택한 제 자리였다.

"그렇죠?"

더 이상 흔들리지 않는 눈동자가 묻기에, 도하는 말없이 손을 뻗어 린을 끌어안았다. 그리고 다시 한번, 생각했다. 자신이 태어나서 가장 잘한 일은 이 결혼이었다고.

똑똑.

도하가 무어라 말을 하려는 순간, 노크 소리가 울렸다. 긴박한 상황인 만큼 대답도 듣지 않고 들어온 김 실장이 린을 보고 놀란 듯 잠시 머뭇거렸다.

"저, 사모님은……."

"우리 인턴이야, 일단 오늘은."

그렇지, 라고 되묻기라도 하듯 도하가 린을 보자 린이 고개를 끄덕였다.

"그보다, 그거 나 주려고 온 거 아닌가?"

도하가 손을 뻗는데 평소답지 않게 김 실장이 서류철을 건네는 걸 주저했다.

"아."

그쯤에서 도하도 그 파일의 존재를 눈치챈 듯이 머뭇거렸다. 린도 그 공기를 읽었다.

"내가 보면 안 되는 내용인가요."

선뜻 답하지 못하는 도하와 김 실장을 보면서 린은 확신을 굳혔다. 저 내용이 뭔지는 몰라도 자신에게 큰 의미가 있으리라는 걸.

"그런 게 아니라."

그렇게 말하면서도 망설이는 도하를 린은 알 수 있었다.

"각오하고 왔어요. 그러니까 이도하 씨도 걱정할 필요 없어요. 여기서 뭘 봐도, 계란말이보단 쉬울 거예요."

담담하게 말한 린이 자리에 앉았다. 물러서지 않겠다는 저항이 아니라 모든 걸 함께하겠다는 뜻이 전해진다면 좋을 텐데.

"사장님, 일단 다급한 일이 먼저 있으니 이건 차후에 보고를 드려도 될 것 같습니다."

김 실장이 결국 보고를 미루었다. 그때 도하는 김 실장이 아닌 린의 눈을 봤다. 함께하기 위해서 제 악몽을 기꺼이 마주 보려 돌아와 준 아내를.

"그게 좋겠어요."

말과는 달리, 도하는 김 실장의 손에서 서류철을 낚아챘다.

"보고는…… 내가 맡죠."

김 실장이 도하의 뜻을 이해했는지 조용히 방을 나섰다. 이제 남은 건 린과 도하뿐이었다.

"사장님이 인턴에게 직접 보고하려고요?"

린이 간신히 침묵을 깼지만, 도하는 더 이상 웃지 않고 린의 옆자리에 앉았다. 굳이 맞은편을 두고서 테이블을 돌아서 옆자리에 앉은 건 아마도 이 서류 안에 자신이 무너질 만큼의 사실이 담겨 있어서겠지. 린이 가만히 서류철을 바라보았다.

"아무래도 난 사장이라서, 보고는 못 할 것 같고."

대신에 도하는 린의 손을 잡았다. 언제나처럼 크고 따스한 도하의 손이 조금 떨리는 것 같았다.

"그냥, 이야기는 할 수 있을 것 같은데…… 그래도 되나."

린이 긴장한 숨을 들이쉬자, 도하도 천천히 숨을 내뱉었다. 그는 할 말을 고르고 있는 것 같았다.

"네."

간신히 린이 대답하자 도하가 서류 위에 나머지 한 손을 올려 두었다.

"결론부터 말하면, 난 당신이 이걸 보지 않았으면 해."

그건 남편으로서의 마음이었다.

"하지만 막을 권리는 없어. 그러니까…… 그 전에 내 이야기를 먼저 들어 줄래?"

린은 도하의 말의 무게를 깨달았다는 듯이 천천히 고개를 끄덕였다.

"우리 함께 장인어른께 인사드리러 갔던 날 기억해?"

잊을 리 없다. 잠들어 있는 아버지에게 자신의 행복을 약속해 주던 도하의 모습도, 그날의 모든 순간들도 잊었을 리가 없다.

"그날, 뭔가 이질감을 느꼈어. 그때는 뭔지 몰랐지만, 확실히 뭔가 이상하다고 느꼈어. 설명할 수는 없지만, 뭔가…… 달랐거든. 우리 아버지도, 형도 병원에서 보내서 그런 광경이 익숙해야 할 텐데, 뭔가…… 뭔가가 달랐어."

지난 세월을 반추하듯 도하가 눈을 감았다. 새하얀 병상, 아버지와 형의 목숨줄을 간신히 붙들고 있던 기계들. 죽어 가는 사람 특유의 기척. 절망과 상실감. 그 병실엔 그런 것들이 없었다.

"그래서 나 혼자 조사를 시작했어."

파르르, 린의 손이 떨렸다.

"실례되는 일이지만, 그 후에 장인어른 병실의 기기들을 몰래 촬영했어. 그리고 다시 몰래 조사를 시켰지. ……이게 그 결과물이야."

도하가 서류철을 덮고 있던 손을 들었다.

"그리고 난 이미 이 내용을 알고 있어."

린은 바보가 아니었다. 손의 떨림이 멈추지 않았다.

"아……빠는."

세차게 떨리는 손을 도하가 잡아 주었다.

"아빠는 갑자기 쓰러지셨어요. 그리고 바로 혼수상태라고, 이게 최선이라고…… 하지만 언젠가는 일어나실 거라고, 나는……."

"일어나실 수 있어."

도하가 린의 손을 더욱더 꾹 쥐며 말했다. 그런 도하를 보는 린의 눈동자가 흔들렸다. 혼란 속에서, 마음이 흔들리듯이 그렇게.

"그럴 수 있어."

그리고 천천히, 도하가 서류철을 열었다.

"이게 진실이야."

린에겐 너무 잔혹한 진실이었다. 덜덜 떨리는 손이 자꾸만 종잇장을 넘기게 된다. 여태 생명 유지 장치라고 믿고 있었던 것들이 자신의 아버지를 억지로 잠들게 하고 있었다는 걸, 한 장 한 장이 그녀에게 알려 주고 있었다.

"왜……. 도대체, 왜……."

이 사실의 충격보다, 더 큰 것은 죄책감이었다. 마지막 순간, 아버지와 함께했던 사람은 자신이었다.

"아빠가 쓰러지실 때, 나도 있었는데…… 그러고 바로 의료진들이 왔어요."

그 사람들은 믿을 수 있었나. 돌이켜 보니 아무것도 알 수가 없었다.

"아…… 그때, 아빠가 내게 미리 상속분을 결정한 다음 날……."

눈물도 나지 않는, 그런 절망을 린은 알았다. 지금이 그랬다.

"나…… 때문이었나요?"

"아니."

사실 도하도 모른다. 하지만 지금 린을 안아야 한다는 것만은 잘 알고 있었다.

"그럴 리 없어."

품에 안긴 린이 가쁜 숨을 내쉬었다. 차분히, 머리카락을 쓸어내려 주는 도하는 자신의 남편이었다. 이 세상에서 유일하게 의지할 수 있는 반쪽.

"내가……."

"우리가 아버님을 깨워 드리면 돼."

우리라고 말해 주었다.

"하지만, 우리 아빠가……."

중심을 잃고 무너지는 린을 감싸 안는 건, 역시 도하의 몫이다.

"나는……."

울음을 감당하는 것도 도하의 몫이었다.

"난……."

"당신 잘못이 아니야."

모든 걸 감싸 안을 수는 없지만, 그래도 지금 있는 린을 끌어안을 수는 있었다.

"괜찮아."

그리고 얼마의 시간이 흘렀을까.

"……이도하 씨."

간신히 침묵을 깬 린의 목소리는 차분했다.

"이름보단, 여보가 좋은데."

애써 숨죽이고 있었지만 린의 눈동자엔 증오가 날뛰고 있었다. 그걸 타이르듯, 어쩌면 위로하듯 도하의 목소리는 낮고, 다정했다.

"……여보."

지금 도하와 잡은 손이 린의 마지막 가느다란 이성을 붙들고 있는 것만 같았다. 린은 누군가를 죽이고 싶을 정도로 깊은 증오를 태어나 처음 겪는 중이었다.

"나는 그 사람들을 용서할 수 없어요."

린은 주저앉아 오열하고 가슴을 치는 대신, 가장 자신다운 답을 선택했다. 그들이 린에게 모멸감을 주었던 인생 내내 그녀가 차분하고 냉정하게 다져 왔던 각오는 지금 이 순간을 위해서 준비된 것 같았다.

"아니, 절대로."

원망하지 않으려고 했다. 돌아보지 않고, 앞으로 나아가고 싶었다. 불행한 출생으로 시작된 일이니 미움을 품고 살지 않으려 참 애썼다.

"용서하지 않을 거예요."

하지만 그들은 선을 넘었다. 사람으로서의 도리를 먼저 저버렸다. 린의 한계가 깨진 건 바로 그 부분에서였다. 더 이상은 참을 이유도, 참을 수도 없는 린의 가슴속에서 무언가 바스러지는 소리가 났다. 여태까지 스스로 봉인하듯 진짜 자신이 깨어나는 소리이기도 했다. 그들은 린 또한 기업인의 핏줄임을 간과했다.

"그게 당신이 진심으로 원하는 거야?"

도하의 질문에 대한 답은 이미 결정되어 있었다.

"네. 반드시, 대가를 치르게 하겠어요."

이제부터는 린과 도하 모두의 싸움이었다.

Chapter 06

"그게 이도하 씨 계획의 전부예요?"

여전히 발갛게 부어 있는 눈가가 도하의 마음을 아프게 했다. 지금 린에게 필요한 건, 도하의 따스한 위로보다는 현실적인 타개책이었다.

한 시간 남짓, 도하의 설명을 듣던 린이 되묻자 도하는 고개를 끄덕였다.

"당신은 어떻게 생각해?"

"좋은 계획인 것 같아요."

도하가 영준에게 제공한 신제품 기획안엔 핵심 기술이 교묘하게 빠져 있었다. 그 사실을 보도 자료로 배포한다면 영준의 공개 발표 직후, 언론에 그 사실을 알릴 수 있다는 게 도하의 생각이었다.

그걸로 회사 간의 인수 합병은 무산될 것이고, 어설픈 주가조작을 막을 수도 있었다.

"……보통 사람을 상대로 하는 계획이라면요."

린의 표정은 예상보다 어두웠다.

"이대로는 부족해요. 무엇보다, 이 전무의 행보를 정확히 예측할 수가 없다는 게 가장 마음에 걸려요. 뭔가, 이대로 끝낼 수 있는 사람은 아닐 텐데."

"그렇군."

"이번엔, 내 계획을 들어 줄래요?"

확실히 린의 눈빛이 변했다.

"너무 위험한 것만 아니라면."

"우리 이미 위험한 거 아니었어요?"

그래도 작은 미소만큼은 도하가 알던 린이다.

"뭐, 하이 리스크 하이 리턴이란 말도 있으니까."

"그 리스크 말인데요, 내가 하게 해 줘요."

"뭐?"

도하는 이미 이 고집을 말릴 수 없으리라는 불길한 예감이 들었다.

"내가 이 전무한테 투항할게요."

"……뭐?"

하지만 그 내용은 도하의 예상을 초월했다.

"이 전무가 세상에서 제일 좋아하는 게 도박이에요. 우리 둘 다 한 번 쓰고 버릴 패라는 건 정해진 것 같지만 도박의 재미는 판이 뒤집히는 거니까 분명히 유혹을 뿌리치지 못할 거예요."

"정확히 어떤 유혹 말이지."

"이미 버린 패가 새로운 거래를 제안한다든가, 그로 인해서 배당은 한 번 더 받고 한 번 버린 패를 두 번째 더 무참히 버릴 수 있는 유희의 재미가 생긴다든가…… 뭐 그런 거요."

아마 후자가 영준에겐 더 매력적일 것이다. 이미 나락에 떨어진 린을 한 번 더 짓밟아 주면서 느낄 수 있는 지배자의 쾌감은, 이 게임이 영준에게 줄 수 있는 배당 중에 가장 비싼 칩이 되리라.

"하지만……."

"이 전무가 내가 아는 사람이 맞다면, 분명 거절하지 못할 거예요."

그들의 본래 모습을 가장 잘 아는 사람이 린이었다. 늘 린에겐 교양과 가식을 걷어치운 본모습을 잘도 보여 줬으니까.

"당신이 허락해 주지 않아도 이번만큼은 고집부리고 싶어요."

도하의 눈을 똑바로 바라보는 린의 눈동자에선 결의가 묻어났다.

"미안하지만, 애초에 그런 권한은 나한테 없을걸."

마음이야 말리고 싶다. 그 심정을 도하 본인은 물론 린조차 알 정도였다.

"기억 안 나? 우리 가풍."

처음, 도하는 린에게 말했다. 무엇도 자신에게 허락을 구할 필요가 없으며 가능하면 제멋대로 신나게 살아 줬으면 한다고.

"대신, 설명은 확실히 해 주는 걸로."

린이 대답 대신 도하의 목을 끌어안았다. 백 마디 말보다, 와 닿는 체온이 더 따스했다.

길었던 오늘의 마지막 일정은 두 사람이 각각 어떤 사람을 만나는 것으로 끝날 예정이었다. 지하 주차장에 나란히 선 세단을 보는 도하의 눈가가 조금 착잡했다.

"나랑 한 약속 잊으면 안 돼. 조금이라도……."

"위험할 것 같으면, 바로 나올게요. 더 욕심부리지 않고."

린의 다짐에도 못내 불안한 도하지만, 애써 미소를 지어 보였다. 아직은 잡은 두 손을 놓고 싶지 않았다.

"이도하 씨도 내가 한 말 잊지 말아요."

지금 도하는 린을 대신해서 어떤 사람을 만나러 가는 길이었다. 린은 단 한 가지의 당부만을 했다.

"걱정 마. 있는 그대로, 솔직하게 말할 테니까."

도하가 시계를 보고는 아쉬운 듯이 린을 위해 준비된 세단의 뒷좌석 문을 열어 주었다.

"조금 있다 봐."

지금 서로에게 긴말은 필요치 않았다.

"네, 이따 봐요."

대신 입술에 짧은 입맞춤을 했다. 이 아쉬움과 안타까움과 걱정과 애틋한 모든 감정들을 담아서.

❀　❀　❀

막 출발한 차창 너머로 비가 내렸다. 린은 초조하게 손에 쥔 휴대폰을 노려보고 있었다. 린이 알기로 이 전무의 수행 비서는 30분 단위로 모든 변동 사항을 그에게 보고하도록 되어 있었다. 설령 그게 인간 취급도 하지 않는 이복 여동생의 연락일지라도.

"올 때가 됐는데……."

조급한 마음에 린이 혼잣말을 내뱉었다. 그녀는 여전히 휴대폰에 시선을 고정하고 있었다.

지잉, 지잉.

드디어 휴대폰이 울리기 시작했다. 린은 그제야 후, 한숨을 내쉬고 정확히 5초를 기다린 후에 침착한 목소리로 전화를 받았다.

"네."

— 무슨 속셈이냐, 어디 들어나 보자.

영준의 성미가 급해서 린에겐 차라리 다행이었다.

"거래를 했으면 해요."

잠시, 수화기 너머가 정적에 잠기는가 싶더니 영준의 조롱 섞인 웃음이 터져 나왔다.

— 네까짓 게, 나랑 뭘 한다고?

"거래요. 아님, 오빠가 좋아하시는 도박이어도 좋고요."

린의 손끝이 가느다랗게 떨리고 있었다. 영준에게 대드는 것은 이번이 꼭 두 번째였다. 지난 세월 동안 학습된 무기력을 그보다 깊은 증오가 막아 내고 있었다.

— 요즘 사람대접받고 사니까 아주 정신이 나갔나 본데…….

"아뇨, 저 정신 멀쩡해요. 그리고 결국 이 거래, 오빠도 원하게 되실 거예요. 왜냐면 저도 협상 테이블에 앉을 만한 자격이 있거든요."

다시 한번 정적이 감돌았다. 자신이 이렇게까지 나올 정도면 그저 유치한 도발은 아닐 거라는 것쯤은 영준도 잘 알 터였다.

"만약, 이 테이블의 주제가 '효도' 같은 거라면······ 저도 오빠랑 똑같은 자격이 있는 게 아닐까요? 아버지만큼은 똑같잖아요, 우리."

초조해진 린이 결국 승부수를 띄웠다.

— 내가 너랑 우리라고 엮일 일은 없을 것 같다만.

실패한 건가, 린은 저도 모르게 주먹을 꾹 쥐었다. 여기서 더 붙잡을 수 있는 패는 린에게도 없었다.

— 하지만, 마침 심심하던 참이니까 들어나 보지.

후, 린은 속으로만 한숨을 내쉬었다.

— 그리고 오빠라는 역겨운 호칭은 그만하는 게 좋을 거야. 내 성질을 더 이상 돋우고 싶은 게 아니라면.

"네, 저도 그게 좋겠어요."

역겨운 건 피차 마찬가지였다.

"장소는 전무님이 정하시죠."

처음부터, 가족인 적은 없었다.

린은 장소를 듣고 전화를 끊은 후에도 그 생각만을 수도 없이 되뇌었다. 내가 잘할 수 있을까. 아니 이제 그런 고민을 하기에도 너무 늦었다. 반드시, 잘해야만 했다. 자신을 믿어 준 도하를 위해서, 내내 잠들어 계시는 아버지를 위해서, 미래를 위해서······ 린은 강해져야 한다.

"이린 님."

미리 마중을 나온 것인지, 정장을 입은 사람들 중 여자 한 명이 앞서 나와 린에게 허리를 숙였다.

"전무님은 안쪽에서 기다리고 계십니다."

과연, 오빠라는 호칭도 역겨운 이복 동생이 아니라 거래의 대상이라면 이런 예우를 해 주는 건가.

"그 전에, 잠시 보안 문제로 실례하겠습니다."

물론 속셈은 여기에 있었다.

"내가 여기 들고 오면 안 될 거라도 들고 왔다는 뜻인가요?"

"내방하시는 모든 손님께 적용되는 보안 사항이니 협조 부탁드리겠습니다."

흡사 공항처럼 꾸며 놓은 게이트를 잠시 응시하던 린이 선뜻 그 사이로 걸어 나갔다.

"좋아요. 내가 총기류는 물론 어떤 도청이나 녹음 장치도 가지고 오지 않았다고 전무님께 꼭 전해 주세요."

금속 탐지기를 몸에 갖다 대고, 다시 손으로 더듬어 수색을 하는 과정은 치밀하고 꼼꼼했다.

"전무님이 계시는 층은 어떠한 도청, 감청이 불가능하게 설계되었으며 이는 원격제어 시에도 마찬가지니까 염려치 않으셔도 됩니다. 물론…… 총기류가 없다는 건 확실히 보고드리겠습니다."

린은 싱긋 웃는 여자를 빠른 속도로 지나쳐 영준이 기다리고 있는 방에 도달했다. 심호흡을 할 여유도 없었지만, 이제 더 이상 그런 마음 다짐이 필요한 단계는 아니었다. 있는 그대로 부딪치면 된다. 린에게 남은 건 그것뿐이었다.

"본론만 간단히 하지. 아무리 따분해도 막 낭비할 정도로 시간이 많은 건 아니라서."

영준은 린에게 짧은 시선을 던지고는 이내 손에 쥐고 있던 퍼즐 큐브를 짜 맞추는 데 집중했다.

"아까 말씀드렸듯이, 거래를 했으면 해요. 제가 제안했으니 먼저 원하는 걸 말씀드리는 게 맞겠죠. 구구절절 설명드릴 필요는 없을 것 같고, 결론적으로는 돈이에요."

하지만 귀는 분명 린에게 열려 있을 것이다. 저런 허세는 영준의 주특기였다.

"뭐?"

"자세한 내역은 아까 수행원 시켜서 책상에 올려 드린 걸로 아는데요."

쉴 새 없이 큐브를 움직이던 영준의 손길이 멎었다. 그는 옆의 파일을 집어 들더니 정확히 10초 후에 코웃음을 쳤다.

"진심이냐?"

"아, 한 가지 적지 않은 게 있는데 그건 곧 말씀드릴게요."

"아니…… 이린이 미쳐서 재미있는 꼴이나 볼까 했더니, 이건 뭐 농담치고도 최악인데."

영준이 심드렁하게 말했다. 하지만 그는 분명 린이 무언가를 가지고 있다고 생각할 터였다. 그게 아니었다면 영준이 이렇게 직접 그녀를 상대하고 있을 리가 없었다.

"그래도 이왕 배팅까지 했는데, 패 한 번은 뒤집게 해주지 않으실래요?"

대답은 없었지만, 이미 큐브는 멈췄다.

※　※　※

같은 시각, 도하는 어느 주택 안으로 안내되고 있었다. 도하답지 않게 긴장을 한 까닭에는 사태의 긴박함도 있지만 상대가 잘 모르는 여자라는 것도 있었다.

"어서 오세요."

마중을 나온 여자는 드라마에서 나오는 부잣집 며느리에 부합하는 수수하면서도 귀티 나는 복장을 하고 웃었다.

"갑자기 찾아뵙게 돼서 죄송합니다."

"아니에요. 예쁜 후배 부탁인데 차 한잔 정도는 대접할 수 있죠."

집 안도 그녀의 분위기를 닮아 과한 화려함 없이도 고급스러움을 풍기고 있었다. 커다란 유리창으로 정원이 보이는 티 테이블에 앉은 도하는 차를 한 모금 머금으며 애써 초조함도 삼켰다.

"차가 입에 맞으셨으면 좋겠네요."

"아, 네. 아주 맛있어요."

잠시 어색한 정적이 흘렀다. 도하는 할 말을 고르는 중이었고, 상대편의 여자는 기다림에 익숙한 듯 보였다.

무슨 말부터 꺼내면 좋을까. 그때 도하는 문득 린의 충고를 떠올렸다. 무슨 말을 하든, 있는 그대로 솔직하게 말하면 들어 줄 사람이라고. 그제야 도하가 고개를 들어 맞은편에 앉은 상대를 천천히 들여다봤다.

"그러고 보니, 구면이죠. 그때, 파티에서 도와주신 거 참 감사했습니다."

"제가 뭘 했다고요."

"아뇨, 덕분에 살았다고 우리 와이프가 그랬는걸요."

여자의 이름은 은정이었다. 수연이 주최한 파티에서 망신살을 당할 예정이었던 린과 도하의 곁에서 조용히 웃으며 흐름을 바꾸어 주던 그녀는 도하의 기억에 장관님 댁 따님, 혹은 의원님 댁 사모 님이라는 호칭으로 불렸다. 아마 그게 린이 자신을 여기에 보낸 이 유일 것이다.

"제가 눈치가 좀 없어서 불쑥불쑥 흐름을 끊곤 해요. 린이한테 도움이 됐다면 다행이죠."

호호, 웃는 은정의 말에 도하의 마음이 조금 편해졌다.

"다행이네요. 저도 눈치 없단 소리를 많이 듣는데."

은정의 눈에도 그래 보였다.

"참, 여담인데 우리 와이프 말로는 그……."

뭐라 호칭해야 할지 난감해하는 도하의 표정이 은정은 마냥 재 미있다는 듯이 웃었다.

"그냥, 은정 씨요. 와이프 친구니까."

"아, 그렇죠. 은정 씨가 언론 쪽과 인연이 깊다고 하셔서 부 탁…… 아, 절대 청탁이 아니고 순수한 의미의 부탁…… 아니, 그 냥 소소하게 제 입장의 피력으로 수정하는 게 좋을까요?"

아무래도 상대가 정계에 연관이 있다는 걸 알고 보니 도하는 말 한마디가 조심스러워졌다. 그런데 은정에겐 이런 모습도 재미있었 나 보다.

"뭐든 어때요, 공식적인 자리도 아닌걸요. 게다가 제가 정치를 하는 건 아니거든요."

"그럼 부탁과 청탁과 피력을 합쳐서 말씀드리겠습니다. 지금 제 가 아주 곤란한 처지에 있습니다. 제 회사도요."

"네, 아까 통화로 대강은 들었어요."

시종일관 차분하고 온화한 태도를 잃지 않는 은정 덕분에, 도하는 속내를 늘어놓기가 한결 가벼워졌다.

"힘든 시간을 보내고 계시다고……."

"아뇨, 이건 제가 벌인 일이니까 더 당해도 쌉니다. 고생도 워낙 많이 해서 당장 파산한대도 이 정도야 아무렇지도 않고요."

하지만 안도감과 동시에 마음이 아픈 건 어쩔 수 없었다. 지금 린이 만나고 있을 상대는 이렇게 배려심을 보여 주지 않을 테니까. 그런 곳에 린을 혼자 보내고서, 자신이 여기에 있다는 사실을 도하는 한순간도 잊을 수가 없었다.

"하지만 그 사람은 아니니까…… 그 점이 가장 힘들고 괴롭네요."

은정은 한순간, 도하의 눈에서 진정성을 읽어 냈다. 정치가의 집안에서 태어나 다시 정치인의 부인이 된 은정인 만큼 사람 보는 눈은 자신이 있었다.

"걱정 마세요. 보기보다 훨씬 강한 애니까."

이 위로도 진정이었다. 그리고 이제야 이야기를 들을 마음이 생겼다. 무수히 많은 사람들이 은정을 찾아와서 해 대는 말이 아닌 참된 이야기를 듣고 싶어졌다.

"참, 그 피력이라는 거…… 뭔지 궁금한데요."

"아, 제가 잠깐 딴 길로 샜네요. 이해하시죠? 원래 눈치가 없는 사람들이 좀."

"네, 이해해요."

이걸로 확실해졌다. 이 남자는 정말로 솔직하고 정직하다는 것이. 은정은 간신히 웃음을 참고 도하의 다음 말에 집중했다.

"제가 어떤 사실을 두 가지 갖고 있습니다. 우리 와이프는 그걸 두 개의 상자라고 말했는데, 아주 적절한 표현이라고 생각합니다. 그 '상자'는 단 한 번밖에 열 수 없고, 한번 열면 다시 닫을 수 없다는 전제가 있거든요."

"재미있는 이야기네요. 물론, 그 상자가 열리면 세상이 조금 술렁이는 전개겠죠?"

"네, 유감스럽게도."

이제 찻잔의 김이 식었다. 본론에 도달해도 좋을 때였다.

"그런 상자들이라면 모든 언론사에서 탐낼 텐데, 굳이 누구라도 상관없지 않나요?"

"타이머가 필요했습니다. 열리는 시점을 지정할 수 있으면서 열리기 직전까지는 누구도 열어 볼 수 없는 아주 믿음직스러운 타이머가."

"마치 시한폭탄 같네요."

"폭탄은 없습니다. 상자에 들어 있는 건, 어디까지나 진실뿐이니까."

도하의 말에 은정은 잠시 말을 멈추고, 간신히 온기만 남은 찻잔을 한 모금 머금었다.

"이도하 씨 생각인가요?"

"네, 그렇게 생각합니다."

보통 이 정도로 떠보면 고단수는 넘어온다.

"동의하고 있지만, 그 생각을 해내신 건 아니고요?"

"네?"

보통 사람은 반문한다.

"아…… 티 많이 나나 봐요?"

그리고 눈치 없는 이 남자는 이렇게 은정의 허를 찔렀다.

"우리 와이프가 해 준 말인데, 참 좋은 얘기죠?"

해맑게 웃으며 반문까지 하는 이 남자를 두고 보니, 새삼 린이 생각나는 은정이었다. 마냥 자신이 언니인 줄 알았는데, 어쩌면 아닐지도 모른다고.

"네, 좋은 얘기죠. 하지만 하나 빼먹으셨어요."

"아, 하나 빼먹은 것 같기도…… 어? 근데, 어떻게 그걸."

은정의 어린 후배는 참 재미있는 남자에게 시집을 간 것 같다.

"하나의 상자가 있다. 그 상자는 적절한 시각, 적절한 자에 의해서 개봉되어야 한다. 상자의 내용물은 그 전까지 알 수가 없으며, 한번 개봉하면 돌이킬 수 없다. 다만, 상자는 시한폭탄과 같은 살상력이 있는 무기 등과는 전혀 성질이 다른 것이다. 그 안에 들어 있는 것은 진실뿐이기에…… 그 상자로 인해 다치는 것은 곧, 이미 진실을 배반한 자들이다."

도하가 했던 이야기가 은정의 목소리에 고스란히 녹아들고 있었다. 게다가 도하가 깜박 놓쳐 버린 마지막 한마디까지.

"그렇게 놀란 표정 하실 거 없어요, 제가 한 이야기도 아니니까."

"하지만 이건 거의 원작 수준인데……."

"아마 린이도 이렇게 말했을걸요? 우리, 같은 수업 들었던 교수님이 해 주신 말씀이니까."

그제야 도하가 고개를 느릿하게 끄덕였다.

"어쩐지 하나 빼먹은 것 같더라니……. 저, 이건 비밀로 해 주실 수 있죠?"

"봐서요."

호호, 은정이 웃는 순간을 놓치지 않은 도하가 몰아붙이듯 다음 말을 꺼냈다.

"그럼, 상자는 맡아 주실 건가요?"

"음…… 어떨까요."

늘 웃는 사람의 속내는 모른다더니, 지금 도하의 심정이 딱 그랬다. 도하의 기분을 모를 은정이 아니기에 이 사소한 놀림은 오래가지 않았다.

"이도하 씨가 제게 맡기실 것들이…… '상자'라는 건 분명한가요?"

이건 몹시 단순한 질문이었다. 당장이라도 고개를 끄덕일 수 있을 정도였다. 하지만 도하는 그러지 않았다. 스스로에게도 물어야 했다. 이미 백만 번의 확신이 있더라도 마지막의 마지막 순간까지도 물어야 한다. 애초에 이 상자는 도하가 만들어 냈으니까.

"……네. 맞습니다."

그리고 늘 그랬듯, 도하는 답을 내었다.

"제가 눈치가 없어서 드리는 말씀인데."

거짓말, 눈빛이 결연한 도하를 보며 은정은 속으로만 생각했다.

"첫 번째 상자만큼은 무슨 일이 있어도 받아 주시길 바랍니다. 그 상자가 제때에 열리지 않으면 소소하게 열심히 살아온 무수히 많은 사람들이 절망을 마주 보게 될 겁니다. 내가 관계됐건 아니건, 그런 일은 없었으면 합니다."

도하는 모르겠지만, 교수님은 말씀하셨다. 상자라는 건 애초에 대중을 보호하기 위한, 보다 정확히는 이 불합리한 세상에서 보다 선량하게 살아가는 이들을 위한 마지막 보루라고.

"두 번째 상자는요?"

"그건 제 가족을 지키고 싶은 마음입니다. 그러니 무리가 된다면……."

"가족이라면."

"우리 와이프……밖엔 없겠죠, 제겐 딱히."

은정은 따스한 미소를 지어 보였다. 도하도 마음이 편안해졌다. 아마 린과 했던 약속은 지켰지 싶었다. 도하를 가장 잘 아는 린이 도하에게 딱 맞는 말만을 해 준 거겠지만.

"하지만 결정은 은정 씨의 입장도 있는 거니까, 더 시간을 빼앗지는 않겠습니다."

도하는 테이블 위에 작은 USB를 올렸다.

"제발, 꼭 첫 번째 상자만큼은 받아 주셨으면 합니다."

"그건 제가 결정하는 문제 아닌가요?"

"그렇지만…… 무슨 일이 있어도 사람들의 피해를……."

"아뇨, 몇 개를 받을지 정도는 제 선택이잖아요?"

은정이 테이블 위에 놓인 USB를 집었다.

"게다가 어차피, 이 안에 상자는 두 개 다 들어 있죠?"

"그것도…… 티가 많이 나나 보네요."

이제 차는 다 식었다. 그만 일어날 때라는 뜻이었다.

"첫 번째는 내일 오전 11시, 두 번째는……."

"연락이 올 때, 맞아요?"

"……네, 맞습니다. 하지만 정확하게 시간을 정하는 건 불가능할 테니, 가급적이면."

"누가 그래요?"

"예?"

싱긋 웃는 은정의 미소가 이젠 살짝 무섭기도 하다.

"초 단위로 지정해 주셔도 돼요."

"아니, 그건 좀……."

"아뇨, 그러라고 나한테 보냈을걸요. 우리 후배님은 그런 사람이 니까."

"……네?"

은정이 속으로 혀를 찼다. 확실히 눈치는 좀 없는 것 같았다.

"정말 몰랐어요? 그냥 연줄이 있다고 해서 부탁하러 온 건가 요?"

"뭐, 그렇죠?"

그렇지만 참 재미있는 사람이었다.

"우리 남편, 뭐 하는 사람일 것 같아요?"

"의……원님?"

"그럼 그 전엔 뭐였을까요?"

"어…… 그러게요?"

은정은 이제 딱 보면 안다. 상대가 진실을 말하는지 어떤지 정도 는. 아주 확실한 건, 초반에 이 남자가 저 스스로 눈치가 없다고 했 던 말이 진실이라는 것.

"Y 미디어사의 사장이었어요."

"Y면…… 뉴스 채널이랑, 신문 갖고 있는 그……."

"그 외에도 많지만요."

"와……."

도하의 끄덕임은 많은 감정들을 내포하고 있었다.

"그럼, 이제 배웅해 드릴게요. 이것도 주부한테는 쏠쏠한 일과거든요."

모를 말들을 하며 웃는 점이 린과 조금 비슷하다 느껴졌다. 물씬, 린이 보고 싶어진다.

"참, 상자를 맡아 주시는 대가는 뭔가요?"

신발을 신으며 도하가 아무렇지도 않게 말을 건넸다. 순수해서 더 무서운 말이었다. 하긴, 남모르게 트렁크에 사과 박스를 실어 두거나 금괴를 내버려 두고 가는 저열한 수법보단 훨씬 환영하지만.

"아, 너무 눈치 없는 타이밍이었나요."

씩 웃는 도하에게서 다른 저의는 보이지 않아서, 은정도 똑같이 솔직해지기로 했다.

"이 집의 안주인으로서는 미래의 가능성이겠죠. 우리 그이는 청년 산업과 IT 분야의 성장을 중점적으로 모색하고 있으니까요."

"아하, 일종의 정치적인…… 뜻이 같다면 당연히 협력하겠습니다."

"나중에 부부 동반으로 저녁이라도 먹어요. 남자들끼리 뜻이 통하면 참 좋잖아요?"

도하가 마주 웃었다. 하지만 속내는 복잡했다. 아마 미래의 가능성에 포함된 의미가 다를 것이다. 그럼에도 기업을 하게 된다면, 결국 누군가와는 손을 잡아야 할 테니 도하에게도 은정에게도 투자의 기회라는 건 같은 셈이었다.

"그럼, 두 번째 상자를 맡아 주시는 이유는요?"

굳이 물을 필요가 없다는 건 도하도 알고 있었다. 그래도 확실하게 해 두고 싶었다.

"나도 그 애가 좋거든요."

은정에게서 돌아온 대답은 지금까지 도하가 보인 모습 못지않게 엉뚱했다. 아무리 눈치 없는 도하라도, 이 답이 생소한 건 알겠다.

"구둣주걱은 여기 있어요. 신발 신으시면서 들으세요. 그냥 별건 아니고…… 우리 둘 다 대학을 다니면서도 조금 붕 뜬 기분이 있었어요. 아무래도 소문이라는 게 있으니 어쩔 수 없는 거겠죠."

도하는 본래 구둣주걱을 쓰지 않았다. 신발이야 구겨 신으면 그만이니까. 하지만 은정의 호의를 거절할 정도로 눈치가 없지는 않았다.

"서로를 알고 있었어요. 말로 하진 않았지만, 서로 배려해 주고 있다는 것도 느꼈죠. 우리는 둘 다 공기처럼 지내다가 졸업하면 되는 처지였으니까, 모두가 바라보는 가운데 아주 조용히 학교를 다니는 데 열중했달까……."

구두를 신는 시간이 참 길다. 다시 한번 말하지만 도하는 그 정도의 눈치는 있었다.

"내가 4학년일 때, 전국적으로 대자보가 붙었어요. 우리 아버지와 관련이 깊은 일이었죠. 그런데 누군가 나를 타겟으로 한 건지…… 내가 듣는 수업 문에 아주 크게 붙여 놨더라고요. 큰 글씨로 쓰여 있었어요, '이걸 찢고 가면 부모를 버리고 출석을 하는 걸까? 어디, 결과는요?' 라고……."

더 이상은 구두를 신는다는 핑계는 의미가 없었다. 이미 신을 다 신은 도하가 은정의 눈을 보고 있었으니까.

"난, 망설였어요. 늘 수업 10분 전에 도착했는데, 출석을 부르기 시작한 후에도 들어가지 못했죠. 지금 생각하면 참 우스운 일이지만."

"우리 와이프가 그때 나왔나 보죠?"

"정답. 나중에 알고 보니 모 도로에서 사고가 나서 늦었다더군요. 하지만 내겐 늦지 않았어요."

아아, 도하는 그냥 고개를 끄덕였다. 도하가 아는 우리 와이프라면 어떤 행동을 했다고 해도 놀라지 않을 것이었다.

"나한테 아무렇지도 않게 안녕하세요, 라고 인사를 한 후에 그 벽보가 붙은 문을 보고는 아무렇지도 않게 찢어 버리더군요. 그걸 찢는 건 당시에 엄청난 반항이었는데……."

그럴 만도 했다. 도하가 아는 린은 그런 사람이었다. 조금 신기한 건, 우리 가풍을 알기 전에도 그렇게 멋대로 잘 사는 여자였다는 점. 그게 또 가슴을 뛰게 한다는 점이겠지.

"역시나 누군가 항의하러 오자, 또 아무렇지도 않게 말하더라고요. 이건 불법 게시물이고, 학생들의 면학 취지를 방해하기에 없앤 것뿐이라고. ……그거 아세요? 그 후가 더 가관이었어요. 그걸 붙인 애들이 막 몰려와서 소란이 빚어졌는데, 글쎄 학칙을 다 줄줄이 외는 건지 뭔지, 이건 이 조항에 안 맞고 이런 이치에 안 맞는 게시물은 안 되고, 아주 조용조용히 할 말은 다 했어요."

도하가 웃었다. 어렸던 린의 용기가 예뻐서 자꾸 웃음이 났다.

"뭐, 사실 별일은 아니지만…… 난 기뻤어요."

은정과 도하가 아는 린은 같은 사람이었다.

"난, 정치인의 아내라서, 진 빚은 꼭 갚아야 하거든요."

"걱정 마세요, 저도 신발 다 신었으니까."

같은 사람을 떠올리며 마주 웃을 수 있다는 건 참 좋은 일이다.

"그때 진 빚을 갚는 걸로 할게요."

도하가 지금 웃는 건, 린에게 이 답을 들려줄 기대 때문이었다. 한시라도 빨리 만나고 싶고, 한시라도 빨리 이야기를 전하고 싶었다.

"참, 하나 더."

이제 떠나려던 도하를 붙잡은 은정이 또 웃었다.

"부부 동반으로 저녁 먹자는 약속은 유효하죠?"

"그럼요."

웃음으로 나누는 이야기는 끝났다. 그 모두가 린의 덕분이라는 걸 알기에, 더 달려가고 싶은 도하의 마음이었다.

"계란말이에 치즈 넣어 드릴게요."

이건 최대한의 서비스였다. 상큼하게 웃어 보인 도하가 멀어졌다. 마치 린에게 달려가기라도 할 듯이.

"아…… 신혼이었지."

봄바람이 나름 밤에는 찼다. 은정이 혼잣말을 하며 카디건을 여미려는데 주머니에서 휴대폰의 진동이 느껴졌다.

"응, 여보."

눈치가 없지도, 뻣뻣하지도 않은, 그냥 은정의 애교였다.

"……참, 내가 상자를 두 개 맡았는데 괜찮죠, 여보?"

이제부터 본격적인 밤이 시작된다. 도하와 린이 달려갈 밤이기도 했다.

린을 노려보는 영준의 눈빛은 마치 상위 포식자 같았다. 하지만 여기까지 온 린은 용기를 내어 그 눈을 마주 보기로 했다. 더 이상 체념하고 피하는 건 없다. 적어도 이 방에서는 살아 나가야만 했다.

"얼마 전에 아버지 병문안을 갔다가 많은 생각을 하게 됐어요. 아버진 이런 저라도 막내라며 가끔 책을 읽어 주시곤 했죠. 제가 제일 좋아했던 건 '잠자는 숲속의 공주'였어요. 공주가 마법에 걸려 잠에 빠지자 온 나라의 사람들이 전부 잠들어 버리는 이야기라는 거, 오빠도 아이가 있으니 아시죠?"

영준은 무표정을 유지했지만, 눈 밑 근육이 의지와 상관없이 작은 경련을 일으키는 것까지 막지는 못했다.

"왕자님의 키스로 공주가 잠에서 깨어나면 모두가 다시 잠에서 깨어날 수 있어요. 예를 들면 공주의 아버지인 왕이라든가."

언뜻 무가치한 이 대화 속에는 영준을 자극하는 요소들이 많이 담겨 있었다. 어디까지 알고 있는지는 파악할 수 없지만, 적어도 이린이 알아야 할 것들은 모두 알고 있다는 아주 불쾌한 직감이 영준을 엄습했다.

"하. 그거 기가 막힌 패라는 건 인정해야겠군."

"이 판의 유일한 조커였겠죠, 아마?"

여전히 차분한 목소리였지만 이젠 제 할 말을 한 마디도 놓치지 않는 린은 더 이상 영준이 알던 그 힘없는 이복 여동생이 아니었다.

"좋아, 네게 조커가 있다는 사실을 알았으니 더 이상 궤변은 집 어치우지."

"그럼, 거래를 시작해 볼까요?"

"그래, 내 인생에서 가장 불쾌한 경험이 되겠지만 말이다."

드디어 영준이 큐브를 내려놓고 몸소 린의 맞은편에 있는 소파에 앉았다.

"하지만 미심쩍은 점은 여전히 남아 있어. 그것부터 해명해 봐."

"얼마든지요."

"우선 동기. 네가 갑자기 혼자서 이런 발칙한 생각을 해낼 이유가 없지 않나? 무슨 수상한 꿍꿍이가 있는 게 아니라면 말이야."

영준이 만만치 않은 상대라는 건 이미 린도 각오하고 온 바였다. 당연히, 대답은 준비되어 있었다. 비록 그 내용이 린의 마음에는 조금도 들지 않지만.

"제가 집을 나가기 전에 어머니의 강요로 상속분 포기 각서에 서명을 했어요. 물론 전무님도 잘 알고 계시겠죠."

"네가 유산을 받을 권리까지 착각한 거겠지."

"그러게요. 근데, 법적으로는 그런 권리가 있다나 봐요? 상속 유류분 청구라고…… 아, 물론 전무님이 그런 것도 모르실 리는 없죠."

린은 법적으로 이 회장의 친자로서 호적에 등재되어 있었다. 즉, 자녀로서 유산을 청구할 권리를 보장받은 것이다. 이 경우 너무 불합리한 상속 배제가 이루어진다면 린이 직접 소송을 청구하여 본래 자신의 몫에서 절반은 받아 낼 수 있었다. 절반이라 해도 만만치 않은 액수였다.

"발칙한 생각이긴 한데, 그럼 그대로 하지 왜 여기 와서 꼴값이야?"

"유산 집행이 안 이루어질 것 같았거든요. 아버지가 돌아가셔야 유산을 집행할 텐데, 아버지는 그저 잠들어 계신 것뿐이니까."

"의료진들이 결정한 바다."

"그리고 그 의료진은 어머니가 투입하셨죠. 조커가 왜 조커라고 생각하세요? 뜻밖에 튀어나와서도 있지만, 그만큼 강력해서기도 하잖아요."

후, 작은 웃음을 지어 보이는 린은 테이블 아래로는 덜덜 떨리는 제 손을 부여잡고 있었다.

"그래서 네 입막음비를 달라고?"

"아뇨. 어차피 아버지는 회사의 권위를 위해서 계속 살아만 계셔야 할 테니까 미리 유산을 받겠다는 것뿐이에요."

린은 아버지란 단어를 입에 담을 때마다 눈앞의 얼굴을 갈기고 싶었지만, 지금은 참아야 했다.

"역시 이래서 혈통이 중요하다고 하는지……. 네 같잖은 생각들이 반편이나마 내 동생이라니 역겨울 뿐이다. 바보 같은 것, 그게 어머니가 손을 쓴 거라는 증거는 어디에 있지? 회장님은 지금 최고의 의료진들의 판단하에 저체온을 유지하시며 치료 중일 뿐이라고 한다면? 넌 그냥 재산을 뜯어내려다 팽개쳐진 첩년의 딸밖에 안 되는 거야."

이런 때 흥분하면 반드시 진다. 오히려 한숨 쉬어 가며 상대의 머리를 더욱 복잡하게 하는 것이 나았다.

"그럴까요?"

이 회장은 유일한 아들인 영준에게만 제왕학을 가르쳤다. 영화는 수연의 품에서만 컸고, 린은 인문학과 외교술을 배웠다. 당시 특별한 뜻이 있었다고는 생각지 못했는데 문득, 린은 먼 곳의 아버지가 등 뒤에 서서 지켜보고 계신 것 같은 느낌이 들어 허리에 꼿꼿이 힘이 들어갔다.

"아니라는 증거라도 있다는 거냐? 네 주제에 그런 정보에 접근할 수 있을 리……."

"요즘 세상에 꼭 국과수라도 와서 수사를 해야 꼭 증거가 되는 건 아니잖아요. 아버지 병실에 있던 의료 기기들의 사진, 전 정확히 뭔지 모르겠지만 세상에 알려지면 누군가 밝혀 주겠죠? 참, 우연히도 TV 화면의 뉴스도 함께 찍혔더라고요."

영준은 입을 다물었지만 린을 노려보는 눈길은 여전히 매서웠다.

"우연 하니까 말인데, 제 친구의 친구가 정말 우연히도 간호사라서 간호 일지도 조금……. 아, 대형 병원에서 가장 중요한 증거의 키는 오히려 간호 일지라면서요?"

이건 린의 허풍이었다. 하지만 도박판에서는 가진 패만큼이나 허풍이 중요한 법이었다.

"제가 요즘 수사 드라마를 즐겨 봐서요."

한마디 덧붙이며 웃는 게 조금은 어색했지만, 도하에게 배운 만큼 아주 서툴지는 않았다. 적어도 영준을 도발하기엔 충분했다.

"……미친년."

마지막 한 음절은 영준의 헛웃음에 가려 잘 들리지 않았지만, 의미는 똑바로 전달되었다. 영준으로서는 드물게 노골적인 욕설이었다.

"영광이네요. 저 원래 전무님한테 벌레만도 못한 사람이었잖아
요?"

아주 작고 어렸던 린을 징그러운 벌레처럼 바라보던 영준이 하
는 말이라 별로 놀랍지도 않았다.

"그럼, 차라리 미친년이 마음에 드네요."

그 순간, 테이블 위에 있던 유리 재떨이가 허공을 향해 날아가더
니 쨍그랑, 둔탁한 파열음을 내며 벽에 부딪쳐 산산이 깨어졌다.

"뭔가 착각하나 본데, 넌 여전히 벌레만도 못한 년이야. 더러운
네 혈통이 벌레만도 못하고, 어디 나가 죽어 버릴 용기조차 없는
한심한 쓰레기지. 지금도 내 앞에서 몇 푼 구걸하자고 천박한 짓거
리를 하고 있다는 게 그 증거고."

영준을 도발해서 충분히 분노하게 하는 데는 성공했다. 그런데
마음 한구석이 깨어진 유리 조각으로 찔리는 것 같은 느낌은 어째
서일까. 거의 평생을 그런 눈길을 받으며 살아왔는데, 아직도 완전
히 마비가 되진 않았나 보다.

"하지만, 거래의 상대라면…… 비즈니스니까, 벌레든 미친년이
든 괜찮지 않을까요."

테이블 아래에서 덜덜 떨리던 린의 손은 멈췄다. 대신, 손톱이
손바닥을 파고드는 아픔이 느껴지지 않을 정도로 한계가 가까워졌
다.

"그래, 그런 더러운 게 사업이니까."

영준은 성질대로 린의 뺨을 치는 대신, 본인이 살아왔던 방식대
로 처리하는 걸 택했다.

"이도하가 시킨 건가? 그 정도 인물은 안 되는 놈이라 너 같은

거랑 짝을 지어 줬던 건데, 내 판단이 틀렸는지 좀 의심스러워서."

"아뇨, 전무님 판단이 맞아요."

하고 싶지 않은 말. 그러나 해야 하는 말의 차례가 왔다.

"저, 그 사람이랑 이혼할 거예요. 준비도 끝났어요."

이런 말은 어느 꿈속에서라도 떠올리고 싶지 않았다. 지금 잡고 있는 도하의 손을 평생 놓고 싶지 않았고, 그의 아내라는 자신이 너무…… 너무나도 소중해서.

"가라앉는 배에선 떠나는 게 맞잖아요? 애초에 전무님이 절 팔 아넘기신 거나 마찬가지인 결혼에 제가 더 무슨 재미를 보겠다 고."

영준의 폭언보다 스스로 하는 말이 더 제 맘을 쓰리게 했다.

"그게 다 쇼였단 말이지."

흥, 고개를 끄덕이던 영준이 담배를 꺼내 물었다.

"하기사 내, 그럴 줄 알았다."

치익, 담배 끝이 불꽃에 타들어 가면서 실내에 매캐한 연기가 번 졌다.

"결혼이니, 사랑이니…… 아주 재미있었어. 그놈은 꽤 진심인 것 같아서 더 웃겼지. 하지만 너도 그 연극에 푹 빠진 것처럼 보였 는데, 내 착각인가?"

"아뇨, 재미있었어요."

린은 분홍빛 예쁜 입술로 미소를 지었다. 아무리 제 가슴이 찢어 지듯 아프대도, 이 미소는 꼭 지어야만 했다.

"덕분에 제가 감히 전무님과 같은 협상 테이블에 앉아 있잖아 요?"

픽, 웃은 영준은 속으로만 생각했다. 저 버러지 같은 것도 결국 반편의 핏줄을 이은 건 확실한 것 같다고. 그게 딱히 어떤 의미를 주는 건 아니었지만, 린의 말대로 거래를 하기 위한 대상이 될 자격을 주기엔 충분했다. 같은 종류의 인간이라는 건, 꽤 편리하니까.

"일단, 정리를 좀 하지."

영준은 린이 미리 올렸던 서류를 휘리릭 넘겼다.

"먼저 조건은, 네가 출가외인으로서 산다는 거다. 앞으로도 평생…… 어떤 놈팡이를 만나든, 더 이상 관여할 수 없다는 것. 뭐 그 정도야 너도 알고 왔겠지."

아직 본론까진 멀었다는 사실이 린의 속을 타게 만들었다.

"청담동 건물 하나, 한남동 빌리지 두 채, 삼성동 클리닉 빌딩 하나."

린이 제시했던 리스트 중 일부였다. 영준은 만년필을 들어 시원시원하게 항목마다 체크를 하고 나선 린을 봤다.

"그 정도로는 만족 못 해요."

"물론, 네년이 내 눈앞에 보이지 않도록 이 나라에 돌아오지 않는 조건으로 깨끗한 현찰 20억."

그 깨끗한 현찰은 아마 도하의 것이었겠지.

"좋아요."

린은 또 웃었다.

"그럼, 새 게임 하지 않으실래요?"

고작 돈 따위를 뜯어내려 여기에 온 건 아니었다. 이제부터가 진짜 목적의 시작이었다.

"이 사장이 대책을 세우고 있어요. 모르셨죠?"

도하를 그런 이름으로 부르고 싶지 않았는데.

"참고로, 전 그 모든 걸 알고 있는데…… 내일 중요한 날이죠?"

"원하는 건?"

영준의 눈가가 씰룩거렸다. 처음으로, 영준이 린을 비즈니스 파트너로 대하는 순간이었다.

"그 작전, 저도 끼워 주세요."

"내가 왜?"

"그 대책, 제가 알려 드릴 수 있으니까."

잠시, 영준이 린을 빤히 들여다보았다.

"아…… 그랬던 건가."

영준의 시선에 조금 더 살기가 묻어났다.

"그동안 너무 과소평가했었군. 골 빈 영화 년이랑은 아주 달라. 그 발톱을 숨기고 있었다는 것도, 너무 놀라워서 박수라도 쳐 주고 싶을 정도야. 미리 알았으면 널 벌레보단 낮게 취급했을 텐데 말이야."

"그랬으면 진즉에 절 죽이실까 봐."

피식, 영준이 웃었다.

"하긴. 꼭 그 이유가 아니라도 가끔 목 졸라 죽이고 싶었을 정도니까."

비릿한 미소를 지으며 그런 말을 한다는 점이 꼭 영준다웠다.

"음, 그건 잘 모르겠지만."

사실 잘 안다. 늘 느끼고 있었다.

"전무님이 완벽주의자라는 건 잘 알거든요."

구역질이 나는 건 이쪽도 마찬가지였다.

"이 작전에서 작은 오점이라도 생기면, 조금 짜증 나실 것 같아서 제안한 것뿐이에요."

"내가 그 정도 대책도 없을까 봐?"

"혹시 신제품의 결함 같은 거요?"

린의 정곡에 영준은 불쾌한 듯 숨을 뱉었다.

"그건 이 사장이 이미 계획한 바예요. 아마 언론이나 이런 걸 이용할 생각이겠죠."

이제 린의 목적이 거의 코앞에 다다랐다. 마지막 순간까지 긴장의 끈을 놓지 않기 위해 린은 숨을 골랐다.

"그걸 막는 대신, 발표회가 끝나면 이 전무님 쪽 보도 자료를 뿌릴게요."

"……조건은?"

"없어요. 대신, 아까 전무님이 약속해 주신 것들을 발표회 전에 전부 처리해 주셨으면 해요."

"지불이 먼저라는 건가."

"네, 일이 다 끝나면 저 같은 미친 여자의 권리는 순식간에 사라져 버릴지도 모르잖아요."

약간 아쉽지만, 여기서 마쳐야 했다. 린은 확답을 듣고 싶은 마음이 강했지만 더 이상 영준을 자극해선 안 된다는 이성의 판단에 따라 천천히 자리에서 일어섰다.

"결정되면 보도 자료와 함께 넘겨주세요. 내일 오전까지 기다릴게요. 그럼, 전 이만."

린이 영준의 앞에서 등을 돌리고 두 발짝을 뗐다.

"잠깐."

등 뒤의 목소리에 린의 가슴이 철렁 내려앉았다. 예상보다 훨씬 빠른 전개에 하마터면 속내를 들킬 뻔했다.

"이 건물에서 한 시간 더 기다려. 이 악연은 오늘로 끝내는 게 나을 것 같다. 그러니 그대로 돌아보지 말고 내 인생에서 꺼져 버려."

그 말대로 린은 돌아보지 않았다.

"네, 분부대로."

다만 조용히 미소 짓고 있었다.

❀　❀　❀

어둑한 거실에서 홀로 초조한 시간을 보내던 도하의 귓가에 자동차 배기음이 울렸다. 피곤에 절어 자꾸 눈이 감겨 왔지만 그 소리와 동시에 전신이 스프링처럼 튀어 올랐다. 도하는 어느새 현관을 향해 뛰어가고 있었다.

"저……."

막상 린을 보니 아무런 말이 나오지 않는 도하를 보고 마찬가지로 녹초가 된 린이 겨우 말문을 열었다.

"다녀왔어요."

도하의 팔이 대답보다 먼저 린을 와락 껴안자, 긴장이 풀린 린이 도하의 품 안에 무너졌다.

"……어서 와."

지금 두 사람은 같은 생각을 하고 있었다. 까마득히 길고 어두울 오늘 밤에, 둘이라서 다행이라고.

＊　＊　＊

아침은 여느 때와 같이 공평하게 찾아왔다. 사람들은 분주한 일상을 맞이했고, 도하와 린의 운명도 함께 시작되었다.

"지금 무슨 생각해요?"

오랜만에 넥타이를 서툴게 매는 도하를 보며 린이 묻자 도하는 고개를 갸우뚱했다.

"오늘 저녁엔 고기 먹을까…… 하는 생각?"

"정말?"

"어, 정말."

도하가 애써 태연한 체한다는 걸 알지만, 오늘은 모른 척 넘어가기로 했다. 이렇게라도 서로의 불안을 달래 주려는 도하가 린에게는 퍽 의지가 되었다.

"그럼 모처럼 부부 동반으로 출근해 볼까."

도하의 회사엔 이미 TF 팀이 집결해 있었다. 곧 시작될 영준의 발표회는 회의장에 생중계될 것이고, 각 직원들이 개별적으로 인터넷을 통한 실시간 반응 및 정보를 관측하고 통제할 예정이었다. 계획을 들은 린이 놀랐을 때 도하는 이제야 우리가 좀 IT 기업 같다는 농담을 했다.

"사장님, 5분 후에 발표회 시작합니다."

김 실장의 말에 고개를 끄덕인 도하는 회의실의 가장 상석에 단독으로 앉았다. 다른 직원들은 기다란 테이블에 일제히 착석했고, 린은 김 실장과 함께 도하의 뒤에 따로 마련된 자리에서 숨을 죽인 채 발표회의 시작을 기다렸다.

"현재 주가 미미하게 상승 중입니다. 어젯밤에 배포된 증권가 고급 찌라시의 영향인 것 같지만, 극히 적은 정보라서 변동이 크지는 않습니다."

"모든 포털 내 검색어 순위 변동 없습니다."

"SNS 상황도 마찬가지입니다."

모두의 시선이 스크린에 고정되어 있었다. 지금 행해지고 있는 그룹의 공채 발표와 연례 식순이 끝나면 영준이 끼워 넣은 신제품 발표회가 시작될 것이다.

— 다음은 중소기업과의 상생을 꿈꾸는 취지에서 생산부터 유통까지 전 과정을 본 기업이 지원하는 이른바 드림 프로젝트를 소개하겠습니다. 그럼, 이영준 전무님 모시겠습니다!

영준의 모습은 스크린 너머로도 충분히 소름 끼쳤다. 특히나 인상이 좋은 듯한 그 유한 미소가 가장.

— 이번 프로젝트는…… 협력과 상생을 도모하는 취지에서…… 중소기업의 아이디어에 기업의 힘을…….

린의 귀에는 영준의 말이 정확히 들리지 않았다. 그저 가증스러울 만큼 온화한 미소만이 눈에 띄었다.

— 차세대의 핫한 아이템으로 주목받고 있는 전동 킥보드입니다!

회견의 내용은 예상과 크게 다르지 않았다.

— 전격적인 협력과 지원을 통하여…… 좋은 사례로 남길 수 있도록 하겠습니다.

그리고 예상대로 평온히 마쳤다. 하지만 전쟁은 지금부터 시작이었다.

"검색어 순위 상승하고 있습니다."

"주식 매수량 꾸준히 상승합니다. 이대로라면 두 시간 내에 상한가 가능할 것 같습니다."

도하의 표정은 여느 때보다 심각했다.

"일단 매수량엔 신경 쓰지 마. 다만, 큰 폭으로 매도하는 세력이 있으면 바로 보고할 것."

영준의 속셈 중 하나는 차익을 남기는 것이다. 상한가를 치기 전에, 만족할 때가 오면 바로 자신의 지분을 매각하고 폭탄을 터트릴 테지.

그렇게 얼마의 시간이 지났을까. 초조함을 안고 간헐적인 보고들 사이에서 도하가 번민하는 사이 누군가 그의 어깨를 톡톡 쳤다.

"들어왔어요."

린의 눈이 웃고 있었다. 순간, 거짓말처럼 도하를 짓누르던 압박 감이 사라졌다.

"뭐가?"

일분일초가 급박한데도, 린의 말은 언제까지나 기다릴 수 있을 것 같은 기분이 들었다. 린은 대답 대신 휴대폰 액정을 도하의 눈앞에 내밀었다. 대강 보이는 건 입금액이 20억이라는 것과, 등기부 등본의 사진들.

"아…… 드디어 확실히 걸려 들었군."

그것으로 영준이 확실히 걸려 들었다는 게 분명해졌다.

"잘했어."

도하가 짧은 순간 린의 머리카락을 쓰다듬었다. 그리고 다시 고개를 돌리자, 여느 때보다 배는 카리스마가 넘치는 젊은 사장의 얼굴이 되었다.

"전원 주목! 곧 전투 시작이니까 다들 긴장 말고, 초반 공격은 정보 수집만 하는 형태로 한 시간 버팁니다."

도하가 말한 한 시간은 생각보다 길지 않았다. 어디선가 작정이라도 한 듯이 제품에 대한 음해 기사가 쏟아졌고, 외국인 세력을 포함한 작전주들이 빠져나간 직후 주가는 하한가를 칠 기세였다.

「치명적 결함 발견! 중소기업의 한계인가.」
「중국에서 대량으로 불량 모터 하청 의혹이 불거져.」
「아이들이 사용하는 제품, 중소기업 제재가 필요한 것 아닌지.」

거기에 댓글들까지 더하자면 기가 막힐 노릇이지만, 도하는 스스로를 믿기로 했다. 그리고 드디어 약속한 시간이 됐다. 하지만 그전에 딱 한 가지, 할 일이 남아 있었다. 도하는 린에게 눈짓을 한 후에 혼자 조용한 방으로 자리를 옮겼다.

뚜, 뚜…….

몇 번의 신호음이 울렸다.

— 이 사장이 전화할 줄 알았지.

수화기 너머에서 전해지는 영준의 목소리는 퍽 유쾌하게 들렸다.

— 물론, 내게 하고 싶은 말도 잘 알고 있어. 내 대답은 이미 늦었다는 것뿐이지만.

"처음부터 이럴 작정이셨습니까."

— 뭘?

"처음부터 절 이용할 작정으로 가문에 들이고, 제 제품을 취하셨냐는 말씀입니다."

도하는 이 모든 사건을 떠나서 인간 대 인간으로서 마지막 질문을 했으나, 어차피 의미 없으리라는 걸 알고 있었다.

— 이용? 싸구려 감성 팔이라도 할 작정이라면 때려치워. 이건 이용도 뭣도 아닌 그냥 자연현상이야. 내가 이긴 건 강하기 때문이고, 네가 진흙탕에서 나뒹굴게 된 건 힘도 없는 주제에 과한 꿈을 꿨기 때문이지 다른 이유는 없어.

"그 말을 듣고 나니 후련하네요."

그 말은 도하의 진심이었다. 도하는 아무리 적이라 해도 이렇게까지 저열한 사람이 아니라면 그 인생을 파멸시키기 망설였을 사람이었다.

— 왜, 복수극이라도 꿈꿨나? 지금이라도 구걸하면 그나마 나은 값에 그 회사 인수해 줄 수도 있는데?

"글쎄요, 구걸은 제 적성에 안 맞아서."

— 그렇겠지. 그럼 마지막 온정으로 한 가지 알려 주지. 자네가 데려간 잘난 트로피 와이프라는 거, 아주 요망한 물건이었어.

"그랬습니까."

더 이상 린이 영준에게 언급되는 것조차 불쾌했지만 도하는 꽤 침착히 받아쳤다.

　― 아, 그건 내 고의가 아니었어. 이린, 그 발칙한 게 트로피 와이프에 어울리지 않는 인물이라는 걸 나도 최근에야 알았거든.

　도하가 실소했다. 전혀 다른 의미로 내뱉었을 영준을 생각하면 우습지만, 그 한마디에 여태까지의 불쾌함이 날아가는 것 같았다.

　"그거…… 여태까지 전무님이 했던 말 중, 유일하게 옳은 말이군요."

　그래, 린은 고작 트로피 와이프 따위가 되기에는 너무나도 멋지고 사랑스러운 여자였다. 그 사실을 곧 영준도 깨닫게 되리라는 것은 가장 멋진 일 중 하나겠지.

　"아무튼 우리는 이제 적입니다. 그 자연현상이라는 거, 전무님도 즐겁게 체험해 보시길 바라죠."

　― 무슨 헛소리야. 너무 힘들어도 정신은 놓지 말지?

　"충고입니다. 내게 아내를 보내 준 데에 대한 감사로 베푸는 마지막 온정이라 생각하십시오. 그럼, 이만."

　최후통첩은 끝났다. 적은 마지막까지 인간 이하이기를 택했고, 도하는 덕분에 자신의 정의를 거스르지 않은 채 이 전쟁에 임할 수 있게 됐다.

　"사장님, 이제 슬슬 반격해야죠?"

　"지금 호박고구마 한 박스 먹은 거 같아요."

　"반격 안 하실 거면 빨리 말하세요, 사표 쓰고 사이다 사러 가게!"

회의실로 돌아오기 무섭게 히스테리를 부리는 과장 트리오를 보자 도하는 왠지 또 웃음이 났다. 회의실 가장 안쪽에서 먼저 픕, 하고 웃음을 터트린 린의 밝은 얼굴을 봐서인가.

"오픈 멤버들이 사표 쓰면 곤란하니까, 이제 반격해 볼까?"

도하의 태연하면서도 경쾌한 말에 회의실 곳곳에서 환호성이 터져 나왔다. 다소 히스테릭하지만 그 기본은 당연히 애사심이었다는 걸 모두가 느끼고 있었다.

"그런데, 정말 이걸로 할 거예요?"

격렬한 키보드 소리와 거친 통화 소리들 사이에서 린이 조용히 물었다. 기본적인 보도 자료는 은정을 통해서 나갈 테지만, 그중 가장 메인이 될 이슈는 도하 자신이 선택했다. 그걸 두고 묻는 것이었다.

"어."

모든 매체를 통해서 중점적으로 선두에 내세울 이슈를 선정하는 건 미디어에서 아주 중요한 사안이다. 특히나 분초를 다투는 이 게임에선 말할 것도 없었다.

"왜, 마음에 안 들어?"

"아뇨."

창립 이래 가장 전쟁터 같은 이 회의실 속에서 린의 고요한 미소가 더욱 빛났다.

"우리 가풍이랑 정말 잘 어울려요."

도하는 믿어 줘서 고맙다는 말 대신 테이블 아래로 말없이 린의 손을 꼭 잡았다.

"보도 자료 배포 끝났습니다, 특히 관련 영상 조회 수가 빠르게 증가하고 있습니다. 몇몇 네티즌들이 이번 사태 정리와 함께 링크를 복사해서 점차 확산되는 분위기입니다."

"가장 조회 수 높은 영상, 지금 프로젝터로 재생하겠습니다."

업계의 케르베로스라 불리는 과장 트리오는 역시 강력했다. 그간의 히스테리와 울분, 그리고 애사심과 약간의 개인적 스트레스를 한 번에 뿌리 뽑겠다는 듯이 달려드는 그들의 모습이 정말 지옥에서 온 사냥개 같아 도하는 마음이 든든했다.

프로젝터는 화창한 공원을 스크린에 비추었다. 린에게도 익숙한 공원이었다. 도하의 회사 바로 앞에 있는 그 공원이었고, 등장인물도 이미 만났던 아이들이었다.

— 이거, 짱 빨라요!
— 아, 근데 너무 빨리는 안 돼! 막 브레이크가 걸린단 말야!

시끌벅적한 아이들은 모두 도하가 만든 돌돌이를 타고 있었다. 그것도 아주 자랑스러운 듯이.

— 그리고 학원 몰래 안 가면 엄마가 다 알아!
— 맞아, 이거 타고 다니면 다 안다고. 밤에는 켜지지도 않고…….

그런 기능이 있었나 싶다. 하지만 어린이들과 찰떡궁합을 자랑하던 도하라면 가능한 발상이다.

— 이토록 어린아이들에게는 엄청난 인기를 구가하고 있는 돌돌이입니다만, 안전성 문제가 대두되었습니다.

앵커가 등장했다. 무엇이든 파헤쳐 정의 구현을 한다는 것으로 정평이 난 바로 그 앵커였다.

— 특히나 이 회사는 대기업의 드림 프로젝트에 선정되어 더더욱 큰 충격을 주었습니다. 일명, 중국에서 생산한 불량 부품과 그로 인한 치명적인 결함설입니다. 이게 사실이라면 아마 이 제품을 실제 사용하는 어린이들의 부모님들이 더 충격을 받으실 텐데요. ……해서, 저희 제작진이 직접 찾아가 봤습니다.

린에겐 지금 나오는 영상에 담긴 내용 하나하나가 놀라웠다.

— 중국산 불량 모터요?
— 아이가 너무 좋아해서 여태 믿고 써 온 건데…….

영상이 전환되고, 각각의 가정집에 방문해서 전문 엔지니어가 부품을 분해하는 모습이 보인다. 이 모든 걸 언제 다 준비했을까, 은정에게 닿을 끈을 준 건 자신이었지만 도하가 그 전부터 이 모든 걸 준비해 두었다는 사실에 린은 왠지 마음이 울컥해졌다.

— 아무 문제 없습니다.

엔지니어의 말이었다. 다른 회사에서 파견된 엔지니어도 같은 말을 했다.

— 오히려 한국의 중소기업 내에서 이런 모터를 만들어 냈다는 것 자체가 혁신이라고 할 수 있지 않을까⋯⋯.
— 네, 안정성엔 아무런 문제가 없습니다. 이보다 더한 속력을 내는 장치에 부착해도 완벽할 정도입니다.

푸르게 물든 봄의 공원에서 아이들이 돌돌이를 타고 활주하는 모습이 영상에 담겼다.

— 안심이 됐어요. 요즘 하도 문제 있는 제품들이 많아서 망설여졌는데, 정말 안심이 돼요.
— 중소기업이라 불안했지만, 저는 믿음이 있었던 게⋯⋯ 처음에 블루투스 스피커를 샀는데 전에 샀던 대기업 제품보다 끝까지 고객 지원을 하는 모습이 좋았고요.

이건 도하가 쌓아 온 삶의 궤적이었다.

— 바로 문제가 된 I 사의 고객 후기입니다. 그래서 저희 제작진은 그분들에게 다시 한번 이번 논란의 자료를 모두 보여 드리고 다시 물었습니다. 그리고 거의 모든 인터뷰에서 당황하는 기색을 포착했습니다.

린은 그것을 믿었다.

— 네? 무슨 프로젝트요?
— 그런 건 잘 모르겠는데…….

아이를 품에 안은 주부가 똑똑히 말해 주었다.

— 그냥, 이 제품이 좋아요.
— 저는 불량이라고는 생각하지 않는데요. 방금 엔지니어님도 검
증해 주셨고, 그럼 된 거 아닌가요?
— 우리 아이가 좋아해요. 이번 기회에 안전하다는 걸 알게 돼서
저도 더 좋아졌고요.

린이 하고 싶었던 말을 여러 모습을 한 사람들이 똑같이 해 주고
있었다.

— 저희 프로그램의 콘셉트상 시청자 여러분이 당황하시는 건 익
숙한 일입니다만, 그 이유가 저희 제작진에게 당황을 선사했습니다.

도하를 믿었다. 그 사람이 나쁜 일을 할 리가 없었다. 그리고 그
런 남자의 옆에 나란히 설 수 있어서 이 전쟁조차 행복했다.

— 이런 논란은 앞으로도 끊이지 않을 겁니다. 저희 프로가 존속
되는 이유가 되겠지요. 하지만, 저희는 알려 드리겠습니다. 기업과

브랜드라는 프레임을 벗어나서, 시청자 여러분들이 궁금해하시는 모든 것들을 파헤칠 겁니다.

이건 아마도 은정의 작은 선물인 것 같았다. 생각보다 긴 영상에 도하도 조금은 놀란 눈치였지만, 잡은 손은 놓지 않았다.

— 우리 아이가 너무 좋아해요.

다시 프로젝터가 행복한 영상을 비췄다. 린이 처음 도하의 뒤에서 돌돌이를 탔던 때의 청량감이 묻어나는 영상이었다.

— 게다가 이번에 안정성까지 입증받았으니까…….
— 네, 응원하고 싶어요.
— 음…… 아무래도 가전은 대기업을 사게 되지만, 믿음이 가는 브랜드가 있으면 다르겠죠.
— 아, 좋아요. 좋은 거 같아요.

인터뷰 영상이 멀어지면서, 다시 앵커가 등장했다.

— 하지만 우리 모두 생각해 볼 문제입니다. 좋은 이름과 좋은 제품, 무엇이 중요한지…… 그럼, 다음 주에 다시 뵙겠습니다.

마무리는 깔끔했다. 한 번 숨을 몰아쉬자마자 린의 주머니 속 휴대폰이 울리기 시작했다. 아마도, 우리 인연은 어제로 마지막이라

했던 그 사람으로부터겠지.

"이렇게 1차전은 종료할 건데, 사장님 의견은요?"

케르베로스 중 한 명이 묻자, 도하는 고개를 끄덕였다.

"그럼, 기자회견 준비 들어가실게요!"

대장이 말하자, 직원들이 고개를 일제히 끄덕였다.

"아, 참! 방금 사모님 휴대폰 해지했습니다."

"……네?"

어쩐지 진동이 멈췄다. 린이 멍하게 대꾸하자, 케르베로스 중 한 명인 천 실장이 씩 웃는다.

"다음 번호는 우리 사장님이랑 끝자리 맞춰 드릴게요. 아, 그런 의미에서…… 라면 하나 먹고 하는 건 어때요. 사장님?"

물론, 눈이 새빨개진 케르베로스의 대장에게 대들 생각은 아무리 도하라도 없다.

"좋은 생각이야."

그래서 컵라면을 먹는다. 온 회사의 커피포트가 보글보글 끓는 소리를 냈다.

"실장 직분으로 발언 하나 해도 될까요?"

"곽 실장이 그렇게 말하면 내가 더 무서우니까 그냥 말하지?"

도하가 피식 웃는데도 곽 실장은 동요가 없다.

"오늘은 날이니까, 퀵으로 단무지 좀 시켜도 될 거 같은데요."

그 발언에 난리가 일어났다.

"아 맞아, 단무지가 없네요. 난 치자 단무지 꼬들꼬들한 거!"

"아니죠, 단무지는 그냥 오리지널이죠!"

"하는 김에 참치 김밥 시키면 어때요?"

"아, 그러면 참치 반, 소고기 반."

이 폭동을 잠재울 수 있는 건 도하뿐이었다.

"오늘은 퀵비 무제한 합시다."

도하가 카드를 꺼냈다. 역시 우리 직원들이다.

"아니, 그럴 거면 애초에 돈가스를……."

"김밥집에 시키면서 단무지랑 돈가스도 추가로 오라고 할까요?"

이제야 일상의 감이 돌아와서 다행이라고 해야 하나.

"아무튼 오늘 퀵은 맘대로 해. 그럼 됐지 곽 실장, 박 실장, 천 실장?"

케르베로스를 달래면, 모든 직원을 달랠 수 있었다.

"어, 그럼 나 쫄면도 시킬래!"

"야, 그게 문제가 아니잖아."

회의실 한가운데에 법인 카드를 떡하니 내려놓는 도하는 확실히 멋졌다. 하지만 그보다 멋진 사람이 있었으니.

"사장님."

천 실장이었다.

"긴급히 드릴 말씀이 있습니다."

"뭔데."

테이블 아래로 잡고 있던 린의 손을 놓지 않을 정도로 도하는 태연히 대답했다.

"퀵 시킬 거니까, 현금으로 주세요."

"어? 어."

"그리고 저희 시키는 김에 떡볶이랑 김밥, 돈가스도 시킬 건데요."

"어, 그러든지."

"사모님 뭐 좋아하세요?"

뜻밖에 훅 들어온 질문이었다.

"돈가스 맛있어요, 밥도 오고."

"아, 그거 좋네요."

이런 뜻밖의 질문에 린이 답할 줄은 몰랐다.

"생선가스 좋아하세요?"

"……음, 있으면 먹는데. 타르타르 소스는 좋아해요."

"그럼 드세요. 세트 메뉴가 좋아요. 그거, 우리 여직원 휴게실로 보낼게요."

어쩐지, 신혼 방에 캐노피를 달자고 했던 그 기세와 겹쳐 보이는 건 도하의 착각인가.

"어……."

"아, 우리도 사장이 있으면 못 쉬잖아요?"

망설이는 린에게 천 실장은 누가 들어도 거짓말인 말을 했다.

"그래, 그렇지."

하지만 도하가 뭐지, 하고 망설이는 린의 손을 잡았다.

"우리가 잠깐 비켜 줘야겠다."

귓가에 속삭인 도하의 말에, 린은 그런 줄로만 알았다.

"……아, 그래요?"

잘 모르는 린이다. 그런 린이라서 오히려 작은 손을 꼭 잡고 벗어날 수 있었다. 전쟁은 계속되겠지만, 제 아내가 시들지는 말았으면 하는 마음이 이기적일까.

"우리 여직원 휴게실 보면 깜짝 놀랄걸."

손을 꼭 잡고 있는데도, 괜히 불안에 말이 많아지는 도하였다.

"돈가스 세트 맛있어. 내가 많이 먹어 봐서 알아."

일부러 일상적인 대화를 시도하는 도하의 노력이 린은 아팠다. 그래서 린의 마음이 움직였다. 아주 분명하게, 여태껏 해 본 적도 없는 형태로, 정말이지…… 그냥 이 마음을 전하고 싶어서.

탈칵, 하고 문이 열렸다.

그와 동시에 린이 도하를 본다. 여태 잡고 있던 손을 굳이 뿌리치고, 도하의 목에 팔을 두른 채로, 꼭 안아서…… 그렇게 보았다.

"나는…… 이제 할 말이 없어요."

그건 아주 솔직한 린의 심경이었다. 하지만 그 눈동자는 여전히 도하를 보고 있었다. 눈동자와 눈동자가 마주치는 게, 이렇게나 마법 같은 일이었나.

"하지만."

도하의 눈앞에서, 마법이 시작됐다.

"당신을, 사랑해요."

그 후로, 쪽…… 하고 입을 맞췄다.

모든 것이 마법 같았다.

Chapter 07

전언을 들은 영준의 눈가에 미세한 경련이 일어났다.

"이 버러지가 끝까지……."

영준의 험한 말에 주위 분위기가 굳어 버리자, 수행원이 재빠르게 영준에게 다가갔다.

"전무님, 보는 눈이 많습니다."

그 보는 눈엔 카메라도 포함되어 있었기에, 영준은 울분을 삼키며 자신의 사무실로 향했다. 그리고 문이 닫히기가 무섭게, 문가에 놓여 있던 화분이 영준의 거친 발길질에 요란한 소리를 내며 깨어졌다.

"이게 다 무슨 개짓거리야!"

버럭, 영준의 고함이 차가운 공기에 쩌렁쩌렁 울렸다. 이 모든게 영준의 독단으로 처리된 일이라는 사실을 이 자리에서 모르는 사람은 없었지만, 그걸 지적할 용기가 있는 사람도 없었다.

"시정하겠습니다."

"당신이 뭔데, 무슨 능력으로 시정을 해? 시정할 일을 애초에 왜 만드냐고!"

거의 때릴 기세로 몰아붙이는 영준의 얼굴은 벌겋게 달아올라 있었다.

"주식은 최대한 타격을 줄이는 방향으로 매도 주문 냈고, 언론에는 바로 반박 자료 배포하겠습니다."

"하…… 지금 누가 그딴 거 물어봤나? 이린 그 버러지 같은 년을 어떻게 할 거냐고!"

거기에 대답할 수 있는 사람은 없었다.

"지금 강 변 불러, 당장."

제 화에 지친 영준이 거칠게 타이를 풀었다.

"일단, 그년한테 간 부동산 회수할 방법부터 찾아내. 현금은 당장 정지라도 걸든가 무슨 수를 써서든 빼 오고! 뭐든 갖다 붙여서 출국 금지라도 시켜!"

"예, 알겠습니다."

수행원들이 나가고 나자, 영준이 깨어진 화분 조각을 공연한 분풀이로 차 버렸다. 쨍그랑, 하는 소리가 린의 미래에도 울려야 할 것이다.

"감히, 제까짓 게……."

이번에야말로 확실히 짓밟아 줘야겠다. 두 번 다시 빛을 볼 수 없도록, 두 번 다시 내 인생에 나타나지 못하도록.

＊　＊　＊

작은 대기실에서 기다리던 린이 작게 어깨를 떨자, 도하가 그녀를 돌아보았다.

"추워?"

"아뇨, 그냥 갑자기 오한이 들어서."

봄이라도 실내는 추웠다. 아까부터 열심히 보던 기자 회견 자료를 밀어 놓은 도하가 재킷을 벗어 린에게 덮어 주었다. 린은 오한의 정체가 다른 데 있다는 것을 알았지만, 그에게는 티 내지 않기로 했다.

"괜찮은데."

"감기 조심해야지. 앞으로 할 일도 많잖아?"

도하의 말처럼 이게 끝이 아니었다. 오늘은 새로운 나날들의 시작에 불과했다.

"걱정하지 마. 지금도 잘되고 있어."

천 과장의 보고에 따르면 여태까지는 모두 기대 이상으로 진행되고 있었다. 영준의 주가조작 시도는 모두에게 어떤 이익도 손해도 입히지 않은 채 끝났고, 도하의 제품은 명예를 회복했다.

"하지만 이제 원점이잖아요."

린의 말이 맞았다. 이제 간신히 제자리를 지켰을 뿐이다.

"그래, 가장 어려운 일은 끝낸 거지."

자신이 선택한 결정 앞에서 도하는 그 누구보다 홀가분한 눈빛을 하고 있었다.

"우리가 본래 있을 곳을 지킨 거잖아. 난 그거면 됐어. 더 이상 멍청한 욕심 같은 건 안 내기로 했으니까. 뭣보다…… 그 사람들 보니까 같이 놀기 싫어졌어."

도하의 미소가 그 마음을 증명하고 있는 것 같았다.

"나, 좀 건방져졌나?"

"네."

린도 마주 웃었다.

"하지만 내 눈엔 충분히 멋져요."

"그야 당연하지."

이런 때 으쓱하는 도하의 어깨에 가만히 기대는 것도 아내의 역할이다.

"우리 와이프 눈에만 멋지면 됐어."

린의 머리에 다시 기대 온 도하가 눈을 감는다. 아까부터 피로가 묻어나던 도하의 눈매가 린에겐 조금 안쓰러웠다.

"다른 사람들 눈에도 멋질 거예요."

도하의 머리카락을 쓰다듬은 린이 특유의 차분한 목소리로 말했다.

"정말?"

갑자기, 도하가 반짝 눈을 떴다. 코앞에서 그가 바라보는 바람에 린은 새삼스럽게 뺨을 붉혔다.

"네."

사건의 끝이 다가올수록 두렵고 떨리던 마음이, 서로에 의해 진정된다는 건 참 신비로운 경험이었다. 두 사람은 백 마디 말보다 더 많은 뜻을 눈빛으로 나누어 가지며 마지막까지 버텨 낼 힘을 얻었다.

잠시 후, 똑똑 노크 소리와 함께 문이 열렸다.

"기자 회견 준비 마쳤습니다."

도하가 고개를 끄덕이고, 린의 손을 잡았다. 이제부터 마지막 쇼가 시작된다.

찰칵, 찰칵.

두 사람이 나란히 기자 회견장에 입장하기 무섭게 앞이 보이지 않을 정도로 눈부신 플래시 세례가 쏟아졌다.

둘이 나란히 착석한 후에도 일대 소란은 쉽게 멎지 않았는데, 충분히 기다려 준 도하가 마이크를 잡자 신기하리만큼 주의가 집중되었다.

"안녕하십니까, I 사의 오너이자 대표 이사를 맡고 있는 이도하입니다. 갑작스러운 소식에도 회견장을 찾아 주신 취재진 여러분께 감사드립니다."

작은 단상 위로 모든 사람의 시선이 일제히 쏠렸다. 스포트라이트의 주인공인 도하 바로 옆에 앉은 린은 긴장감으로 마른침을 삼켰다.

"오늘 아침 갑작스러운 뉴스에 많이 놀라셨겠지만, 사실 가장 놀란 사람은 저이니만큼 이 관심은 일단 감사히 받겠습니다."

삭막한 분위기를 일순에 깨 버리는 도하의 가벼운 한마디에 어디선가 키득대는 웃음소리가 새어 나왔다. 이런 상황에서도 저런 말이 나오나, 린은 어떤 의미로는 옆에서 웃고 있는 도하가 존경스러웠다.

"골치 아프고 어려운 내용은 모두 배포해 드린 보도 자료에 잘 적혀 있으니 따로 설명하지 않겠습니다. 또한, 본사와 저는 떳떳하지 못한 일을 한 바가 없으므로 해명 역시 없습니다. 이 자리는 설명이나 해명이 아닌 한 사람으로서 말씀드리고 싶은 게 있어 나선 것으로 봐 주셨으면 합니다."

잠시, 도하가 말을 멈췄다. 어느새 도하의 말에 빨려 들어간 사람들 역시 잠시 숨을 멈췄다.

"지금 저는 부당한 일에 맞서 소중한 것을 지키려고 하는, 아주 평범한…… 한 사람입니다."

도하의 눈빛은 언제나 그랬듯이 정직하게 앞을 보았다.

"대기업의 횡포나 음모라는 말로 동정표를 살 생각은 없습니다. 저 역시 작은 규모나 한 명의 기업인이고 힘의 논리를 부정하지 않습니다. 여러분들에게 어떤 도움을 요청하는 것도 아닙니다. 제 회사는 개인의 이윤을 위해 설립한 이익 단체이고, 누구의 동정도 필요치 않습니다."

한 회사의 수장으로서도, 한 명의 남자로서도 이도하는 결코 약한 소리를 할 위인이 아니었다.

"제가 이 자리에서 바라는 것은 단 하나, 오늘 낮 동안 일어났던 작은 기적과 같은 것입니다."

오늘 일어난 일은 거의 기적이나 다름없다는 걸, 도하 스스로가 가장 잘 알고 있었다. 한때 어리석은 생각으로 망쳐 버릴 뻔했던 모든 것들을 여기까지 끌고 온 것은 도하 혼자의 힘이 아니었다. 지금 옆에서 조용히 자리를 지켜 주는 린이 있었고, 다정한 사람들의 도움이 있었다.

"소위 믿을 만한 매체들에서 저희 회사의 제품을 음해하는 기사와 주가조작이라는 추문을 보도했습니다. 그 출처는 저희처럼 작은 규모의 회사보다 훨씬 공신력 있는 기업 전무의 직접적인 발언이었기에 딱히 매체의 잘못이라 할 수도 없겠죠."

이 자리에 모인 취재진 대부분이 아침엔 도하의 회사를 물어뜯고 있었다. 장내가 조금 숙연해진 건 아마 그 때문이리라.

"그때 가장 먼저 입을 열어 주신 건, 지금 저와 같이 평범한 한 명의 사람이었습니다. 보이고 들리는 것이 아닌, 직접 겪고 스스로 느낀 것을 말해 주신 분들이 모여서 저는 간신히 이 자리에 설 수 있었습니다."

엄청난 기적과 반전은 없었다. 하지만 도하가 여태 평생을 걸고 차근차근 쌓아 온 것들이 사람들의 마음에 닿았다는, 그런 진실이 있었을 뿐이다.

"저희 제품에 대한 의혹은 적법한 절차를 거쳐서 몇 번이고 검증할 수 있습니다. 주가조작에 관련된 사항은 현재 금융감독위원회로 넘어간 상황입니다."

사실, 기업으로선 이 정도면 일단락이었다.

"하지만 진실은 제가 직접 전하고 싶었습니다."

하지만 인간 이도하로서는 아니었다.

"저와 제 회사는 걷지 않아야 할 길을 걸은 적이 한 번도 없습니다. 단 한 번도 믿어 주신 분들을 배신한 적이 없습니다. 뭐…… 그분들에게 조금 부끄러운 모습은 보여 드리고 있습니다만."

도하의 자기반성에 조금 분위기가 누그러지는 것 같았다. 그런 도하의 곁에 앉은 린은 속으로만 조용히 미소를 지었다.

"적어도 저의 진실은 부끄럽지 않습니다."

믿어 주는 사람이 많으면 많을수록, 도하의 어깨는 무거워졌다.

하지만 그 압박감이 오히려 여유를 만들었다는 듯이 도하의 입가에 썩 근사한 미소가 떠올랐다.

"그리고 저와 제 회사를 담보로 그걸 증명해 보일 생각입니다."

결국 이 기자회견에서 도하가 하고 싶었던 말은 이것이었다.

"많은 분들이 보내 주신 믿음이 헛되지 않을 만큼 근사하고 봐 줄 만한 기업이 되겠습니다."

스스로 부끄럽지 않은 길을 가고 싶었다. 그 말을 세상을 향해서 하고 싶었다.

"저를 지탱해 준 회사 임직원들과, 감사한 고객님들, 지지를 보내 주신 분들…… 그리고 여전히 의심의 눈초리로 보고 계실 어떤 분들과 제 목에 당장이라도 칼을 들이대고 싶으실 저의 친애하는 적에게도 떳떳한 모습을 보여 드리고 싶습니다."

정면을 똑바로 주시하는 도하의 말엔 절도가 있었다. 방금 이 발언은 누군가에겐 화제성의 뉴스가, 누군가에겐 선전포고가 될 것이다.

"그럼, 앞으로도 이 탈 많고 말 많은 회사 잘 부탁드립니다."

마지막 말에는 지극히 도하다운 위트가 묻어 있었다. 그리고 도하의 마이크에서 빨간 불이 꺼졌다.

단상 아래에서 도하가 린의 손을 가만히 잡았다. 그렇게 호기롭게 말하던 주제에 그 손바닥이 땀으로 살짝 젖어 있어서 린은 속으로만 놀라워했다. 한편으로는 오히려 그 사실이 린에게 용기를 주기도 했다. 이 사람도 자신과 똑같이 떨리고 있다는 사실이.

그리고 그런 도하가 린을 바라봤다. 눈으로 묻고 있는 것이다. 이 단상에 오르기 전, 도하는 린에게 선택지를 넘겼다. 이 자리에서 직접 나서서 진실을 고하는 것은 이제 전적으로 린의 선택에 달렸다.

'당신은 이미 충분히 했어. 충분히 강한 사람이야.'

도하는 더 이상 린에게 힘든 짐을 지우기 싫어했다.

'더 이상…… 무리할 필요는 없어.'

린도 알고 있었다. 더 이상 무리하지 않아도 천천히 모든 일들이 해결되리라는 것을. 누구보다 믿음직스러운 도하가 린의 곁에서 모든 일을 해결해 줄 것이라는 것도. 그때 린은 아무런 대답도 해 주지 못했다.

'마지막에 결정해도 돼. 아무 결정도 안 해도 되고…… 그냥 결심이 서면 고개를 끄덕여 줘.'

그 결정의 순간이 바로 지금이었다. 린은 천천히 도하의 눈을 마주 봤다. 이 순간만큼은 주위의 수많은 사람들과 그 시선들이 바래어진다.

도하의 말처럼 충분히 강한 사람이 아니어서, 린은 아직도 두렵고 떨렸다. 사람들의 시선이 무섭고 이야기를 확산해 나갈 이 세상이 두려웠다.

'하지만.'

도하의 눈동자에 비친 린이 말하고 있었다.

'매듭은 내가 짓고 싶어.'

그건 린 스스로도 몰랐던 아주 오랜 바람이었다. 여전히 두렵지
만, 지금 바로 곁을 지켜 주는 사람이 있어서 똑바로 마주 볼 수
있는 열망이었다.

'내가 해야만 하는 일이야.'

더 이상 울고 있는 약한 소녀는 없다.

'내가…… 할 거야.'

린은 도하의 눈동자 안에서 답을 찾았다. 이제 정말로 충분히 강
해진 자신을. 린이 도하를 향해 고개를 끄덕였다. 도하도 그런 린
을 보고서 고개를 끄덕인다. 전부 순식간에 일어난 일이었다.
　차츰, 취재진들의 주의가 분산되기 시작할 무렵…… 도하가 린
의 앞에 놓여 있던 마이크에 입을 갖다 댔다.
　"……아니, 내 마이크를 벌써 끄면 어떡합니까."
　도하가 고의적으로 시선을 끈 것이다. 예상대로 취재진들은 폭소
를 하면서도 다시 단상 위로 집중하기 시작했다.

"바쁘신 분들이 여기까지 걸음 해 주셨으니 가능하면 한자리에서 영양가 있는 이야기를 많이 들려 드리면 좋겠죠?"

도하가 취재진을 한 바퀴 둘러보며 일일이 눈을 맞추었다.

"여기 앉아 계시는 이 아름다운 숙녀분은 제 안사람입니다."

사람들이 술렁거렸다. 아무 말 없이 앉아 있기에 당연히 수행 비서일 것이라고 생각했던 탓이다.

"그리고 우연히도 제 안사람 역시 여러분께 들려 드릴 이야기가 있답니다. 뭐…… 나는 굳이 이럴 필요가 있나 싶지만, 신혼이라 아시다시피 좀."

일부러 유쾌하게 말하는 도하의 속내를 린도 다 알았다. 긴장하지 않게, 여기 모인 카메라들이 보다 더 우호적으로 린을 담을 수 있게 분위기를 유도하고 있다는 걸.

"더 이상 우리 회사 이야기는 없으니 돌아가실 분은 돌아가셔도 됩니다. 이제부터는 개인적인 이야기를 하려고 하니까요."

하지만 돌아갈 생각을 하는 취재진은 아무도 없는 것 같았다. 뭣보다, 이 자리에서 특종의 냄새가 강하게 풍겼다.

"참, 아까 신혼 얘기가 나와서 말인데…… 저는 아무래도 공처가 스타일인 것 같습니다."

뜬금없는 말에도 취재진들 사이에서 웃음이 피는 건, 이미 도하가 이 회장의 분위기를 끌고 가고 있다는 증거였다. 그 사이에서 린만 긴장한 채로 단상 아래 도하의 손을 꾹 잡았다.

"해서 말인데, 지금부터 카메라는 꺼 주셨으면 합니다. 녹음도 불가합니다. 지금이 딱 우리 와이프는 나 혼자만 보고 싶을 때니까 다들 이해해 주시겠죠."

린이 달아오르는 뺨을 애써 매만지며, 단상 아래 도하의 손을 다시 한번 더 꾹 하고 감정을 실어서 눌렀다. 제발 그만 좀 하라는 뜻이었다.

"아, 이번엔 부탁이 아닙니다."

하지만 도하의 의지는 확고했다.

"카메라의 회수에 협조하고 싶지 않으신 분들은 이 회장을 떠나셔도 좋습니다. 이후의 회견은 문서로 기록하는 것만 가능하다는 점에 동의하는 분들만 남아 주시길 바랍니다."

취재진들도 그런 도하의 의지를 읽었다. 온갖 민감한 이야기에도 쾌활하게 웃거나 대담하게 발언하던 그가 지금은 입꼬리만 올린 채로 취재진들을 주시했다.

잠시의 소동 끝에 남기로 한 취재진들은 모두 직원에 의해 카메라를 회수당했다. 거의 완벽한 기자회견을 끝낸 주제에 굳이 빈축을 살 수도 있는 행동을 하는 도하를 이해하는 건 갓 신혼에 돌입한 기자 몇뿐이었다.

"특종이 아니면 욕먹을 각오 좀 해야 할 텐데."

"이미 특종은 나왔잖아요?"

"더 이상의 특종이 있을까? 그냥 화제 몰이 아니에요?"

기자들끼리 수군거리는 사이에서, 경력 꽤나 된다는 여기자 한 명이 씩 웃었다.

"일단 지켜는 보자고."

그녀는 도하가 스타트업을 할 때부터 알아 온 경제부 기자였다. 특종 냄새라면 도가 텄는데, 이도하가 있는 곳이라면 무조건 달려가는 게 상책이라는 걸 잘 아는 사람이었다.

"절대 후회는 안 할걸?"

게다가 그녀의 눈에는 보였다. 신혼에 죽고 못 산다는 남편이 보는 저 아름다운 숙녀분이 바로 누구인지.

"카메라 회수는 끝났는데…… 회견 시작에 앞서 자기소개부터 부탁드려도 될까요?"

잘 알던 여기자의 노림수에 도하는 조금 어이없는 표정을 지었지만, 린은 별로 동요하지 않았다. 오히려 스르륵, 잡고 있던 도하의 손을 놓기까지 한다.

"제가 누군지 아시는 것 같은 질문이네요."

단상 바로 아래에 있는 기자를 보고 린은 침착한 미소를 지었다.

"안 그래도 자기소개를 하려고 했는데, 잘됐어요."

톡톡, 린이 손톱 끝으로 마이크를 두드리자 다시 회장이 고요해진다.

"정식으로 인사드리겠습니다."

예상보다 마이크를 통한 제 목소리가 커서 조금 당황스러웠지만, 린은 침착한 미소를 잃지 않고 말을 이었다.

"제 이름은 이린입니다. 저는 이 자리에 동석한 I 사 대표 이사 이도하 씨의 아내이자, 이번 사건의 A 그룹 오너가(家)의 차녀입니다."

그 한마디로 이미 특종의 자극적인 향은 퍼져 나갔다.

"저는 앞서 회견을 한 남편만큼의 말주변이 없어서…… 간단히 하겠습니다."

이미 자기소개만으로 도하의 인터뷰보다 더한 특종이 쏟아져 나올 걸 알면서도, 린은 가능한 한 담담한 표정으로 자신을 다스렸다.

"오프 더 레코드 아닌 오프 더 레코드로 진행하는 것은, 지극히 개인적인 문제이기 때문이니 양해해 주시길 바랍니다."

그 와중에도 린은 도하를 향한 화살을 누그러트리는 말을 덧붙였다. 스스로는 의식하지 못했지만, 이제 정말 어엿하게 누군가의 아내로서 움직이고 있었다.

"저는 A 그룹에 대한 경영권이 전무하고, 계열사의 소주주일 뿐 오너의 일원으로서는 아무런 권리가 없는 상태입니다. 따라서 지금 제가 드리는 말씀은 A 그룹의 입장과는 아무런 관련이 없는 개인의 입장이라는 것을 분명히 하겠습니다."

이런 말은 굳이 하지 않아도 알 사람들은 다 알 문제였다. 린이 첩의 자식이라는 것도, 그래서 아무런 인정을 받지 못하고 살아야 한다는 것도. 하지만 스스로 말하는 것은 전혀 다른 문제였다. 이제 린은 스스로 말할 수 있었다. 남들이 수군대는 소리를 듣기 전에, 담담히 말할 수 있다.

"이 이야기는 A 그룹 총수에 대한 가십이 될 수도 있지만, 제게는 아버지인 분을 위해 자식 된 도리로서 이 자리에 섰음을…… 이해해 주셨으면 합니다."

이 회장에게 사생아가 있다는 것은 대개의 사람들이 알고 있는 일이었다. 가끔 뉴스 포탈에 재벌가 가계도가 나오면 댓글란에 막내딸은 첩한테서 얻어 와서 데려다 키운 아이 아닌가, 라는 말이 심심찮게 달리곤 했다. 지금 린이 나서는 건, 그 상처를 다시 직면하겠다는 뜻이었다.

"제 아버지는 세간에 알려진 대로 투병 중이십니다. 하지만, 현재 의식이 없으시다는 것은 알려지지 않았습니다."

회장이 눈에 띄게 술렁였다.

"투병설이 시작될 무렵부터 이미 의식이 없으셨습니다. 저는 그저 문병을 가는 것 외에는 아무것도 해 드리지 못한 불효자식이었습니다. 그리고 어떤 사실을 깨닫게 됐습니다."

린의 목소리가 가느다랗게 떨리기 시작하자, 도하가 단상 아래로 다시 린의 손을 잡았다.

"저는…… 이 회견을 끝내고 나면 경찰서에 가려고 합니다."

무너지지 않도록, 도하의 체온이 이어져 온다.

"제 아버지가 누군가의 고의로 인하여 혼수상태에 빠져 있다는 증거를 확보했습니다."

떨리는 말끝에, 취재진들의 반응이 걷잡을 수 없이 퍼져 나간다.

"여태 제 아버지를 억지로 재워 왔던 의료진들과 그들의 배후를…… 반드시 밝혀서 처벌하고 싶습니다."

여기저기서 질문 세례가 터져 나오기 시작한 것도 그 무렵이었다. 미리 도하가 배치해 둔 직원들 덕분에 적은 수의 취재진은 다행히 어렵지 않게 통제되었다.

"죄송합니다, 질문은 받지 않겠습니다."

그래도 여차하면 도하가 마이크를 뺏어서 한마디 하려고 했는데, 의외로 린이 똑 부러지게 대응했다.

"하지만…… 더 이상의 비밀은 없을 겁니다."

린에게 A 그룹에 대한 권리는 없었다. 하지만, 그렇다고 해서 아버지의 자식 된 권리는 사라지지 않았다.

"저는 이 나라의 여느 사람들이 그렇듯이, 혼자서 해결할 수 없는 불법적인 일들을 경찰에 맡기겠습니다. 또한, 합당한 처벌을 위해서 검찰을 통한 기소도 불사하겠습니다."

이토록 당연한 이야기를 하기 위해서 얼마나 많은 용기를 내야 했던가.

"그러니…… 언제든, 경찰과 검찰을 통해서 보도하실 수 있을 겁니다. 아니, 그렇게 해 주셨으면 합니다."

린은 나약했다. 그게 싫었지만, 사실이 그랬던 걸 어쩔 수는 없었다. 지금 도하의 회사가 살아난다고 해도 린은 여전히 A 그룹 안에선 벌레만도 못한 존재였다. 그들과 맞서기는커녕, 무엇도 할 수가 없는 미약한 존재였다.

"부탁드립니다."

그래서 세상의 힘을 빌리고자 한다.

"부디……."

린은 여태까지의 자신을 옭아매던 틀을 버렸다. 더 이상 A 그룹의 영애도 아니고, 총수의 사생아도 아니었다. 그저 한 사람이 되고자 했다. 도하가 그렇게 했듯이, 평범한 세상 속의 한 사람이 되려고 한다.

"이 세상에 진실을 알려 주세요."

린은 천천히 자리에서 일어섰다. 이제 마이크의 효과는 필요치 않았다. 이미 모든 사람이 그녀의 숨소리 하나에도 주목하고 있었다.

❀　　❀　　❀

길길이 날뛰는 영준의 손에 마지막 남은 화분 하나가 깨졌다. 한

번 분노 조절 능력을 상실한 영준은 마치 흉폭한 짐승처럼 미쳐 날뛰는 중이었다.

여태껏 보통 사람인 양 살아왔다는 것이 대단하게 느껴질 정도로 이성이라곤 한 톨도 느껴지지 않는 모습을 본 사람들은 기가 질렸다.

"내 말 안 들려? 당장 저년이 하려는 짓 멈추고 내 앞에 끌고 오라니까!"

스크린에서 린의 모습이 사라진 지 한참이 지났는데도 영준은 텅 빈 화면을 삿대질하며 같은 말을 반복했다.

"전무님……."

영준을 제외한 이 자리에 있는 모든 사람들은 이미 그게 불가능하다는 것을 잘 알고 있었다.

"말씀드렸듯이 더 이상 손을 쓸 길이 없습니다."

"일을 그따위로밖에 못 해? 박 의원님한테 전화 넣고, 부장검사들이라도……."

"모두 부재중이라 연결이 되지 않았습니다."

이 정도 스캔들에 함께 휘말려 줄 정도로 의리 있는 동료는 없다는 뜻이었다.

"그게 말이 돼? 그럼 사무실로라도 걸고, 사람을 보내든 해야 될 거 아냐?"

"그렇게 하겠습니다."

소용없을 줄 알면서도 김 실장은 고개를 끄덕였다.

"강 변은?"

"아직 파악이……."

아군은 없었다. 그간 영준이 걸어온 삶을 생각하면 아주 당연한 일이었지만, 본인은 결코 이해하지 못할 것이다.

"다들 왜 이 모양으로 늦는……."

영준이 욕지기를 내뱉을 무렵, 아까부터 굳게 닫혀 있던 전무실의 문이 활짝 열렸다. 아군의 등장일 거라는 영준의 예상은 고개를 들자마자 순식간에 부서졌다.

"뭐야, 당신들."

선두에 선 중년의 남자는 대답 대신 상의에서 검은 수첩을 꺼내 펼쳐 보였다.

"대한민국 검찰입니다."

"하, 진짜 가지가지…… 여기 누구 허락 받고 왔어?"

영준의 발악에도 눈 하나 깜짝하지 않은 남자가 점점 앞으로 다가왔다.

"누구 허락 받고 왔느냐고! 너희들 부장이 이러라고 하든?"

"이영준 씨."

김 실장을 비롯한 수행인들은 이미 이 상황을 예견한 듯 체념하고 한 발짝 물러섰다. 이제 남은 건 영준뿐이었다. 여전히 발악을 멈출 생각을 않는, 끝까지 자기 오만에 차 현실을 바라보지 못하는 어리석은 자.

"당신은 주가조작 및 횡령 배임 건으로 입건되었습니다. 또한 특수 납치 및 감금 건으로 구속 영장을 발부하는 바입니다."

"횡령? 납치? 어디서 미친년이 떠드는 소리에 놀아나나 본데, 내가 그쪽 부장이랑 통화시켜 줄 테니까……."

"협조하실 생각이 없다면, 이대로 신병 확보 하겠습니다. 어이."

남자의 말에 제복을 입은 경찰관들이 영준의 곁에 바짝 다가왔다.

"손가락 하나만 대 봐, 니들 그날로 모가지니까!"

"협조할 의사가 없는 것으로 간주해도 되겠습니까?"

"협조 같은 개소리하지 말고 지금 당장 부장검사한테……."

"그럼, 지금부터 현장 체포 하겠습니다."

기세등등한 고함에 경찰관들이 멈칫한 것도 잠시, 남자가 다시 눈짓하자 경찰 한 명이 수갑을 꺼내 들었다.

"지금 감히 누구한테……!"

경찰관을 거칠게 뿌리치려고 하는 순간, 영준은 팔이 뒤로 꺾인 채 간단히 제압당했다. 쿵, 책상에 머리를 박은 치욕적인 순간조차 영준은 무슨 일이 일어나는지 실감하지 못했다.

"이게 뭐 하는 짓이야! 지금 감히 누구 몸에 손을 댄 건지 알아!"

허망한 외침엔 대답 대신 철컥, 수갑을 채우는 소리가 났다. 영준의 인생에 있어서 처음으로 맛보는 굴욕이자 패배가 내는 소리였다.

"이영준 씨, 당신을 횡령 배임 및 특수 납치 감금에 대한 혐의로 체포합니다. 불리한 진술에 대해 묵비권을 행사할 수 있으며 변호사를 선임할 권리가 있음을 고지합니다."

참으로 오랜 시간이 걸린 정의의 수갑이었다. 영준이 치를 대가 역시 그만큼 긴 시간이어야 할 것이다. 적어도, 정의라는 것이 아직 이 땅에 있다면 말이다.

❋ ❋ ❋

캄캄한 밤, 어둠 속에서 린의 작은 어깨가 뒤척였다. 그리고 조금 흐트러진 호흡을 내쉬는가 싶더니 결국 조심스럽게 침대를 빠져나간다. 그날로부터 벌써 열흘이 지났지만, 린은 아직도 편히 잠들 수가 없었다.

"후……."

봄날의 밤바람은 청량했다. 린은 발코니에 선 채 까만 하늘을 바라보며 답답했던 가슴을 비워 내듯 한숨을 길게 내쉬었다.

그날 이후로 정말 많은 일들이 숨 쉴 틈 없이 흘러갔다. 영준은 구속됐으며, 해외로 도주를 시도했던 강 변호사도 마찬가지로 구속됐다고 한다. 그 두 사람은 우선적으로 주가조작에 대한 혐의를 받았는데, 캘수록 횡령과 배임 건이 속속들이 드러나는 바람에 여죄가 나날이 늘어나고 있다는 말을 들었다.

린의 복잡한 심경을 배려한 도하는 최대한 린이 그런 뉴스에 노출되지 않도록 노력했지만, 연일 세상을 시끄럽게 하는 이슈를 린이 모를 수는 없는 노릇이었다.

하지만 이 감정은 도대체 뭘까……. 열흘 동안 매번 같은 시각에 깨어서 밤바람을 맞아야만 간신히 가슴속의 열화가 가라앉는 것 같았다.

"또……."

린의 어깨 위에 따스한 담요를 덮으며 다가오는 건 도하였다. 매일 밤, 도하는 린의 부재를 깨닫고 일어나 피곤한 눈을 비비며 린의 곁을 지켜 주었다.

"깼어요?"

뭐라 대답하려던 도하는 아직 남은 졸음을 애써 떨치려는 듯이 크게 하품을 했다. 그런 도하를 보며 린은 미안한 마음이 들어 어쩔 줄 몰라 했다.

"나도 잠이 안 와서 나온 거야. 그러니까 그런 눈으로 볼 거 없어."

지치지도 않는 도하의 거짓말에 또 속는 것 역시 어쩔 수가 없다.

"이상한 얘기 하나 해도 돼요?"

"뭔데."

"난 어렸을 때부터 맞은 놈은 발 뻗고 자도 때린 놈은 잠이 안 온다는 말이 무슨 뜻인지 잘 이해가 안 갔어요. 사실…… 내가 누굴 때려 본 적이 없어서 그랬나 봐요."

"지금도 마찬가지 아냐?"

린은 가해자가 아니다.

"그런데 왜…… 잠이 안 오죠? 사실 후련할 줄 알았어요. 어쩌면 기쁠 것 같았어요. 여태까지 날 괴롭혔던 사람들이 대가를 치르면 속이 시원할 것 같았는데."

다만, 그들에게 과분할 정도로 선량한 사람일 뿐.

"그런데?"

"딱히 어떤 감정을 느껴야 할지 모르겠어요. 문제들이 해결되어 가는 건 느껴지지만, 그로 인해서 내가 달라진 것 같지는…… 않아요."

"그야 당연하지."

린의 등을 도하가 푹 하고 끌어안았다.

"당신은 가해자가 아니고, 우린 복수를 한 게 아니니까."

스스로에게 해 주면 힘이 없는 말들도, 도하가 해 주면 그 따스한 체온만큼이나 마음에 그대로 스며든다.

"모든 게 원래대로 돌아가는 거라고 생각해. 모두 본래 있어야 할 곳으로 가는 거야."

서로 사랑하는 두 사람은 이곳에 함께, 죄를 지은 사람들은 차가운 창살 너머에.

"하지만 아버지는."

아주 긴 꿈에 빠졌던 사람은…… 어떻게 될까.

"아버지가…… 이 현실을 받아들일 수 있으실까요."

관계자들이 모두 구속당한 후, 조사가 속행되었고 린은 이 회장의 유일한 법적 보호자가 되었다. 그런 린의 뜻에 따라서 의료진들이 이 회장의 의식을 회복시키는 데 주력한 지 열흘, 내일이 바로 면회일이었다.

"혹시, 아버지가……."

오늘따라 린이 더욱 더 잠을 못 이루던 이유였다.

"칭찬해 주실 거야."

도하가 린의 머리에 제 머리를 기대었다.

"틀림없이, 기특하다고 해 주실 거야."

"그걸 도하 씨가 어떻게 알아요."

"알지."

따스한 체온이 린을 감싸고, 도하의 목소리가 한 번 더 귓가를 적신다.

"나랑 똑같은 마음이실 거야."

"그건 또 어떻게 아는데요."

"이 세상에서 당신을 가장 사랑하는 두 남자니까."

그건 아주 멋진 답이었다. 어쩌면 린이 평생 동안 찾아 왔던 하나의 정답일지도 모른다.

"……여보."

린이 안긴 채로 몸을 돌려 도하와 마주 봤다. 미안하다는 말을 하지 않았듯, 고맙다는 말도 하지 않으려 한다.

"이제 졸려요."

대신 이 순간 도하를 가장 기쁘게 해 줄 말을 했다. 열흘 내내 린의 불면을 걱정해 주던 착한 남편은 그녀의 예상대로 환한 미소를 지어 주었다.

"업어 줄까?"

아무리 오랜 시간이 지나도 저 장난기 어린 미소는 질리지가 않을 것 같다고, 린은 문득 생각했다.

"아뇨."

린이 도하의 품에서 훌쩍 벗어나 뒷걸음질을 치자 눈에 띄게 실망하는 표정도, 사실은 정말 좋다고 하면 도하가 삐질지도 모르겠지만.

"안아 줘요."

이번엔 린이 두 팔을 벌렸다. 그제야 도하가 다시 웃는다. 아까보다 더 환하게.

"네."

도하가 무릎을 굽혀 눈높이를 맞추자, 린이 도하의 목을 끌어안았다. 달랑, 린의 무릎에 손을 넣고 안아서 성큼성큼 걸음을 옮긴다.

"공주님 분부대로."

그사이 잠깐 눈이 마주쳐, 린은 문득 용기가 났다. 쪽, 먼저 도하에게 입을 맞춘 건 그래서였다.

"어……."

살짝 빗나간 입맞춤에 도하가 또 씩 웃는다.

"이건 무효고."

아직도 가슴이 뛴다고 하면 거짓말 같겠지만…….

"다시 한번 기회를 드리죠."

이렇게 가까이서 눈이 마주치면, 또 가슴이 뛰다 못해 떨리는걸. 도하의 목을 끌어안은 채, 린이 잠시 고민을 했다.

"힌트도 있는데."

그 말처럼, 도하가 아랫입술을 살짝 내밀었다. 괜히 웃음이 나는 건, 아마도 우리가 신혼이라서.

"그럼……."

첫 입맞춤처럼 떨렸다. ……쪽, 하고 닿았던 린의 입술이 이내 키스로 이어진다. 숨이 막히면서도 달콤한 키스 중에 하나 확실했던 건, 린이 정답을 찾았다는 사실이었다.

❀　❀　❀

하얀 문 앞에서 린의 손이 긴장으로 파르르 떨렸다. 곁에 서 있던 도하는 잠자코 그 손을 잡아 주었다. 이 회장이 쓰러진 이후로 몇 번이고 찾아왔던 병실이지만, 오늘만큼은 떨리는 심경을 감출 수 없는 린이었다.

"처음 뵙겠습니다. 새로 회장님의 의료팀을 맡게 된 정원석 박사입니다."

도하는 경황이 없는 린을 대신해서 온갖 인맥과 수단을 동원하여 새로운 의료팀을 찾아냈다. 이 회장이 잠든 동안에 그룹이 소유한 이 대학 병원을 주무르던 이들은 모두 구속된 후라 모든 일은 일사천리로 진행됐다.

"회장님 용태는 어떻습니까."

정 박사를 한 번 본 적이 있던 도하가 먼저 말을 뗐다.

"연세를 고려해서 치료 기간을 조금 길게 잡아야 할 것 같습니다. 아무래도 당장 일상으로 복귀하시는 건 어렵겠지요. 일이 년 정도 넉넉하게 생각해 주셔야 합니다."

그 말에 린은 아랫입술을 꾹 깨물었다. 아버지가 잠들었던 시간만큼, 온전히 깨어나는 시간도 길다는 걸 깨닫자 걷잡을 수 없이 마음이 아려 왔다.

"하지만, 회복은 순조롭습니다. 의식도 맑으시고 무엇보다 본인의 의지가 아주 강하십니다."

그나마 희망적인 말이었다.

"곧 면회를 하실 수 있겠지만, 아직 안정을 위해서 5분 정도밖에 시간을 안배할 수 없는 점 양해 부탁드립니다."

"고맙습니다."

린이 입술을 뗐다. 5분도 지금의 린에겐 너무나 감사한 시간이었다. 단, 1초라도 아버지와 눈을 맞추고 싶었던 나날이 얼마나 많았는지.

"앞으로는 차차 더 긴 시간, 더 자주 뵐 수 있을 겁니다."

네모난 안경을 쓴 박사는 격려하듯 린을 보고 웃었다. 도하도 린의 손을 꼭 붙들고서 그녀의 곁에 든든하게 서 있었다.

"아."

밖에서 노크 소리가 들리자 정 박사가 이 회장이 잠든 병실로 향하는 문을 가리켰다.

"이제 들어가시면 됩니다. 시간이 끝나면, 밖에서 두 번 노크하겠습니다."

린이 심호흡을 했다. 그리고 이내 결연하게 고개를 끄덕였다. 린이 앞으로 나아갈 수 있게 문을 열어 주는 건 도하의 커다란 손이었다. 린은 그렇게 새하얀 병실로 돌아왔다. 늘 똑같았던 풍경이지만, 이젠 모든 게 변할 것이다.

"저······."

벌써 목소리가 울먹이려고 해서, 린은 숨을 멈춰야만 했다. 이 회장은 머리 쪽만 살짝 올려진 침상 위에서 허공을 응시하고 있었다. 하지만, 분명 눈을 뜨고 있었다.

이 회장은 린이 머리맡에 다가서자 아주 천천히 눈동자를 움직여 린을 응시했다.

"아버지, 저······ 왔어요."

간신히 울음기를 억누른 린이 이 회장의 머리맡에 앉아 눈을 맞췄다. 도하는 그 광경을 한 발자국 뒤에서 바라보았다. 단 5분의 시간이기에, 린에게 오롯이 내어 주고 싶었다.

"우······ 우리 딸······."

이 회장의 입술이 힘겹게 말을 뱉어 냈다. 느릿한 발음이었지만, 의식은 또렷하다는 것을 분명히 알 수 있어 린은 겨우 눈물을 참을 수 있었다.

"아빠……라고 해야지."

조금 갈라진 이 회장의 목소리에 린의 눈이 동그랗게 커졌다. 린이 이 회장을 감히 아빠라고 부를 수 있었던 건, 이 회장이 이 병실에서 잠든 후였다. 아무도 없이, 잠들어 계신 아버지니까 한 번쯤은 아빠라고 불러 보고 싶어서 욕심을 냈던 게 습관처럼 굳어졌던 건데.

"그걸, 어떻게……."

린의 파르르 떨리는 목소리에 이 회장의 손이 움찔거렸다.

"듣고…… 있었단다."

힘겹게 말을 내뱉는 아버지의 손을 린이 꼭 움켜쥐었다. 여태껏 돌처럼 굳어 있던 손에서 희미하게나마 온기가 느껴져 린은 저도 모르게 애달픈 미소를 지었다.

"나는, 듣고 있었……어."

기약 없는 잠에 빠진 이 회장에게 현실 세상의 일은 모두 희미하게만 느껴졌다. 하지만 육신의 자유가 없었을 뿐, 저 멀리서 들리던 말들은 전부 똑똑히 기억한다.

"내 막내딸…… 린이 네가 못난 날 아빠라고 다정하게 불러 주던 것도."

그리고 아무도 없었다는 것도.

"반송장으로 지내는 늙은이를 찾는 사람이 없다는 것도."

달빛 한 자락 들지 않는 심연 속에서 얼마나 긴 번민을 했던가.

"나를 그리 만든 게 누구인지도……."

이 회장을 죽는 것보다 못하게 만든 건, 아내인 수연이었다. 기실 그녀와는 서로의 체면을 위해 맺은 혼약이니 의리가 없었다 여기면 그만이었다. 그에게 더 괴로운 사실은 천륜이라 할 제 자식들조차 동조했다는 것이었다.

"나는 잘못 살았던 게야."

"그런 말씀 마세요!"

화들짝 제 손을 잡는 막내딸의 얼굴은 흐린 시야 속에서도 여전히 고왔다.

"이제 차차 회복되실 거라고 했어요. 제가…… 아니, 저랑 제 남편이 좋은 박사님을 모셔 왔어요. 그러니까 이제 마음만 편히 가지시면 돼요."

이 회장은 그렁그렁한 린의 눈동자에서 아주 오랜만에 온기를 느꼈다.

"이 애비는…… 그럴 자격이 없는 사람이 아니냐."

린이 무언가 반박하려 했지만, 힘겹게 움직이는 아버지의 입술에 멈춰야만 했다.

"아가, 난 널 지켜 주지 못했다. 네 어미는 내가 일생 동안 유일하게 사랑했던 여인이었는데…… 그렇게 허무하게 세상을 뜨고 나니 제대로 볼 수가 없었어."

이 회장은 상속자로 태어났다. 태어난 순간부터 사는 동안 왕좌를 보장받았던 사람. 원하는 것은 모두 가질 수 있었다. 다만, 사랑하는 여인의 죽음은 막지 못했다. 그것이 생애 최초의 무력함이었다.

"너를 내 그늘에 놓아두면…… 그저 자랄 거라 여겼다. 내 오만이었어."

총수의 권위는 단 한 번도 흔들린 적이 없었다. 모든 것은 알아서 커졌고, 성장했다.

"내 억지로 반송장이 된 후엔…… 후회나 증오보단, 이 애비가 널 불행하게 만들었다는 사실이 가장 마음에 걸렸단다."

하얗고 길었던 잠 속에서 유일하게 따스한 목소리로 말을 걸어주던 건, 그 막내딸이었다.

"어제…… 잠깐 변호사와 면회를 했었다. 내가 다시 잠들거든, 찾아가면 된다."

"그런 말씀…… 마세요. 이제부터 계속 만날 거라고 했잖아요."

"잘 들어라. 난 네게 모든 걸 남겼다."

이런 말을 듣고 싶었던 게 아닌데.

"전 그런 걸 바랐던 게……."

"난 못난 아비였지만, 못난 남자는 아니다. 세상 돌아가는 건 알고 있어."

"그러면 일어나실 것도 아시잖아요. 그때 가르쳐 주시면……."

이 회장은 린을 아주 애틋한 눈으로 바라봤다.

"내 살아 보니, 세상일은 정말 한 치 앞도 알 수가 없더구나."

그게 참 후회로 남았다.

"제대로 된 아비도 아니었는데…… 무거운 짐을 맡겨서 미안하다."

이제 이 그룹 오너가에서 적법하게 남은 후계자는 린뿐이었다.

"넌 할 수 있을 게야."

"아뇨, 못 해요! 전 아버지 자리에 앉을 수 없어요. 그럴 수 없다는 거 잘 아시잖아요!"

이 회장이 천천히 눈을 감았다 떴다.

"그럼 이 못난 애비 대신 곤란한 일들을 처리하는 거라 생각하렴. 어차피 난 몹쓸 애비니까 그 정도 부탁은 괜찮겠지."

가혹한 일이라는 걸 잘 알기에 더 나쁜 아버지였다.

"내가 회복하는 동안, 내가 되려무나."

"하지만……."

"너는 날 대신할 수 있다. 이제부터 네 뜻이 내 뜻이야. 넌……내게 남은 유일한 가족이다. 내가 세상에 마지막으로 남긴 혈육이지."

실은 오래전부터 알고 있었다. 이 어여쁜 막내딸에게도 확실하게 자신의 피가 흐르고 있다는 사실을. 그리고 그걸 증명하듯 린은 여기까지 왔다.

"정말……."

이번엔 린도 굳이 눈물을 훔치지 않았다.

"너무하세요."

투둑, 린의 눈물이 이 회장의 손등에도 떨어졌다.

"원망해도 좋다."

소리 없는 눈물이 또다시 투둑투둑, 두 사람의 손등을 적셨다.

"맞아요, 난 아버지가 미웠어요."

어렸던 린을 그런 곳에 다짜고짜 던져 놓은 아버지가 미웠다. 자주 봐야 한 달에 한 번 정도 겨우 얼굴을 볼까 말까 하는 게 미웠고, 점차 웃음을 잊어 가는 자신을 몰라주는 건 더 미웠다.

"그러니까 그런 일방적인 부탁은 못 들어 드리겠어요."

"정말…… 내 딸이구나."

미워했던 건, 사랑했기 때문이었다. 미웠던 순간만큼 사랑했던 순간이 있었기에. 그 바쁜 와중에 린의 머리맡에서 어색하게 동화책을 읽어 주던 때나, 마당의 커다란 나무에 린을 위한 그네를 달아 주라고 했던 일처럼.

"나중에…… 제 결혼식에 참석해 주세요. 그러면 지금은 아버지 대신이 될게요."

이 회장의 눈가가 촉촉해졌다.

"그때 말했던, 그 좋은 사람이냐."

"네. 지금도 여기 있어요. 늘…… 같이 있어 줬어요."

린이 등 뒤의 도하를 의식하며 답했다.

"그거참…… 다행이구나."

조금씩 이 회장의 말이 느려지고 있었다.

"인사드린 적도 있잖아요. 여보……."

괜히 린의 말이 빨라진다. 도하를 돌아보며 손짓하자, 냉큼 달려온 그였지만 이 회장의 호흡이 느려지는 걸 막을 길은 없었다.

"이 사람이에요. 기억나시죠?"

똑똑, 등 뒤로 노크 소리가 들렸다.

"그때 인사시켜 드렸는데…… 저희 결혼했어요. 근데 결혼식은 아직이라서……."

마음이 급한 린이 횡설수설하는 사이, 이 회장의 눈이 점차 감긴다.

"그러니까, 꼭 참석해 준다고 약속해 주지 않으시면 저 아무것도……."

그런 린의 어깨를 도하가 억지로 다독인다.

"아무것도 안 해요! 안 할 거예요! 아빠가…… 내 결혼식에 와 준다고 약속해 줘요……."

무너지는 린의 앞에 이 회장의 눈은 이미 감겼다.

"아빠가…… 약속해 줘야 하는데……."

잠시 그쳤던 눈물이 그새 또 차올라서 뚝뚝 떨어진다. 노크 소리가 한 번 더 울리고, 도하가 린을 달래려는 찰나…… 린이 눈물로 찼던 눈을 번쩍 떴다. 손끝에서, 무언가가 느껴진 까닭이었다.

"……아가."

희미해지는 의식 속에서, 아버지가 말을 걸고 있었다.

"지금 행복……하……."

"네, 저 행복해요."

그 손을 꽉 붙들고 린이 외치다시피 말했다.

"너무 행복해요……. 행복한 봄의 신부가 될 거예요, 아빠랑 같이."

"그래, 약속하마."

이 회장의 감은 눈에 온화한 미소가 피어올랐다.

❀　❀　❀

발갛게 부었던 린의 눈가가 조금 가라앉았다. 도하와 린을 태운 세단은 목적지에 도착했고, 린은 팩트를 꺼내서 그나마 남은 부기를 진한 화장으로 가렸다.

"이렇게 진한 화장은 처음 보는데?"

일부러 분위기를 전환하려는 도하의 말에 린은 평소보다 강렬한 아이라인을 쓱 빼면서 소리 없이 웃었다.

"정말, 나 없이 가도 돼?"

"네."

망설임 없는 대답에 도하는 조금 걱정이 남았다.

"그래도 혹시……."

"아뇨, 이건 나 혼자서 해결할 문제니까요."

린은 요 며칠 사이에 조금 더 어른이 된 것 같았다. 도하의 감상이 채 끝나기도 전에 똑똑, 누군가 차창을 두드렸다. 접견을 맡은 변호사인 듯했다.

"걱정 마요."

그 말과 함께 린은 짙은 붉은색의 립스틱을 입술에 덧칠했다.

"나 잘하고 올게요."

도하가 말릴 틈도 없이 쪽, 하고 입을 맞춘 린이 차의 문을 열고 내려 버렸다. 이제 도하에게 남은 건 입술 근처의 진한 립스틱 자국과 아직도 마음이 아플 아내를 향한 걱정뿐이었다.

삭막한 복도를 지나는 동안 린은 단 한 마디도 하지 않았다.

"면회실입니다."

고개를 끄덕인 린의 또각이는 구두 소리가 빈 공간을 울렸다. 그리고 곧, 린은 몇 번이나 그려 본 상황을 받아들였다.

"이 전화기를 드시면 됩니다."

두꺼운 유리 너머로 우리는 서로를 마주 보게 될 것이다. 목소리는 전화기에 의지한 채로.

"아, 네."

린은 언제나 그랬듯 바른 자세로 의자에 착석했다. 그리고 유리 너머 수인복을 입고 있는 여자를 보았다. 그 모습을 뭐라고 해야 할까…… 언제나 보여 줬던 화려하고 우아한 모습의 이면, 즉 그녀의 본질이 고스란히 드러난 지금의 모습을.

"참, 그런데 있죠."

우습게도 유리 너머의 여자가 먼저 전화기를 들었다. 그걸 외면하며 변호사에게 질문하는 린에게 분노해서 부질없이 두꺼운 장벽을 두드리는 모습까지 고스란히 보았다.

"내가 이 전화기를 들고 싶지 않으면 어떻게 되나요?"

린의 태연한 질문에 변호사는 잠시 당황한 것 같았다.

"원하신다면 특별 면회가 가능할 것 같기도 합니다만."

유리 너머의 여자는 린을 향해 저주의 목소리라도 퍼붓고 있는 모양이었다. 린에게는 들리지 않는 발악이다. 아, 어쩌면 내 어린 시절이 저 여자에겐 그리 비쳤을지도 모르지. 린이 입술을 삐뚜름하게 올렸다.

"아무래도 특수한 장소이니만큼, 위험한 일은 안 하시는 쪽이……"

변호사의 의견도 충분히 일리가 있었다. 이곳은 범죄를 저지른 사람들 중에서도 구치소가 아닌 정신 감호소로 보내진 사람들의 장소니까.

"걱정 마세요."

이번에는 변호사가 아닌, 유리 너머의 수연을 똑바로 바라보고 한 말이었다.

"이런 곳은, 내 집이나 마찬가지거든요."

이제 운명이 다가온다.

"안 그래요?"

유리 너머로 운명을 고하는 건, 린의 역할이었다.

"어. 머. 니."

그 두꺼운 장벽 너머로도 그 단어만큼은 확실히 들렸으리라. 린에게서 한 번도 본 적이 없을, 아주 아름답고 강렬한 붉은색의 입술로 또박또박 말했으니까.

철제 테이블 맞은편에 앉은 수연은 퍽 초췌해 보였다. 적극적으로 변호사를 쓴 덕분에 구치소행은 면했다지만, 그래 봐야 고작 정신 감호소라니 권세라는 건 한번 추락하기 시작하면 참 부질없는 것이었다.

"괜찮아요."

린은 걱정스러운 변호사의 눈길을 만류하고, 수연이 기다리고 있는 방 안으로 들어섰다. 방 안의 공기는 건조하고 싸늘했다. 그 와중에 린은 본능적으로 상대가 긴장하고 있다는 걸 깨달았다. 태어나 처음으로 느끼는 감각이었다. 그 수연이 고작 자신을 상대로 긴장하고 있다니.

"잘 지내셨어요?"

아무렇지 않은 린의 말에 수연이 죽일 듯이 린을 노려봤다. 하지만 테이블 아래 구속된 손으로는 그 멱살을 잡을 수도, 뺨을 칠 수도 없었다.

"아, 죄송해요. 잘 지내셨을 리가 없는데."

수연은 제 두 손을 꼭 쥐며 억지로 분을 삼켜 냈다. 린의 면회를 받기로 결정했을 때 이 정도의 각오는 했던 것이다.

"조롱할 테면 얼마든지 해라. 이게 마지막 기회일 테니 이런 사달을 만든 너한테 그만큼의 자격은 있겠지."

많이 야윈 뺨과 창백한 입술로도 수연은 끝까지 품위를 지키려 애쓰는 중이었다.

"맞아요, 마지막 기회겠죠."

린은 천천히 고개를 끄덕였다.

"자, 이제 원하는 걸 말해. 아님 변호사 통해서 전달할 생각이니?"

"네?"

"원하는 게 있어서 온 거잖아. 이제 이 웃기지도 않는 쇼는 끝내자."

린이 속으로 웃음을 삼켰다. 수연의 체념과 담담함이 어디서 나왔는지 이제야 알 것 같았다.

"무슨 말씀이신지."

"네 몫의 재산 분배? 영준이한테 한몫 뜯어낸 현찰과 부동산들의 유지? 하긴, 이 지경까지 몰고 왔으니 그보다 더 많은 걸 원하겠지?"

린은 수연의 눈을 똑바로 바라봤다. 린이 늘 두려워했던 차가운 눈동자 속에는 일말의 희망이 타오르고 있었다. 아직도 현실을 직시하지 못하는 어리석은 여자.

"뭔가 착각하셨나 봐요."

순간, 수연의 등줄기에 오소소 소름이 돋았다. 린은 그녀의 예상처럼 빈정대지도 수연을 대놓고 조롱하지도 않았다. 그래서 두려웠다. 본능적인 두려움이 서서히 수연을 엄습하고 있었다.

"전 원하는 게 있어서 여기 온 게 아니라, 아까 말씀드린 것처럼 마지막 기회라 생각해서 인사를 드리러 온 거예요."

"그게 무슨."

"이게 마지막이라는 거죠. 우리가 얼굴을 마주하는 건, 적어도 이번 생에서는 마지막이에요."

또박또박 말을 이어 나가는 린은 더 이상 작은 아이가 아니었다.

"기쁘지 않으세요? 늘 바라셨잖아요, 두 번 다시 저같이 더러운 핏줄은 보고 싶지 않다고. 그 소원이 이루어졌다는 말씀을 드리고 싶어서 왔어요. 사실 오고 싶지 않았지만 이게 마지막 기회니까 나중에 혹시라도 후회할까 봐."

수연은 더 이상 린의 말을 따라잡을 수 없다는 듯이 황망한 표정으로 린을 보다가 파르르 입술을 떨었다.

"지금…… 나한테 앙갚음이라도 하겠다는 거니? 너야말로 뭔가 대단히 착각하나 본데, 난 마음만 먹었다면 너 같은 거 죽여 버릴 수도 있었어! 그래도 회장님 핏줄이라고 거둬서 키워 준 은혜를 알아야지!"

날카롭고 신경질적인 고음의 목소리는 여전했다. 어떤 의미로는 그게 린의 마음을 더 편하게 해 줬는지 모른다.

"네, 감사하게 생각해요."

린이 천천히 눈을 감았다 떴다. 그 짧은 찰나에 어쩐지 주마등이 스치듯 수연과 수연의 집에서 살았던 시절이 스쳐 갔다.

"차라리 죽는 게 낫겠다고 생각했던 적도 있었지만, 지금은 살아 있어서 다행이라고 생각하거든요. 그리고 제게 좋은 남편을 보내 주신 것도 감사히 생각해요. 아버지와 저희 엄마를 향한 원망을 어렸던 제게 푸셨던 걸 이젠 용서할 수 있을 만큼요."

"너 따위가……."

전부 맞는 말이었다. 수연은 단 한 번도 여자로서 사랑해 주지 않은 남편과 그 내연녀에 대한 원망을 작고 어린 아이에게 풀어냈다.

"그렇게 말하면 뭐가 달라지는 것 같니? 하…… 고맙다고? 난 그렇게 하면 네가 네 손으로 죽어 버릴 줄 알았어. 버러지 같은 네 어미를 닮아 그렇게 끈질길 줄도 모르던 내가 순진하고 불쌍한 사람이었지."

"맞아요."

린은 진심을 담아서 그렇게 말했다.

"당신은 불쌍한 사람이에요."

지금 어른이 된 린의 눈에는 보였다.

"불쌍하고 아픈 사람이죠."

수연이 뭐라 대꾸하기도 전에 린이 먼저 자리에서 일어섰다.

"변호사들은 당신이 편법을 써서 이곳에 왔다고 하지만…… 난 동의하지 않았어요. 그리고 결국 내 생각이 맞았네요."

어디에 있든, 어차피 수연이 앞으로 살게 될 곳은 지옥이었다.

"당신은 여기 있는 게 맞아요. 모두…… 있어야 할 곳으로 돌아 간 것뿐이었어요."

"그래? 난 얼마 후에야말로 진짜 모두가 제자리를 찾을 거라고 생각하는데? 그리고 미리 말해 두지만 그땐 같은 실수를 반복하지 않을 생각이란다."

린의 입가에 아주 씁쓸하고 희미한 미소가 떠올랐다가 이내 사라졌다.

"웃음이 나오니? 네까짓 게 남자 하나 홀려서 이 사달까지 만들었대도 달라지는 건 없어! 넌 여전히 천한 계집의 소생이고 난 회장님의 합법적인 아내야. 우리 영준이랑 영화도 마찬가지지! 그건 변하지 않는 사실이니까 네가 감히 무슨 짓을 한다고 해도……."

똑같은 사람이 되고 싶지 않았는데, 결국 말해야겠다. 이건 남의 입이 아닌 자신의 입으로 직접 매듭을 지어야 할 일임을 린은 확실히 깨달았다.

"아버지가 깨어나셨어요."

수연의 눈가에 미세한 경련이 일어났다.

"그리고 완전히 회복하실 때까지 제게 모든 권한 대행을 맡기셨어요."

"그럴…… 리가…… 분명 네가 무슨 수작을 부려서, 그래! 의료진을 매수했구나?"

"그건 당신이 한 일이잖아요."

"아니! 네가 날조한 일이지! 회장님이 깨어나셨다니 잘됐어, 하나뿐인 가족과 자식들을 이 꼴로 만든 널 용서하지 않으실 테니."

고상한 가면이 서서히 무너져 내리고 있었다. 린은 아주 어렵게, 그녀를 동정하지 않기로 했다.

"그래요?"

"그래, 아무리 귀여워했다고 해도 잠깐인 걸 알아야지, 제 적법한 후계자를 두고 널 감쌀 만한 총수는 없어!"

"그래도 전 상관없어요. 다만, 아버지가 남기신 말을 전해 드릴게요."

희망의 싹을 남겨 놓는 것이 수연에겐 더 고통스러운 일일 것이다. 린으로서 할 수 있는 가장 잔혹한 일이기도 했다. 하지만 린은 더 이상 복수를 하려는 게 아니었다. 모든 것을 바로잡고 싶을 뿐. 이제는 정말 모든 것을 제자리로 되돌리고 싶을 뿐.

"모두 듣고 있었다고, 말씀하셨어요."

"그럴……."

"전부 다, 똑똑히 듣고 계셨어요. 그리고 제게 모든 권한 대행을 맡기셨죠."

수연의 황망한 표정에서 절망이 읽혔다.

"아니……."

"걱정 마세요. 개인적인 감정은 잊었으니까 복수라는 바보 같은 생각은 안 해요."

"아니야……."

"그저 법의 심판을 받을 거예요. 당신도 내 이복형제들도, 죄를 지은 사람이라면 누구나 그렇듯이."

담담한 린의 말에도 수연은 멍한 표정으로 계속해서 아니라는 말만 중얼거리고 있었다. 마치 그녀가 본래 있어야 할 곳이 여기라는 걸 몸소 증명하는 듯이.

"아니…… 아니야…… 그럼 내 아이들은? 회장님이 난 버려도 우리 아이들은 버릴 수가 없어, 그건 천륜인데…… 그럴 리가……."

그 천륜을 누가 먼저 저버렸는지 묻는 건 더 이상 의미가 없다는 걸 잘 아는 린이었다. 눈앞의 수연은 복수의 쾌감을 느끼지도 못할 만큼 처량하고 처참했다.

"내…… 내 아이들은 그래선 안 돼……."

"이미 해서는 안 될 짓을 했잖아요."

"아니, 아니야……."

말들이 툭툭 부서진다.

"우리 애들이 나중에라도 날 보러 오겠지? 우리 아이들은 다 괜찮을 테니까? 회장님이…… 나는 갈라서면 남이라도 아이들은 아니잖아, 그렇지?"

수연이 비틀거리며 린에게 다가서자 지켜보고 있던 교도관이 제지하려 다가왔다. 린은 조용히 한 손을 들어서 그 행동을 멈췄다. 그리고 수연을 똑바로 바라봤다. 하지만 그녀가 원하는 답을 해 줄 수는 없었다.

"전, 이만 가 볼게요."

이게 마지막이다.

"원망은 여기 내려놓고 가겠습니다. 절 지금까지 몰아붙여 주셔서…… 감사합니다."

린이 잠시 고개를 숙였다. 그 결연한 동작에 정말로 마지막이라는 걸, 수연도 실감할 수 있었다.

"아니, 못 가!"

이런 걸 보고 싶었던 건 아니었는데.

"못 가, 못 간다고! 우리 아들은…… 내 딸은!"

급기야 수연이 의자를 박차고 나와서 린에게 매달렸다. 교도관이 달려와 억지로 떼어 놓자, 이제는 차가운 바닥에 그 머리를 댔다. 그러고도 린의 발목을 잡는다. 수갑을 찬 손으로 생채기를 무릅쓰며, 여태껏 살아왔던 그 우아한 세계를 내려놓은 채로 린의 발목에 엎드려 매달렸다.

"우리 아이들은 아무 잘못 없어, 너도 알잖니?"

그럴 리가 없는데. 왜 발걸음이 떨어지지 않는지. 왜, 교도관에게 그만하라는 눈짓을 하고 있는지.

"내가 이렇게 엎드려서 빌고 있잖아. 우리 영화, 내 딸…… 아, 그래 너한텐 언니잖니!"

흐느끼는 소리가 들렸다. 린에겐 믿기지 않는 현실이었다.

"네 핏줄이란다. 난 미워해도 우리 영화가 잘못한 건 아무것도 없어! 우리 딸은 아무것도 몰라, 나이만 먹었지 아직도 어린애라서……."

눈물이 넘치는 수연의 눈동자를 보고 있자니, 린의 마음이 복잡해졌다. 모정이 대체 뭐기에 그토록 우아하고 차갑고 잔인했던 사람이 내 앞에서 무릎을 꿇고 울부짖으며 매달리는 건지.

"내가 돌봐 줘야 하는데…… 걔는 아무것도 모르는 애야. 우리 아들은 뭔들 잘 헤쳐 나갈 인물이지만 우리 딸은 아직 아가나 마찬가지인데……."

어머니의 사랑이라는 건 이토록 맹목적인 걸까. 오히려 부럽다고 느껴지는 건 왜일까.

"그래, 우리 아가가……."

찬 바닥에 이마를 대고 있던 수연이 간신히 고개를 들었다. 그리고 린을 본다.

"아, 우리 아가야."

생전 처음 보는 눈빛이었다.

"내 아가. 우리 딸……."

눈물을 흘리면서, 초라한 수의를 걸치고 이마에 발갛게 부은 자국을 감추지도 않고 그렇게 린을 봤다.

"우리 딸, 엄마 걱정 하지 마. 엄마는 괜찮아."

단 한 번이라도 이런 애정을 보았더라면, 린도 결정이 달라졌을지 모른다.

"아가, 우리 영화야. 다 잘될 거야."

알고 있었다. 수연은 마음이 아픈 사람이었다는 걸. 대낮에도 커튼을 쳐 빛을 보길 싫어하던 이 사람은 수없이 많은 정신과 약들로 잠들고 수시로 와인을 마시며 살았다는 것을. 그러니 이곳에 맞는 사람이라고 한 건 옳은 말이었다. 수연은 아픈 사람이었다. 그걸 지금의 린은 절감했다.

"엄마는 다 괜찮아, 우리 딸…… 다친 데는 없지?"

수연의 황망한 시선 끝에서, 린의 시간도 잠시 멈췄다. 그녀의 귓가에 잠시 정신착란을 일으킨 것 같다는 변호사의 말도 스쳐 지나갔다.

"우리 딸, 왜 엄마보고 아무 말도 없어."

이토록 다정한 말을 들어 본 적이 없었는데. 린은 씁쓸함을 삼키며 무릎을 굽혀 수연과 똑같은 눈높이로 앉았다.

"아가, 왜 우니……."

어느새 눈물이 차올랐나 보다. 수연이 차가운 손으로 린의 뺨을 닦아 주었다.

"우리 아가, 울면 못써요."

그 긴 세월의 증오를 넘어서, 린은 이제 그저 모성만이 남은 가엾고 불쌍한 사람을 보았다.

"아가, 울지 마…… . 엄마가 자장가 불러 줄까?"

이번 생에서의 인연이 참 나빴다.

"우리 아가, 왜 자꾸 울어…… ."

그냥 눈물이 차올랐다, 끊임없이.

"이리 온, 엄마가 안아 줄게."

린은 애써 눈물을 삼키려 노력했다. 동시에 수연의 눈을 보지 않으려 했는데, 그게 잘되지 않았다.

"네."

그렇게 수연의 품에 안겼다.

"그래, 착하지…… 이제 울지 말고."

"네, 저 이제 안 울게요."

토닥토닥, 마지막 정을 나눴다.

"그러니까."

이게 마지막이다.

"안녕히 계세요."

수연은 황망한 눈으로 고개를 끄덕이기만 했다. 린이 등을 돌려 나왔을 때엔 더 이상 아무 말도 들리지 않았다.

처음 내렸던 세단에 다시 올랐다. 변호사가 차 문을 열어 줘서 무심결에 탄 곳은 조수석이었다. 그리고 운전석에는 도하가 있었다.

"다녀왔어?"

"······응."

이제 차 안에는 둘만이 남았다. 린은 줄곧 기다렸을 도하를 보았다. 아주 짧은 간격을 두고 마주친 눈동자는 이 세상에서 가장 커다란 위안이었다.

"다녀왔어요."

그렇게 말하는 린의 눈가가 또 그렁그렁했다.

"그럼 이제 집으로 돌아가 볼까."

도하가 기어를 넣고, 린이 고개를 끄덕인다.

"아, 참······ 그 전에."

의외로 이건 린이 꺼낸 말이었다. 도하가 잠시 브레이크를 건 채로 린을 본다.

"여보."

린이 말하고, 제 팔을 벌렸다.

"응."

이러면 안지 않을 수가 없었다. 우리의 순간순간을 함께할 수 있도록, 체온을 나눌 수 있도록, 꼭 안아 줄 수밖에.

"고마워요."

"뭐가."

"항상······ 안아 줘서요."

무너지는 마음도, 사랑하는 마음도 전부······ 여기에 머물도록.

"그야 당연하지."

이제 린은 방황할 필요가 없었다.

"내가 당신 남편이니까."

린은 아주 오랜 길을 거쳐서, 멀리 돌아서, 이제야 있을 곳을 찾았다.

"그게…… 가장 고마워요."

이토록 사랑스러운 사람과 함께.

에필로그

　그 후의 나날들은 막 불어오기 시작한 봄바람처럼 빠르고 따스하게 지나갔다. 도하의 회사는 뜨거운 감자에서 벗어나 본연의 업무로 돌아갔고, 린은 이제 새벽마다 깨는 일도 악몽도 모두 없어졌다.

　하지만 그렇다고 아주 문제도 없는 완벽한 생활은 아니었다. 지금도 린은 자정을 넘겨 귀가한 도하를 캄캄한 거실 소파에서 노려보고 있었다.

　"아! 깜작이야……."

　주륵, 도하의 등 뒤로 식은땀이 흘렀다. 그 어떤 공포 영화의 장면도 도하에겐 이보다 무서울 수 없었다.

　"여보, 내가 불 끄고 앉아 있으면 무섭다고 전에도……."

"그래요? 난 또 하나도 안 무서워서 자꾸 이 시간에 들어오는 줄 알았죠."

거실의 싸늘한 공기 속에서 도하는 취기가 확 깨는 걸 느꼈다.

"저기 오늘…… 자기도 알지? 오늘 정말 중요한 회식을 하느라고. 아! 물론 자기가 정해 준 통금은 잊지 않았지! 그래서 내가 10시까지 들어오려고 했는데, 어쩌다 보니까……."

"아, 어쩌다 보니까 또 늦은 거죠."

"여보, 들어 봐. 변명의 기회를 줘. 이 회식이…… 우리 곽 실장 알지? 걔가 드디어 시집을 간단 말이야! 이게 정말 우리 회사 창립 기념일보다 어떻게 보면 더 대단하고 위대한 일이거든? 그만큼 중요한 일이라는 걸 감안해 줬으면 해."

도하가 슬쩍 린의 눈치를 살피며 옆에 앉았다. 사유도 사유인 만큼 이쯤 되면 린도 평소처럼 찰싹, 맵지 않은 손길로 도하의 등을 때리면 끝날 일이었다.

"아, 결혼…… 정말 중요한 일이죠."

여기까지는 예상대로였다.

"우리 결혼식도 그래야 할 텐데."

린의 씁쓸한 한마디에 도하의 심장이 쿵 하고 내려앉는 것 같았다.

"어? 아니? 그게 어떻게 비교가 돼? 우리 결혼식이 훨씬 더 중요하지, 당연히!"

"진심이에요?"

처음의 화는 풀어진 듯 린이 새초롬한 눈빛으로 도하를 봤다.

"그걸 말이라고 해?"

"그럼 내가 지금부터 세 가지만 물어볼게요. 그중 하나라도 맞히면 인정해 줄 거고, 문제는 쉬워요."

이건 도하가 가장 곤란해하는 경우였다. 여태 린이 낸 퀴즈를 맞힌 적은 단 한 번도 없을뿐더러 거부권도 없으니 미칠 노릇이었다.

"우리 청첩장에 들어간 꽃 이름은?"

"……장미?"

"땡. 그럼 최소한 색상은?"

"어…… 분홍색!"

"땡. 이제 마지막 문제예요."

학창 시절 시험 문제를 볼 때도 이렇게 절박하진 않았는데.

"이번에 드레스 맞춘 웨딩숍 이름은?"

아, 잔인한 세상. 마지막 문제 정도는 보너스로 줄 수도 있는 게 인정인데, 불행히도 오늘 린에게 그런 자비심은 없는 것 같았다.

"잠깐, 5초만 시간을 줘. 정말 생각날 것 같아서 그래."

거짓말이다. 어떻게든 시간을 번 뒤 두뇌를 풀가동 해서 정답을 추측하려는 도하의 노력이 가상했다.

"아! 그래! 라……."

살짝 놀라는 린의 표정을 보니 여기까진 맞았다.

"라노……."

어, 정말 맞힐 수 있을 것 같은데.

"라노벨리아!"

그래, 이 지독하게 어렵고 입에 안 붙는 그런 이름이었다. 자신만만하게 답을 외친 도하는 칭찬을 바라듯이 린을 빤히 바라봤다.

"노력은 가상했지만……."

설마.

"틀렸어요."

남들이 볼 땐 이게 무슨 꼴이냐 싶겠지만, 지금 도하는 진심으로 좌절하고 있었다. 게다가 정답에 근접했단 사실이 도하의 마음을 더 아프게 했다.

"그럼, 내일 아버지 면회 가야 하니까 일찍 잘게요."

싸늘한 바람을 남기고 린이 등을 돌렸다.

"저기, 여보……."

"왜요."

냉랭한 린의 등을 보자 괜히 풀이 죽는 도하다.

"나 양치 세 번 할 테니까 같이 자면 안 돼? 그리고 나 오늘 술 많이 먹지도 않았거든, 정말."

도하가 술 약속으로 인해 통금을 어기면 린은 술 냄새를 핑계로 각방이라는 잔인한 형벌을 내렸다.

"열 번 닦아도 싫어요."

서로에게 엄청나게 진지했던 이 부부 싸움은 도하의 패배로 끝났다.

발코니에 앉아 있기 딱 좋은 정도의 밤공기였다. 혼자라서 옆구리가 조금 시리다는 걸 빼면 다 좋았다. 도하는 평소 린이 어깨에 덮던 담요를 린 대신이라도 되는 듯 끌어안고서 처량 맞게 밤하늘을 보고 있었다.

"사는 데 문제가 끝이 없네……."

사실 정말 심각한, 말 그대로 시사 뉴스에 날 정도의 사건과 문제들은 이미 지나갔다. 우스운 것은 그 문제들을 대하면서 단 한 번도 두려움을 느끼지 못했던 도하가 지금 가정 내의 이 사소한 다툼에는 마음을 졸이고 있다는 것이다. 거친 세상을 딛고 살아가는 법은 대충 배웠는데, 여리디여린 내 아내의 마음 하나 맞히는 건 아직도 어렵기만 하다.

"후…… 현자의 도움이 필요해."

도하는 한숨을 쉬며 휴대폰을 꺼내 어디론가 전화를 걸었다. 도하와 같은 수많은 한심한 유부남들에게 구원의 길을 열어 주는 강남 유부남들의 지도자. 그러면 아마 현답을 줄 수 있을 것이다.

"여보세요? 성준이 형?"

상대가 말도 하기 전에 다급하게 말을 꺼내는 도하의 목소리에 수화기 너머에서 한숨이 들려왔다.

— 예, 예……. 잡혀 사는 유부남 클럽의 회장을 맡고 있는 최성준입니다. 무엇을 도와 드릴까요…….

목소리에서 귀찮음이 역력하게 묻어 나왔지만, 도하에겐 그런 걸 따질 때가 아니었다.

"와이프가 화났어요."

— 근데 그 정도로 화낼 일인지는 잘 모르겠고?

"와…… 어떻게 아셨어요?"

어떻게고 뭐고 성준이 받는 상담 내용은 전부 다 이 모양으로 시작했다.

— 얼마 전에 큰일은 다 해결된 거 맞고?

도하와 린, 그리고 이 회장과 그룹과 관련된 일은 연일 뉴스를 장식했었다.

"네, 그쪽은 아무 문제 없어요. 그러니까 더 모르겠다니까요?"

— 집에서 쫓겨난 건 아니고?

"네, 안방에서만 쫓겨났어요."

— 다행이네.

"그나마 천만다행이죠."

서른 넘은 남자들이 이런 말을 진지하게 하고 있다는 게 결혼이란 무서운 제도에 숨겨진 위력인가 보다.

— 직전에 나눈 대화가 뭔데? 단서는 다 거기에 있을 거야.

성준의 말에 도하는 또 다시 두뇌 풀가동을 시전했다.

"어…… 딱히 없는데? 오늘 통금 어긴 거 빼고. 아 깜짝 퀴즈 세 개를 다 틀렸어요. 아, 마지막 거 진짜 아까웠는데."

— 무슨 헛소린지 차근차근 말해 볼래?

"그러니까 원래 안사람이 가끔 퀴즈 내서 맞히면 용서해 줄 때 있거든요. 근데 질문이 너무 어려워도 정도가 있지. 형, 형 같으면 청첩장에 무슨 꽃무늬 들어갔는지 그게 무슨 색깔이었는지, 드레스 숍 이름이 뭔지 알겠어요?"

— 어.

"아니, 그걸 안다고요?"

몇 년 전의 성준이라면 몰랐을 것이다.

— 나도 알고 싶어서 알게 된 게 아니야…….

성준의 대답에서 베테랑 유부남의 고충이 묻어났다.

— 아무튼 문제는 뭔지 알겠네.

"벌써요?"

역시 괜히 회장직을 맡고 있는 게 아니었다.

— 너 요즘 결혼식에 관심 가져 본 적 있어?

"있죠, 당연히. 형도 청첩장 받았잖아요."

— 물론 식장이랑 날짜도 알겠네.

"에이, 당연하죠!"

— 그거 말고는 아는 게 뭔데?

훅 들어오는 성준의 직구에 잠시 도하가 할 말을 잃었다.

"어…… 우리 와이프……."

— 네가 아는 건 결혼이고, 결혼식은 아무것도 모르는 거 맞네. 제수씨가 서운한 것도 아마 그 부분이라는 데 내가 이번에 뽑은 드론 건다.

성준의 말이 저 멀리 들린다. 도하는 머리를 두드려 맞기라도 한 듯이 멍한 표정으로 결혼식이라는 단어를 되뇌었다.

— 잘 생각해. 너희가 이미 결혼한 건 사실이지만, 여자한테 결혼식은 일생에 한 번뿐인 날이야.

"그건 아는데……."

— 아니, 넌 모른다니까. 여자들은 다 중요해. 프러포즈도 반지도 청첩장도 드레스도 식장도 전부 다 중요하다고!

"어…… 근데 이미 반지를 얼렁뚱땅 줘 버렸는데……."

— 참 순서 꼬아서 사느라 고생한다.

도하가 복잡한 심경에 이마를 짚었다.

"아, 그럼 이제 와서 어떡해요! 새 반지를 사서 프러포즈 하는 것도 웃기고, 줬던 반지 뺏어서 하는 것도……."

그 말을 하던 순간, 도하는 제 무릎을 탁 쳤다.

"형, 역시 난 천재인가 봐."

— ……뭐?

"나 완벽한 해결책이 떠올랐어요. 아무튼 바쁘니까 끊어요! 아, 우리 결혼식 꼭 오시고요!"

뚜뚜, 제 할 말만 한 도하가 전화를 뚝 끊어 버렸다.

✻　✻　✻

린이 아침에 일어났을 때, 도하는 이미 집을 나섰다는 안양댁의 전언이 있었다.

"사모님도 너무하세요."

이젠 아가씨란 호칭보다 훨씬 자연스럽게 들리는 그 단어가 린은 싫지 않았다.

"그러게 누가 약속을 어기래요. 게다가 그 사람 관심이 없어도 너무 없는 거 있죠! 세상에 자기 결혼식에 그렇게 무심한 사람이 어디 있어요. 이미 같이 사니까…… 잡은 물고기라는 거야, 뭐야."

아직도 서운한지 입술을 삐죽이는 린은, 불과 얼마 전까지 그 대단한 폭풍을 헤쳐 나온 사람이라는 게 믿기지 않을 정도로 앳됐다.

"그놈이 멍청해서 그래."

어느샌가 같은 아침상에 앉는 게 자연스러워진 석 영감이 한마디를 거들었다.

"잡은 고기니 무슨 고기니 그딴 것도 모를 놈이야. 그냥 멍청해서지. 각방이 뭐야, 아주 내쫓아 봐야 정신을 차리지!"

그리고 야무지게 안양댁이 만든 된장찌개를 한 큰 술 떠먹는다. 석 영감 덕분에 그나마 분위기가 좀 나아졌다.

"참, 면회는 몇 시였죠?"

"이제 나가면 돼요. 좀 넉넉하게 가 있는 게 아무래도 마음이 편해서."

"오늘 드레스 가봉이라고 말씀드리면 좋아하실 거예요."

스스로도 기대되는지 볼을 약간 붉히는 린을 보자 안양댁은 아주 오랜만에 행복감을 느꼈다.

"저, 여사님 오늘 특별한 일정 없으시면 같이 가 주시면 안 될까요?"

"네? 저 같은 늙은이가 무슨 보는 눈이 있다고……."

"어릴 때부터 저 옷 골라 주는 일은 여사님 전문이었잖아요."

당혹스러우면서도 너무나 기쁜 제안에 안양댁은 주책맞게도 콧날이 시큰해졌다.

"그래도 저 같은 것보다는……."

"여사님이 어때서요! 평소에 우아한 스타일만 봐도 안목이 얼마나 고상하신지 쇠질만 하던 내 눈에도 딱 들어오는데요!"

"맞아요, 영감님 말씀이 맞아요."

"그래도……."

망설이는 안양댁의 손을 린이 살짝 붙잡았다.

"꼭 보여 드리고 싶어서 그래요."

린의 마음속에선 어릴 적 돌아가신 엄마 외에 한 명의 어머니가 더 있었다.

"저, 지금 떼쓰는 건데…… 안 들어주실 거예요?"

꼭 보여 드리고 싶었다. 그 어렸던 아이가 자라서 새하얀 웨딩드레스를 입은 모습을, 여태껏 당신이 힘겹게 지켜 주었던 애정이 헛되지 않았다는 걸.

"참…… 우리 아가씨 떼에는 제가 못 당하죠."

"그럼 와 주시는 거예요?"

환하게 웃는 린을 보자 안양댁은 다시 콧날이 시큰해지는 것 같아서 일부러 고개를 돌렸다.

"걱정 마쇼. 내가 그 드레스 가겐지 뭔지 시간에 딱 모셔다드릴 테니까!"

"고마워요. 영감님만 믿을게요."

두 사람은 안양댁의 등 뒤에서 의리의 상징으로 서로 엄지를 치켜 보였다. 아주 오랜만에 찾은 일상의 평화는 이다지도 달콤했다.

❀   ❀   ❀

이 회장의 회복이 생각보다 빠른 것도 요즘 린의 기분이 좋은 이유 중 하나였다. 면회 시간이 되어 방문하면 이 회장은 미리 비스듬히 기대앉아 또렷한 눈으로 린을 기다리고 있었다.

"오늘은 선물을 가져왔어요."

무거운 그림자가 지나고 나자, 그동안 나누지 못했던 부녀간의 소소한 즐거움이 면회 시간을 빼곡히 채웠다.

"그거 우연이구나, 나도 오늘 선물을 준비했는데. 뭐, 다소 조악하긴 하다만……."

이 회장의 언어 능력은 이제 거의 정상에 가까울 만큼 회복됐다. 조금씩 시작한 재활 치료도 긍정적이어서 시간만 지나면 일상으로 복귀할 수 있을 거라는 것이 의료진의 중론이었다.

"뭔데요? 아빠 것부터 볼래요!"

이상하게도 여기에만 오면 린은 어린아이가 되었다.

"별로 보여 줄 만한 건 못 된다만……."

이 회장도 평범한 아버지가 되는 것 같았다. 두 사람에게 잃어버렸던 가족의 시간이 이제야 돌아온 것이다.

"그래도 볼래요!"

조르는 린의 눈짓에 이 회장은 겸연쩍은 듯이 협탁 서랍에서 무언가를 꺼냈다.

"재활 시간에 만든 건데…… 아직 영 엉망이지?"

얼핏 구깃해 보이는 종이 뭉치는 자세히 보니 꽃의 모양을 하고 있었다.

"아뇨, 너무 예뻐요. 게다가…… 파란 꽃이네요."

"내가 간호사한테 달라고 했다."

"아빠가요?"

린에게 아버지는 항상 권위적이고 위압적인 존재였다. 세간에서 생각하는 총수의 이미지와 완전히 다르다고는 할 수 없을 것이다. 혈육일지라도 그런 남자였다. 그런 아버지가 간호사에게 파란 색종이를 달라고 했다는 말이 린에겐 참 생경하게 다가왔다.

"좋아했잖니, 파란 꽃을."

지금 그녀와 함께 있는 사람은 단지 한 사람의 아버지였다.

"너도, 네 엄마도…… 파란 수국을 좋아했지."

그 사실을 절절히 깨닫는 지금이, 린으로서는 지난 세월을 보상받기라도 하듯 행복한 시간이었다.

"참, 우연이에요."

린이 핸드백 속에서 하얀 봉투를 꺼냈다.

"저도 파란 수국을 가져왔거든요."

이 회장이 아직 불편한 손을 뻗어 린이 건넨 봉투를 열었다. 청첩장은 새하얀 색이었고, 가운데에 파란 수국이 청초하게 피어 있었다. 이 회장은 한참 동안 청첩장의 신부 이름 쪽을 바라봤다.

"이현성과 김수정의 차녀 린……."

아득한 감정들이 몰려오는지, 이 회장의 손끝이 린의 이름 주위를 매만진다.

"이현성과 김수정의 차녀…… 린……."

이런 것도 아비라고, 그 힘든 세월을 겪게 한 것도 제 아버지라고 끝끝내 곁에 남아서 웃어 주었다. 막내딸은 문자 그대로 현성이 가진 모든 것과 바꿔도 아깝지 않을 존재였다.

"이 안에 내가 사랑하는 여자들이 다 있구나. 참…… 좋은 선물이야."

"그러니까 아버지 선물은 제가 가져가도 되죠?"

"이런 못생긴 꽃이라도 좋다면, 그러려무나."

현성의 거친 손등에 닿아 오는 살결이 너무 고와서, 참 염치도 없이 좋았다. 유일하게 사랑한 여자와 낳은, 이제는 이 세상에서 유일하게 사랑하는 아이가 있어서.

똑똑.

면회 시간이 끝난다는 신호가 돌아왔다. 매번 조금씩 길어지고 있지만, 여전히 부녀에겐 아쉬운 때였다.

"내일 또 올게요."

"결혼 준비로 바쁠 텐데, 뭐 하러……."

"내가 아빠 보고 싶어서 오는 거예요."

한 차례 노크가 더 울리자 린이 그제야 아쉽다는 듯이 자리에서 일어섰다.

"참, 오늘 웨딩드레스 가봉하는 날이에요."

"그러냐."

"실물은 결혼식에 보여 드릴 거니까, 미리 힌트는 없어요."

시간이 길어져도 늘 짧기만 한 면회는 끝났다. 이제 현성은 지겨운 재활 치료로 돌아가야 한다. 린이 가장 빛나는 날, 그 자리를 지켜 주는 아버지의 모습이 초라해선 안 되니까…… 애써 고통을 참고 무력감을 떨쳐 보련다. 뒤늦게라도 아버지 노릇을 하고 싶은 것조차 자신의 욕심이니까.

❋　❋　❋

청담동의 웨딩숍 '라노시아'는 특별한 손님을 위해 다른 예약을 모두 비웠다. 도하가 아슬아슬한 오답을 냈던 그 '라노시아'였다.

"저희 정말 이렇게 셀렉이 어려운 신부님은 처음이세요."

한가운데 작은 단상 위에서 드레스를 입은 린을 보면서 직원들의 찬사가 쏟아져 나왔다. 벌써 열 벌, 아니 스무 벌이었던가……. 이제는 뭐가 뭐였는지 분간도 안 가는 린을 두고 소파에 앉은 안양댁은 연신 사진을 찍어 댔다.

"잠깐만 쉴게요."

결국 지친 린이 먼저 백기를 들었다. 무거운 드레스를 벗어 내고 안양댁 옆에 앉은 린은 벌써 녹초가 된 것 같았다.

"여사님……."

한숨을 푹 쉰 린이 연신 새 카탈로그를 넘기는 안양댁의 손을 꾹 잡았다. 이제 새로운 항목은 더 늘리지 말자는 뜻이었다.

"나 정말 죽을 것 같아요. 이럴 거면 괜히 결혼식을 한다고 했나 봐요."

"무슨 그런 몹쓸 말씀을!"

"근데…… 지금 한 백 벌은 입은 거 같은데 전혀 모르겠단 말이에요!"

급기야 린이 소파에 등을 기대고 푹 늘어졌다.

"이제…… 더는 못 고르겠어, 어쩌죠, 나……."

린의 투정을 듣던 안양댁이 안경을 추켜올렸다. 외출할 때만 꺼내 끼는 안양댁의 안경이 오늘따라 스마트해 보인 건 린의 착각이 아니었나 보다.

"그래서 제가 골라 봤는데요."

이토록 믿음직스러운 지원군이 있을까.

"노출이 심한 튜브톱은 선호하지 않으시니 그걸 차치하고서…… 같은 맥락에서 머메이드 라인보단 풍성한 드레스 라인이 우아함을 살릴 것 같습니다."

안양댁의 설명은 단순한 소감이 아니었다. 그녀가 사용하는 단어에서 웨딩드레스에 대한 깊은 식견이 드러났다. 린은 안양댁이 밤을 새워 공부를 했다는 걸 잘 알 수 있었다.

"소매가 있는 편이 좋겠고, 답답하지 않게 네크라인부터 소매까지 전부 레이스로 세공된 게 좋을 것 같습니다. 우리 아가씨의 품위를 살리기에는 그게 제격이지요. 해서 세 벌로 간추려 봤는데요."

언제 준비해 뒀는지, 안양댁이 손짓을 하자 직원들이 다시 나타났다.

"아까 세 번째, 일곱 번째, 열아홉 번째로 피팅 하셨던 옷들입니다."

세 벌의 드레스가 토르소에 입혀진 채 린의 간택을 기다리고 있었다. 몇십 벌이 되는 드레스를 입어 볼 때는 기가 빠져 잘 몰랐는데, 이렇게 간추려서 보니 전부 마음에 쏙 드는 것들이라 새삼 안양댁의 안목에 감탄하게 된다.

"저는……."

린이 일어서 세 벌의 드레스 앞으로 갔다. 그중 아주 화려하게 너울거리는 풍성한 드레스 자락에, 기품 있게 정교한 레이스가 목을 감싸고 어깨를 따라 내려가 손등까지 덮은 드레스 앞에 섰다.

"이게 좋아요."

안양댁은 그 뒤에서 아주 뿌듯한 미소를 지었다.

"제 생각도 마찬가지입니다."

린이 선택한 건 일곱 번째 드레스였다.

"그럼, 신부님 가봉 들어가도 될까요?"

"네."

마지막 결정의 순간 고민하지 않을 수 있던 건, 역시 안양댁이 있어 준 덕분이었다. 그리고 이건 아주 완벽한 선택이었다.

린은 가봉을 마친 후에 자신을 비추는 원형 거울 앞에서 실감했다. 이건 세상에서 자신에게 가장 잘 어울리는 웨딩드레스였다. 혼자라면 절대 고르지 못했을 것이다.

"예쁘다……."

작은 혼잣말과 함께 린은 거울 속의 자신을 바라봤다. 눈이 시린 새하얀 색이 아닌 온화한 톤의 순백이라는 점도 린의 마음에 쏙 들었다. 마치 도하가 프러포즈를 했을 때 줬던 반지와 처음부터 한 쌍이었던 것처럼…… 어라.

"반지가?"

왼손 약지가 텅 비어 있었다. 언제부터였지? 아무리 정신없는 하루를 보냈다지만 반지를 잃어버릴 리가 없는데.

"저, 여사님! 지금 반지를 잃어버린 것 같은데……."

다급해진 린의 목소리에 돌아오는 대답은 없었다. 린은 혼자서 신부를 위한 동그란 단상 위에 서서 발을 동동 굴렀다.

"여사님! 잠깐 와 주세요, 저 반지가 없어요!"

조금 전까지 가봉을 돕던 직원들도 어디로 갔는지 보이질 않았다. 정신을 차려 보니 사방을 둘러싼 거울에 혼자만이 비치고 있었다.

찰칵.

그때 낯선 소리와 함께 린이 서 있는 단상 위의 조명이 꺼졌다.

찰칵, 찰칵, 찰칵…….

그리고 점차 먼 곳까지 조명이 하나둘 꺼져 갔다. 이제 린의 시야에 보이는 건 아무것도 없었다.

모두 암전이 된 세상. 하지만 본능적으로 두렵다는 생각보단 어떤 기시감이 들었다. 그래, 언젠가 이랬던 적이 있는 것 같은데.

— ……It's a beautiful night!

어디선가 작게 시작된 음악 소리가 린을 중심으로 점차 볼륨을 높였다.

"이 노래……."

언젠가 들었던 기억이 난다.

"기억해?"

캄캄한 어둠 너머에서 너무도 익숙한 목소리가 들렸다.

"제목이 마침 지금 내가 하고 싶은 말이라서."

평소보다 더 또렷하게 들리는 도하의 목소리와 함께 저 끝에서 부터 단상까지 이어진 통로에 낮은 조명이 켜졌다.

"지금 뭐 하는……."

"이 노래랑 똑같아."

그제야 린은 떠올렸다. 이 노래의 제목이 'Marry You'였다는 걸. 하지만 우리는 이미 결혼했는데, 대체 이게 다 무슨 바보 같은 짓이람. 머리로는 줄곧 그런 생각을 하면서도 드레스 자락을 잡은 린의 손끝은 괜히 파르르 떨렸다.

"그리고 내가 하고 싶은 말도…… 예전이랑 똑같아."

어느새 린의 코앞까지 다가온 도하는 턱시도를 입고서 등 뒤로 무언가를 숨기고 있었다. 무슨 일이 일어나고 있는지 알기에, 린은 아무 말도 하지 못한 채 도하를 바라봤다.

"이린 씨."

또박또박 린의 이름을 부르는 도하의 눈동자는 그들의 첫 만남 때처럼 반짝이고 있었다.

"나는 이린 씨가 나의 트로피 와이프가 되어 줬으면 합니다."

첫 만남의 재연이었다.

"아니, 그랬었어요. 왜냐면 난 당시 패배 의식에 젖어 있는 멍청이였으니까."

싱긋 웃는 미소 너머로 보이는 도하의 눈동자는 진심이었다.

"뭐, 지금도 앞으로도 가끔은 좀 멍청한 짓을 해서 이린 씨를 화나게 할지 모르겠지만, 내 마음은 변함없습니다."

왜 이런 때 눈이 그렁그렁해지는지, 린은 아마 평생을 더 살아도 모를 것 같았다.

"게다가 그 멍청이는 이제 욕심쟁이도 됐는데, 미리 혼인신고 한건 신의 한 수였다고 생각합니다."

"얼마나…… 욕심쟁이가 됐는데요?"

린이 애써 떨리는 목소리를 가다듬고 도하에게 묻자, 그 다정한 미소가 다시 돌아왔다.

"그중 하나는 간단한데."

도하가 등 뒤에 숨겼던 작은 꽃다발을 내밀었다. 파란 수국이었다.

"여태까지처럼 나의 와이프로 평생을 살아 주기."

린은 그 꽃다발을 받았다. 청아한 푸른빛이 감도는 꽃잎들이 린의 새하얀 품에 안겼다.

"그거 정말 큰 욕심이네요."

괜히 그득해지는 눈물을 누르려 린이 웃자, 도하가 따라 웃었다.

"그 정도로 욕심쟁이라고 하면 곤란한데."

도하의 눈동자는 깊고 따스했다.

"내가 말했었지, 트로피 와이프 말고 그냥 와이프가 되어 달라고."

눈동자만큼이나 그윽한 목소리에 린은 말없이 고개를 끄덕였다.

"그런데 난 이제 우리 와이프가 내 트로피라고 하고 싶어졌어."

무슨 말인지 잘 모르겠다. 그저 도하의 눈동자가 여느 때보다 진지하다는 것 외에는.

"이린 씨는 내 와이프고, 그 존재 자체로 내가 이 생을 잘 살아가고 있다는 트로피야."

두 사람이 처음 말했던 트로피 와이프와는 전혀 다른 의미였다.

"앞으로 평생 내가 살아가면서…… 가장 자랑스럽고, 가장 사랑할, 그런 존재. 내 모든 일생을 맞바꿔도 아깝지 않을 단 한 사람."

도하가 잠시 말을 멈췄다. 여전히 눈빛은 마주친 상태였다. 한마디 말이 없는 가운데 오히려 두 사람 사이에 더 많은 마음이 오갔다.

"그러니까, 이린 씨."

린의 손을 잡고 있던 도하가 스륵 무릎을 꿇은 채로 린을 올려봤다.

"비록…… 내가 줬다 뺏긴 했지만, 그래도 꼭 정식으로 다시 프러포즈 하고 싶었어."

잃어버렸던 반지가 지금 도하의 손에 들려 있었다.

"이린 씨."

우리의 운명이, 그곳에 있었다.

"나와 결혼해 주세요."

"……네."

두 번째 프러포즈는 기어이 린을 울렸다. 눈가에 눈물이 맺힌 린은 고개를 끄덕였다.

"이도하 씨와 결혼할게요."

린의 왼손에 반지가 되돌아왔다. 린의 약지에 반지를 끼워 준 도하가 살며시 그 위에 입을 맞췄다.

"그⋯⋯러니까."

이번에는 린이 먼저 팔을 벌렸다. 무릎을 꿇고 있던 도하가 몸을 일으키자마자 할 일은 단 하나뿐이었다.

"안아 줘요."

그 말처럼 린을 끌어안았다. 그렇게 우리는 또 결혼하기로 했다. 살면서 몇 번이고 해도 좋을 것 같았다. 이도하와 이린이 결혼하는 순간은 언제나 마법적이었으니까.

린을 안아 들고 한 바퀴 빙 돈 도하가, 마치 동화 속 주인공처럼 그녀에게 입을 맞췄다. 두 사람이 살아 있는 한 평생, 아주아주 오랜 시간 동안 풀리지 않을 마법이 지금 걸렸다.

영원히 깨어지지 않을 이 특별한 마법의 이름은, 정말 흔하게도 '사랑'이었다.

— The end

외전

트로피 베이비

결혼식은 바다가 보이는 절벽 위에서 이루어졌다. 정확히는, 유리로 된 온실 안에서 식을 진행하게 되었다. 신랑도 신부도 적은 사람들만을 초청해서 그들 앞에 사랑의 서약을 했다.

"후……."

긴장에 떠는 린의 손을 도하가 꾹 잡아 주었다. 동시 입장을 택했기에, 같은 출발점에서 같은 목적지를 볼 수 있었다.

"신랑, 신부 입장!"

사회자의 지시에 따라 두 사람이 손을 잡고 버진 로드를 걸어갔다. 이미 시작된 결혼 생활임에도 막상 주례석 앞에 서니 마음이 떨렸다.

"신랑 이도하 군은 이린 양을 신부로 맞아 기쁠 때나 슬플 때나 서로 아끼며 평생 사랑으로 살아갈 것을 맹세합니까?"

주례사보다 린의 마음을 울렸던 건, 도하의 혼주석에 앉은 석 영감님과 여사님이었다. 두 분 다 만류하는 것을 억지로 앉혀 둔 셈이라 죄송한 것도 잠시였다. 지금 이리도 행복해 보이는걸.

"네, 맹세합니다!"

씩씩한 신랑의 대답에 베일을 쓴 린은 혼자서만 작게 웃었다.

"신부 이린 양도 이도하 군을 신랑으로 맞아 앞으로 건강할 때나 아플 때나 서로의 의지가 되며 평생 사랑으로 살아갈 것을 맹세합니까?"

왜 세상 사람들이 이토록 상투적인 맹세를 하는지, 린은 이 순간 깨달았다. 가까운 사람들을 모아 두고 진심으로 하는 맹세는 한 마디 한 마디가 간절했다.

"네, 맹세합니다."

린의 대답에 주례가 고개를 끄덕였다. 아까부터 눈물이 날까 봐 린이 애써 피했던 신부 측 혼주석에선 아직 휠체어를 타고 있긴 하지만 누구보다 환하게 웃음 짓는 그녀의 아버지가 보였다.

"여기 모인 모든 분들 앞에서, 두 사람이 정식으로 부부가 되었음을 선언합니다."

베일 너머로 마주친 도하의 눈동자에선 린과 같은 감정이 묻어 났다.

"이제…… 성혼의 의미로 신랑은 신부에게 키스해도 됩니다."

그 말에 도하는 기다렸다는 듯이 린의 베일을 걷었다. 첫 키스도 아니었고, 이미 부부로 산 지도 적지 않은 시간이었는데 도하는 왜 이 순간 자신의 손이 가볍게 떨리는지 모르겠다. 사실 떨리는 건 린도 마찬가지였다.

그렇게…… 세상에서 가장 행복한 입맞춤 뒤로 축포가 울렸다.

❀　　❀　　❀

몇 달이 쏜살같이 지나갔다. 크고 작은 사건들의 매듭을 완전히 짓고 나니, 어느새 밤바람에서 여름의 향기가 풍기기 시작했다. 린은 자정에 돌아와 완전히 뻗어 버린 도하의 잠든 얼굴을 내려 보며 씁쓸한 미소를 지었다.

'다음 주면 정말 괜찮아질 거야.'

도하는 늘 그렇게 말했지만, 야속하게도 바쁜 일은 도하를 통 놓아줄 생각이 없었나 보다. 그 탓에 린은 신혼 내내 지친 남편의 귀가를 지켜봐야만 했다.

물론, 린에게도 마냥 한가한 날들은 아니었다. 아직 완전히 회복하지 못한 아버지를 살피랴, 익숙지 않은 살림에 적응하랴, 나름 바빴던 것이다.

"다음 주라……."

이게 벌써 몇 번째의 '다음 주'였는지 헤아려 보던 린은 그냥 생각을 멈추고 도하를 보기로 했다. 세상모르고 잠든 도하의 뺨이 조금 야윈 것 같아 안쓰럽기도 하고, 그런데도 이 남자가 자신의 남편이라는 사실이 새삼 사랑스러워서 혼자 웃음이 나기도 하고.

"으음……."

스르륵, 애정을 담아 뺨을 쓸어내리는 린의 손길에, 곤히 잠들었던 도하가 작게 뒤척였다. 화들짝 놀란 린이 손을 거뒀지만, 거의 동시에 도하의 커다란 손이 린의 목덜미를 끌어안았다.

"엄마야!"

와락, 도하의 품에 안긴 꼴이 되어 버린 린이 놀란 소리를 내뱉어도 여전히 도하는 눈을 감은 채였다. 콩닥콩닥, 괜한 린의 심장만 두근거리는데.

"……보."

도하의 잠꼬대가 새어 나왔다.

"여보……."

가만히 귀를 기울여 보니 린이 세상에서 가장 좋아하는, 가장 좋아하게 된 단어였다.

"왜요, 여보."

잠꼬대인 줄 알면서도 린은 사랑스럽게 속삭였다. 깨어 있으면 어떻고, 잠든 상태면 어떤가. 오히려 꿈속에서도 자신을 부르는 도하의 품이 한층 더 따스하게 느껴져 좋기만 했다.

"우웅…… 우리 여보……."

그사이 도하가 턱, 하고 한 다리를 린의 허리 위에 올렸다. 도대체 혼자 살 때는 어떻게 하고 잤던 건지 늘 린을 꽁꽁 묶곤 하는 도하의 잠버릇 그대로였다.

"여보야……."

최대한 도하의 잠을 방해하지 않으면서 품에서 벗어나려는 린의 노력은 눈물겨웠다. 이제 간신히 무거운 다리 하나에서 벗어났나 싶었는데.

"가지 마."

칭얼거리는 목소리와 함께 다시 몸이 친친 감겨 왔다. 오늘만큼
은 도하가 다 큰 아이로 보였다. 그런 도하가 귀여워서 가만히 얼
굴을 만지던 린이 웃음을 머금은 채로 한 번 더 탈출 시도를 했다.
바로 그때.

"가지 말라니까."

반짝, 눈을 뜬 도하가 바로 코앞에서 속삭였다.

"언제 깼어요?"

"지금."

아직 잠기운이 다 가시지 않은 도하의 목소리는 평소보다 조금
더 낮았다.

"더 자요, 내일도 일찍 출근해야 되는데."

"더 잘 거야."

말은 그렇게 하면서 도하가 린을 다시 품에 가두었다.

"할 일 하나만 하고."

"할 일이 더 있어요?"

"있지."

순진하게 묻는 린의 눈동자를 보며 야릇한 미소를 지은 도하가
이불을 둘의 머리 위까지 푹 덮어 버렸다.

"신혼에 가장 중요한 할 일."

너무도 바쁜 일상, 피곤한 하루 끝에도 신혼 전선은 오늘도 이상
무였다.

※　※　※

다음 날 아침, 린이 간신히 눈을 떴을 때 눈앞에는 타이를 매고 있는 도하가 있었다.

"어, 깼어?"

살짝 열린 창문 사이로 아침을 깨우는 청량한 바람이 새어 들어왔다. 린이 눈을 비비는 사이 다정하게 다가온 도하에게선 그 바람보다 더 청량한 체취가 풍겼다.

"나가서 준비할 걸 그랬네."

자상한 도하의 말에 린이 고개를 젓자, 도하가 그대로 린의 이마에 쪽 소리가 나도록 입을 맞췄다.

"근데, 자기 자는 거 보는 게 좋아서."

린의 머리를 쓰다듬어 주는 도하의 입에서 최근 간신히 익숙해진 호칭이 나왔다. 물론, 아직도 약간 얼굴을 붉히는 린이었다.

"나, 잘 때 혹시…… 막 못생긴 얼굴 된다거나……."

빤히 도하를 응시하는 린의 눈동자는 어느새 다른 걱정으로 가득했다. 도하의 눈에는 마냥 귀엽기만 한데, 린은 정말로 진지하게 걱정하고 있었다.

"그럴 리는 없겠지만 코를……."

도롱도롱 골았다거나. 그런 말을 생략했다는 걸 도하는 잘 알고 있었다. 왜냐면 들었으니까! 하지만 그 사실을, 도하는 애써 모르는 체하는 중이었다. 연기력이 좀 늘었어야 할 텐데. 도하가 매끈한 얼굴로 고개를 갸우뚱했다.

"응?"

"아, 아니에요. 아무튼, 이상하다. 왜 모닝콜이 안 울렸지?"

모닝콜은 정직하게 세 번이나 울렸다. 그것도 아주 시끄럽게.

"그러게, 내가 설정을 잘못해 놨나 봐."

다행히 잠이 덜 깬 린은 어색한 도하의 연기를 눈치채지 못한 것 같았다. 요즘 들어 린은 아침에 유난히 약해졌다. 지금 눈도 아마 간신히 뜨고 있을 린을 알기에, 도하는 마음이 더 애틋했다.

"이제 내가 타이 안 매 줘도 잘하네요?"

말은 그렇게 하면서도 데구르르, 이불 위로 구르는 린이 사랑스 러워 또 웃음이 났다.

"그동안 곁눈질로 좀 배워 뒀지."

도하가 뽐내듯이 넥타이를 톡 쳐 보였다. 그 모습을 보던 린은 그제야 아침 일과를 떠올렸다.

"참, 1층에 가서 주스 꺼내 둬야겠다."

아침을 거르는 게 속이 편하다는 도하였지만, 안양댁은 늘 신혼 집에 살금살금 들어와 신선한 과일 주스를 갈아서 냉장고에 넣어 두곤 했다. 너무 게으른 새댁이 되는 것 같다며 만류하기도 여러 번, 안양댁의 고집은 여전히 꺾을 수가 없었다.

"아냐, 더 자. 내가 꺼내 먹고 갈게."

"그것도 못 하게 하면 어떡해요. 그리고 배웅도 해야죠!"

린의 주장은 타당했지만, 그 후로 나오는 하품이 설득력을 떨어 트리고 있었다.

"이런 때 나 대신 푹 늦잠이라도 자 줘. 그래야 출근하는 내가 덜 억울하지."

이건 또 무슨 논리인지 모르겠지만, 잠이 덜 깬 린은 아직 조금 머리가 멍했다.

"그래도……."

"오늘만. 그러면 괜찮잖아."

머리를 쓰다듬더니, 다시 반쯤 강제로 침대에 눕히고 이불까지 덮어 주는 도하의 손길에 린의 눈이 스르륵 감기기 시작했다.

"오늘만이에요."

"응. 그러니까 푹 자."

벌써 반쯤 잠에 빠져든 린이 고개를 끄덕였다.

"여보, 잘 다녀오세요."

그래도 꼭 한마디는 잊지 않는 린을 두고서 도하는 간신히 떨어지지 않는 걸음을 뗐다. 마음 같아선 그 옆에 누워 한나절이고 온종일이고 보내고 싶었지만 그럴 수 없는 것이 가장의 비애였다.

"좀 늦었나."

"신혼에 이 정도면 양호하죠."

김 실장이 대문 앞에 대기시켜 둔 차에 탄 도하가 머쓱한 얼굴로 웃었다.

"오늘은 사모님이 안 나오셨네요."

"내가 나오지 말라고 했어."

움직이기 시작한 차창 밖을 보며 도하가 말을 이었다.

"그동안 많이 피곤했던 모양이야. 그렇겠지…… 지금이라도 푹 자는 걸 보니까 내 마음까지 편해."

"그렇군요."

지금 도하를 움직이는 가장 큰 자부심 중 하나는 가장 사랑하는 사람이 안심하고 잠들 수 있는 가정을 이뤘다는 사실이었다. 큰일을 겪은 린에겐 휴식이 필요하다는 것이 도하의 판단이었다. 어느 정도 매듭이 지어진 후, 그간 지쳤을 린의 몫까지 모든 걸 맡겠다고 나선 이유이기도 했다.

"참, 그보다 오늘 일정을 좀 변경해야 될 것 같습니다."

"왜?"

"평창동 회장님께서 독대를 청하셨습니다."

도하가 허리를 곧게 세워 앉았다. 이건 굉장히 의외의 일이었다.

"김 실장, 너무 의미심장하게 말하는 거 아냐?"

"저도 내용에 대한 정보 파악은 못 했습니다만……."

경직된 김 실장의 목소리에 도하는 피식하고 웃었다.

"아니, 그게 아니라."

룸미러 너머로 보이는 도하의 눈매는 김 실장이 처음 봤을 때보다 훨씬 부드러워진 느낌이었다.

"우리 장인어른이신데, 독대니 정보 파악이니 그런 딱딱한 말까진 필요 없잖아."

"그럼, 그 일정부터 우선으로 하겠습니다."

"당연히 그래야지. 그보다, 가는 길에 잠깐 눈 좀 붙일게."

스르륵 눈을 감는 도하의 표정에서 피로가 묻어났다. 아주 잠깐의 여유였지만 도하에겐 단잠이 될 터였다. 지금쯤 새근새근 자고 있을 린의 꿈에 함께할 수 있다면 침 좋을 텐데. 조금 유치하지만 달콤한 생각을 하며 도하는 토막잠에 빠져들었다.

"……헉!"

그러나 깨어날 때는 달랐다. 외마디 소리와 함께 번쩍 눈을 뜬 도하는 꿈에 그리던 린이 아닌 뭔가 엄청나고 무지막지한 게 스쳐 지나간 기억에 가슴을 쓸어내려야 했다.

"아…… 괴수 영화 좀 그만 봐야지."

아무래도, 오늘은 피곤한 하루가 될 모양이었다.

✲ ✲ ✲

거의 점심때가 되어서나 일어난 린은 쭉 기지개를 켜고는 느긋한 샤워를 시작했다. 이렇게 마음 편하게 살아 본 적이 언제였는지 모르겠다. 함께 잠들 사람이 있다는 것, 그리고 그 사람을 너무도 사랑한다는 것만으로도 이 세상 모든 것이 따스하게 보인다는 게 매일 놀라운 하루, 또 하루.

"그래? 의외로 자상한 구석이 있네."

"가끔 너무 막무가내라 그렇죠."

"그건 그래."

호호 웃는 은정과 함께하는 이 느긋한 티타임도 린의 마음을 편하게 해 주었다. 새댁 둘이 모였으니 주된 화제는 단연 남편들이었다.

"뭐, 우리 남편도 집에만 오면 도로 애가 되는걸."

"에이, 설마 의원님이요?"

TV에서 몇 번 봤던 은정의 남편에게선 도저히 상상할 수가 없는 모습이었다.

"그래도 든든할 땐 역시 남자구나 싶어."

"맞아요, 그게 내 남편이라고 생각하면 정말."

은정도 린과 비슷한 삶을 살아온 사람이었다. 이제야 온전히 마음 놓고 지낼 가정을 얻은 여자들의 미소는 더할 나위 없이 행복해 보였다.

"……너무 행복해요. 내가 이렇게 행복해져도 되나 싶을 정도로요."

"넌 충분히 그럴 자격 있는 사람이야."

"언니 같은, 좋은 분들이 도와주지 않았으면 불가능했을 거예요."

"나처럼, 그 사람들도 널 좋아한 거겠지."

꼭 잡아 주는 손을 타고 은정의 마음이 전해져 왔다.

"그보다 다음 달 초에 저녁 약속 있잖아."

마침, 부부 동반 약속을 떠올린 은정이 말했다.

"그거…… 좀 변경해야 될 거 같아."

"아, 일정 생기셨어요? 괜찮아요, 저희는."

린이 대수롭지 않게 고개를 끄덕였다. 바쁜 두 남자를 위해 시간 조율을 하다 보니 부부 동반 모임 한 번이 어려웠다. 이번에도 갑자기 새 일정이 생긴 모양이었다. 그런데 은정이 멋쩍은 얼굴로 곧장 부정하는 것이다.

"일정이 아니라, 음…… 중요한 게 생기긴 했는데."

은정이 본인답지 않게 말을 흐리자 린은 의미를 몰라 눈만 동그랗게 떴다.

"그러니까…… 여기."

부드러운 손길로 가리킨 곳은 은정 자신의 아랫배였다.

"네."

린이 담담하게 끄덕였다.

"⋯⋯네?"

금세 어리둥절한 얼굴로 바뀌어 버렸지만. 린은 한 박자 늦게 진짜 의미를 깨닫고서도 두 번이나 더 되물어야 했다. 린의 얼굴이 당사자보다 더 발갛게 달아올랐다.

"어머, 어쩜, 어떻게⋯⋯ 언니 정말 축하드려요!"

온몸으로 기뻐하는 린을 보고 있으니, 은정은 더 무슨 축하의 말이 필요할까 싶었다.

"이렇게 나오셔도 돼요? 내가 언니네 댁으로 갈걸. 혹시 춥진 않으세요?"

"얘는, 아직 배도 안 나왔어. 고작 15주인걸. 그리고 이제 여름이다, 린아."

"아, 그렇지⋯⋯."

임신한 태도 나지 않은 아랫배와 은정의 얼굴을 번갈아 보는 린의 눈이 여느 때보다도 초롱초롱했다.

"어때요?"

"음⋯⋯ 아직은 나도 모르겠어. 드라마에서처럼 눈물이 날 정도는 아니고, 뭔가⋯⋯ 아, 설명을 잘 못하겠네."

살짝 뺨을 붉히는 은정에게서 벌써 좋은 엄마의 모습이 보이는 것 같았다.

"너무 신기해요. 빨리 태어났으면 좋겠다."

"그렇게 부러우면 너도 낳으면 되잖아."

당연한 말인데도 린은 뭔가 이상하게 느껴졌다.

"제가요?"

"응."

"아이를요?"

"응, 유부녀잖아."

"이도하 씨랑?"

"그럼 남편이니까."

린은 잠시 은정이 말한 미래를 상상해 봤다. 솔직히 상상이 안 될 정도로 터무니없어 괜히 웃음이 나왔지만 말이다.

"에이, 생각만 해도 어색해요!"

"뭐가?"

"그렇잖아요, 도하 씨도 그렇고 나도 그렇고 아직 철부진데."

"그럼 평생 둘이서만 철부지로 살고 싶은 거야?"

"그건 아니죠. 언젠가 때가 되면 뭐…….."

도하와 자신, 그리고 둘 사이의 아이라……. 결혼조차 평범치 않았던 두 사람이라 그런지 선뜻 더 상상이 가지 않는 풍경이었다.

"그래, 아이란 두 사람이 다 기다리고 있을 때 찾아와야 가장 큰 축복이래."

은정이 자애로운 얼굴로 린을 다독였다. 몇 살 차이 나지 않는데도 이럴 때마다 은정이 훨씬 어른스럽게 느껴졌다.

"참, 병원 갈 시간이라 일어나야겠다. 오늘 초음파 보자고 했거든."

"초음파요?"

"응, 정기검진차, 초음파로 우리 애기 잘 있나 들여다보는 거지. 남들 볼 땐 저게 뭐가 보이나 싶겠지만 우리 그이는 매일 코가 오 뚝해졌니 눈가가 당신을 닮았니 하더라니까."

"우와……."

린의 눈빛이 다시 한번 초롱초롱 빛난다. 누가 봐도 그 마음을 딱 알 수 있도록, 반짝반짝.

"같이 갈래?"

"그래도 돼요?"

은정의 대답이 채 떨어지기도 전에 린은 벌써 핸드백을 챙기고 있었다.

❋　❋　❋

지난달 퇴원한 이 회장은 의료진을 줄곧 곁에 두고는 있지만, 대부분의 일상에 복귀할 수 있었다. 대신 이전보다 거동이 자유롭지 못한 탓에 사저에 머무는 시간이 길어졌다.

도하는 커다란 소나무 그늘을 지나고 푸른 정원의 디딤돌을 건너 테라스에서 휴식을 취하는 이 회장에게 다가갔다.

"아버님, 이 서방 왔습니다."

고요한 풍경을 깨트리는 도하의 경쾌한 목소리에 이 회장이 안락의자에 앉은 채 도하를 봤다. 그러고는 여느 노인들처럼 환한 웃음을 짓는 것이다.

"우리 사위 왔는가."

아무리 사위라도 친아들보다 살가우랴 싶었는데, 이 회장은 그간 제 생각이 편견에 불과했음을 이 남자를 보며 느끼고 있었다.

"참, 자네가 준 퍼즐은 진즉 다 풀었네. 노인네라고 너무 얕잡아 봤어."

"그런 적 없습니다만, 저희 제품 난이도를 재조정해야겠네요."

낯선 사위는 매사에 아주 씩씩했고 그 웃음이 쾌활했다. 게다가 찾아올 때마다 웬 장난감들을 가져오지 뭔가. 그게 모두 이 회장의 말초신경을 자극해서 재활에 도움이 된다는 건 주치의를 통해 들었다.

"이번에 새로 가져온 놈은 피젯 큐브라고, 손가락으로 가지고 노는 콘셉트의 제품인데요."

"잠깐."

이 회장이 급히 도하의 설명을 멈추었다. 또 이것저것 테이블 위에 늘어놓기 전에, 오늘은 말해야겠다.

한번 장난감을 꺼내면 그 반짝이는 눈으로 설명을 풀어놓는 통에 하고 싶은 말은 못 하고 아쉽게 돌려보낸 게 어디 한두 번이어야지.

"오늘은 내가 선수일세."

물론 그것도 다 도하의 수법이란 걸 진즉 알고는 있었다. 하지만 더 늦출 수는 없는 일이었다. 일단 이 회장이 선수를 잡은 이상 아무리 요령이 좋은 도하라도 피해 갈 수는 없을 것이다. 게다가 어차피 한 번은 넘어야 할 문제였다.

"내 못난 삶을 사느라 이제 남은 가족이라고는 막내 딸아이와 자네뿐이네. 그것도 내 부덕의 소치로 그동안 참 힘들게 했어."

"그런 말씀 마십시오."

이 회장의 주름진 눈매가 도하를 차분히 응시했다.

"사실, 이 늙은이가 어제 아주 길몽을 꿨거든."

"……예?"

뜬금없는 말에 도하가 당황하는데도 이 회장은 조용히 웃기만 했다.

"그래서 오늘이라면 자네가 수락해 주겠다는 생각이 들어 바쁜 사람을 굳이 불렀네."

"아버님."

"내가 총수 노릇을 언제까지 할 수는 없는 노릇이야."

이 회장의 미소가 가라앉았다. 그룹 지분을 포함한 사유재산까지 그의 유일한 상속인은 린으로 정해졌다. 하지만 린 본인도, 그녀를 사랑하는 이 두 남자들도 그녀가 그룹을 위한 삶을 살지 않길 바랐다. 늘 어리고 가여운 딸이 웃을 수 있는 날만, 이토록 사랑스러운 여자가 행복한 날만 계속되길 바랐으니.

"제 답은 변하지 않았습니다."

도하가 단호하게 의사를 밝혔다. 그렇지만 이 회장은 포기할 수 없었다. 린이 모든 것을 상속한 상태에서 도하를 전면에 내세워 총수의 역할을 하게끔 하는 것이 그의 남은 바람이었다.

"혹시 두려워서 그러나. 나처럼 모든 걸 망쳐 버릴까 봐. 하지만 자네는 나처럼 어리석지 않잖나. 파국을 만든 건 못난 나였을 뿐, 총수의 권좌가 아니었어."

"그래서가 아닙니다."

한때는 도하가 좇던 자리였다. 그래서 어울리지도 않는 짓을 했고, 역겨운 이들과 말을 섞었다.

"자네 그릇은 충분해. 그건 내가 검증할 수 있대도."

"그 때문도 아닙니다."

이 세상의 온갖 높은 곳에 올라가고 싶었다. 최정상에 올라 트로피를 받고 싶었다. 최고가 된다는 것이 곧 강함이라 믿었다. 그때의 도하는 어렸다. 그리고 어리석었다.

"이유라도 말해 보게. 내가 납득할 수 있는 이유를!"

"그럼, 솔직하게 말씀드리겠습니다. 미리 죄송합니다만, 전 정말로 솔직하게 말하는 사람입니다."

이 회장이 허락의 의미로 고개를 끄덕이자 도하가 후, 하고 한숨을 내쉬고 말을 꺼냈다.

"제가 그룹의 총수가 되지 않으려 하는 이유는…… 예, 솔직하기로 했으니까 있는 그대로 말씀드리겠습니다."

잠시 긴장이 흐르고, 도하가 두 번째 한숨을 내쉬었다.

"솔직히, 하기 싫어섭니다."

그리고 예견된 정적이 흘렀다.

"……뭐……라고."

이 회장 인생에서 이토록 솔직한 남자는 둘도 없었을 것이다. 이토록 황당한 남자 역시도.

"예, 하기 싫어서 못 하겠습니다."

거의 헛소리나 다름없는 말을 하면서도 도하의 눈빛은 진중했다.

"저도 남자인지라, 한때는 죽어라 오르고 싶던 자리였습니다. 거의 눈이 먼 지경까지도 갔었고, 그러다 보니 가까운 주위조차 둘러보지 못하고, 정말 무엇이 옳은 건지, 가장 처음에 원했던 게 무엇인지도 잊었습니다. 아마 그때의 저라면 지금 아버님께 큰절을 올리고 후계자가 됐을 겁니다."

도하에게 있어선, 이미 한번 내디뎠다 돌아온 길이었다.

"하지만 그런 저였다면 아버님께서 호통을 치며 내쫓으셨으리라는 것도 장담합니다."

총수의 옥좌엔 커다란 힘이 있었다. 여태까지 고군분투하며 얻은 결과물이 모두 어린애 장난처럼 치부될 정도로 새로운 세계가 열리는 것이다. 한때 도하는 그것들을 맹목적으로 좇았던 시절이 있었다.

"근데 지금은 시켜 줘도 하기 싫어서 못 하겠다고?"

"예, 제가 또 싫은 건 곧 죽어도 못 하는 성격이라…… 죄송합니다."

"아니, 싫을 게 뭐가 있나! 나 참, 답답해서."

이 회장이 헛숨을 쉬면서도 어딘가 흐뭇한 얼굴을 했다. 권위의 상징인 이 회장을 이렇게 한 명의 답답한 노인으로 만들 수 있다는 점에서 도하는 나름 대단한 인물이었다.

"세상엔 더 크고 보람찬 일들이 많다는 거 압니다. 제가 우물 안 개구리에다가 그저 장난감 장수라는 것도."

씩, 웃는 도하의 표정을 이 회장으로서는 당해 낼 수가 없었다.

"근데 그게 계속하고 싶어졌습니다. 총수가 되면 바빠서 그런 건 못 하게 되잖습니까."

"허나 더 큰 일을 도모할 수 있어. 자네의 일들이 사라지는 것도 아니고."

"압니다."

도하가 이 회장의 자리에 앉게 된다면, 말 그대로 총수가 된다. 완구 분야를 집중적으로 육성시킬 수는 있겠지만 이전처럼 직접 참여하기는 어려울 것이다. 거대한 그룹 전체를 통솔하는 자는 동시에 그 자체가 되어야 했다.

"하지만, 싫은 건 어쩔 수 없습니다. 지금이 너무 좋아서기도 하지만요."

여전히 불만스러운 이 회장의 눈초리에도 도하는 태연했다.

"더 큰 일을 도모하는 건 저보다 더 똑똑한 경영 전문인들이 맡으면 됩니다. 오너가의 명맥은 저보다 더 현명한 이린 씨가 있으니 결코 끊기지 않을 테고요."

부부는 한통속이라더니 얼마 전 린도 같은 말을 했었다. 그 고집이 누굴 닮아 그리 센지 알아서 더 속이 탔던 이 회장이다.

"그래, 싫다고 치자. 허면, 자네는 대체 뭐가 좋은가."

답답해서 한 말인데, 도하는 또 좋다고 웃었다.

"좋은 건 헤아릴 수도 없죠."

그건 결혼식 때 이미 봐서 알고는 있었다만.

"가족이 있어서 좋습니다. 그 가족을 행복하게 지킬 힘이 있어서 좋고, 그게 제가 좋아하는 천직이라서 더 좋고."

어느 순간, 도하는 이대로도 충분하다는 걸 깨달았다. 이미 충분히 많이 가졌고, 남은 시간은 더 사랑만 하기에도 부족하다는 것을.

"저는 그냥 그 정도 그릇밖에는 안 되는 것 같습니다."

"그럼, 더 말할 것도 없겠구먼."

협상은 결렬되었다. 휘휘 손을 내젓는 이 회장의 얼굴은 언뜻 냉정해 보였지만.

"그 가족엔 아버님이 제일 먼저인 거 아시죠?"

이 사위, 만만치가 않았다.

"우리 딸이 먼저여야 맞는 게 아닌가?"

"아, 일단은 연장자순이고 부부는 일심동체라 하나로 넣었는데요?"

이렇게 되면 이 회장도 피식 웃음이 나고야 만다.

"거, 노친네 대접 고맙구먼."

이 회장이 툭 내뱉듯이 말했다. 가족으로 여겨 줘서 고맙다는 말은 차마 낯이 간지러워 대신한 말이라는 걸, 사실은 도하도 알았다.

"노친네 부탁은 못 들어주는 사위 놈이라도 조만간 좋은 소식 정돈 기대해도 되겠지?"

"그럼요!"

자신만만한 도하가 외쳤다.

"곧, 신제품 출시 기대하셔도 좋습니다!"

이번엔 또 다른 종류의 수심에 잠긴 이 회장이었다.

❀　❀　❀

항상 거친 공구들과 뿌연 먼지로 뒤덮여 있던 작업장이 어느새 조금씩 변했다. 그 시작은 아주 사소했다. 석 영감이 그답지 않게 헛기침을 콜록이며 공기청정기를 들이자고 했을 때 알아봤어야 했는데.

"여사님이 타 주시는 차는 언제 들어도 일품입니다."

"그래요? 저도 이 얼그레이는 참 좋아한답니다."

직접 짜 맞춘 목조 테이블을 사이에 둔 장 여사와 석 영감이 티타임을 나누고 있었다. 여기가 작업실인지, 작업실을 가장한 응접실이 돼 버린 건지, 신혼을 즐기느라 바쁜 도하가 모르는 게 다행일 정도였다.

"이놈이 참…… 나이 먹고 이런 좋은 차도 마시고 여사님도 뵙고 호강을 할 줄은 몰랐는데."

석 영감의 감수성이 부쩍 늘어난 건 아무래도 도하와 린의 결혼식을 기점으로 했다. 아름다운 신혼부부의 간절한 요청에 못 이기는 척 나란히 앉았지만, 사실 석 영감은 그곳이 바로 자신이 제일 앉고 싶은 자리라는 걸 들킨 것 같아 뜨끔했었다.

"여사님은 뭘요."

산전수전 다 겪은 중년의 여인에게도 홍조는 피어오른다.

"그러면……"

"이름, 아시잖아요."

이번엔 석 영감의 얼굴이 딱 그만큼 발갛게 달아올랐다.

"저, 그럼…… 옥자 씨!"

대담하게 테이블 위로 손을 뻗은 석 영감이 덥썩, 하고 찻잔을 들고 있던 옥자의 손을 잡았다.

"내가 쇠질이나 할 줄 알고, 맨 먼지나 묻어 있고, 툴툴거리고, 이제 영감 다 됐긴 하지만……"

참 멋도 없다. 하지만 옥자는 이런 석 영감이 좋았다. 이렇게 꾸미지 않고 솔직한 마음이 그대로 들여다보이는 게.

"그래요."

"네? 아직 말 안 끝났는……"

"합치자고 하시는 거 아니에요?"

이번에 불이 붙는 것도 석 영감의 얼굴이다.

"어, 어…… 아니, 그걸 어떻……."

사실 옥자는 마음속으로 붉혔다. 겉으로는 그 대신, 우아하게 찻잔을 들었다.

"싫음 마시고요."

이때 살짝 가슴을 졸였다는 건, 아가씨에게도 비밀이다.

"누가요!"

발칵, 자리를 박차고 일어난 석 영감을 보며 옥자는 그제야 제 걱정이 기우라는 걸 알았다.

"누가 싫다 그럽니까! 나 석재호가 장옥자 씨를 평생 지켜 주겠다는데!"

쩌렁쩌렁, 뜻밖의 고백이 울리고 나자 그제야 두 사람의 뺨이 똑같이 발그레해진다.

"아, 그게 아니라…… 내 말은…… 여사님, 아니 옥자 씨가……."

"……좋아요, 전."

아직도 잡은 손은 놓지 않은 채였다. 사랑은 늘 그렇듯 누구에게나 아주 우연히, 그리고 가장 필요한 순간에 찾아온다. 지금 이 두 사람에게도 그랬다.

그리고 이 감동적인 순간은…….

"여사님 여기 계세요?"

눈치 없는 손님에 의해서 잠시 방해를 맞게 됐다. 안양댁, 즉 옥자 씨는 처음으로 우리 아가씨가 조금 원망스럽다는 기분을 느꼈다.

"어머, 영감님도 계셨네요!"

석 영감이야 말해 뭐 하리. 뚱한 눈으로 보는데도 린은 제 남편을 닮아 가는지 참 눈치가 없었다.

"저, 갑자기 치킨 먹고 싶어서 그러는데 다 같이 먹어요! 안 그래도 그이는 늦을 거 같고."

안양댁의 표정이 묘하긴 했지만, 어쨌든 린의 인도로 모두가 본채로 이동했다. 린이 시킨 치킨이 총 다섯 종류나 됐다는 걸 안 석 영감도 나중엔 놀랐지만 말이다.

석 영감은 와일드하게 다리를 손으로 잡고 뜯는다. 안양댁은 우아하게 젓가락을 누비며 살코기를 골라 먹는다. 원래라면 린도 그랬을 것이다.

"사모⋯⋯님?"

지금 비닐장갑 두 개를 겹쳐 끼고 의기양양하게 다리를 든 린의 모습은 석 영감과 나란히 보니 더 가관이었다.

"도하 씨가 두 개 끼면 손에 냄새가 안 밴대요. 우리 그이 참 똑똑하죠?"

"역시 우리 사모님이 뭘 아는구만. 다리는 뜯는 거야!"

안양댁의 복잡한 심경은 아무도 모른 채로 치킨을 뜯는 밤이 흘러가고 있었다.

"이거 두 개는 챙겨 둬야지."

이미 맥주 한 잔씩 들이켠 두 커플을 두고 린이 나무젓가락으로 조심스레 닭다리 두 개를 호일 뒤로 숨겼다. 그리고 그 마음에 답하듯, 현관문이 열리는 소리가 들렸다.

"여보!"

린의 목소리는 그나마 작았다.

"우리 마누라! 하루 종일 잘 있었어?"

쩌렁쩌렁 울리는 도하의 목소리에 비하면.

"여보 마누라! 이리 와 봐, 내가 얼마나 보고 싶었는……."

하지만 거실에 들어선 도하가 본 건, 돌처럼 굳은 두 장년의 커플과 여전히 초롱초롱한 내 아내였다.

이후, 치킨 다섯 마리가 동나는 건 순식간이라 참으로 다행이었다고.

새카만 밤, 하얀 이불 속에서 린은 도하를 기다렸다.

"여보."

그 말이 참 듣기가 좋았다. 아무리 들어도 질리지 않을 만큼. 그러고는 털썩, 침대로 몸을 내던져서 린을 꼭 안아 주었다. 아직 남은 물기와 도하의 체취, 아주 따스한 체온이 모두 린의 살갗에 스며들었다.

"우리 마누라."

그렇게 말하며 꼭 안아 주면 린은 세상을 다 가진 기분이 들었다. 그 품 안에서 속닥속닥 무슨 이야기를 해도 좋을 것 같은 이 예쁘고 까만 밤.

"여보, 있잖아요."

그냥 해 보는 이야기도 좋을 것 같았다.

"은정이 언니네 아기 생겼대요."

"아, 축하할 일이네."

"응, 오늘 병원 같이 가서 봤는데 너무 신기하게 작고……."

종알종알 말하는 린의 목덜미에 도하가 고개를 파묻었다.

"만약에 우리도 아기 생기면 그렇게 기쁘고 신기할까 싶기도 하고."

"응."

도하의 입술이 린의 머리카락을 헤치고 굳이 뺨에 입을 맞추었다.

"아니, 듣고 있어요?"

"당연하지……."

그러면서도 도하의 입술은 점점 린의 입술을 찾아온다.

"내가 뭐라고 했는데요."

"신기하다며."

너무 사랑하는 사람의 손짓인데, 갑자기 조금 다르게 느껴졌다.

"그럼, 그게 우리 아기면?"

"음…… 우리 아기?"

다행히, 도하는 린의 어깨를 끌어안으며 같은 생각을 해 주었다.

"응, 우리도 만약에 아이가 생기면."

"기쁘겠지."

그리고 다시 도하가 린을 와락 안았다.

"하지만 지금은 당신만 있으면 돼."

린은 그 순간 행복과 동시에 약간의 혼란을 느꼈다.

❀　❀　❀

은정을 따라간 병원에선 린에게 가벼운 검진을 권했고, 그녀도 가벼운 마음으로 응했다.

'임신 가능성을 배제할 수는 없어요.'

불규칙하다는 린의 말을 듣고 난 의사가 소견을 말하기 전까지는.

'아직, 가족계획은 딱히 없었는데요……'
'확실한 피임법을 쓰셨나요?'

그런 걸 생각할 시절이 아니었다는 말 대신에 린은 꿀 먹은 벙어
리가 됐다.

'주기가 불규칙하다고 하셨는데, 그래도 가능성은 있으니까 혈액
검사 한번 받아 보세요.'

그리고 결과는 생각보다 빨리 나왔다. 다음 날 아침, 도하가 출
근을 마친 후에 전화로 확인한 결과는 양성. 진료를 위해 다시 방
문하라는 친절한 간호사의 말에도 린은 좀 멍했던 것 같다. 정확히
는 실감조차 나지 않았다.

"아기……"

린은 작은 혼잣말과 함께 아랫배를 짚어 보았다. 역시, 실감은
나지 않지만 정말이지 묘한 기분이 들었다. 그보다 당장 궁금한 건
도하가 이 사실을 알면 어떻게 반응할지였다.

"기뻐해 주겠지?"

누구보다 자상한 사람이니 틀림없이 기뻐해 줄 것이다. 하지만 이 엄청난 사실을 어떻게 특별하게 알릴지 고민이 되었다. 요즘 들어 거의 자는 얼굴이나 볼 수 있을 만큼 도하가 바쁜 탓이었다.

'하지만 지금은 당신만 있으면 돼.'

문득, 지난밤 도하가 했던 말이 떠올랐다.

"아니야."

린은 고개를 저었다.

"그래도 분명 기뻐해 줄 거야."

쓸데없는 생각을 접은 린은 이제부터 행복한 고민에 몰두하기로 했다.

"지금 필요한 건……."

결연한 표정의 린이 스스로 속삭였다.

"창의력이야!"

첫 만남부터 도하가 린에게 선사했던 수많은 선물과 이벤트들은 하나같이 상상조차 하지 못했던 것들이었다. 그래서 놀란 만큼 더 기뻤던 건지도 모르겠다. 돌아보니, 린은 도하에게 그런 경험을 준 적이 없었다.

"드디어, 나한테도 기회가 온 거야."

굳게 다짐한 린이 멍하게 앉아 있길 몇 분. 빠르게 체념한 린은 노트북을 펼쳤다. 인터넷이란 정보의 바다에서 창의력을 조금만 빌려 와야겠다.

　오늘은 꼭 일찍 들어오라는 린의 엄명이 있었지만, 결국 도하의 퇴근은 9시에나 가능했다. 급한 마음에 직접 운전대를 잡은 도하가 석 영감에게 전화를 걸었다.

　뚜…… 뚜…….

　신호가 길어지자 마음이 급해진다.

　― 오냐.

　"아, 영감 왜 이렇게 전화를 늦게 받아?"

　― 네놈이야말로 왜 전화질인데.

　"그……."

　약간 자존심 상하지만, 궁금증을 해결하는 게 먼저였다.

　"우리 와이프 지금 뭐 해?"

　― 그걸 내가 어떻게 알아.

　"아니, 한 지붕 아래서 있는데……."

　― 미안하지만 지금 영화관 지붕 아래다. 우리 여.사.님 모시고서.

　수화기 너머로 호호 웃는 안양댁의 목소리가 들린다. 이쯤 되면 누가 신혼인지 모르겠는데.

　"그럼 우리 와이프는?"

　― 네놈이 챙기라니까! 아무튼 영화 시작한다, 끊어!

　뚝 끊긴 전화에 도하는 허, 하고 헛웃음이 났다. 그리고 곧바로 이어 든 생각은 지금 린이 혼자 집에 남아 있다는 것이었다.

　"아…… 큰일 났다."

※　　※　　※

팝콘을 한 줌 삼킨 석 영감이 문득 궁금한 듯 안양댁을 응시했다.

"근데, 여사님 내가 이해가 안 가는 부분이 있는데 말입니다……."

"뭐가요?"

"사모님은 왜 우릴 굳이 내쫓은 건지."

갸우뚱하는 석 영감이나 도하나 눈치 없긴 참 매한가지였다.

"그야…… 우리 둘의 시간을 배려해 주신 거겠죠."

안양댁의 은근한 목소리에 석 영감의 볼이 다시 발개졌다. 한 지붕 아래의 어떤 사랑은 이렇게 순조롭게 달려 나가고 있었다.

※　　※　　※

주차를 하는 중에 흘깃 본 집 안은 온통 불이 꺼져 있었다. 급하게 시동을 끄고 내린 도하의 걸음이 더 빨라졌다.

"여보!"

언제부턴가 이름보다 더 익숙해진 한마디를 외치며 집에 들어섰는데, 대답이 없다.

"……여보?"

거실 불을 켜고 돌아보자, 소파에 기댄 채 잠든 린이 보였다. 솔직히 그 순간 도하는 크나큰 당황스러움을 느꼈다.

"왜 이런 데서 자고 있어."

일단 잠든 린의 어깨를 감싸자 우웅, 하고 아침에 그렇듯 깨어나는 모습이 놀랍기도 했다. 도하가 알기로는 종일 잔 것 같은데 꼭 단잠을 깨웠다는 듯이 힘겹게 깨는 모습이, 인체의 신비를 느끼게 해 주었다.

"어…… 내가 잠들었나."

기지개를 켜며 일어난 린은 정신을 차리는 것과 동시에 큰 실수를 직감했다.

"아."

이러려고 하루 종일 정보의 바다를 헤맨 게 아닌데, 린의 얼굴이 실망으로 굳자 괜히 찔린 도하의 심장이 덜컥했다.

"왜 그래, 뭐 안 좋은 일 있어?"

"아뇨."

짧게 답을 한 린은 혼자만의 생각 속으로 빠져들었다. 이렇게 허무하게 잠들지 않았으면 실행하려고 했던 창의력 넘치는 계획들 말이다. 우선, 시작은 마중이다. 평소보다 훨씬 들뜨고 행복한 미소를 자꾸만 지으며 도하를 맞이하는 것이다. 언제까지?

'오늘 무슨 좋은 일 있어?'

라는 말이 나올 때까지. 그러면 묘한 표정으로 고개를 갸우뚱하고는 쉴 준비를 하는 도하의 곁을 내내 맴돌 작정이었다. 어떻게? 아직 나오지도 않은 배를 내밀고, 허리에 손까지 짚어 가며 뱅글뱅글.

'왜 그래, 어디가 불편해?'

이런 대사가 나올 때면, 환하게 웃으며 고개를 젓는 거라고 인터넷에서 배웠다. 그런 일련의 행동들 끝에 도하가 궁금해 미칠 지경이 되면 지그시 도하를 바라보고선, 속삭일 작정이기도 했다.

'여보, 여기 우리 둘만 있는 게 아닌 거 같아. ……한 명이 더 있는 것 같아.'

의미심장하게, 심장이 쫄깃하게! 그다음은 간단하다. 당황하는 도하를 두고 가능한 한 오래 웃음을 참은 다음, 도하의 손을 끌어다 배 위에 얹고서 그 명대사! 수많은 네티즌의 추천을 받은 댓글의 대사를 읊는 것이다.

'이 안에…… 애 있다.'

그때 도하의 멍한 표정을, 그 후에 찾아오는 놀라움과 기쁨을 보고 싶었다. 그러자고 하루 종일 엄마들이 모인다는 사이트만 죽어라 돌아다녔는데. 모으고 모아서 최고의 시나리오를 짰는데 잠이 들다니, 이런 바보.

"저기, 여보 듣고 있어?"

도하의 목소리에 린은 현실로 돌아왔다. 하지만 시무룩한 표정만은 지워지지 않은 채였다. 언뜻 보기엔 싸늘해 보이기까지 하는 린의 시선에 도하의 마음은 한없이 복잡해졌다.

"아니, 내가 오늘은 꼭 일찍 들어오려고 했는데 갑자기 급한 결재 시안이 올라와서……."

"괜찮아요."

담담한 린의 대답에 도하의 속만 타들어 갔다.

"아직 그렇게 늦은 시간은 아니니까 한강이라도……."

"아뇨, 오늘은 됐어요."

어차피 오늘의 계획은 다 무너졌다.

"이제 잘래요."

씁쓸한 린의 표정이 자꾸 도하의 마음에 걸렸지만 차마 잡을 수가 없었다. 그 덕분인지 도하는 그날 밤도, 스펙터클한 괴수의 꿈을 꾸었다.

✼   ✼   ✼

다음 날, 눈을 뜨자 이미 점심 무렵이었다. 린의 머리맡에는 뚜껑을 덮어 둔 물 한 잔과 도하가 직접 적은 쪽지 하나가 남아 있었다.

오늘은 꼭 일찍 들어올게. 사랑해.

아무리 들어도 질리지 않는 그 말은 볼 때마다 린을 미소 짓게 만들었다.

"그래, 오늘이야말로."

새벽에 잠시 깼던 린은 화장실에 다녀오다 아주 획기적인 아이디어를 떠올렸다. 어쩌면 어제의 계획이 불발된 게 행운일지도 모르겠다.

여느 때보다 **빠른** 속도로 외출 준비를 하고 집을 나서는 린의 발걸음이 가볍다. 너무 설렌 나머지 몇 가지를 깜박했다는 걸 린은 몰랐다.

"사모님……?"

잠시 후 똑똑, 몇 번의 노크 끝에 안양댁이 안방 문을 열었을 때, 린은 어디에도 없었다. 게다가 화장대 위엔 린의 휴대폰이 그대로 놓여 있었다.

"이게 도대체……."

최근 린의 변화를 가장 먼저 감지한 건 안양댁이었다. 다만, 린이 먼저 말을 하기 전까지 모른 체 기다리고 있었을 뿐. 그런 린이 너무 바쁜 도하 때문에 시무룩해하는 것도 알고는 있었지만 설마…… 가출이라니. 안양댁은 떨리는 손으로 도하에게 전화를 걸었다.

"사장님, 큰일이 생겼습니다."

안양댁은 도하가 심호흡할 시간을 준 후에 입을 열었다.

"사모님이 가출을 하신 것 같습니다."

수화기 너머의 도하는 잠시 경악했다.

"……린이 뭘 했다고요?"

— 가출로 추정되는 외출을 하셨습니다.

"그게 가출인지 외출인지는 어떻게 알고요?"

심각한 표정으로 되묻자 안양댁은 기다렸다는 듯이 차분하게 상황을 설명하기 시작했다.

— 오늘은 회장님을 모시고 자택에서 티타임을 갖기로 한 날입

니다. 그런데 아무런 언질도 없이 휴대폰까지 집에 놔두신 채로 사라지셨습니다. 즉, 평범한 외출로 보기엔 무리가 있다는 것이 제 소견입니다.

유감스럽지만 도하의 소견도 같았다.

"원인은 나라고 보는데…… 여사님 생각은 어떠세요."

— 죄송하지만, 저도 그런 것 같습니다.

아무리 생각해도 다른 원인이 없었다. 매일 일에 치여 흔한 신혼여행조차 같이 못 간 남편. 일찍 들어와서 함께 저녁을 먹는 일상조차 굳이 약속을 해야 하며 그조차도 때론 어기는 못된 남편.

— 하지만, 그렇게 걱정하실 만한 일은 아닌 것 같은 게…….

"아뇨, 당연히 걱정이 되죠! 일단 나부터 찾아볼 테니 여사님도 무슨 일 있으면 바로 연락 주십시오."

도하의 다급한 말을 끝으로 전화가 뚝 끊겼다.

❀　　❀　　❀

하지만, 안양댁도 미처 예상하지 못한 일이 있었으니 이 회장의 출발이 예정보다 빨라져 안양댁이 미리 보낸 전갈이 미처 전해지지 않았다는 것이다. 불행인지 다행인지, 엇갈린 손님을 맞이한 건 부엌에서 한창 잡채를 무치고 있던 안양댁이 아닌 바깥마당에서 석고를 깎던 석 영감이었다.

"거, 말씀 좀 물읍시다."

대문에서부터 지팡이를 짚고 온 노인이 석 영감에게 먼저 말을 건넸다.

"예, 물어보쇼."

"여기 집 현관으로 가려면 한참 더 걸어야 하나?"

툭툭, 손에 묻은 석고 가루를 털며 석 영감이 고개를 끄덕였다.

"한참이 뭐요? 우리 같은 노친네들한텐 한나절이지."

농으로 던진 말에 노인이 웃음을 터트렸다.

"뭐 시간도 남았겠다, 좀 쉬었다 가야 쓰겠네."

"이 집에 무슨 볼일이 있어서 오셨나 봅니다?"

"응, 그럴 게 좀 있지."

석 영감이 그루터기를 베어 만든 벤치 위의 먼지를 훌훌 털자 자연스레 이 회장이 걸터앉았다.

"안 그래도 심심하던 참인데, 장기 한판 두고 같이 올라가는 건 어떻습니까."

"좋은 생각일세."

"영감님 봐서 한 수 물러 드릴 생각도 있는데."

킬킬 웃는 석 영감을 보고 이 회장이 빙그레 웃었다. 누군가에게 이렇게 격의 없이 불려지는 것은 참으로 오랜만이었다.

"늙은이라고 얕보면 큰코다칠 게야."

"오, 그럼 내기라도 거실라우? 실은 내가 요 근래 길몽을 꿔서 복권을 샀는데 죄다 꽝이지 뭐요."

"우연이구만, 나도 요즘 길몽을 꿨는데 생각한 일은 안 풀리더라고."

두 영감의 눈이 딱 마주쳤다.

"영감님은 무슨 꿈 꾸셨소? 나는 하늘에서 왜 그 커다란 구렁이 같은 것이 내려오길래……."

"봤더니 용이 되어서 내 품에 뛰어들었지!"

어라, 이번에도 쿵짝이 맞았다. 두 영감 사이에 잠시 적막이 흘렀다.

"저…… 영감님, 그리고 보니 구면 같소만. 설마……."

그 말을 하며 석 영감이 아까부터 쓰고 있던 방진 마스크를 벗었다. 그러자 이 회장의 눈도 동그래진다.

"그래, 결혼식 때……!"

일생에 딱 한 번 때를 빼고 광을 낸 석 영감과, 한때 휠체어 신세를 졌던 이 회장이 다시 서로의 새 모습을 알아보기까지는 꽤 오랜 시간이 걸렸다.

"아이고, 내가 이런 실수를…… 저기."

"같이 늙어가는 처지에 그냥 영감과 석 씨로 하세."

어쩐지 즐기는 것 같은 이 회장이 석 영감은 썩 마음에 들었다.

"그보다 우리 꿈 말일세."

"……영감님도 같은 생각이쇼?"

"아니, 달리 있겠나 싶어서 말이지……."

의미심장하게 반짝이는 영감님들의 눈빛에 희망이 떠올랐다.

❋　❋　❋

여기저기, 린이 갈 만한 곳을 모두 찾아다니고 수소문을 한 도하는 당장이라도 쓰러질 것 같았다. 그 와중에 더 힘든 건 자꾸만 드는 후회들이다. 린을 찾으며 돌아보니 못 해 준 게 너무 많아서, 서운하게 했던 일들이 너무 많은 것만 같아서.

"난 나쁜 남편이야."

혼잣말을 하며 핸들에 머리를 박아 본다.

"이 모자란 자식."

그런다고 달라지는 건 없었다. 대신, 핸드폰이 울렸다.

"네, 은정 씨!"

아까 전화를 받지 않았던 은정의 목소리가 가뭄에 단비처럼 반가웠다.

"문자 보셨나요? ……네. 아니, 휴대폰을 집에 놓고 갔…… 만나셨다고요? 언제요? 어디서요!"

이어지는 은정의 말에 도하의 입이 점점 벌어진다.

"병원에서 마주쳐요? 우리 와이프 어디가 아픕니까? 지금 어딘지…… 아니, 아…… 집으로 바로 간다고 했어요? 네, 감사합니다!"

끼익, 도하의 차가 급하게 유턴을 했다. 그 바람에 툭 전화가 끊긴 것도 모르는 채였다. 은정에게 그 병원이 어떤 병원인지 미처 듣지 못한 가엾은 도하의 심장은 이 순간에도 쿵쾅쿵쾅 뛰고 있었다.

❀　　❀　　❀

주인 내외가 없는 집의 거실에선 모처럼 화기애애한 다과회가 벌어지고 있었다.

"곧 귀가하신다고 확인됐습니다."

막, 은정과 통화를 마친 안양댁의 전언에 두 영감님의 얼굴이 한

층 밝아졌다.

"도하 놈이야 알아서 쫓아올 거고, 이제 목 빠질 일은 얼마 안 남았구먼."

"우리 사위 성격이 그리 급한가?"

"급하기만 한 줄 아쇼. 영감님도 차차 보면 알 겁니다."

석 영감의 친근한 어휘에 괜한 안양댁의 심장이 덜컥덜컥 떨어졌다.

"장 여사도 여기 앉아 차 한잔하지."

그런 안양댁을 본 이 회장이 인자하게 말을 붙였다.

"아닙니다, 제가 어찌."

"이제 안 될 것도 없잖나."

그간의 고마움이 담긴 말에도 안양댁은 망설였다.

"그래요, 저 영감님이 괜찮다니 여사님도 어서 앉으세요. 자, 이리!"

떠밀리듯 자리에 앉은 안양댁은 이 회장과 같은 자리에 앉아 있다는 사실이 믿기지 않는데.

"그보다, 자네는 무슨 꿈 안 꿨나?"

이 회장의 들뜬 한마디에 안양댁의 긴장이 차츰 누그러졌다.

"저는 딱히…… 아, 그러고 보니 구름 속에서 무슨 비늘이……."

"황금빛이었지?"

"그런 것 같기도 하고……."

이미 안양댁의 대답은 중요치 않았다.

"구름이 오색영롱했어."

"암요, 비늘도 황금빛이었지."

"그러고 보니 우리 사위는……."

양반은 못 되는 도하가 바로 그 순간, 쿠당탕탕 상기된 얼굴로 거실에 들어섰다.

"우리 와이프는요?"

거친 숨을 몰아쉬며 겨우 뱉은 한마디에, 영감님들은 폭소했고 안양댁은 곧이라고 대답했다. 이 분위기가 퍽 이상하다는 걸, 도하는 채 눈치챌 겨를도 없었다. 그저 린이 돌아온다니 다행이라 여겼을 뿐이다.

"그럼, 제가 먼저 나가 보겠습니다. 일단 마중을……."

"그럴 필요는 없을 것 같은데."

"아닙니다, 골목이라도 나가서 찾아봐야……."

"아니, 굳이 그렇게는……."

"죄송합니다, 잠깐 나갔다가 오겠습……."

급박한 대화 끝에 도하가 뭔가 이상하다는 걸 느꼈을 때.

"어딜 나가요?"

너무도 태연히 린이 이 자리에 끼어들었다.

"……여보."

안심한 나머지 다리가 풀려 소파에 기대앉은 도하를 보고도 린은 여전히 웃고 있을 뿐이었다.

"참. 아빠, 늦어서 죄송해요."

"아니다. 나보단 네 신랑이 걱정이다만."

"왜요?"

천진하게 되묻는 린의 팔을 간신히 붙든 도하의 눈망울이 벌써

438

그렁그렁했다. 린으로선 퍽 당황스러운 일이었다. 설마, 벌써 들킨 건가.

"미안해, 내가."

"네?"

"결혼식 이후로 신혼여행도 못 가고, 바쁘다고 맨날 늦게 들어오 고…… 어제는 약속했는데도 늦었고, 내가 매일 실망시켜서……."

이 자리에 어른들이 있다는 건 까맣게 잊을 정도로, 도하에겐 되돌아온 린이 전부였다.

"혹시, 나 때문에 아픈 건 아니지. 아니, 그럴 만도 하지. 그래도 나한테 말해 주지 그랬어. 당신이 아프면…… 회사고 뭐고 다 때려 치우고 병원도 같이 가고, 우리 같이 이겨 낼 수 있는 거잖아. 그게 부부라는 건데……."

간곡하게 린의 손까지 붙든 도하의 모습이 감동적이었다.

"무슨 병이든, 우리 함께 이겨 낼 수 있을 거야."

"무슨 병인데요?"

동그란 눈으로 올려 보는 린의 표정이 해맑아서 도하의 말문이 뚝 끊겼다.

"당신 병원에 갔었다고 아까 은정 씨가……."

"아, 그거요!"

이제 영감님들은 노골적으로 들뜬 표정이었지만, 도하는 아직도 눈치를 못 채고 있었다.

"뭐 좀 준비할 게 있어서요."

"뭘…… 준비하는데?"

린이 주섬주섬 핸드백 속에서 무언가를 꺼냈다. 리본이 달린 작은 상자였다.

"아, 차차 말씀드리려고 했는데 이렇게 다들 모이셔서 한 번에 드릴 수 있게 됐네요."

괜히 쑥스러워 얼굴을 붉히는 린을 두고 안양댁은 벌써 눈시울이 시큰한데.

"뭔데?"

아직도 도하만 몰랐다.

"선물이에요."

수줍게 내미는 상자를 받고 싶은 건 이 자리에 있는 모두가 마찬가지였지만, 자연스레 도하의 손으로 제일 먼저 넘겨주는 센스는 잊지 않았다.

"지금은 너무 작지만……."

떨리는 린의 목소리처럼, 상자를 여는 도하의 손도 떨렸다.

"여기 있는 분들의 사랑을 받아서 금방 무럭무럭 자랄 거예요."

상자 속에는 작은 사진 한 장이 들어 있었다. 새카만 배경의, 아직은 뭐가 뭔지도 분간할 수 없는 하얗고 희미한 점……. 그러나 누구나 무언지 예감할 수 있는 바로 그것이.

"아직 잘 보이지도 않지만, 벌써 심장이 뛴대요."

그저 기쁘고 신이 날 줄만 알았는데, 갑자기 울컥 린의 눈시울이 붉어진다. 정말 이상한 일이었다. 너무 기쁜데, 너무 행복한데, 왜 이렇게 문득 눈물이 나려고 하는 건지.

"저, 우리 아이를 가졌어요."

"우리 아이……."

린이 아버지와 잠시 마주친 시선에서 또록 눈물이 흐르려는 찰나, 중얼대던 도하가 린을 와락 안았다.

"……세상에."

도하의 일생 동안, 이토록 놀랐던 적이 없었다.

"세상에."

같은 말만 반복하게 된다. 품에 안은 린을 더 꽉 안게 된다. 지금 이 품 안에 둘이 있었다. 세상에서 가장 사랑하는 여자와, 가장 사랑하는 티끌만 한 생명이.

"미안, 아니 고마워."

"바보, 뭐가 미안해요."

"이럴 때 뭐라고 말해야 하는데…… 아무 말도 생각이 안 나, 나는 그냥."

어느새 도하의 눈시울이 발개졌다. 린은 오늘 처음으로 도하의 눈물을 봤다. 기쁨과 놀라움으로 가득 찬 눈물을.

"고마워."

기어이 린의 뺨을 타고 눈물이 한 방울 흘렀다. 그건 고개를 돌리고 앞치마로 눈가를 닦아 내는 안양댁도 마찬가지였고, 괜히 허공을 노려보는 영감님들도 마찬가지였다.

"내 인생에 이렇게 완벽한 선물은 다신 없을 거야."

린이 도하의 인생에서 그랬듯, 새로운 생명은 그 두 사람에게 있어 더한 사랑을 안겨 줄 존재가 되리라.

정말이지 모든 게 완벽한 오후였다.

사랑스러운 나날의 한가운데에서, 새로운 생명은 '선물'이라는 태명을 얻었다.

❋　❋　❋

　그리고 시간이 지났다. 처음, 초음파 사진 속의 하얀 티끌에 불과했던 그 선물이 조금씩 자라나는 매일매일, 다정한 목소리는 변하지 않았다.

　"아가야."

　시간이 흐르자 조금씩 배가 나오고 어느 순간 발길질이 느껴질 때도, 초음파 사진에 수줍게 얼굴을 반쯤만 보여 줬을 때도, 매 순간이 기쁨 그 자체였다.

　"우리 아가."

　린이 품은 선물은 그렇게 무럭무럭 자라났다. 모두의 사랑과 다정한 체온 속에서, 이 세상의 애정을 전부 모은 듯이 예쁜 것만 보고, 예쁜 것만 꿈꾸면서.

　"선물아."

　그리고 작은 비밀을 하나 품게 되었다.

　"우리 와이프를 꼭 닮아서 예쁠 선물아."

　깊은 밤, 깊이 잠든 엄마 대신에 낮은 목소리로 말을 걸어 주는 다정한 사람.

　"너는 내 인생 최고의 자랑이다."

　사랑이 넘쳐흘렀다.

　"내 인생 최고의 사랑은 이린이고. 내 인생 첫 트로피도, 가장 소중한 트로피도 네 엄마지만……."

　그만, 간지러워 발을 구르고 말았다.

　"여……보?"

덕분에 깨어 버린 린을 꼭 안아 주는 온기는 선물이에게도 고스란히 전달되었다.

"고마워."

"음…… 뭐가요."

아직 잠이 덜 깬 린을 꼭 안아 이마에 입을 맞추는 건 도하의 역할이었다.

"우리 둘의 트로피를 선물해 줘서."

그러고는 린에게 입맞춤을 했다. 이젠, 선물이가 눈을 감고 다시 잘 시간이란 뜻이기도 했다.

"내 인생에 있어 줘서 고마워."

린은 말없이 도하의 목을 끌어안았다.

"그리고……."

도하의 말이 잠깐 멈춘 사이, 린의 입술이 도하의 귓불에 살짝 닿았다.

"나도 사랑해요."

몇천 번을 반복해도 질리지 않을 말, 그리고 이제는 채 듣지 않아도 미리 아는 말.

"내가 더 사랑해."

"아닌데, 내가 더 사랑하는데."

이 생이 끝나기 전에 이 말이 끝나는 일은 없을 것이다. 서로가 서로의 일생을 걸고서 얻은 트로피는 결국 이런 밤들이 계속되는 평생이었다.

그렇게 우리는 이 세상 끝까지 빛이 바래지 않을 트로피를 얻었다.

이 세상 모든 빛이 다 꺼진 후에서야 꺼질, 그러니 영원히 꺼지지 않을 마법.

그 트로피의 이름은 사랑이었고.

더 길게 말하자면, 이 생에 우리가 서로를 사랑했던 나날들 전부였다.

작가 후기

안녕하세요, 아은입니다.

지금 이 페이지를 읽고 계신 고운님들과 함께 달렸던 도하와 린, 석 영감님과 장 여사님, 은정 씨와 실장님 트리오, 이 회장님 등…… 모두의 대표로 제가 나서서 인사를 드리게 되었습니다.

이 세상에 빛나고 화려한 것들이 많지만 그중에서 가장 소중한 트로피를 찾은 두 사람의 이야기로, 조금이나마 즐거운 시간을 보내셨기를 바랍니다. 이 책은 저에게도 작은 트로피가 될 것 같습니다.

그럼, 독자님들의 소중한 트로피를 응원하며 이만 줄이려 합니다.

항상 행복하시고, 늘 감사합니다.

아은 드림.

트로피와이프

1판 1쇄 찍음 2017년 7월 13일
1판 1쇄 펴냄 2017년 7월 20일

지은이 | 아 은
펴낸이 | 정 필
펴낸곳 | **(주)뿔미디어**

편집장 | 박경희
기획 · 편집 | 김수정
표지 디자인 | 박현진

출판등록 | 2002년 9월 11일 (제1081-1-132호)
주소 | 경기도 부천시 원미구 소향로 17, 303(두성프라자)
전화 | 032)651-6513 / 팩스 032)651-6094
E-mail | dahyangs@naver.com
블로그 | http://blog.naver.com/dahyangs
비북스 | http://b-books.co.kr

값 9,000원

ISBN 979-11-315-8068-4 03810

※파본은 구입하신 서점에서 교환하여 드립니다.